U0710258

全本全注全译丛书

中华经典名著

王兴芬◎译注

拾遗记

中华书局

图书在版编目(CIP)数据

拾遗记/王兴芬译注. —北京:中华书局,2019.4
(2025.2 重印)
(中华经典名著全本全注全译丛书)
ISBN 978-7-101-13716-3

Ⅰ.拾… Ⅱ.王… Ⅲ.笔记小说-小说集-中国-东晋时代
Ⅳ.I242.1

中国版本图书馆 CIP 数据核字(2019)第 004987 号

书　　名	拾遗记
译 注 者	王兴芬
丛 书 名	中华经典名著全本全注全译丛书
责任编辑	王守青
装帧设计	毛　淳
责任印制	管　斌
出版发行	中华书局
	(北京市丰台区太平桥西里 38 号　100073)
	http://www.zhbc.com.cn
	E-mail:zhbc@zhbc.com.cn
印　　刷	北京盛通印刷股份有限公司
版　　次	2019 年 4 月第 1 版
	2025 年 2 月第 9 次印刷
规　　格	开本/880×1230 毫米　1/32
	印张 12⅞　字数 250 千字
印　　数	45001-49000 册
国际书号	ISBN 978-7-101-13716-3
定　　价	35.00 元

目　录

前　言

一

　　《拾遗记》是魏晋南北朝时期志怪小说的代表作之一，作者王嘉，系东晋十六国时期有名的方士。

　　王嘉字子年，籍贯与生卒年均不详。萧绮在《拾遗记序》中说"《拾遗记》者，晋陇西安阳人王嘉字子年所撰"。梁释慧皎《高僧传·释道安传》附《王嘉传》则说："嘉字子年，洛阳人也。"通过对大量文献资料的考证，我们认为，"洛阳"应该是"略阳"的误写。王嘉的籍贯"陇西安阳"是北魏后期北秦州地所置安阳郡所在的安阳县。而北魏后期所置"安阳郡"下属的"安阳县"，北魏初极有可能隶属于"略阳郡"。而《高僧传》所说"略阳"是指北魏前期的"略阳郡"，萧绮所说的"安阳"则是西魏北周时的郡县名。而《道学传》《晋书》等王嘉"陇西安阳人"的说法，显而易见，是承萧绮《拾遗记序》而来的（参见《王嘉籍贯卒年考》，《宗教学研究》2009 年第 3 期）。由于史料所限，王嘉生年难以考证，他的卒年也存在很大的分歧，目前主要有"公元 390 左右"（鲁迅、侯忠义）、"公元 386 年前后"（任继愈）、"公元 387 年"（李剑国）、"公元 386 年至 393 之间"（邵宁宁、王晶波）、"公元 384 年至 393 年之间"（宁稼雨、王枝忠）等几种说法。笔者认为，更确切一点论，王嘉当卒于"公元 387 年至 389 年 8 月之间"(《王嘉籍贯卒年考》)。

王嘉的一生主要活动在东晋十六国时期的前秦和后秦。《晋书·王嘉传》称"(嘉)轻举止,丑形貌,外若不足,而聪睿内明,滑稽好语笑,不食五谷,不衣美丽,清虚服气,不与世人交游。隐于东阳谷,凿崖穴居"。考其本传及相关史料可知,与王嘉交游者不多,他早年师事梁谌,后与释道安同在长安符坚治下,交往甚密。符坚兵败,姚苌入长安,"逼以自随"(《晋书·王嘉传》),直至被杀。这几个人对王嘉影响甚深。王嘉与梁谌、道安的交游表现出他在思想道义上的追求,他与符坚、姚苌的交游则体现出他在政治上的态度和立场。

作为道教派别之一楼观道的大师,王嘉是一个"很标准的方士"(王瑶《中古文学史论集》第104页,北京大学出版社1982年版),他的思想也以道教思想为主。在《拾遗记》中,王嘉对老子的神化,对燕昭王、周穆王、秦始皇、汉武帝等封建帝王追求长生不老之术传说故事的记述,以及对道教不同求仙方法的描述等,都表现出了王嘉作为一个道士对神仙道教思想的积极宣传。在佛教思想盛行的十六国时代,从佛道对立的角度看,王嘉确实有贬佛倾向,但不论是有意识还是无意识,佛教思想还是影响了他,《拾遗记》中与佛教有关的故事,一系列的佛教用语,一个个的佛教国度等就是有力的证明。另外,自汉武帝"罢黜百家,独尊儒术"之后,儒学始终处于统治地位,就是在王嘉生活的东晋十六国时期,虽然这一时期佛、道二教非常兴盛,但在政权领域仍然以儒家思想为正宗,前秦的符坚、后秦的姚苌等都曾"立太学,礼先贤之后""颇留心儒学"(《册府元龟》卷二二八《僭伪部·崇儒》),所有这些都使王嘉的思想深处打上了儒家思想的烙印。可以说,儒、释、道三家思想在王嘉的思想中,不是孤立的,互不相干的,而是相辅相成,有机地融合成了一个整体。

王嘉一生著述不多,《晋书》本传云:"其所造《牵三歌谶》,事过皆验,累世犹传之。又著《拾遗录》十卷,其事多诡怪,今行于世。"另外,还有《隋书·经籍志》"谶书类"著录的《王子年歌》一卷。今天所能见到的王嘉的著作，只有《拾遗记》十卷，《牵三歌谶》已失传，《王子年歌》也已散佚，仅《南齐书·祥瑞志》《南史·齐高帝纪》录有《王子年歌》数首。《拾遗记》在成书后短短的几十年间也散佚了，传世的《拾遗记》十卷本是梁代的萧绮搜集整理而成的。萧绮《拾遗记序》即说："《拾遗记》……凡十九卷，二百二十篇，皆为残缺……今搜检残遗，合为一部，凡一十卷，序而录焉。"

作为兼综地理博物和杂史杂传两派的一部作品，《拾遗记》既具有杂史杂传的体例，又具有地理博物体志怪小说的内容。从外在的整体结构上看，除第十卷外，《拾遗记》上自春皇庖牺，下至晋时事，以历史年代为经，俨然就是一部纪传体的通史。就每卷而言，《拾遗记》在每一卷内容、每一朝事迹记述的前后顺序上，也体现出"史"的体例：以时间先后为序，先记帝王以及与帝王有关的琐事，最后再记述一些名人逸事。《史记》在记述一个历史人物的生平事迹时，往往将一个人的生平事迹，一件历史事件的始末经过，分散在数篇之中，参错互见，彼此相补，这种记述人物的方法，后代的学者称之为"互见法"。《拾遗记》中也有这一手法的运用。如对秦始皇的记述，主要集中在卷四"秦始皇"部分，记述了秦始皇作为中国历史上第一个大一统的封建帝王享受各国贡品，希求长生之术以及耗巨资建"子午台"等逸闻趣事，反映出秦始皇穷奢极欲追求享乐的一面。而在卷五"前汉上"则记述了秦始皇怕泄露秘密，把为自己修建陵墓的工人活埋在墓中的故事，反映出了秦始皇残暴的一面。只有将两卷中有关秦始皇的记录连在一起，展现给读者的才是一个完整的秦始皇形象。这种记述人物的"互见法"，也是《拾遗记》所具有的"史体特征"的反映。

《拾遗记》独特的史体结构，还表现在萧绮的"录"上。正史每一篇传记之后，都有撰者的"赞"或"论"，而《拾遗记》中，萧绮在一些人物的杂传之后或者他有感而发之处，都以"录"的形式记下了他对王嘉所述人物或所记事件的观点和态度，与正史人物传记后的论、赞如出一辙。李剑国《唐前志怪小说史》如此评论萧绮的录："萧绮的录或在各条后，或在各篇末，凡三十七则。周中孚云：'录即论赞之别名也。'内容大抵是就该条或该篇所记事进行发挥或补证。"（李剑国《唐前志怪小说史》，南开大学出版社 1984 年版，第 32 页。）候忠义先生也说："萧绮之'录'，相当于论、赞，是对书的内容的分析和评价。"（候忠义《汉魏六朝小说史》，春风文艺出版社 1989 年版，第 104 页。）由此可见，《拾遗记》中的正文与"录"虽非出自一人之手，但从《隋书·经籍志》开始，就成为了历代著录者把它列入杂史的一个重要因素之一，现当代研究小说的学者也都把萧绮的"录"看作是《拾遗记》成为杂史杂传类志怪小说在结构上的一个不可或缺的部分。

作为一部具有地理博物类志怪特点的笔记小说，《拾遗记》在记录传闻逸事、神话故事的同时，也有大量的对动植物产、远国异民以及山川地理的记载。从宏观上来看，此书前九卷以时间为顺序，历述上自庖牺，下迄后赵石虎十五朝的逸闻异事；从微观上来看，就某一卷而言，书中所记故事情节、事物名称，甚至篇章结构都与郭宪《洞冥记》非常相似，故刘知几《史通·杂史》将二书并提，云"如郭子横之《洞冥》、王子年之《拾遗》，全构虚辞，用惊愚俗"。《四库全书总目提要》卷一百四十二亦称："嘉书盖仿郭宪《洞冥记》而作。"然而，《拾遗记》与《洞冥记》二书虽然在内在结构与内容上都颇为相似，但却与前代的地理博物体志怪《山海经》《神异经》以及同时代的地理博物体志怪《博物志》的结构都有所不同。《山海经》《神异经》等书的结构都是以地理方位为基本框架的，《博物志》全书共十卷，每一卷集中记述一类事件，但正如崔世节《博物志·跋》所说："天地之高厚，日月之晦明，四方人物之不同，昆虫草木之淑妙者，无不备载。"可见，方位的转移仍是《博物志》的体系所本。

《洞冥记》与《拾遗记》在记述的过程中，结构较为杂乱。《洞冥记》

在接受了神仙思想及两汉杂史杂传小说影响的同时，形式体例上开始了由地理博物类志怪向杂史杂传类志怪的过渡，但从总体上来说，此书围绕汉武帝组织情节，将大量的民间传说和地理博物传说附着在这一历史人物身上，因此，虽然显得很杂，但仍以地理博物传说为主。《拾遗记》则与《洞冥记》稍有不同，《拾遗记》在受到神仙思想和杂史杂传影响的同时，也注重对地理博物传说的记述，因此，学术界有把《拾遗记》定为杂史杂传类志怪的，也有定为反映道教思想的地理博物类志怪的。如果说，《洞冥记》等志怪小说开始了由地理博物类志怪向杂史杂传类志怪的演变的话，那么，《拾遗记》则可以说是地理博物类志怪与杂史杂传类志怪的集合体。《博物志》在整饬的外在结构下显示了"博""杂"的内容，《洞冥记》和《拾遗记》等书则是在看似杂乱的结构中显示出了"博""杂"的内容，与《博物志》实有异曲同工之妙，这实际上也显示了地理博物类志怪与杂史杂传类志怪由体例结构各异到逐渐走向融合的过程。

相比较而言，《拾遗记》第十卷则是较为典型的地理博物类结构，此卷以方位的转移为依托，历述昆仑、蓬莱、方丈、瀛洲、员峤、岱舆、昆吾、洞庭等八座仙山，以及山中的奇景异物、有关神话传说，与前九卷相比，结构迥然不同，属于典型的地理博物类结构，与《山海经》《神异经》《十洲记》等地理博物类志怪的结构一脉相承。难怪历代的著录家，多把第十卷分出来单独著录为《拾遗名山记》《名山说》或《名山记》。

二

《拾遗记》具有丰富的内容，集杂史、博物于一体，语言华丽奇诡，具有很高的文学成就和艺术成就。

作为一部杂史杂传体的志怪小说，《拾遗记》记述了帝王后妃、文人名士、宦官娼妓等各个阶层历史人物的异闻逸事。《拾遗记》中，最为人注意的就是圣人的出生神话，也叫作"感生神话"。如青虹绕神母而生庖牺，昌意遇黑龙负玄玉而生颛顼，简狄吞燕卵生商，帝喾之妃邹屠氏之女梦吞日而生八神等。这些神话的共同特点是女子感外物而孕，显然是"民知有其母而不知有父"的母系社会的产物。如《拾遗记》卷一这样记述庖牺的出生及相貌：

> 春皇者，庖牺之别号。所都之国，有华胥之洲。神母游其上，有青虹绕神母，久而方灭，即觉有娠，历十二年而生庖牺。长头修目，龟齿龙唇，眉有白毫，须垂委地。

在上古神话中，有"虹"即"龙"的化身一说，而蛇又有"小龙"之称，因此，关于庖牺的感生神话也有其母感龙、感蛇等不同的说法。如《宝椟记》云："帝女游华胥之洲，感蛇而孕，十二年生庖羲。"同样是引述《拾遗记》中伏羲的感生神话，《厄林》所引，就与齐治平校注本《拾遗记》不同，《厄林》卷二曰："《拾遗记》亦言：'华胥之洲，神母游其上，青蛇绕之，有娠，历十二年生庖羲。'"这可能是版本不同所致。简狄怀卵生契的神话，《拾遗记》卷二记述如下：

> 商之始也，有神女简狄，游于桑野，见黑鸟遗卵于地，有五色文，作"八百"字，简狄拾之，贮以玉筐，覆以朱绂。夜梦神母谓之曰："尔怀此卵，即生圣子，以继金德。"狄乃怀卵，一年而有娠，经十四月而生契。祚以八百，叶卵之文也。

这一感生神话实际上是有商一族以鸟作为图腾的反映。关于鸟图腾的神话，《拾遗记》另有记载，卷一"唐尧"条记云："尧在位七十年……有祇支之国献重明之鸟，一名'双睛'，言双睛在目。状如鸡，鸣似凤。时解落毛羽，肉翮而飞。"袁珂先生认为，这段记述恐怕是舜神话的异文：重明鸟"双睛在目"，而舜目重瞳，自古相传，屡见于载籍。因此，袁珂先生认为，文中的重明鸟"当便是民间传说的舜"（袁珂《中国神话史》，第199页，上海文艺出版社1998年版）。由此可知，舜是玄鸟，即凤鸟的化身，说明舜也是殷人的先祖。《拾遗记》中其他的感生神话，实际上也是古先民图腾崇拜的反映。毋庸置疑，这些天人感应的神话，也表现了在生产力低下的上古时代,人类对自然力的恐惧和要征服自然的欲望。正如马克思所说:"任何神话都是用想象和借助想象以征服自然力,支配自然力,把自然力加以形象化,因而随着这些自然力之实际上被支配,神话也就消失了。"(《马克思恩格斯全集》第二卷,人民出版社1972年版,第113页。)

　　除上古帝王的感生神话之外,《拾遗记》也记述了很多封建帝王的传闻逸事,其中的很多传说故事记述了帝王对长生不死仙道之术的追求。周穆王、燕昭王、汉武帝等就是追求长生不死之术的帝王。作为道教的方士,王嘉对上述几位帝王追求仙道之术的传说故事进行了详细的记述,反映了他对道教神仙思想的宣传。《拾遗记》对周穆王的记述主要集中在周穆王与西王母的相会。西王母与周穆王相会之事最早见于《穆天子传》,其中西王母与周穆王的歌诗互答表现出了浓郁的人情味,具有世俗男女表情达意的显著特点。相比较而言,《拾遗记》的记述则更为神异化:这里的西王母是高高在上的女仙,她"乘翠凤之辇而来,前导以文虎、文豹,后列雕麟、紫麐。曳丹玉之履,敷碧蒲之席、黄莞之荐"。从王嘉的记述可以看到,周穆王与西王母相会之时所食之物、所奏之乐都充满着浓郁的仙道气息。特别值得注意的是燕昭王和大臣甘需的对话,甘需对燕昭王在享受穷奢极欲生活的同时想要祈求长生的行为进行了批判,也道出了燕昭王之所以不能成仙的原因所在:"今大王以妖容惑目,美味爽口,列女成群,迷心动虑,所爱之容,恐不及玉,纤腰皓齿,患不如神。而欲却老云游,何异操圭爵以量沧海,执毫厘而回日月,其可得乎!"他认为只有那些"去滞欲而离嗜爱,洗神灭念"的修炼之人,才能"常游于太极之门"。作为道教女仙领袖的西王母,对"思诸神异"的燕昭王,也是亲临指导。王嘉在《拾遗记》卷四也写到了燕昭王与西王母的相见。在描述二人相见的过程中对出于"员丘之穴","状如丹雀"的飞蛾以及"九转神丹"的记述等都表现了王嘉对神仙道教思想的宣扬。而"王乞此蛾以合九转神丹,王母弗与"的记述,则是对前述甘需所说燕昭王不能成仙原因的进一步印证。

《拾遗记》对秦始皇、汉武帝、汉成帝、汉灵帝、魏明帝等帝王异闻逸事的记述还表现在他们劳民伤财大肆建造宫室苑囿以及骄奢淫逸的生活方面。秦始皇为建云明台"穷四方之珍木,搜天下之巧工";汉武帝为一睹已逝宠妃李夫人的芳容,竟然派"楼船百艘""巨力千人",耗费十年时间到暗海取潜英之石;魏明帝修建凌云台使"群臣皆负畚锸,天阴冻寒,死者相枕。洛、邺诸鼎,皆夜震自移。又闻宫中地下,有怨叹之声",群臣进谏,他不但不停止,还"广求瑰异,珍赂是聚,饬台榭累年而毕"。除此之外,汉昭帝的淋池、汉成帝的宵游宫、汉灵帝的裸游馆等无不表现了封建帝王建立在劳民伤财基础上的穷奢极欲的生活。

《拾遗记》还记述了很多历代文人名士的传闻逸事。王嘉对孔子出生的神异传说的记述,充满了浓郁的仙道色彩,表现了汉武帝"罢黜百家、独尊儒术"后孔子地位的提升,其中孔子之母感水精而生孔子的传说则是天人感应思想的反映。对老子异闻逸事的描述则表现了王嘉对神仙道教思想的宣扬。除此之外,王嘉对刘向、贾逵、任末、曹曾、何休、张承、薛夏、田畴等文人名士异闻传说的记述,也都或称颂他们勤奋好学的精神,或对他们的忠义气节表现出由衷的赞扬,不再详述。《拾遗记》中也记述了很多女性的传说故事,其中有忠贞贤德的汉献帝伏皇后、先主刘备甘后等,也有先宠后弃的汉成帝皇后赵飞燕、吴主赵夫人、吴主潘夫人等。此外,王嘉还写到了一些心灵手巧的女性,如魏文帝喜欢的美人薛灵芸、石崇的爱妾翔风等。可以看到,王嘉笔下的女性,不论是先宠后弃的一类,忠贞聪慧的一类,还是心灵手巧的一类,都是那么的超逸绝尘,无不充满神异的色彩。

《拾遗记》地理博物体的性质决定了该书所记内容的博杂。据粗略统计,《拾遗记》中记述的植物大约有七十多种,且对很多植物都有具体形态的描述。如"大如盖,长一丈……其叶夜舒昼卷,一茎有四莲丛生"的夜舒荷;"状如菖蒲"的芸苗;"状如著,一株百茎,昼则众条扶疏,夜则合为一茎，万不遗一"的合欢草等。这些植物有很多还是我们熟知的，木本植物如桑树、桂树、桃树、枣树、连理树、沙棠木、大桐木以及梓、柏、松等；草本植物如竹、荷、禾、麦、谷、麻、稻、茅、豆、瓜等。王嘉也记录了一些植物的神奇功效，如说分枝荷"食之令人口气常香，益脉理病"；"延精麦，延寿益气"；"昆和麦，调畅六府"等。虽然在记述这些植物的功效时，作为道教方士的王嘉为宣扬神仙思想，对它们的功效有所夸大，如"食之不老"的紫菱；"食之延寿，后天而老"的通明麻等，但这也并非捕风捉影，实际上还是有所凭据的。

　　《拾遗记》中共出现了约五十多种动物，这些动物的名称，今天看来稀奇古怪，对动物形态的描述也令人难以置信，如"双睛在目，状如鸡，鸣似凤"的重明鸟；"形如鹤，止不向明，巢常对北，多肉少毛，声音百变，闻钟磬笙竽之声，则奋翅摇头"的背明鸟，"形似豹，饮金泉之液，食银石之髓……夜喷白气，其光如月，可照数十亩"的嗽月兽等。其中有些动物的出现或消失，往往还会与阴阳灾异，祥瑞祸福等联系在一起，如一鸣则天下太平的青鹥；"若天下太平，翔飞颉颃，以为嘉瑞"的沉明石鸡等。但若剔除其中荒诞的部分，就会看到我们熟知的动物，如猿、虎、豹、鱼、鸟、鸡、牛等。实际上，在科技发达的今天，随着人们对地球上生物的不断了解，《拾遗记》中对动植物的记述并不都是荒诞不经的，有些在当时看似奇异的生物，今天也都能找到原型，如卷四所说的白头黑鸟，可能就是白头翁；卷九的"伤魂鸟"，或许就是现在的杜鹃。

　　《拾遗记》对远方异国民俗风情的记载也有很多。全书涉及的国名有四十多个，其中有详细记载的也有三十多个。和《山海经》一样，其中有好多国家的人民形体怪异，如"拳头尖鼻，衣云霞之布"的燃丘国民；"善能机巧变化，易形改服"的扶娄国民；"人长十丈，编鸟兽之毛以蔽形"的宛渠之民以及"人长四尺，两角如茧，牙出于唇"的泥离国民等。有些异民的特性与习俗也颇为怪异，如善啸的因霄国民；善飞而长寿的勃鞮国民等。相比较而言，《拾遗记》对远方遐国的记述，虽仍不脱神仙怪异之事,但已完全改变了《山海经》荒幻无稽的特点,而多是西域诸国的传说化,对民情风俗的述写也并非纯然虚构,而有一些真情实事的景象。可以说,《拾遗记》对远国退方的记述,更接近于《洞冥记》。

《拾遗记》还有对山水及物产的记载。除卷十专记八神山中的动植物产及地理方位之外,在前九卷中也屡有对山水及地理方位的记载。如卷三对磅磄山的方位、山中的物产及其周围的山水都有较为详细的记录,完全可与《山海经》中有关山的记载相媲美。除此之外,《拾遗记》中也记载了大量的物产,有铜、玉、锦、石、香等大约三十多种,不再详述。

在语言方面,《拾遗记》文辞艳丽,铺陈夸饰,具有鲜明的赋体特征。除此之外,诗文的大量融合以及语言的形象化都使得《拾遗记》在魏晋南北朝志怪小说中大放异彩,成为这一时期杂史杂传体志怪小说的代表之作,也直接影响了后世小说的创作,具有深远的意义。

三

萧绮其人,史书上没有记载,梅鼎祚认为萧绮为南朝梁代人,但爵里未详。考梁代萧统、萧纲、萧纪、萧绎等皇室成员的名字,可以看到,萧绮与他们一样,都是两个字,且后一字均为"纟"旁。由此可推断,萧绮极有可能是生活在梁代后期的皇室宗亲,与萧统、萧纲等同辈。齐治平说:"萧绮无考,我疑心他是梁朝的宗室贵族,按照我国姓名排行的习惯,和萧统、萧综、萧纲等是同辈,看他在自序里提到书籍散亡之状说:'宫室榛芜,书藏埋毁……皇图帝册,殆无一存。'开口不离'宫室''皇帝',也颇像一个贵族的口吻,与一般说'书阙有间''载籍残缺',迥乎不同。而且史称梁武帝诸子并好学能文,他本人又对阴阳纬候卜筮占决之书颇有研究。萧绮若为梁武帝晚辈,也很可能世其家学,受其影响,所以在《拾遗记》的《录》里谈到纬书表现得非常内行。"(齐治平校注《拾遗记·前言》)

从萧绮《拾遗记序》可知，萧绮整理《拾遗记》应该在梁代灭亡之后，《拾遗记序》中"王纲迁号，五都沦覆，河洛之地，没为戎墟，宫室榛芜，书藏埋毁……故使典章散灭，黉馆焚埃，皇图帝册，殆无一存"等的记述，应该是对处在战乱中的梁朝的真实写照。根据笔者《王嘉籍贯卒年考》一文对王嘉籍贯的考证，由《拾遗记序》"晋陇西安阳人王嘉字子年所撰"一句中，萧绮很自然地运用了当时北周的地名"安阳"还可以推断，萧绮极有可能是在侯景之乱中或梁朝灭亡后被俘至北方的梁室皇族。《魏书》卷九八《岛夷萧衍传》云："始景渡江至陷城之后，江南之民及衍王侯妃主、世胄子弟为景军人所掠，或自相卖鬻，漂流入国者盖以数十万口，加以饥馑死亡，所在涂地，江左遂为丘墟矣。"《南史》卷八《梁本纪下》也说西魏攻陷江陵，"汝南王大封、尚书左仆射王褒以下，并为俘以归长安"。又，《周书》卷十五也记载，西魏于承圣三年九月派于谨等人率兵攻打江陵，同年十二月，江陵攻陷，梁元帝萧绎被杀，并"虏其男女十余万人"，造成了南北分裂以来最大的一次人口迁徙。由"王侯妃主、世胄子弟"的被掠可以看到，很多的皇室贵族也在被俘之列。笔者以为，《南史》《梁书》没有萧绮本传，有可能与他在被俘至北方时，年龄尚小，还没有封爵位有关。加之梁朝末年战乱不断，皇室无暇自顾，致使当时的史料也没有有关萧绮的记载。唐人在修《梁书》《南史》时，由于史料所限，也就没有为他立传。当然，以上也只是笔者的猜测，没有确凿的史料作为证据，还有待来日做进一步的考证。

细味萧绮的录语还可以发现，萧绮在《拾遗记》中的三十多条录语，几乎涉及了君王之仪与治国之道的方方面面。在录语中，萧绮"提倡节约，反对奢侈，一再抨击帝王的大兴土木、生活糜烂、殉死厚葬、劳民伤财等等罪行"（齐治平校注《拾遗记·前言》）。如卷二"途修国献青凤"条下，萧绮录语说："昭王不能弘远业，垂声教，南游荆楚，义乖巡狩，溺精灵于江汉，且极于幸由。水滨所以招问，《春秋》以为深贬。嗟二姬之殉死，三良之贞节，精诚一至，视殒若生。"萧绮的录语还对君臣之义进行了评述,如卷三"有韩房者"条下,萧绮录语就说:"凡事君尽礼,忠为令德。有违则规谏以竭言,弗从则奉身以求退。故能剖身碎首,莫顾其生,排户触轮,知死不去。如手足卫头目,舟楫济巨川,君臣之义,斯为至矣。"可以看到,"从反对大兴土木提倡薄葬到事君之仪、忠谏之道,再到国君的品行修养、言行着装……他对于君王之仪、治国之道有着异乎寻常的热情,以至于几乎在每一则录语里都或直接或隐蔽地存在着这类评语"(杨寿苹《〈拾遗记〉三论》,山东大学 2011 年硕士学位论文,第 17 页)。冈察洛夫说:"我有(或者曾经有)自己的园地,自己的土壤,就像我有自己的祖国,自己的家乡的空气,朋友和仇人,自己的观察、印象和回忆的世界——我只能写我体验过的东西,我思考过和感觉过的东西,我爱过的东西,我清楚地看见过和知道的东西。总而言之,我写我自己的生活和与之长在一起的东西。"(冈察洛夫《迟做总比不做好》,《古典文艺理论译丛》第一册,人民文学出版社 1961 年版,第 189 页)笔者以为,萧绮的录语之所以涉及如此之多的有关君主之仪与治国之道等方面的内容,一方面与王嘉在《拾遗记》中多写历代帝王的奇闻轶事以及朝代更替等重大历史事件有关;另一方面应该也是他从小体验过的、知道的东西,或者感觉过的相关事物在他录语中的反映。

除此之外,萧绮录语与《拾遗记》正文在语言方面也有很大的区别。萧绮的录语已经基本骈俪化,他对于文字的排比、对偶以及用典等都很在意。既然萧绮录语是齐梁时期骈文的风格,那么萧绮应该是齐梁时期人无疑。综上所述,萧绮极有可能是生活在梁代后期的皇室宗亲,与萧统、萧纲等为同辈,他在《拾遗记》录语中的许多评论也是他曾经熟悉的宫廷生活的反映,他整理《拾遗记》应该是在梁朝灭亡他被俘至北方之后。

《拾遗记》中的萧绮录语共三十七则。萧绮录语对王嘉正文或补正、或辩难、或发挥、或评价,表现出了其对《拾遗记》正文内容的观点和看法。萧绮对《拾遗记》的品评,体现出鲜明的儒家思想的倾向,如卷三

"昆昭之台""韩房"二条下，萧绮站在儒家正统观念的立场上批评周灵王"受制于奢，玩神于乱，波荡正教，为之偷薄"，说他"溺此仙道，弃彼儒教"。又如卷三"师涓"条记述卫灵公因为听师涓所造的新曲而"情洄心惑，忘于政事"，后在蘧伯玉的劝谏之下"去其声而亲政务"，师涓也悔其所作之曲乖于《雅》《颂》，退而隐迹之事，萧绮在录语中就说：

> 夫体国以质直为先，导政以谦约为本。故三风十僭，《商书》以之昭誓；无荒无怠，《唐风》贵其遵俭。灵公违诗人之明讽，惟奢纵惑心，虽追悔于初失，能革情于后谏，日月之蚀，无损明焉。伯玉志存规主，秉亮为心。师涓识进退之道，观过知仁。一君二臣，斯可称美。

可以看到，萧绮对直言劝谏的忠臣蘧伯玉、知错能改的卫灵公、师涓均给予高度的赞扬，体现了儒家思想体系下明君忠臣的职责所在。

除站在儒家的立场品评王嘉《拾遗记》正文而外，萧绮的录语还有一个明显的倾向就是史家的尚实精神。萧绮在《拾遗记序》中说，他整理《拾遗记》的依据是"删其繁紊，纪其实美，搜刊幽秘，捃采残落，言匪浮诡，事弗空诬。推详往迹，则影彻经史；考验真怪，则叶附图籍"。萧绮对文中一些不合经史的记述做了大胆的辩难与评论，他认为"精灵冥昧，至圣之所不语，安以浅末贬其有无者哉"。如卷三王嘉记述了周穆王驾八骏巡行天下之事以及西王母乘翠凤之辇等传说，萧绮录语则评价道：

> 楚令尹子革有言曰："昔穆王欲肆心周行，使天下皆有车辙马迹。"考以《竹书》蠹简，求诸石室，不绝金绳。《山经》《尔雅》，及乎《大传》，虽世历悠远，而记说叶同。名山大川，肆登跻之极，殊乡异俗，莫不膽拜稽颡。东升巨人之台，西宴王母之堂，南渡鼋鼍之梁，北经积羽之地。筋瑶池而赋诗，期井泊而游博。勒石轩辕之丘，绝迹玄圃之上。自开辟以来，载籍所记，未有若斯神异者也。

由此可见，萧绮运用史家审慎的态度对待鬼神，用史家的实录精神评论王嘉所述传说中的怪异之事。当然,我们也应该看到,萧绮虽然站在儒家正统观念的立场上,以经史的实录精神去品评方士王嘉所写的志怪小说《拾遗记》,但正如齐治平在《拾遗记·前言》中所说,萧绮自己却不是一个真正的儒士,从他的录语可以看到,他不仅推崇王嘉所讲的怪力乱神,而且在录语中有时也作诞漫无实的附会,这也是萧绮深受各家思想影响的明证。

在语言方面,萧绮的录语本身辞采艳发,表现出明显的骈俪化倾向,与南朝文风渐趋靡丽的时代风气是一致的。如卷二"夏禹"条下萧绮录语曰:

> 书契之作,肇迹轩史,道朴风淳,文用尚质。降及唐、虞,爰迄三代,世祀迢绝,载历绵远。列圣通儒,忧乎道缺。故使玉牒金绳之书,虫章鸟篆之记,或秘诸岩薮,藏于屋壁;或逢丧乱,经籍事寝。前史旧章,或流散异域。故字体与俗讹移,其音旨随方互改。历商、周之世,又经嬴、汉,简帛焚裂,遗坟残泯。详其朽蠹之余,采捃传闻之说。是以"己亥"正于前疑,"三豕"析于后谬。子年所述,涉乎万古,与圣叶同,摛文求理,斯言如或可据。

这段录语几乎全是四字对句或六字对句,由此可以看出南朝骈体文风对萧绮的影响。

四

据萧绮《拾遗记序》可知,《拾遗记》原书共十九卷,二百二十篇,但后来由于战乱散佚,梁代的萧绮"搜检残遗,合为一部,凡一十卷,序而录焉"。现在我们看到的就是萧绮的辑录本。从历代对《拾遗记》的著录可以看到,自《隋书·经籍志》开始至明代,流传的《拾遗记》的本子,就一直有两种:一种是《王子年拾遗记》;一种则为《拾遗记》。蓝岚《〈拾遗记〉及作者》(《天中学刊》,2002 年第 3 期)一文认为,《隋志》和新旧《唐书》著录的《拾遗记》,一本是《拾遗记》原文,一本是萧绮的录。在蓝岚看来,这一时期萧绮的录和王嘉的原文是分开单行的,所以《拾遗录》著为王嘉撰,而《王子年拾遗记》则著为萧绮撰,而且他还认为《记》与《录》作者之错讹,则为传抄之误。但这也只是推测,没有确切的证据,不可信。一般还是认为《拾遗记》在这一时期有两种本子。

具体来说,《隋书·经籍志》《旧唐书·经籍志》《新唐书·艺文志》、郑樵《通志·艺文志》、焦竑《国史经籍志》、李廷相《濮阳蒲汀先生家藏目录》、钱谦益《绛云楼书目》等都著录:《拾遗录》二卷(《新唐书·艺文志》著录为三卷)和《王子年拾遗记》十卷。只是《隋书·经籍志》以及新旧《唐书》认为前者为王嘉撰,后者为萧绮撰。以后各家著录,只是标明《拾遗录》为王嘉撰,对《王子年拾遗记》,或著明萧绮录,或不著明撰人。可见,从宋代开始,研究《拾遗记》的学者,一部分人已经开始认识到,这两种本子实际上内容是相同的,据推测可能是一本有萧绮的"录",另一本则无。因此,自宋代始,另有一些学者在著录《拾遗记》时,就只著录其中的一个本子,如王尧臣、晁公武、尤袤、陈振孙、《宋史·艺文志》、杨士奇、钱溥、晁瑮、叶盛、祁承㸁、周弘祖、高儒、董其昌等著录《王子年拾遗记》;陈第、赵用贤、徐㹟等著录《拾遗记》,不同之处只在卷数或册数。

到清代,未见同时著录《拾遗录》和《王子年拾遗记》的情况,这说明,《拾遗记》至此已经被合为了一种本子在社会上流传,只是书名仍有两种,大多数著录为《拾遗记》十卷,也有少数著录为《王子年拾遗记》十卷。

值得注意的是明代高儒的《百川书志》,该书著录:《王子年拾遗记》十卷,晋陇西王嘉著,萧绮序录。但后又著明:二百二十篇。这个数字正好与萧绮序中提到的王嘉原书的篇数相吻合,只是卷数由十九卷变成了十卷。笔者认为,从唐至宋元,社会上没有十卷二百二十篇的《拾遗记》流传,到明代出现,有可能是明人的伪造,因为明代收藏古书的风气盛行,不排除一些人为了谋利而蓄意伪造。据文献记载,明代"嘉靖、隆庆期间,社会比较安定,学者出其绪余,以藏书相夸尚"(洪湛侯《中国文献学新编》,杭州大学出版社 1994 年版,第 343 页)。与崇尚藏书相应,刻书的风气也是很浓的,这也必然会造成一些人对古书的肆意窜改,冯班《钝吟杂录》曰:"读书当求古本,新本都不足据。"冯班生活在明代后期,这句话就是针对明人对古书随意窜改的坏习气而言的。顾炎武《日知录》亦云:"万历间人,多好改窜古书,人心之邪,风气之变,自此而始。"所有这些即可见出明人擅改古书的荒谬。高儒《百川书志》著录十卷二百二十篇的《王子年拾遗记》是否为明人窜改的结果,今已不可知。但二百二十篇的《王子年拾遗记》只在明代出现过,到清代没有再流传,说明清朝的藏书家也认为有问题。

近现代流传的《拾遗记》,也只有一种,即带有萧绮录的《拾遗记》十卷本。程毅中《古小说简目》著明:"《拾遗录》[《拾遗记》《王子年拾遗记》]。"可见程先生也认为,《拾遗录》实际上是《拾遗记》与《王子年拾遗记》的合本。袁行霈、侯忠义二位先生的《中国文言小说书目》则著录:"《拾遗记》十卷。"而在后面的进一步说明中,二位先生也表达了与程毅中先生相同的观点:"《拾遗记》卷首萧绮序云:原书本十九卷,二百二十篇。符秦末年经战乱佚阙,萧绮缀拾残文,定为十卷,并为之'录'。据此,《拾遗记》《拾遗录》实即一书。"(《中国文言小说书目》,北京大学出版社 1981 年,第 20 页)宁稼雨先生的《中国文言小说总目提要》对《拾遗记》的著录,则完全承程毅中先生的《古小说简目》,不再赘述。目前《拾遗记》最通行的本子是中华书局 1981 年版的齐治平先生的校注本。

由历代书目对《拾遗记》的著录可见,《拾遗记》在齐梁时就已非全貌,因此隋唐以后的许多著家把《拾遗记》第十卷分出来单独著录为《拾遗名山记》,综观历代的著录,把《拾遗记》第十卷分出来单独著录的主要有宋代陈振孙《直斋书录题解》、元代马端临《文献通考·经籍考》、国学扶轮社辑的《古今说部丛刊》、明代佚名辑的《五朝小说》、吴曾祺辑的《旧小说》、元代陶宗仪辑、明代陶珽重校的《说郛一百二十》、宁稼雨《中国文言小说总目提要》、程毅中《古小说简目》等。也有把《拾遗记》中的一些著名的小故事分出来单独著录的,如明秦淮寓客辑的《绿窗女史》分别著录《翔风传》《赵夫人传》《丽姬传》各一卷;吴曾祺辑的《旧小说》著录《薛灵芸传》《糜生瘱邮记》;明代佚名辑的《五朝小说》也著录《薛灵芸传》、《糜生瘱邮记》各一卷等。

　　《拾遗记》的版本就目前所见大致有两个系统:一是从明嘉靖顾春世德堂翻宋本起,明万历年间的程荣刊《汉魏丛书》本、明吴琯的《古今逸史》本、清王谟的《增订汉魏丛书》本、扫叶山房《百子全书》本、清汪士汉的《秘书廿一种》本、清马骏良的《龙威秘书》本、中华书局1981年齐治平的校注本、上海古籍1999年的《汉魏六朝笔记小说大观》本等,这一系统的《拾遗记》是有序有录有标题的十卷本。另有明刻《古今小史》本,无前后序录但有标题,经对比内容与这一系统基本相同。另一系统是《稗海》本。这一系统的本子与前一系统出入较大,而与《太平广记》引文多同,笔者怀疑,《稗海》本可能是从《太平广记》等书中辑出。这一系统的《拾遗记》分卷但无标题,没有萧绮的序文以及书后所附的《王嘉传》,萧绮的录在此书中所存无几,且与正文混而不分。但由于《太平广记》在辑录小说材料进行编排的时候,尽量地保存了小说的原文,因此,《稗海》本中的材料较前一系统更接近古本原貌。以上两种版本系统就优劣而言,前一系统的版本分卷,每卷有标题,而且萧绮的录与原文形成了一个有机的整体,便于研究。

　　本书原文以齐治平校注本(中华书局1981年6月第1版第1次)作为底本,注释方面,首先是对疑难字词的注解和对生僻字的注音;其次是对文本内容中历史知识、名物制度与风俗习惯等的考辨和疏通。译文方面,本书在尽可能忠实文本原意的基础上,力求文字通畅明白。在注译的过程中,除个人的查找论证、辨识定夺之外,也参考了齐治平校注本《拾遗记》,孟庆祥、商微姝《拾遗记译注》(黑龙江人民出版社1989年版)等书的注解及相关研究成果,并择善而从。我的学生马丽、齐莹帮我查找资料,校对文字,做了许多工作,在此一并感谢。

由于学力与见识的不足,书中的注释和译文不免疏漏谬误之处,祈请方家不吝指教,笔者将不胜感激。

王兴芬

2018 年 12 月 7 日于兰州

《拾遗记》卷一

【题解】

　　《拾遗记》卷一记述的是我国古史传说中的三皇五帝，他们分别是春皇庖牺、炎帝神农、轩辕黄帝、少昊、颛顼、高辛、唐尧、虞舜。王嘉对三皇的描写主要颂扬了他们在人类文明进步史上的功绩。感青虹而孕，历十二年而生，"长头修目，龟齿龙唇，眉有白毫，须垂委地"的春皇庖牺引导先民"去巢穴之居，变茹腥之食"，并"丝桑为瑟，均土为埙……调和八风，以画八卦……布至德于天下，元元之类，莫不尊焉"；炎帝神农"始教民未耜，躬勤畎亩之事，百谷滋阜。圣德所感，无不著焉"；轩辕黄帝则考星历，造书契、舟楫，吹玉律，正璇衡。所有这些记述，均表现出古史传说中的三皇在人类文明进程中所做的杰出贡献。

　　作为东晋十六国时期著名的道士，王嘉《拾遗记》贯穿全书的主导思想是神仙道教思想。在"炎帝神农"条，王嘉即写到了"食者老而不死"的九穗禾，而"轩辕黄帝"条黄帝的成仙过程更具神仙道教色彩："薰风至，真人集，乃厌世于昆台之上，留其冠、剑、佩、舄焉。"王嘉对古史传说中五帝的描写则主要以宣扬神仙道教思想为主。少昊之母皇娥与白帝之子以歌互诉相知相爱的恋爱之处穷桑，便是仙境。"颛顼"条勃鞮之国"皆衣羽毛，无翼而飞"的羽人，阗河之北饵紫桂之食的群仙；"高辛"条海中的方丈、蓬莱、瀛洲三座仙山;"唐尧"条栖于贯月查的羽人、含露以漱的群仙;"虞舜"条"圆洁如珠,服之不死,带者身轻"的"珠尘"以及仙人方回等无不是对道教神仙思想的宣扬。

就艺术特色而言,卷一中仙人宁封的《游沙海七言颂》、皇娥与白帝之子互答的情歌以及仙人方回的《游南岳七言赞》等都是整齐的七言诗,韩终的《采药诗》、东方朔的《宝瓮铭》则分别是四言和六言,这种诗文融合、韵散相间的语言特色就是《拾遗记》辞采华丽,铺陈夸饰特点的具体显现。特别是"少昊"条写皇娥与白帝之子的恋爱,瑰丽的辞藻构成了一个虚幻缥缈的仙境,二人的游漾宴戏,情歌互答,辞采艳发,更是锦上添花,把一对热恋中的年轻人幸福愉悦的心情,写得非常动人。皇娥与白帝之子极尽缠绵的恋情在今人看来,是具有进步意义的内容,但却为封建文人深恶痛绝,明代的杨慎在《丹铅总录》中就批评说:"首篇谓少昊母有桑中之行,尤为悖乱。"到清朝,《四库提要》的作者则指斥王嘉的描写"上诬古圣",王谟的《拾遗记跋》甚至把这段描写与王嘉的被害联系在了一起,他说:"其甚者,至以《卫风·桑中》托始皇娥,为有淫佚之行。诬罔不道如此,其见杀于苌,非不幸也!"除此之外,卷一对曳影之剑和贯月查的描写则反映了古代人民幻想征服自然、改造自然的丰富想象力。

春皇庖牺

春皇者,庖牺之别号①。所都之国,有华胥之洲②。神母游其上,有青虹绕神母③,久而方灭,即觉有娠,历十二年而生庖牺。长头修目,龟齿龙唇,眉有白毫,须垂委地。或人曰:岁星十二年一周天④,今叶以天时⑤。且闻圣人生皆有祥瑞。昔者人皇蛇身九首⑥,肇自开辟⑦。于时日月重轮⑧,山明海静。自尔以来，为陵成谷⑨，世历推移⑩，难可计算。比于圣德，有逾前皇⑪。礼义文物⑫，于兹始作。

【注释】

①庖牺：亦作"伏羲"，为我国古史传说中三皇之一。我国古史传说有三皇五帝之称，说法不一。孔安国《尚书序》、皇甫谧《帝王世纪》以伏羲、神农、黄帝为三皇，以少昊、颛顼、高辛、尧、舜为五帝。王嘉《拾遗记》卷一中所记传说中的古帝王，名次与此相同。

②华胥：伏羲母国。故址在今陕西蓝田华胥镇。《路史·国名纪》卷三曰："华胥，伏戏母国，在阆中。《列子》云：'华胥氏之国，在弇州之西，台州之北。'"一说华胥为伏羲之母。《帝王世纪》云："太昊帝庖牺氏，风姓也，母曰华胥。燧人之世，有巨人迹出于雷泽，华胥以足履之，有娠生伏羲，长于成纪。"司马贞《补〈史记·三皇本纪〉》曰："太皞庖牺氏……母曰华胥，履大人迹于雷泽，而生庖牺于成纪。"

③青虹：《说郛》本作"青龙"。一说"虹"为"蛇"。《路史·后纪一·太昊纪上》注引《宝椟记》云："帝女游于华胥之渊，感蛇而孕，十二年生庖牺。"

④岁星十二年一周天：我国古代天文学家观察木星在天空中的位置以纪年。木星在星空中绕行一周，约需十二整年。岁星，指木星。周天，绕天球大圆一周。夏炘《学礼管释·释十有二岁》："岁星每年行天一次，故谓年为岁天。凡十二次岁星，十二年一周天，故谓之十有二岁。"

⑤叶：同"协"。契合，和洽。

⑥人皇蛇身九首：《汉唐地理书钞》辑《荣氏遁甲开山图》云："人皇兄弟九人，生于刑马山，身有九色。"司马贞《补〈史记·三皇本纪〉》曰："人皇九头，乘云车，驾六羽，出谷口，兄弟九人，分长九

州,各立城邑,凡一百五十世,合四万五千六百年。"人皇,古史传说中的三皇之一。

⑦肇:开始。开辟:指宇宙的开始。古代神话谓盘古氏开天辟地。《太平御览》卷一引《尚书中侯》:"天地开辟。"

⑧重轮:日、月周围光线经云层冰晶的折射而形成的光圈。古代认为是祥瑞之象。《隋书·音乐志中》:"烟云同五色,日月并重轮。"

⑨为陵成谷:《诗经·小雅·十月之交》:"高岸为谷,深谷为陵。"后世用以比喻世事变迁。

⑩世历推移:指时世变化。世历,即时世、世运。推移,即变化、移动或发展。

⑪前皇:指前代的圣王。

⑫文物:指礼乐制度。古代用文物明贵贱,制等级,故云。《左传·桓公二年》:"夫德,俭而有度,登降有数,文物以纪之,声明以发之,以临照百官。"

【译文】

春皇是庖牺的别号,他所都建的国家,含有华胥氏之地。一天,庖牺的母亲在其地游玩,一道青虹从天而降,环绕在她的四周,很久才消失不见。随后她就怀孕了,经过十二年生下了庖牺。庖牺初生时,长着长长的脑袋,脑袋上有一双细长的眼睛,乌龟的牙齿,龙的嘴唇,眉毛上有白色的毛,胡须很长,一直拖到了地上。有人说:木星十二年运行一周,而庖牺的出生刚好和天道运行的规律相契合。况且听说圣人的出生都有祥瑞出现。上古时期的人皇九头蛇身,始于盘古开天辟地之时。人皇出生的时候,太阳和月亮的光线都形成了祥瑞的光圈,高山明青,海水平静。从那时直到现在,世事变迁,世运推移,难以胜数。和上古圣人的德行相比,庖牺的美德超过了前代的圣王,礼法道义,礼乐制度,在这个时候开始兴起。

去巢穴之居,变茹腥之食①,立礼教以导文,造干戈以饰武②。丝桑为瑟③,均土为埙④。礼乐于是兴矣。调和八风⑤,以画八卦⑥,分六位以正六宗⑦。于时未有书契⑧,规天为图,矩地取法⑨,视五星之文⑩,分晷景之度⑪,使鬼神以致群祠⑫,审地势以定川岳,始嫁娶以修人道⑬。

【注释】

①变茹(rú)腥之食:《韩非子·五蠹》:"有圣人作,钻燧取火,以化腥臊,而民说之,使王天下。"茹,吃。

②干戈:即干和戈,古代常用的两种兵器。后世多以之比喻战争。

③丝桑为瑟:指给桑木装上丝弦制成乐器瑟。

④埙(xūn):古代用陶土烧制的一种吹奏乐器,大小如鹅蛋,六孔,顶端为吹口,又叫陶埙。《说文》:"埙,乐器也,以土为之,六孔。"

⑤八风:八方之风。《说文系传》:"风,八风也。东方曰明庶风,东南曰清明风,南方曰景风,西南曰凉风,西方曰阊阖风,西北曰不周风,北方曰广莫风,东北曰融风。"《左传·隐公五年》:"夫舞所以节八音,而行八风。"陆德明《释文》曰:"八方之风,谓东方谷风,东南清明风,南方凯风,西南凉风。西方阊阖风,西北不周风,北方广莫风,东北方融风。"

⑥八卦:我国古代的一套有象征意义的符号。用"—"代表阳,用"--"代表阴。用三个这样的符号组成八种形式,叫作八卦。《易·系辞下》:"古者包牺氏之王天下也,仰则观象于天,俯则观法于地,观鸟兽之文与地之宜,近取诸身,远取诸物,于是始作八卦。"

⑦六位:即六爻。《易》卦画曰爻,六爻,重卦六画也。《易·乾·象》:"大明终始,六位时成。"六宗:古代所尊祀的六神。至于所

祀之神,汉代说法不一。孔光、刘歆认为六宗指水、火、雷、风、山、泽;伏胜、马融认为六宗是天、地、春、夏、秋、冬;贾逵认为六宗指日、月、星、河、海、岱;郑玄认为六宗指星、辰、司中、司命、风师、雨师。

⑧书契:指文字。《易·系辞下》:"上古结绳而治,后世圣人易之以书契,百官以治,万民以察。"《尚书序》曰:"古者伏牺氏之王天下也,始画八卦,造书契,以代结绳之政,由是文籍生焉。"陆德明《释文》:"书者,文字;契者,刻木而书其侧,故曰书契也。"一说文字的创造者为黄帝之史仓颉。许慎《说文解字叙》:"黄帝之史仓颉,见鸟兽蹄迒之迹,知分理之可相别异也,初造书契。"

⑨规天为图,矩地取法:是指效法天地。规天、矩地,分别是天和地的别称。古人认为天圆地方,故称。

⑩五星之文:指金、木、水、火、土五星所产生的自然现象。文,指自然界的某些现象。

⑪晷(guǐ)景:亦作"晷影",晷表之投影,日影。度:标准。

⑫鬼神:指主祭祀山川之人,即一方部落首领。群:众多。祠:祭祀。

⑬人道:中国古代哲学中与天道相对的概念。一般指人事、人伦、为人之道和社会规范。

【译文】

离开了潮湿低洼而又多虫蛇的原始住所,改变了连毛带血生吃禽兽的饮食方式,制定礼仪教化,引导人们具有文德,制造兵器,增强军事实力。给桑木装上丝弦制成瑟,调和泥土烧制成埙,礼乐在这时兴起了。调和八方之风,而画八卦,辨别六爻,决定所尊祀的六神。当时没有文字,庖牺以天为图,据地取法,他观察金木水火土五星的自然现象,来辨别日影长短的标准,让部落首领进行众多的祭祀活动,推究地面高低起伏的形势考定山岳江河,制定嫁娶等的人伦制度使人类社会的规范更加完善。

　　庖者包也,言包含万象。以牺牲登荐于百神①,民服其圣,故曰庖牺,亦谓伏羲。变混沌之质②,文宓其教③,故曰宓牺。布至德于天下,元元之类④,莫不尊焉。以木德称王⑤,故曰春皇⑥。其明睿照于八区⑦,是谓太昊⑧。昊者明也。位居东方,以含养蠢化⑨,叶于木德,其音附角⑩,号曰"木皇"。

【注释】

①牺牲:古代为祭祀而宰杀的牲畜。登荐:进献,祭献。百神:指各种神灵。

②混沌(dùn):我国古代传说中指宇宙形成以前模糊一团的景象。后世多比喻糊里糊涂、无知无识的样子。

③文宓(mì)其教:指美好密察的教育。文,美善。宓,同"密"。

④元元:平民,老百姓。

⑤以木德称王:中国古代以金木水火土五行相生相胜附会王朝的命运,以木胜者为木德。《淮南子·天文训》:"东方木也,其帝太皞,其佐句芒,执规而治春……南方火也,其帝炎帝,其佐朱明,执衡而治夏……中央土也,其帝黄帝,其佐后土,执绳而制四方……西方金也,其帝少昊,其佐蓐收,执矩而治秋……北方水也,其帝颛顼,其佐玄冥,执权而治冬。"

⑥春皇:因伏羲以木德称王,而春天树木生长旺盛,故此以"春皇"对应"木德"。

⑦睿:通达,明智。《玉篇》:"睿,智也,明也,圣也。"八区:八方,天下。

⑧太昊:即太皞。《吕氏春秋·孟春纪》:"孟春之月……其帝太皞,

其神句芒。其虫鳞，其音角。"高诱注："太皞，伏羲氏以木德王天
下之号，死，祀于东方，为木德之帝。"

⑨含养：包容养育。形容帝德博厚。《后汉书·郎𫖮传》："王者则
天之象，因时之序……流宽大之泽，垂仁厚之德，顺助元气，含养
庶类。"蠢化：指万物萌动化生。蠢，《说文》："蠢，虫动也。"《尔
雅·释诂》："蠢，动也。"化，化育生长，变化产生。

⑩其音附角：即音律符合五音之中的"角"音。

【译文】

"庖"是包的意思，是说可以包含一切事物或景象。用牺牲进献各
种神灵，先民信服他的圣德，所以叫他庖牺，也称伏羲。庖牺改变先民
蒙昧无知的本性，并用美好密察的教育教化他们，所以叫宓牺。伏羲向
天下散播最高尚的道德，老百姓无不尊重他。庖牺以木德称王，所以叫
作春皇。他的明睿照耀于天下，这就是太昊。昊是明亮的意思。庖牺
位居东方，他以圣德包容养育使万物复苏，与木德相契合，他的音律符
合五音之中的"角"音，被称为木皇。

炎帝神农

炎帝始教民耒耜①，躬勤畎亩之事②，百谷滋阜③。圣德
所感，无不著焉。神芝发其异色，灵苗擢其嘉颖④，陆地丹
蕖，骈生如盖⑤，香露滴沥，下流成池，因为豢龙之圃⑥。

【注释】

①炎帝：我国古史传说中三皇之一。《史记正义》引皇甫谧《帝王世
纪》云："神农氏，姜姓也。母曰任姒，有蛲氏女，登为少典妃，游
华阳，有神龙首，感生炎帝。人身牛首，长于姜水。有圣德，以火

德王，故号炎帝。"耒耜(lěi sì)：中国古代的一种翻土农具。耜用于起土，耒是耜上的弯木柄。《易·系辞下》："神农氏作，斫木为耜，揉木为耒，耒耨之利，以教天下。"《礼记·月令》："天子亲载耒耜，措之于参保介之御间。"郑玄注："耒，耜之上曲也。"后来也用作农具的统称。

②躬：自身，亲自。畎(quǎn)亩：田地，田野。《国语·周语下》："天所崇之子孙，或在畎亩，由欲乱民也。"韦昭注曰："下曰畎，高曰亩。亩，垄也。"

③百谷：谷类的总称。百，举成数而言，谓众多。《书·舜典》："帝曰：'弃，黎民阻饥，汝后稷，播时百谷。'"《诗经·豳风·七月》："亟其乘屋，其始播百谷。"滋阜(fù)：繁盛的样子。《隋书·高祖本纪上》："龙首山川原秀丽，卉物滋阜。"

④擢：耸出。《广雅·释诂》："擢，出也。"《文选·张平子〈西京赋〉》："径百常而茎擢。"薛综注："擢，独出貌也。"嘉颖：指嘉禾之穗。

⑤陆地丹藻，骈生如盖：《类说》卷五引本书曰："神农时陆地生丹渠，骈生如车盖。"齐治平注曰："按藻即芙藻，荷也。骈生，重列对偶而生。盖，伞也，言花叶丰茂如伞也。盖荷本水生植物，今陆地而生，故为祥异。"

⑥豢(huàn)龙：养龙。豢，养。《说文》："豢，以谷圈养豕也。"

【译文】

炎帝开始指导人民制作耒耜，他亲临田间，辛勤劳作，各种谷物生长得都很繁盛。在炎帝至高无上道德的感化之下，万物无不感受到他的圣德。灵芝显现出了神异的色彩，仙草长出了美丽的谷穗，陆地上生长的红色芙藻，对生的荷叶丰茂如车伞，带着香味的露珠一滴滴自叶上落下，流积成了水塘，于是炎帝就把水塘作为养龙的地方。

　　朱草蔓衍于街衢①,卿云蔚蔼于丛薄②,筑圆丘以祀朝日③,饰瑶阶以揖夜光④。奏九天之和乐⑤,百兽率舞⑥,八音克谐⑦,木石润泽。时有流云洒液,是谓"霞浆",服之得道,后天而老。

【注释】

①朱草:传说中的一种红色瑞草。古人以为祥瑞之物。《淮南子·本经训》:"流黄出而朱草生。"高诱注:"皆瑞应也。"街衢(qú):四通八达的道路。

②卿云:即庆云,一种彩云,古人视之为祥瑞。《史记·天官书》:"若烟非烟,若云非云,郁郁纷纷,萧索轮囷,是谓卿云。卿云,喜气也。"《竹书纪年》卷上:"十四年,卿云见,命禹代虞事。"蔚蔼:云气弥漫。蔼,通"霭"。云气。丛薄(báo):丛生的草木。《淮南子·俶真训》:"兽走丛薄之中。"高诱注曰:"聚木曰丛,深草曰薄。"

③圆丘:古代祭天的圆形高坛。"圆""园"古通用。《周礼·春官·大司乐》:"于地上之园丘奏之。"贾公彦疏:"土之高者曰丘,取自然之丘。园者,象天园。"

④瑶阶:玉砌的台阶。亦用为石阶的美称。揖:拱手行礼。夜光:指月亮。《楚辞·天问》:"夜光何德?死则又育。"洪兴祖《楚辞补注》引《博雅》云:"夜光谓之月。"

⑤九天:天的最高处,形容极高。传说古代天有九重。也作九重天、九霄。《楚辞·离骚》:"指九天以为正兮,夫唯灵修之故也。"王逸注曰:"九天,谓中央八方也。"扬雄《太玄经·玄数》:"九天:一为中天,二为羡天,三为从天,四为更天,五为睟天,六为廓天,七为减天,八为沉天,九为成天。"九天也称作"九野"。《吕氏春秋·有始览》:"天有九野……中央曰钧天……东方曰苍天……

东北曰变天……北方曰玄天……西北曰幽天……西方曰颢天……西南曰朱天……南方曰炎天……东南曰阳天。"

⑥百兽率(shuài)舞：各种野兽相率起舞。旧指帝王修德，时代清平。《尚书·舜典》："於！予击石拊石，百兽率舞。"

⑦八音：我国古代八种制造乐器的材料，即金、石、丝、竹、匏、土、革、木八种不同的材质。《史记·五帝本纪》："诗言意，歌长言，声依永，律和声，八音能谐，毋相夺伦，神人以和。"后也泛指音乐。葛洪《抱朴子外篇·博喻》："故离朱剖秋毫于百步，而不能辩八音之雅俗。"克：能。

【译文】

红色的瑞草滋生蔓延在四通八达的道路之上，彩云弥漫在丛生的草木间。炎帝修筑圆形的高坛用来祭祀早晨的太阳，装饰玉砌的台阶祭拜月光。乐队演奏仙界的和谐乐曲，人们安居乐业，天下清平。不同材料制成的八种乐器能够和谐地演奏音乐，炎帝的圣德使得树木山石滋润。这个时候，有漂浮的云彩洒落水珠，这就是所谓的"霞浆"，喝了"霞浆"的人就能得道成仙，长生不死。

　　有石璘之玉①，号曰"夜明"，以暗投水，浮而不灭。当斯之时，渐革庖牺之朴②，辨文物之用③。时有丹雀衔九穗禾④，其坠地者，帝乃拾之，以植于田，食者老而不死。采峻锾之铜以为器。峻锾，山名也。下有金井，白气冠其上。人升于其间，雷霆之声，在于地下。井中之金柔弱，可以缄縢也⑤。

【注释】

①璘(lín)：玉的光彩。《文选·张平子〈西京赋〉》："珊瑚琳碧，瓀珉

璘彬。"薛综注曰:"璘彬,玉光色杂也。"

②革:变革,更改。

③辨:分别,辨别。

④丹雀:中国古代神话传说中象征祥瑞的赤色雀。杜甫《送高司直
　　寻封阆州》:"丹雀衔书来,暮栖何乡树?"仇兆鳌注曰:"《周礼
　　疏》:'《中候我应》云:季秋甲子,赤雀衔丹书入丰。'"

⑤缄縢(jiān téng):绳索。《庄子·胠箧(qū qiè)》:"将为胠箧、探
　　囊、发匮之盗而为守备,则必摄缄縢,固扃镭,此世俗之所谓
　　知也。"

【译文】

　　有一种发光的玉石叫"夜明",如果在黑暗的夜晚将它投到水中,玉石就会浮在水面并发出光亮。在这个时候,炎帝逐渐改变了庖牺氏时期原始质朴的生活,辨明了礼乐制度的用途。当时有一只红色的雀衔来九穗禾,九穗禾落到地上,炎帝捡起来并把它种植在田里,吃了九穗禾的人就会长生不死。人们开采峻镤山的铜制成器物。峻镤是山名。山下有一口金井,白色的云气环绕在井口之上。人登上金井,如同疾雷般的声音在井下发出巨大的声响。井中的黄金柔软,可以用来做绳索。

　　录曰①:谨按《周易》云②:伏羲为上古③,观文于天,察理于地,俯仰二仪④,经纶万象⑤,至德备于冥昧⑥,神化通于精粹⑦。是以图书著其迹,河洛表其文⑧。变太素之质⑨,改淳远之化⑩,三才之位既立⑪,四维之义乃张⑫。

【注释】

①文中"录曰"以下皆为萧绮之语。萧绮在《拾遗记》卷首的序言中
　　说"序而录焉",即此。

②谨按：引用论据、史实开端的常用语。

③上古：三古（上古、中古、下古）之一。《汉书·艺文志》："《易》道深矣，人更三圣，世历三古。"孟康注曰："《易·系辞》曰：'《易》之兴，其于中古乎！'然则伏羲为上古，文王为中古，孔子为下古。"

④俯仰：形容沉思默想。二仪：指天、地。

⑤经纶：指筹划治理国家大事。《易·屯·象》："云雷屯，君子以经纶。"孔颖达疏："经谓经纬，纶谓纲纶，言君子法此屯象有为之时，以经纶天下，约束于物。"万象：道家术语。指宇宙内外的一切事物或景象。

⑥备：完备，齐备。冥昧：指天地未形成时的混沌状态。《易纬乾凿度》卷上："一阴一阳，物之生于冥昧，气之起于幽蔽。"

⑦精粹：精细淳美。《后汉书·张衡传》："欻（chuā）神化而蝉蜕兮，朋精粹而为徒。"李贤注："粹，美也。"

⑧河洛：即《河图》《洛书》。齐治平注曰："《易·系辞》：'河出图，洛出书，圣人则之。'郑玄用《春秋纬》之说，以为《河图》有九篇，《洛书》有六篇，孔安国以为《河图》即八卦，《洛书》即九畴。见《易·系辞》疏。"

⑨太素：中国古代谓最原始的物质。《列子·天瑞》："太素者，质之始也。"班固《白虎通义·天地》："始起先有太初，后有太始，形兆既成，名曰太素。"

⑩淳远：指上古时期先民原始质朴、不相往来的生活状态。化：习俗，风气。

⑪三才：指天、地、人。《易·说卦》："是以立天之道曰阴与阳，立地之道曰柔与刚，立人之道曰仁与义，兼三才而两之。"

⑫四维：古代指礼、义、廉、耻四种道德准则。《管子·牧民》："何谓四维？一曰礼，二曰义，三曰廉，四曰耻。"刘绩注曰："维，网罟之纲，此四者张之，所以立国，故曰四维。"

【译文】

萧绮录语说:谨按《周易》说:伏羲治理上古社会,仰观天文,俯察地理,探求天地变化的规律,筹划治理国家内外的一切事务。伏羲的圣德在天地未形成的混沌状态就已经完备,他的神奇的教化传递于精微细密之间。因此,图册书籍中著录着他的事迹,《河图》《洛书》里记载了他的美德。伏羲改变了太素时期的物质世界和这一时期先民愚昧质朴的习俗。天、地、人三才的地位确立起来,礼、义、廉、耻四种道德准则的含义才伸张开来。

　　礼乐文物,自兹而始。降于下代,渐相移袭。《八索》载其遐轨,《九丘》纪其淳化①,备昭籍箓②,编列柱史③。考验先经,刊详往诰④,事列方典⑤,取征群籍,博采百家,求详可证。

【注释】

①《八索》载其遐轨,《九丘》纪其淳化:《八索》《九丘》,指古书名。《左传·召公十二年》:"是能读《三坟》《五典》《八索》《九丘》。"杜预注曰:"皆古书名。"遐轨,指古人的遗迹,前人的法度。阮瑀《纪征赋》:"仰天民之高衢兮,慕在昔之遐轨。"淳化,指敦厚的教化。

②昭:显扬。箓(lù):古代帝王自称受命于天的神秘文书。《广韵·烛韵》:"箓,图箓。"《字汇·竹部》:"箓,图书。"

③柱史:周朝的官名,柱下史的简称,是典守书籍的史官,相当于秦代的御史,汉代的侍御史。《史记·张丞相传》:"张丞相苍者……秦时为御史,主柱下方书。"此处指史书。

④诰:帝王任命或封赠的文书。

⑤方典：指方策。古时无纸，书于木版竹简之上，因此后世称书籍为方典或方策。

【译文】

礼乐制度，从此开始实行，并一直流传下来，这些社会规则一代代地递相变化承袭。《八索》记载着他悠远的法度，《九丘》书写着他敦厚的教化。伏羲的圣德完全显扬于古书图箓，编列于史籍。后人考辨前代的经典，审察往昔的文书，把所有的事迹编列于木版竹简，征引各种典籍，广采百家之言，加以详细的推求，来证实其中的真伪。

按《山海经》云："棠帝之山，出浮水玉①。巫间之地，其木多文。"自非道真俗朴，理会冥旨②，与四时齐其契③，精灵协其德④，祯祥之异⑤，胡可致哉！故使迹感诚著，幽祇不藏其宝⑥，祇心剪害⑦，殊性之类必驯也⑧。以降露成池，蓄龙为圃。及乎夏代，世载绵绝，时有豢龙之官。考诸遐籍⑨，由斯立矣。

【注释】

①棠帝之山，出浮水玉：棠帝之山，应作"堂庭之山"。水玉，水晶的古称。《山海经·南山经》："又东三百里，曰堂庭之山，多棪木，多白猿，多水玉。"郭璞注曰："水玉，今水精也。"《山海经·南山经》此句与萧绮录语不同。

②冥旨：深邃的意思。冥，本意指幽暗不明，后引申为深奥、深邃。

③四时：指一年四季。《易·恒·象》："四时变化而能久成。"《礼记·孔子闲居》："天有四时，春秋冬夏。"

④精灵：精气之灵。古人认为是形成万物的本原。《易·系辞上》："精气为物，游魂为变。"孔颖达疏："阴阳精灵之气，氤氲积聚而

为万物也。"

⑤祯祥：吉祥的征兆。

⑥祇(qí)：中国古代对地神的称呼。《说文》："祇，地祇。提出万物者也。"

⑦祇(zhǐ)：同"只"。

⑧殊性之类：即殊类。古称少数民族为殊类。《世说新语·赏誉》："张天锡世雄凉州，以力弱诣京师，虽远方殊类，亦边人之桀也。"

⑨遐籍：古代的典籍。

【译文】

再说炎帝时代，按《山海经》说："堂庭山出产能浮在水面的水晶。巫闾之地的树木都有很多纹理。"如果不是符合道德的真谛和纯朴的习俗，领会了其中深邃的旨意，与一年四季的变化完全契合，万物本原的精灵之气与炎帝的圣德相调和，那么吉祥的征兆，怎么能自己到来呢？所以这些功绩使得炎帝的圣德感动天地，诚意显著，幽冥中的地神也不会隐藏自己的宝物，只想全心剪除祸患，少数民族的人民也一定能够顺服。就"降露成池，蓄龙为圃"来说，一直到夏代，世代绵延不断，当时还有豢龙之官。考证古代的典籍，神农之世就可以确立。

轩辕黄帝

轩辕出自有熊之国①。母曰昊枢②，以戊己之日生，故以土德称王也。时有黄星之祥③。考定历纪④，始造书契。服冕垂衣⑤，故有衮龙之颂⑥。变乘桴以造舟楫⑦，水物为之祥踊⑧，沧海为之恬波⑨。泛河沉璧⑩，有泽马群鸣⑪，山车满野⑫。吹玉律⑬，正璇衡⑭。置四史以主图籍⑮，使九行之士以统万国。九行者，孝、慈、文、信、言、忠、恭、勇、义。以观天地，以祠万灵，亦为九德之臣⑯。

【注释】

①轩辕：我国古史传说中的三皇之一。《史记·五帝本纪》："黄帝者，少典之子，姓公孙，名轩辕。"《史记索隐》："有土德之瑞，土色黄，故称黄帝。"皇甫谧《帝王世纪》："居轩辕之丘，因以为名，又以为号。"《汉书·古今人表》张晏注与前说不同。张晏注曰："黄帝作轩冕之服，故谓之轩辕。"有熊之国：古国名。《史记索隐》："《注》号'有熊'者，以其本是有熊国君之子故也。"有熊之地在今河南新郑。

②昊枢：古代传说为黄帝之母。黄帝之母曰昊枢的说法仅见本书，与他本不同，不知何据。《竹书纪年》及《史记正义》均谓黄帝母曰附宝。《竹书纪年》卷上："黄帝轩辕氏，母曰附宝。见大电绕北斗枢星，光照郊野，感而孕，二十五月而生帝。"《史记·五帝本纪》："黄帝者，少典之子。"张守节《史记正义》曰："黄帝……母曰附宝，之祁野，见大电绕北斗枢星，感而怀孕，二十四月而生黄帝于寿丘。"

③黄星：黄色的星，中国古代认为是祥瑞之兆。《竹书纪年》卷上："（曰黄帝）二十年，景云见……有景云之瑞。赤方气与青方气相连，赤方中有两星，青方中有一星，凡三星皆黄色，以天清明时见于摄提，名曰景星。"

④历：即星历。《史记·历书》："黄帝考定星历。"《史记索隐》："按《系本》及《律历志》，黄帝使羲和占日，常仪占月，臾区占星气，伶伦造律吕，大桡作甲子，隶首作算数，容成综此六术，而著《调历》也。"

⑤服冕垂衣：指黄帝以天子之位治理天下。《易·系辞下》："黄帝、尧、舜垂衣裳而天下治。"服，戴。冕，中国古代天子、诸侯及达官

显宦戴的礼帽。后专指帝王的皇冠。

⑥衮（gǔn）龙：天子礼服，上画卷龙，故称衮龙。徐幹《中论·治学》：“视衮龙之文，然后知被褐之陋。”

⑦桴（fú）：小竹筏或小木筏。《易·系辞下》曰黄帝、尧、舜“刳木为舟，剡木为楫”。

⑧祥踊：亦作“翔踊”，即疾游腾跃。

⑨恬波：平息波澜。

⑩泛河：即乘坐小船漂浮在河面之上。沉璧：《路史·余论》“沉璧”条引《符瑞图》云：“黄帝轩辕氏东巡，省河过洛，又沉握视，将加沉璧。集历呈臻，皆临诸坛。河龙负图，出赤文象文以授命。”指获得符瑞。

⑪泽马：川泽所出之马。古人认为是象征祥瑞的神马。《孝经援神契》：“王者德至山陵，则景云见，泽出神马。”《文选·张平子〈东京赋〉》：“扰泽马与腾黄。”李善注引《阴嬉谶》曰：“圣人为政，泽出马。”

⑫山车：传说帝王有德，天下太平，则山车出现，古代以为祥瑞之物。《礼记·礼运》：“山出器车。”孔颖达疏引《礼纬斗威仪》：“‘其政太平，山车垂钩。’注云：‘山车，自然之车；垂钩，不揉治而自圆曲。’”

⑬玉律：玉制的标准定音器。相传黄帝时伶伦截竹为筒，以筒之长短，分别声音的清浊高下。乐器之音，则依以为准。分阴、阳各六。阳为律，阴为吕，合称十二律。因律有十二，故古人又以配十二月，并用吹灰法，以候气。《后汉书·律历志上》：“候气之法……殿中候，用玉律十二。”《晋书·律历志上》：“又武帝太康元年，汲郡盗发六国时魏襄王冢，亦得玉律。则古者又以玉为管矣。”

⑭璇衡：亦作“璿衡”，是璿玑玉衡的简称。璿玑玉衡为古代玉饰的

观测天象的仪器,相当于后世的浑天仪。《书·舜典》:"在璿玑玉衡,以齐七政。"

⑮四史:相传为黄帝时的四个史官:沮诵、仓颉、隶首、孔甲。王应麟《小学绀珠·名臣类》:"四史:沮诵、仓颉、隶首、孔甲。"注:"黄帝四史官。"

⑯九德:中国古代指贤人所具备的九种优良品质。九德内容,说法不一。《书·皋陶谟》:"皋陶曰:'都,亦行有九德,亦言其人有德,乃言曰:载采采。'禹曰:'何?'皋陶曰:'宽而栗、柔而立、愿而恭、乱而敬、扰而毅、直而温、简而廉、刚而塞、强而义,彰厥有常,吉哉!'"《左传·昭公二十八年》:"心能制义曰度,德正应和曰莫,照临四方曰明,勤施无私曰类,教诲不倦曰长,赏庆刑威曰君,慈和遍服曰顺,择善而从之曰比,经纬天地曰文。九德不愆,作事无悔。"《逸周书·常训》:"九德:忠、信、敬、刚、柔、和、固、贞、顺。"

【译文】

黄帝出生在有熊国。他的母亲名叫昊枢,因为黄帝出生在戊己之日,所以凭借土德称王。当时有黄星高悬的祥瑞之兆。黄帝考查制定历法纪年,开始创造文字。黄帝居天子之位,戴冠冕,垂衣裳而天下大治。因为黄帝的礼服上画着衮龙的图案,所以后人才有"衮龙之颂"。轩辕黄帝改造竹排木筏制成船只,水中的鱼儿为之疾游腾跃,大海为之恬静无波。泛舟河面之上,沉玉璧获得符瑞。象征吉兆的泽马成群嘶鸣,有祥瑞之兆的山车遍布郊野。黄帝让乐师吹奏玉制的定音器校订音律,调正观测天文的浑天仪,让沮诵、仓颉、隶首、孔甲四位史官掌管图书典籍,派具有九行之德的贤士统辖天下。九行指孝、慈、文、信、言、忠、恭、勇、义九种品德。黄帝让他们观天察地,祭祀神灵,也称他们为具有九种优良品德的贤臣。

　　薰风至①，真人集②，乃厌世于昆台之上③，留其冠、剑、佩、舄焉④。昆台者，鼎湖之极峻处也⑤，立馆于其下。帝乘云龙而游。殊乡绝域，至今望而祭焉。帝以神金铸器，皆铭题。及升遐后⑥，群臣观其铭，皆上古之字，多磨灭缺落。凡所造建，咸刊记其年时，辞迹皆质。诏使百辟群臣受德教者⑦，先列珪玉于兰蒲席上，燃沉榆之香，春杂宝为屑，以沉榆之胶和之为泥，以涂地，分别尊卑华戎之位也⑧。事出《封禅记》。

【注释】

①薰（xūn）风：和暖的风。指初夏时的东南风。《吕氏春秋·有始览》："东南曰薰风。"

②真人：道家称存养本性或修真得道的人，亦泛称成仙之人。《庄子·大宗师》："古之真人，其寝不梦，其觉无忧，其食不甘，其息深深……古之真人，不知说生，不知恶死，其出不䜣，其入不距；脩然而往，脩然而来而已矣。"

③厌世：厌弃世俗生活，指得道成仙。《庄子·天地》："千岁厌世，去而上仙。"

④舄（xì）：鞋。《史记正义》引《列仙传》曰："轩辕自择亡日与群臣辞。还葬桥山，山崩，棺空，唯有剑、舄在棺焉。"本书记载与此不同。

⑤鼎湖：地名。在今河南阌乡南荆山之下。古代传说黄帝在鼎湖乘龙升天。《史记·封禅书》："黄帝采首山铜，铸鼎于荆山下。鼎既成，有龙垂胡髯，下迎黄帝。黄帝上骑，群臣后宫从上者七十余人，龙乃上去……故后世因名其处曰鼎湖。"

⑥升遐：升天。谓死亡。闻一多《神仙考》一文说："据此，则'遐'当

读为'煆'，本训火焰，因日旁赤光，或赤云之似火者谓之霞，故又或借'霞'为之。"

⑦百辟：诸侯。《书·洛诰》："汝其敬识百辟享，亦识其有不享。"孔传："奉上谓之享。言汝为王，其当敬识百君诸侯之奉上者，亦识其有违上者。"《文选·张平子〈东京赋〉》："然后百辟乃入，司仪辨等，尊卑以班。"薛综注曰："百辟，诸侯也。"

⑧华戎：汉族和少数民族。华，汉族。我国古称华夏。戎，戎羌。中国古代称西部民族为戎。

【译文】

　　和暖的风吹来，得道成仙的真人聚集在天庭，于是黄帝开始厌弃人间的世俗生活，他在昆台山上得道成仙，留下了他的帽子、宝剑、佩饰、鞋子在人间。昆台是鼎湖山最险峻的地方，黄帝在鼎湖山的险峰下建造馆舍。他乘云驾龙游玩。遥远的仙乡殊域，人们至今还到鼎湖山下拜望、祭祀黄帝。黄帝在位时，用神奇的金属铜铸造器物，在器物上都刻上铭文。等到黄帝升仙之后，群臣观看这些铭文，都是上古的文字，其中很多都消失湮灭、残缺不全了。凡是黄帝铸造的器物，都刊刻记录其产生的年代和具体时间，这些铭文文辞都很质朴。黄帝诏令诸侯、群臣接受德行教育，先让他们把珪玉排列在香草编制的席子上，点燃沉香木、榆木制作的香料，捣碎各种珍宝使之成为碎屑，用沉香木、榆木的胶调和珍宝碎屑成为泥状，涂抹在地面，来辨别尊和卑、汉族和少数民族的位分。该事出自《封禅记》。

　　帝使风后负书，常伯荷剑①，旦游洹流②，夕归阴浦③，行万里而一息。洹流如沙尘，足践则陷，其深难测。大风吹沙如雾，中多神龙鱼鳖，皆能飞翔。有石蕖青色④，坚而甚轻，从风靡靡，覆其波上，一茎百叶，千年一花。其地一名"沙澜”，言沙涌起而成波澜也。仙人宁封食飞鱼而死⑤，二百年更生，故宁先生游沙海七言颂云：“青蕖灼烁千载舒⑥，百龄暂死饵飞鱼。”则此花此鱼也。

【注释】

①帝使风后负书，常伯荷剑：风后，相传为黄帝大臣。《史记·五帝本纪》：“（黄帝）举风后、力牧、常先、大鸿以治民。”裴骃《史记集解》引郑玄曰：“风后，黄帝三公也。”张守节《史记正义》：“四人皆帝臣也。”常伯，周朝官名。《文选·陈太丘碑文》注引环济《要略》曰：“侍中，古官。或曰风后为黄帝侍中，周时号曰常伯，秦始复故。”“常伯”疑即“常先”之讹。

②洹（huán）：即洹山，中国古代传说中的山名。《山海经·北山经》：“又北水行五百里，流沙三百里，至于洹山，其上多金、玉。”

③阴：指山的北面和水的南面。浦：水滨。

④蕖（qú）：即芙蕖，荷花的别称。

⑤宁封：亦称“宁封子”，传说中黄帝时代的仙人。《列仙传》：“宁封子者，黄帝时人也。世传为黄帝陶正。有人过之，为其掌火，能出五色烟，久则以教封子。封子积火自烧，而随烟气上下。视其灰烬，犹有其骨。时人共葬于宁北山中，故谓之宁封子焉。”

⑥灼烁：形容光彩鲜明的样子。舒：伸展。

【译文】

黄帝让他的大臣风后背着书囊，常伯扛着宝剑，早晨在洹山的流沙之地巡游，晚上回到南面的水滨，游行万里才呼吸一次。洹山的流沙好似轻沙细尘，脚踩上去就会陷进去，深度难以探测。大风吹起的细沙像烟雾，其中有许多神龙鱼鳖，它们都能飞翔。还有深绿色的石荷花，这种荷花形体坚实而轻盈，荷叶随风摇摆，覆盖在沙波之上。石荷花的一根花茎上有一百片叶子，一千年开一次花。这个地方也叫“沙澜”，是说风沙涌起形成沙浪。据说仙人宁封吃了沙中的飞鱼就死了,二百年后又转世再生,所以宁先生游沙海时写了一首七言诗赞颂说:"荷花鲜艳千年一盛开,飞鱼为食暂死百年而复生。"说的就是这里的花,这里的鱼。

少昊

少昊以金德王①。母曰皇娥②,处璇宫而夜织③,或乘桴木而昼游④,经历穷桑沧茫之浦⑤。时有神童,容貌绝俗,称为白帝之子,即太白之精⑥,降乎水际,与皇娥宴戏,奏婣娟之乐⑦,游漾忘归⑧。穷桑者,西海之滨,有孤桑之树,直上千寻,叶红椹紫,万岁一实,食之后天而老。

【注释】

①少昊:中国古代神话中的五帝之一,又称白帝。一说其为黄帝之子。《太平御览》卷八〇三引本书佚文曰:"黄帝之子名青阳,是曰少昊,一名挚,有白云之瑞,号为白帝。有凤衔明珠致于庭,少昊乃拾珠怀之,使照服于天下。"

②皇娥:古代传说中少昊的母亲。此说仅见本书。在其他古代文献中少昊之母为常仪。《史记·五帝本纪》张守节《史记正义》引《帝王纪》云:"帝俈有四妃……次妃娵訾氏女,曰常仪,生帝挚。"

③璇宫:用美玉建筑的宫殿。璇,美玉。

④桴(fú)木:木筏。

⑤穷桑:传说中古帝少皞氏所居之处。《左传·昭公二十九年》"少皞氏有四叔"句下,杨伯峻注引《尸子·仁意篇》曰:"少昊金天氏,邑于穷桑。"又《帝王世纪》:"(少昊)邑于穷桑以登帝位,都曲

阜，故或谓之穷桑帝。"沧茫：无边无际、视野迷茫的样子。

⑥太白：即金星。《史记·天官书》："察日行以处位太白。"张守节
　《史记正义》引《天官占》云："太白者，西方金之精，白帝之子。"

⑦娉(sǎo)娟：当作"娉(pián)娟"，美好的样子。《广韵·仙韵》：
　"娉，娉娟，美好。"娉娟亦可解作"回环曲折的样子"。《文选·王
　文考〈鲁灵光殿赋〉》："旋室娉娟以窈窕，洞房叫窱而幽邃。"此处
　当指音乐优美婉转。

⑧游漾：荡漾，漂浮。

【译文】

　　少昊以金德称王。他的母亲名叫皇娥，早年皇娥住在美玉建造的宫殿之中，夜夜织锦。有时白天她也会乘着木筏在水上游玩，经过旷远无际的穷桑水滨。这时有一位神童，容貌超凡绝俗，自称是白帝的儿子，也就是西方金星之神，从天而降来到水边，与皇娥相聚叙谈，游赏玩耍。他们演奏优美婉转的音乐，荡漾嬉戏竟然忘了回家。穷桑就是西海之滨，那里有一棵巨大的桑树，枝干直上云霄八千尺，桑叶是红的，桑葚是紫的，一万年才结一次果实，吃了桑葚的人可以长生不老。

　　帝子与皇娥泛于海上，以桂枝为表①，结薰茅为旌②，刻玉为鸠，置于表端，言鸠知四时之候③，故《春秋传》曰"司至"④，是也。今之相风⑤，此之遗象也⑥。帝子与皇娥并坐，抚桐峰梓瑟⑦。皇娥倚瑟而清歌曰："天清地旷浩茫茫，万象回薄化无方⑧。涺天荡荡望沧沧⑨，乘桴轻漾著日傍。当其何所至穷桑，心知和乐悦未央⑩。"俗谓游乐之处为桑中也。《诗》中《卫风》云："期我乎桑中⑪。"盖类此也。

【注释】

①表：直立于地面，用以观测日影的标杆。此处指桅杆。

②薰茅：指带有香气的茅草。薰，一种香草，也指花草的香气。茅，草名。即白茅，俗称茅草。旌：古代用羽毛装饰的旗子。引申泛指旗子。

③鸠知四时之候：齐治平曰："按鸠与伯劳非一物。又鸠有数种，其中鸤鸠，又名布谷，每谷雨后始鸣，夏至后乃止。农家以为候鸟。此言'鸠知四时之候'，盖误以鸤鸠当伯劳也。"

④司至：官名。《左传·昭公十七年》："伯赵氏，司至者也。"杜预注："伯赵，伯劳也，以夏至鸣，冬至止。"孔颖达疏："此鸟以夏至来，冬至去，故以名官，使之主二至也。"司，管理。至，指冬至和夏至。

⑤相风：古代观测风向的仪器。以木或铜制成，形状如乌，放置在屋顶或舟樯上，来观测四方之风。因其形状如乌，也称"象风乌"。潘岳《相风赋》："立成器以相风，栖灵乌于帝庭。"

⑥遗象：指前代事物流传下来的形状、式样。干宝《搜神记》卷七："为车乘者，苟贵轻细，又数变易其形，皆以白篾为纯，盖古丧车之遗象。"

⑦梓瑟：梓木制成的瑟。《文选·宋玉〈招魂〉》："晋制犀比，费白日些，铿钟摇虡，揳梓瑟些。"张铣注曰："以梓木为瑟也。"

⑧回薄：谓循环相迫变化无常。《鹖冠子·世兵》："精神回薄，振荡相转。"

⑨荡荡：形容宽广浩荡的样子。沧沧：旷远的样子。

⑩未央：未尽，未已，没有完结。

⑪期我乎桑中：是说约我到桑中相会。桑中，地名，在今河南淇县南。一说泛指桑林之中。

【译文】

白帝之子与皇娥乘筏泛游于沧海之上,他们利用桂树枝做成桅杆,把带有香气的茅草打结做成旗子,将玉石雕刻成鸠鸟的形状放置在桅杆的顶端。据说鸠鸟知道一年四季的气候变化,所以《春秋传》说"掌管夏、冬二至",说的就是这个道理。今天的象风鸟,就是这种鸠鸟的遗留。白帝之子与皇娥并肩坐在木筏上,白帝之子抚弄着用桐峰顶上的梓木制成的瑟,皇娥则和着瑟的旋律用清脆的歌声唱道:"天气清朗,土地宽广,海水广大而辽阔,万物运转变化无穷。水天一色,旷远无际,乘坐木筏荡漾在海上日出的地方。当时不知身在何处,竟然到达穷桑之地! 心中高兴,欢乐无尽。"后来民间就称游乐之处为桑中。《诗经》中的《卫风》一诗说:"期我乎桑中。"大概说的就是这种习俗。

白帝子答歌:"四维八埏眇难极①,驱光逐影穷水域。璇宫夜静当轩织。桐峰文梓千寻直②,伐梓作器成琴瑟。清歌流畅乐难极,沧湄海浦来栖息。"及皇娥生少昊,号曰穷桑氏,亦曰桑丘氏。至六国时,桑丘子著阴阳书③,即其余裔也。少昊以主西方,一号金天氏,亦曰金穷氏。时有五凤④,随方之色,集于帝庭,因曰凤鸟氏。金鸣于山,银涌于地。或如龟蛇之类,乍似人鬼之形,有水屈曲亦如龙凤之状,有山盘纡亦如屈龙之势⑤,故有龙山、龟山、凤水之目也。亦因以为姓,末代为龙丘氏⑥,出班固《艺文志》;蛇丘氏⑦,出《西王母神异传》⑧。

【注释】

①四维:指东南、西南、东北、西北四隅。《淮南子·天文训》:"帝张四维,运之以斗。"八埏(yán):即八方。埏,边际,边远之地。《广

韵·仙韵》:"埏,际也。"《汉书·司马相如传下》:"上畅九垓,下
溯八埏。"颜师古注引孟康曰:"埏,地之八际也。言德上达于九
重之天,下流于地之八际。"

②文梓:有斑纹的梓木。《墨子·公输》:"荆有长松、文梓、楩楠、豫
章。"《史记·滑稽列传》:"臣请以雕玉为棺,文梓为椁。"

③桑丘子:《汉书·艺文志》阴阳家有《乘丘子》五篇,班固注曰:"六
国时。"王先谦《汉书补注》认为"乘丘"当作"桑丘"。

④五凤:古代传说中的五种神鸟。《小学绀珠·动植类》:"五凤:赤
者凤,黄者鹓鶵,青者鸾,紫者鸑鷟,白者鹄。"古代以凤凰至为祥
瑞的征兆。《文选·班孟坚〈两都赋序〉》:"神雀五凤,甘露黄龙
之瑞,以为年纪。"应劭注曰:"先者凤皇五至,因以改元。"

⑤盘纡:回绕曲折。《淮南子·本经训》:"木巧之饰,盘纡刻俨,嬴
镂雕琢,诡文回波。"高诱注曰:"盘,盘龙也。纡,曲屈。"

⑥龙丘氏:齐治平注曰:"按今《汉志》无龙丘氏。龙丘,复姓,因龙
丘山为氏,见《东观汉记》。又《后汉书·循吏传》有龙丘苌。"

⑦蛇丘氏:齐治平注曰:"春秋时齐人灭遂,遂国在济北,汉建为蛇
丘县,受封者以为氏。"

⑧西王母:古代神话传说中的仙人。《山海经·西山经》:"又西三
百五十里,曰玉山,是西王母所居也。西王母其状如人,豹尾虎
齿而善啸,蓬发戴胜,是司天之厉及五残。"《穆天子传》:"吉日甲
子,天子宾于西王母。"郭璞注曰:"西王母,如人虎齿,蓬发戴胜,
善啸。"

【译文】

白帝之子对歌唱道:"四隅八极邈远难见边际,追赶日光来到海的
尽头。璇宫的夜晚静悄悄,对着窗户织着锦。桐峰之上的文梓木高达
千寻;伐梓木,作乐器,制成琴瑟。清脆的歌声,流畅的乐曲,欢乐无穷;
大海边上我们双栖双息。"后来皇娥生下了少昊,称号就叫"穷桑氏",也

叫"桑丘氏"。到六国时，著阴阳五行之书的桑丘子，就是白帝的后裔。少昊帝主西方，所以又称"金天氏"，也叫"金穷氏"。当时有五只凤鸟随五方之色环绕飞翔，它们都飞落到少昊的庭院之中，因此少昊也称为凤鸟氏。那时，黄金在山中鸣响，白银从地下喷涌而出。喷出的白银有的形状如龟、蛇一类的动物，忽然又似人鬼的形状。有一条河水弯弯曲曲，也如龙、凤的形状，还有一座高山回绕曲折也如苍龙屈曲的样子，所以就有了龙山、龟山、凤水等的名称。人们也因此以龙蛇为姓，后世有人称为龙丘氏，此说出自班固的《艺文志》，也有以蛇丘氏为姓的，此说出自《西王母神异传》。

颛顼

　　帝颛顼高阳氏①，黄帝孙，昌意之子②。昌意出河滨，遇黑龙负玄玉图③。时有一老叟谓昌意云："生子必叶水德而王。"至十年，颛顼生，手有文如龙，亦有玉图之象④。其夜昌意仰视天，北辰下⑤，化为老叟。及颛顼居位，奇祥众祉⑥，莫不总集，不禀正朔者越山航海而皆至也⑦。帝乃揖四方之灵，群后执珪以礼，百辟各有班序⑧。

【注释】

①颛顼(zhuān xū)：传说中的上古帝王，五帝之一，号高阳氏。相传为黄帝之孙，昌意之子，居于帝丘。十岁佐少昊，十二岁而冠，二十岁登帝位，在位七十八年。《山海经·海内经》："黄帝妻雷祖，生昌意，昌意降处若水，生韩流。韩流擢首、谨耳、人面、豕啄、麟身、渠股、豚止，取淖子曰阿女，生帝颛顼。"《史记正义》引《华阳国志》及《十三州志》云："帝颛顼高阳氏，黄帝之孙，昌意之子，母

曰昌仆，亦谓之女枢。"与《山海经》颛顼母阿女的说法不同。《史记索隐》引宋衷云："颛顼，名；高阳，有天下之号也。"又引张晏云："高阳者，所兴地名也。"

②昌意：黄帝之子。相传黄帝娶西陵国之女为正妃，生二子：其一曰玄嚣，其二曰昌意。见《史记·五帝本纪》。

③玄玉：黑色的玉。《楚辞·招魂》："红壁沙版，玄玉梁些。"

④手有文如龙，亦有玉图之象：指颛顼出生时的神异。《史记正义》引《河图》云："瑶光如蜺贯月，正白，感女枢于幽房之宫，生颛顼。首戴干戈，有德文也。"与文中所记不同。

⑤北辰：北极星。《尔雅·释天》："北极谓之北辰。"《论语·为政》："子曰：'为政以德，譬如北辰，居其所而众星共之。'"

⑥祉(zhǐ)：福。《尔雅·释诂下》："祉，福也。"邢昺疏："祉者，繁多之福也。"

⑦不禀正朔者……皆至也：齐治平注曰："按《史记·五帝本纪》，颛顼时'北至于幽陵，南至于交阯，西至于流沙，东至于蟠木，动静之物，大小之神，日月所照，莫不砥砺'。《史记集解》引王肃云：'四远皆平而来服属。'即此句意。"禀，指下对上报告。正朔，一年中的第一天，即农历正月初一。古代帝王易姓受命，必改正朔，所以夏、殷、周、秦及汉初的正朔各不相同。自汉武帝后，直至现今的农历，都用夏制，即以建寅之月为岁首。《礼记·大传》："改正朔，易服色。"孔颖达疏："改正朔者，正，谓年始；朔，谓月初，言王者得政示从我始，改故用新，随寅丑子所损也。周子、殷丑、夏寅，是改正也；周夜半，殷鸡鸣，夏平旦，是易朔也。"

⑧群后执珪以礼，百辟各有班序：群后、百辟，指各国诸侯。《尔雅·释诂》："后、辟，君也。"珪，古玉器名。长条形，上端作三角形，下端正方。中国古代贵族朝聘、祭祀、丧葬时以为礼器。依其大小，以别尊卑。班序，按官爵或年龄排列的次序。杜甫《奉

赠太常张卿垍二十韵》：“弼谐方一展，班序更何跻。”仇兆鳌注引
朱鹤龄注曰：“班序，谓班爵之序。”

【译文】

　　帝颛顼号高阳，是轩辕黄帝的孙子，昌意的儿子。一天，昌意来到
河边，碰到一条黑龙驮着黑色的玉雕成的图谶之书。当时有一位老人
对昌意说：“你将来生子一定契合水德并称王。”过了十年，颛顼出生，他
的手上有像龙一样的花纹，也出现了玉图书的神异之象。这天夜里昌
意仰望天空，看见北极星飘落下来，化成一位老人。等到颛顼登上王
位，各种奇异的祥征福兆，全部都聚集在一起。颛顼登基颁布新的历法
时没有报到的各国诸侯这时也都翻山越海前来归顺称臣。颛顼于是向
四方之神拱手作礼，各国诸侯手拿玉珪顶礼朝拜，他们按照爵次排列，
秩序井然。

　　受文德者[①]，锡以钟磬[②]；受武德者[③]，锡以干戈[④]。有浮
金之钟[⑤]，沉明之磬[⑥]，以羽毛拂之，则声振百里。石浮于水
上，如萍藻之轻，取以为磬，不加磨琢。及朝万国之时，及奏
含英之乐[⑦]，其音清密，落云间之羽[⑧]，鲸鲵游涌，海水恬波。
有曳影之剑[⑨]，腾空而舒，若四方有兵，此剑则飞起指其方，
则克伐；未用之时，常于匣里，如龙虎之吟。

【注释】

①文德：指礼乐教化，与“武功”相对。《易·小畜·象》：“君子以懿
　　文德。”又《论语·季氏》曰：“故远人不服，则修文德以来之。”
②锡：通“赐”。赏赐。钟磬：钟和磬，古代的礼乐器。
③武德：武道。指运用武力所应遵守的准则。《国语·晋语九》：
　　“有孝德以出在公族，有恭德以升在位，有武德以羞为正卿，有温

德以成其名誉。"

④干戈：干和戈，古代常用兵器。干为防具，戈为武器。后以干戈用作兵器的统称，引申为战争。

⑤浮金：传说中一种轻质的金属。《太平广记》卷二二九引《洞冥记》："汉武帝起招仙阁于甘泉宫西。其上悬浮金轻玉之磬。浮金者，自浮水上；轻玉者，其质贞明而轻也。"

⑥沉明：沉实明亮。

⑦含英：内含精英，比喻怀才。本文当指乐曲名。

⑧云间之羽：指飞禽。此处是说飞禽听到音乐之声，从天空飞落而下。

⑨曳影之剑：古代传说中的宝剑。曳，拖，拉，牵引。

【译文】

接受礼乐教化的人，颛顼赏赐给他们钟磬；接受武道的人，颛顼则赐给他们兵器。有用轻质金属制成的钟，沉实明亮的磬。用羽毛抚弄钟磬，钟磬发出的声音就会响彻百里。有一种石头漂浮在水面上，像浮萍和水草般轻盈，取这种石头制作磬，不用增加凿磨的工序。到各国诸侯来朝拜的时候，就演奏乐曲《含英》，这首乐曲的曲调清越细密。悠扬的乐声使得飞禽自天而落，巨大的鲸鱼浮游腾跃，波涛翻滚的海水也平息了波澜。有一把曳影之剑，能腾空而飞，如果天下有战事，这把剑就会飞起来直指战争的方向，攻无不克；不用的时候，也常在剑鞘中发出如龙吟虎啸般的声音。

溟海之北①，有勃鞮之国。人皆衣羽毛，无翼而飞，日中无影，寿千岁。食以黑河水藻，饮以阴山桂脂。凭风而翔②，乘波而至。中国气暄③，羽毛之衣，稍稍自落。帝乃更以文豹为饰。献黑玉之环，色如淳漆④。贡玄驹千匹⑤。帝以驾铁轮,骋劳殊乡绝域⑥。其人依风泛黑河以旋其国也⑦。

【注释】

①溟海:神话传说中的海名。《列子·汤问》:"有溟海者,天池也。"殷敬顺《释文》引《十洲记》云:"水黑色谓溟海。"葛洪《抱朴子外篇·广譬》:"登玄圃者,悟丘阜之卑;浮溟海者,识池沼之褊。"

②凭:依靠,仗恃。

③暄(xuān):炎热。

④淳:同"纯"。

⑤玄驹:黑色的小马。或谓良马名。《尔雅·释畜》:"玄驹褭骖。"郭璞注:"玄驹,小马,别名褭骖耳。或曰,此即腰褭,古之良马名。"

⑥骋劳:巡行慰劳。

⑦旋:回,归。

【译文】

溟海的北面,有一个勃鞮国。那里的人都穿羽毛制作的衣服,他们没有翅膀却能够飞翔,在太阳下面也没有影子,寿命可达千岁。勃鞮国的人把黑河里的水藻当作食物,用阴山里桂树的汁液作为饮料。他们能借风飞翔,踏浪而至。中原地区气候炎热,羽衣上的羽毛逐渐脱落。颛顼就让他们换上具有纹理的豹皮衣服。勃鞮国进献了黑色的玉环,其色泽如黑漆一样纯正;还进贡了一千匹黑色的良马。颛顼用这些黑色的良马驾驶用铁铸造成车轮的车子,到殊乡绝域巡行慰劳。勃鞮国的人也借着风,泛舟黑河回到了他们的国家。

阘河之北,有紫桂成林,其实如枣,群仙饵焉①。韩终采药四言诗曰②:"阘河之桂,实大如枣。得而食之,后天而老。"

【注释】

①饵:服食,吃。

②韩终:古代传说中的仙人。一说是秦始皇时的方士。《史记·秦始皇本纪》:"因使韩终、侯公、石生求仙人不死之药。"

【译文】

阆河的北面,紫色的桂树茂密成林,桂树结的果实像枣子,众仙人到桂树林服食果实。仙人韩终在阆河北面采药时做的四言诗说:"阆河的桂树,果实大如枣。吃到它的人,长生不老。"

高辛

帝喾之妃①,邹屠氏之女也。轩辕去蚩尤之凶②,迁其民善者于邹屠之地,迁恶者于有北之乡③。其先以地命族,后分为邹氏、屠氏。女行不践地④,常履风云⑤,游于伊、洛⑥。帝乃期焉⑦,纳以为妃⑧。妃常梦吞日,则生一子,凡经八梦,则生八子。世谓为"八神",亦谓"八翌",翌,明也,亦谓"八英",亦谓"八力"⑨,言其神力英明,翌成万象,亿兆流其神睿焉⑩。

【注释】

①帝喾:黄帝曾孙,名夋,十五岁时,因辅佐颛顼有功,被封于辛,后代颛顼王天下,号高辛氏。《史记·五帝本纪》:"高辛生而神灵,自言其名。普施利物,不于其身。聪以知远,明以察微。顺天之义,知民之急。仁而威,惠而信,修身而天下服。取地之财而节

用之,抚教万民而利诲之,历日月而迎送之,明鬼神而敬事之。其色郁郁,其德嶷嶷。其动也时,其服也士。帝喾溉执中而遍天下,日月所照,风雨所至,莫不从服。"

②蚩尤:传说中的古代九黎族首领。蚩尤以金作兵器,与皇帝战于涿鹿,失败被杀。但古籍所载,说法不一。齐治平注曰:"蚩尤,人名,炎帝所属诸侯。"《史记·五帝本纪》:"轩辕之时,神农氏世衰……蚩尤作乱,不用帝命,于是黄帝乃征师诸侯,与蚩尤战于涿鹿之野,遂禽杀蚩尤。"

③有北:指北方寒冷荒凉的地区。《诗经·小雅·巷伯》:"豺虎不食,投畀有北。"孔颖达疏:"以北方太阴之气,寒凉而无土毛,不生草木,寒冻不可居处,故弃于彼,欲冻杀之。"朱熹集传:"北,北方寒凉不毛之地也。"

④践:踩,踏。

⑤履:践踩,走过。

⑥伊、洛:水名。即伊水和洛水,在今河南境内。

⑦期:约会。《说文》:"期,会也。"段注:"会者,合也;期者,要约之意,所以为会合也。"

⑧纳:取,娶。

⑨"世谓为八神"几句:八神、八翌(yì)、八英、八力,是对高辛氏八才子的美称。《左传·文公十八年》:"高辛氏有才子八人:伯奋、仲堪、叔献、季仲、伯虎、仲熊、叔豹、季狸……天下之民,谓之八元。"

⑩亿兆:指庶民百姓。蔡邕《太尉李咸碑》:"宪天心以教育,激垢浊以扬清,为国有赏,盖有亿兆之心。"

【译文】

　　帝喾高辛氏的妃子是邹屠氏的女儿。轩辕黄帝除掉作乱的蚩尤后,就把那些善良的民众迁到邹屠,把那些凶顽的人迁到北方寒冷荒凉的地区。起初，以地名作为族名，后来分为邹氏和屠氏。邹屠氏的女子走路不踩地，经常乘风驾云，漫游在伊水和洛水之间。帝喾于是和她在那里约会。后来帝喾娶邹屠氏之女为妃。帝妃邹屠氏经常梦见自己吞食太阳，于是就生了一个儿子。她一共做了八个这样的梦，就生了八个儿子。当世的人们称他们为"八神"，也叫"八翌"。翌是光明的意思。人们还称八子为"八英"，也叫"八力"，是说他们具有神奇非凡的力量，他们卓越而有识见，他们的光明照亮世间一切事物或景象，庶民百姓传布着他们的神明圣哲。

有丹丘之国①，献玛瑙瓮②，以盛甘露。帝德所洽③，被于殊方，以露充于厨也。玛瑙，石类也，南方者为之胜。今善别马者，死则破其脑视之。其色如血者，则日行万里，能腾空飞；脑色黄者，日行千里；脑色青者，嘶闻数百里；脑色黑者，入水毛鬣不濡④，日行五百里；脑色白者，多力而怒。今为器多用赤色，若是人工所制者，多不成器，亦殊朴拙⑤。其国人听马鸣则别其脑色。

【注释】

①丹丘：传说中神仙所居之地。《楚辞·远游》："仍羽人于丹丘兮，留不死之旧乡。"王逸注曰："丹丘，昼夜常明也。"

②玛瑙：《稗海》本作"玛瑙"。一种似玉而次于玉的宝石。

③洽：沾湿，浸润。《说文》："洽，沾也。"

④鬣(liè)：马颈上的长毛。濡(rú)：沾湿，润泽。《诗经·曹风·候人》："维鹈在梁，不濡其翼。"

⑤朴拙：质朴，纯真敦厚。丁仪《励志赋》："惟受性之朴拙，亮未达乎测度。"

【译文】

有个叫丹丘的国家,进献了一只玛瑙瓮,用它来盛甜美的雨露。帝高辛的圣德所润泽的地方,遍及远方异域。人们把玛瑙瓮盛的甘露拿到厨房。玛瑙是玉石类,出产在南方的是玛瑙中的极品。当今善于相马的人,马死了就剖开马的脑子观察,马脑的颜色是血红的,这种马就可以日行万里,腾空而飞;马脑颜色是黄色的,这种马可以日行千里;马脑颜色是青色的,这种马的嘶鸣声在数百里之外都能听到;马脑是黑色的,这种马进入水中鬃毛不湿,可以日行五百里;马脑颜色是白色的,这种马力气很大而且容易被激怒。现在人们制作器物多用红色,如果这种器具是人工制造的,多数不会成为器具,就是做成了,也显得很朴拙。丹丘国的人听到马的嘶叫声就能辨别出马脑的颜色。

丹丘之地,有夜叉驹跋之鬼①,能以赤马脑为瓶、盂及乐器②,皆精妙轻丽。中国人有用者③,则魑魅不能逢之④。一说云,马脑者,言是恶鬼之血,凝成此物。昔黄帝除蚩尤及四方群凶,并诸妖魅,填川满谷,积血成渊,聚骨如岳⑤。数年中,血凝如石,骨白如灰,膏流成泉。故南方有肥泉之水⑥,有白垩之山⑦,望之峨峨,如霜雪矣。又有丹丘,千年一烧,黄河千年一清,至圣之君,以为大瑞。

【注释】

①夜叉:梵语的译音。亦译作"药叉"。佛经中一种形象丑恶的鬼,勇健暴恶,能食人,后受佛的教化而成为护法之神,列为天龙八部众之一。《大藏经·维摩诘所说经·佛国品》:"并余大威力诸天:龙、神、夜叉、乾达婆、阿修罗、迦楼罗、紧那罗、摩睺罗伽等悉来会坐。"鸠摩罗什注曰:"(夜叉)有三种:一在地,二在空,三天

夜叉也。地夜叉，但以财施，故不能飞。空、天夜叉，以车马施，故能飞行。"驹跋(jū bá)：未详。当为鬼名。疑为梵语译音。

②盂：盛饮食或其他液体的圆口器皿。《说文》："盂，饮器也。"

③中国：上古时代，华夏族建国黄河流域一带，以为居天下之中，故称中国，而把周围其他地区称为四方。后泛指中原地区。

④魑魅(chī mèi)：中国古代神话传说中的山神，也指山林中害人的鬼怪。《汉书·王莽传中》："敢有非井田圣制，无法惑众者，投诸四裔，以御魑魅。"颜师古注曰："魑，山神也。魅，老物精也。"又《文选·张平子〈东京赋〉》："捎魑魅，斫獝狂。"薛综注曰："魑魅，山泽之神。"

⑤积血成渊，聚骨如岳：是指黄帝与蚩尤作战的惨烈场景。有关黄帝擒杀蚩尤战争的神话传说很多，且说法不一。《通典·乐典一》："蚩尤氏帅魑魅与黄帝战于涿鹿，帝乃命吹角为龙吟以御之。"《路史·后纪一·蚩尤传》："(黄帝)传战，执尤于中冀而诛之，爰谓之'解'。"注引王冰《黄帝经序》云："其血化为卤，今之解池是也。方百二十里，卤色正赤，故俗呼解池为蚩尤血。"又《述异记》卷上："今冀州人掘地得髑髅如铜铁者，即蚩尤之骨也。"

⑥肥泉：水名，在今河南淇县南，东南流入卫河。《诗经·邶风·泉水》："我思肥泉，兹之永叹。"郑玄笺："自卫而来所渡水。"

⑦白垩(è)：又称白土粉、白土子、白善土，石灰岩的一种，白色，质软而轻。工业上用途很广，是烧制石灰和水泥的原料，亦可入药。《山海经·中山经》："又东三十五里，曰葱聋之山，其中多大谷，是多白垩，黑、青、黄垩。"

【译文】

　　丹丘之地有一种叫夜叉驹跋的恶鬼，能用红色的马脑做成瓶、盂和各种器物，这些器物都精美绝伦，轻巧秀丽。中原地区用这些器物的人，鬼怪都不敢接近。有一种说法认为：马脑是恶鬼的血凝结而成的东西。过去黄帝诛灭蚩尤和四方群凶,加上各处的妖魔鬼怪,尸体填满了山川河谷,积血汇成了深潭,白骨聚集如山。几年以后,血凝结成一块,像石头一样坚硬,堆积如山的白骨化成了灰土,油脂汇流成了泉水。因此南方有一条肥泉河,有一座白垩山。这座山很高,抬头仰望山体高大陡峭,就像霜雪一样。还有一座红色的山丘,千年之中总要燃烧一次,黄河在千年之中也会变清一次。圣德的国君把这种现象看作是祥瑞的征兆。

　　丹丘之野多鬼血,化为丹石,则碼磂也。不可斫削雕琢①,乃可铸以为器也。当黄帝时,碼磂瓮至,尧时犹存,甘露在其中,盈而不竭②,谓之宝露,以班赐群臣③,至舜时,露已渐减。随帝世之污隆④,时淳则露满,时浇则露竭⑤,及乎三代⑥,减于陶唐之庭⑦。舜迁宝瓮于衡山之上,故衡山之岳有宝露坛。舜于坛下起月馆,以望夕月。舜南巡至衡山,百辟群后皆得露泉之赐。时有云气生于露坛,又迁宝瓮于零陵之上⑧。舜崩,瓮沦于地下。

【注释】

①斫(zhuó):砍削。雕琢:雕刻玉石使成器物。

②竭:干涸。《国语·周语上》:"昔伊、洛竭而夏亡,河竭而商亡。"注:"竭,尽也。"

③班赐:颁赐,分赏。《史记·周本纪》:"(武王)封诸侯,班赐宗彝。"《汉书·武帝本纪》:"因以班赐诸侯王。"

④污隆:升与降。常指世道的盛衰或政治的兴替。刘向《列仙传·马丹赞》:"马丹官晋,与时污隆,事文去献,显没不穷。"

⑤时淳则露满,时浇则露竭:淳,敦厚,质朴,朴实。浇,浮薄,浅薄。

《淮南子·齐俗训》："浇天下之淳。"注曰："浇，薄也。"

⑥三代：是对中国历史上夏、商、周三个朝代的合称。《论语·卫灵公》："斯民也，三代之所以直道而行也。"

⑦陶唐：指尧。尧始居于陶丘，后为唐侯，故称为陶唐氏。

⑧零陵：古地名。在今湖南永州。相传舜帝葬于此。《史记·五帝本纪》："（舜）南巡狩，崩于苍梧之野，葬于江南九疑，是为零陵。"裴骃《史记集解》引《皇览》："舜冢在零陵营浦县。"

【译文】

丹丘的荒野有很多鬼血，这些鬼血化成的红色石头，就是玛瑙。玛瑙虽不能砍削雕刻，却可以铸造成器具。黄帝在位时，玛瑙瓮流传到中原地区，到帝尧时还有，甘甜的雨露放在瓮中，总是满满的不会干涸，人们称甘露为宝露。帝尧用来分赏群臣。到帝舜时，甘露已经逐渐减少，这是随着时代世道的盛衰而变化的。世道纯朴时瓮中的甘露就是满的，世道浮薄时瓮中的甘露就干涸了。玛瑙瓮中的甘露到了夏、商、周三代，帝尧时代就开始减少。帝舜把宝瓮迁到衡山之上，因此衡山上有宝露坛。帝舜在宝露坛下修建了月馆，用来祭祀月神。帝舜南巡到衡山，诸侯百官都得到过赏赐的甘露。当时有一团云气在宝露坛周围生成，帝舜又把宝瓮迁到零陵的山上。帝舜去世后，玛瑙瓮沉埋到了地下。

至秦始皇通汨罗之流为小溪①，径从长沙至零陵，掘地得赤玉瓮，可容八斗，以应八方之数，在舜庙之堂前。后人得之，不知年月。至后汉东方朔识之②，朔乃作《宝瓮铭》曰："宝云生于露坛，祥风起于月馆，望三壶如盈尺，视八鸿如萦带③。"三壶，则海中三山也。一曰方壶，则方丈也；二曰蓬壶，则蓬莱也；三曰瀛壶，则瀛洲也。形如壶器。此三山上广、中狭、下方，皆如工制，犹华山之似削成。八鸿者，八方之名；鸿，大也。登月馆以望四海三山④，皆如聚米萦带者矣⑤。

【注释】

①汨罗：水名。湘江支流。在湖南东北部。上游汨水有东西两源：东源出江西修水西南山中；西源出湖南平江东北的龙璋山中。两源在平江县城西汇合，称为汨罗江。战国时楚国诗人屈原忧愤国事，投此江而死。《史记·屈原贾生列传》："于是怀石遂自投汨罗以死。"

②东方朔：字曼倩，平原厌次（今山东德州）人。生卒年不详。汉武帝时为太中大夫，性格诙谐，滑稽多智，善辞赋。《汉书》有传。因其博学多识，诙谐滑稽，又善射覆，故汉魏六朝人所作笔记小说中，东方朔多被神化成了神仙。

③萦带：旋曲的带子。

④四海：古代以为中国四境皆有海环绕，各按方位为东海、南海、西海和北海，但亦因时而异，说法不一。《孟子·告子下》："禹之治水，水之道也，是故禹以四海为壑。"后世以"四海"指天下。《史记·高祖本纪》："大王起微细，诛暴逆，平定四海，有功者辄裂地而封为王侯。"

⑤聚米：米堆。形容矮小。

【译文】

直到秦始皇疏通汨罗江的支流成为小溪，直接从长沙到零陵，从地下挖出了赤玉瓮。赤玉瓮可以容纳八斗水，来对应八方之数。挖出赤玉瓮的地点在舜庙的正堂前面。后世的人们得到了赤玉瓮，但不知道它制作于何年何月。后来汉时东方朔认出了赤玉瓮，于是他就写了《宝瓮铭》说："神异的云气在露坛周围生成，祥瑞的清风在月馆旁吹起。遥望三山有如一尺大小,远眺八荒如旋曲的带子。"三壶,就是海中的三座仙山。第一座叫方壶,就是方丈山;第二座叫蓬壶,就是蓬莱山;第三座叫瀛壶,就是瀛洲。这三座仙山的形状如壶,都是上面宽,中间狭窄,下面方,像人为制作而成。三座仙山都很险峻,犹如华山之壁像刀削而成。八鸿就是八方;鸿是大的意思。登上月馆远望四海三山,都好像一堆堆米粒和一条条旋曲的带子。

唐尧

帝尧在位①,圣德光洽②。河洛之滨,得玉版方尺③,图天地之形。又获金璧之瑞④,文字炳列⑤,记天地造化之始⑥。四凶既除⑦,善人来服,分职设官,彝伦攸叙⑧。乃命大禹,疏川潴泽⑨。有吴之乡,有北之地⑩,无有妖灾。沉翔之类⑪,自相驯扰⑫。幽州之墟⑬,羽山之北⑭,有善鸣之禽,人面鸟喙,八翼一足,毛色如雉,行不践地,名曰青鹦,其声似钟磬笙竽也。《世语》曰:"青鹦鸣,时太平。"故盛明之世,翔鸣薮泽⑮,音中律吕,飞而不行。至禹平水土,栖于川岳,所集之地,必有圣人出焉。自上古铸诸鼎器,皆图像其形,铭赞至今不绝。

【注释】

①尧:传说中上古帝王名。帝喾之子,初封陶,后徙唐,故时称唐尧。在位九十八年,传位于舜。

②光洽:广布。《晋书·刘元海载记》:"威恩光洽,四海钦风。"

③玉版:亦作"玉板",古代用以刻字的玉片。本文特指上有图形或

文字,象征祥瑞、盛德或预示休咎的玉片。《晋书·慕容儁载记》:"初,石季龙使人探策于华山,得玉版,文曰:'岁在申酉,不绝如线。岁在壬子,真人乃见。'及此,燕人咸以为儁之应也。"

④金璧:黄金和璧玉。

⑤炳(bǐng):明亮,显著。《说文》:"炳,明也。"

⑥造化:创造化育。《汉书·董仲舒传》:"今子大夫明于阴阳所以造化,习于先圣之道业,然而文采未极,岂惑乎当世之务哉?"

⑦四凶:古代传说舜所流放的四人或四族首领。《书·舜典》:"流共工于幽洲,放驩兜于崇山,窜三苗于三危,殛鲧于羽山,四罪而天下咸服。"孔《传》谓三危即饕餮。又《左传·文公十八年》:"舜臣尧,宾于四门,流四凶族浑敦、穷奇、梼杌、饕餮,投诸四裔,以御魑魅。"杜预注谓浑敦即驩兜,穷奇即共工,梼杌即鲧。

⑧彝伦攸叙:即建立起正常的秩序。《书·洪范》:"王乃言曰:'呜呼,箕子!惟天阴骘下民,相协厥居,我不知其彝伦攸叙。'"蔡沈《集传》:"彝,常也;伦,理也。"彝伦,常理,常道。攸,语助词,放在动词之前,构成名词性词组,相当于"所"。叙,定。

⑨渚(zhū):指水积聚的地方。

⑩有吴之乡,有北之地:有吴,即南方。吴在南。有北,即北方。

⑪沉翔:即鱼类和飞禽。

⑫驯扰:驯服,顺服。指驯顺不相侵害。《文选·祢正平〈鹦鹉赋〉》:"矧禽鸟之微物,能驯扰以安处。"张铣注:"况鸟微贱,能顺柔安处也。"

⑬幽州:古九州之一,在今河北北部及辽宁一带。《尔雅·释地》:"燕曰幽州。"《周礼·夏官·职方氏》:"东北曰幽州。"墟:地区。

⑭羽山:山名。舜杀鲧之处。《书·舜典》:"殛鲧于羽山。"胡渭《禹贡锥指》据《太平寰宇记》认为羽山在山东蓬莱东南。齐治平注曰:"按羽山所在,说法不一,此句承上文'幽州之墟'言,则其地

当在山东境内，胡说近是。"

⑮薮（sǒu）泽：指水草茂密的沼泽湖泊地带。

【译文】

　　帝尧继承王位之后，他的圣德广泛传播。在黄河、洛水一带的河边，帝尧得到了一块刻有文字的玉片，玉片一尺见方，上面画着天和地的图形。又获得了象征祥瑞的黄金和璧玉，黄金碧玉上面的文字清晰显著，排列成行，记载着天地创造演化的起始。共工、驩兜、三苗、鲧四凶已经铲除，有道德的人都来归顺。尧让这些归顺的人各司其职，并设置官职爵位，建立起正常的秩序。尧又命令大禹疏通河道和积水的沼泽，南北之地从此不再出现天时、物类的反常现象。游鱼、飞鸟也都驯服安处。在幽州地区，羽山的北面，有一种善于鸣叫的鸟，长着人脸鸟嘴，八个翅膀，一只足爪，羽毛的颜色像野鸡，行走时爪不落地，它的名字叫青鹨，它的叫声像钟、磬、笙、竽等乐器发出的声音悠扬婉转。《世语》记载："青鹨鸣叫，天下太平。"所以在昌盛清明的时代，青鹨就在水草茂密的沼泽湖泊地带飞翔、鸣叫，它的鸣叫声符合音律。青鹨喜欢在高空飞翔，从不在地上行走。到大禹征服洪水平定天下后，青鹨就栖息于平原、高山，青鹨聚集的地方，一定会有圣德之人出现。从上古人们铸造各种宝鼎、器物开始，都会在上面绘制青鹨的图像，称颂青鹨的铭文、赞语至今不绝。

　　尧登位三十年，有巨查浮于西海①，查上有光，夜明昼灭。海人望其光，乍大乍小，若星月之出入矣。查常浮绕四海，十二年一周天，周而复始，名曰贯月查，亦谓挂星查。羽人栖息其上②。群仙含露以漱，日月之光则如暝矣③。虞、夏之季④，不复记其出没。游海之人，犹传其神伟也。西海之西，有浮玉山。山下有巨穴，穴中有水，其色若火，昼则通晽不明⑤，夜则照耀穴外，虽波涛灌荡⑥，其光不灭，是谓"阴火"。当尧世，其光烂起，化为赤云，丹辉炳映⑦，百川恬澈⑧。游海者铭曰"沉燃"⑨，以应火德之运也。

【注释】

①查：同"楂"。亦作"槎"，木筏。《集韵·麻韵》："楂，水中浮木。"庾信《杨柳歌》："流槎一去上天池，织女支机当见随。"

②羽人：中国古代神话中的飞仙，有翅膀，与其他仙人不同。《楚辞·远游》："仍羽人于丹丘兮，留不死之旧乡。"洪兴祖《楚辞补注》曰："羽人，飞仙也。"又《意林》引仲长统《昌言》云："得道者生六翮于臂，长毛羽于腹，飞无阶之苍天，度无穷之世俗。"

③暝（míng）：日落，天黑。

④季：末，一个朝代的末期。《国语·晋语一》："虽当三季之王，不亦可乎？"注："季，末也。"

⑤通眬：亦作"通胧""曈昽"，光线微弱的样子。

⑥灌荡：冲荡。

⑦炳映：照射。

⑧恬澈：安静清澈。

⑨铭：当作"名"。

【译文】

尧登上王位三十年的时候，有一艘巨大的木筏在西海浮游，筏上有光，夜间明亮，白天光亮消失。海上的渔民看见木筏上的亮光，忽大忽小，就像星星和月亮出入云层一样。木筏经常在四海浮游环绕，每十二年绕行天一周，循环往复，人们叫它"贯月查"，亦称为"挂星查"。会飞的仙人在木筏上休息。群仙口含露水漱口，他们吐出的露水使得太阳和月亮的光线也好像变得昏暗了。虞舜、夏禹的末期，就不再有关于这条木筏出现和消失的记载。只有航海的人，还流传着木筏的神异故事。

西海的西面，有一座浮玉山，山下有一个巨大的洞穴，洞穴中有一种神异的水，颜色就像火一样红。这种水白天光线微暗，夜间则光芒四射，一直照到洞穴的外面，即使波涛冲荡，这种光亮也不会消失，这就是所说的"阴火"。当时正是帝尧时代，"阴火"光彩绚丽，化为红色的云霞，照耀四方，使得江河变得更加恬静明澈。航海的人称这种红色的云霞为"沉燃"，来对应火德称王的运数。

　　尧在位七十年，有鸾雏岁岁来集①，麒麟游于薮泽②，枭鸱逃于绝漠③。有祇支之国献重明之鸟④，一名"双睛"，言双睛在目。状如鸡，鸣似凤。时解落毛羽，肉翮而飞⑤。能搏逐猛兽虎狼，使妖灾群恶不能为害。饴以琼膏⑥。或一岁数来，或数岁不至。国人莫不扫洒门户，以望重明之集。其未至之时，国人或刻木，或铸金，为此鸟之状，置于门户之间，则魑魅丑类自然退伏⑦。今人每岁元日⑧，或刻木铸金，或图画为鸡于牖上⑨，此之遗像也。

【注释】

①鸾：古代神话传说中凤凰一类的鸟。《说文》："鸾，亦神灵之精也，赤色五采，鸡形，鸣中五音。"

②麒麟：古代传说中的一种动物。形状像鹿，头上有角，全身有麟甲，尾像牛尾。古人以为神兽、瑞兽，拿它象征祥瑞。《管子·封禅》："今凤皇麒麟不来，嘉谷不生。"

③枭鸱：即猫头鹰，旧时以为恶鸟，后用来比喻品行极坏的人。《诗经·大雅·瞻卬》："懿厥哲妇，为枭为鸱。"郑玄笺："枭鸱，恶声之鸟。"

④重明：指重瞳。《淮南子·修务训》："舜二瞳子，是谓重明。"《太

平御览》卷八一引《尸子》曰："昔者舜两眸子,是谓重明。"此处的
重明鸟应该是与舜相关的神话。

⑤翮(hé):鸟的翅膀。

⑥饴:《说郛》本作"饲",喂养。琼膏:神话中的玉膏,出蓬莱山。

⑦丑类:指坏人、恶人。《左传·文公十八年》:"丑类恶物。"孔颖达
疏:"丑,亦恶也。物,亦类也。"

⑧元日:正月初一。《文选·张平子〈东京赋〉》:"于是孟春元日,群
后旁戾。"薛综注:"言诸侯正月一日从四方而至,各来朝享天子
也。"又《北史·魏收传》引晋议郎董勋《答问礼俗》曰:"正月一日
为鸡,二日为狗,三日为猪,四日为羊,五日为牛,六日为马,七日
为人。"

⑨牖(yǒu):窗户。

【译文】

　　舜在位七十年的时候,年幼的鸾鸟年年飞来栖息,麒麟在水草茂密
的沼泽和湖泊地带行走,恶鸟枭鸱则逃离到僻远的荒漠。祇支国进献
了重明鸟。重明鸟一名"双睛"鸟,传言这种鸟眼睛里有双瞳仁。重明
鸟形状像鸡,鸣叫声像凤凰。有时羽毛脱落,也能凭肉翅飞翔。这种鸟
能够搏击、驱逐虎、狼等凶猛的野兽,使妖异群凶不能制造灾祸。人们
用美味的玉膏喂养它。重明鸟有时一年飞来几次,有时几年不来一次。
举国之人无不扫洒门庭,盼望重明鸟飞来栖息。重明鸟不来的时候,人
们有的用木头雕刻,有的用青铜铸造,做出这种鸟的形状,放置在门口,
这样鬼怪恶魔就自行退缩隐藏了。现在人们每年正月初一把或雕刻、
或铸造、或绘制的鸡放到窗户上,这就是前代重明鸟留传下来的形状。

虞舜

　　虞舜在位十年①,有五老游于国都②,舜以师道尊之,言

则及造化之始③。舜禅于禹，五老去，不知所从。舜乃置五星之祠以祭之。其夜有五长星出，薰风四起，连珠合璧④，祥应备焉。万国重译而至⑤。有大频之国，其民来朝，乃问其灾祥之数。对曰："昔北极之外，有潼海之水，渤潏高隐于日中⑥。有巨鱼大蛟，莫测其形也，吐气则八极皆暗⑦，振鬐则五岳波荡。当尧时，怀山为害⑧，大蛟萦天，萦天则三河俱溢，海渎同流⑨。

【注释】

①舜：传说中父系氏族社会后期部落联盟的首领。姚姓，号有虞氏，名重华，史称虞舜。相传因四岳推举，尧命他摄政，尧去世后继位。见《史记·五帝本纪》。

②五老：神话传说中的五星之精。《竹书纪年》卷上："（帝尧）率舜等升首山，遵河诸，有五老游焉，盖五星之精也。"

③造化：自然界的创造者。亦指自然。《庄子·大宗师》："今一以天地为大炉，以造化为大冶，恶乎往而不可哉？"

④连珠合璧：指日、月、五星会集的极罕见天象。古人认为是祥瑞的征兆。《汉书·律历志上》："日月如合璧，五星如连珠。"颜师古引孟康注曰："谓太初上元甲子夜半朔旦冬至时，七曜皆会聚斗、牵牛分度，夜尽如合璧连珠也。"

⑤重译：辗转翻译。

⑥渤潏（jué）：水沸涌的样子。

⑦八极：八方极远之地。《淮南子·原道训》："夫道者，覆天载地，廓四方，柝八极，高不可际，深不可测。"高诱注："八极，八方之极也，言其远。"又《淮南子·坠形训》亦谓九州之外有八殥，八殥之外有八纮，八纮之外有八极。

⑧怀:包围。《书·尧典》:"荡荡怀山襄陵。"孔安国传:"怀,包也。"

⑨渎(dú):指大川。

【译文】

舜在位十年的时候,有五位老者到国都游玩,舜以尊师重道之礼礼待他们,他们谈论的内容涉及自然界创造演化的最初情形。后来,舜让位给禹,五位老者就离开了,不知道他们去了什么地方。于是,舜修建了五星祠来祭祀他们。这天夜里,天空出现了五颗长星,接着和风四起,日、月相合,五星相连,所有的祥瑞之气全都显现出来。语言不通的各国民众辗转相译来到国都。当时大频国的国民前来朝拜,帝舜就向他们询问有关灾祸和祥瑞的道理。大频国的国民说:"从前,北极之外有个潼海,潼海的海浪汹涌澎湃,大浪之高遮隐了太阳。海里有巨大的鱼和蛟龙,没有人能够测量出它们的大小,巨鱼和蛟龙吐一口气,就使得八方极远之地变得昏暗,振动一下背鳍就使得五大名山摇晃不定。尧在位的时候,洪水包围着高山,成为水患;大蛟回旋缭绕在天空,使得三河的水都为之决堤,大海和河川连成一片,汇流而下。

三河者,天河、地河、中河是也。此三水有时通雍①,至圣之治,水色俱澄,无有流沫②。及帝之商均③,暴乱天下,则巨鱼吸日,蛟绕于天,爰及鸟兽昆虫④,以应阴阳,至亿万之年,山一轮⑤,海一竭,鱼、蛟陆居,有赤乌如鹏,以翼覆蛟鱼之上。蛟以尾叩天求雨,鱼吸日之光,冥然则暗如薄蚀矣⑥,众星与雨偕坠。"舜乃祷海岳之灵⑦,万国称圣。德之所洽,群祥咸至矣。

【注释】

①雍(yōng):堵塞。《广雅·释诂一》:"雍,隔也。"

②流沫：飞溅的浪花。《淮南子·俶真训》："人莫鉴于流沫而鉴于止水者，以其静也。"

③商均：舜之子，母曰女英。相传舜以商均不肖，乃使伯禹继位。《史记·五帝本纪》："舜之践帝位……封弟象为诸侯。舜子商均亦不肖，舜乃豫荐禹于天。"相传禹继承王位后，封商均于虞，商均也无本书所记暴乱天下之事。发生暴乱的则是尧子丹朱，故文中"商均"当为"丹朱"。

④爰及：至于。《诗经·大雅·绵》："爰及姜女，聿来胥宇。"爰，也作"援"，拉，引。

⑤一沦：全部沉沦。沦，通"沦"。

⑥薄蚀：即薄食。《吕氏春秋·明理》："其月有薄蚀。"高诱注："薄，迫也。日月激会相掩，名为薄蚀。"

⑦海岳：指四海和五岳。《新唐书·车服志》："毳冕者，祭海岳之服也。"

【译文】

"三河就是天河、地河、中河。这三条河有时畅通，有时堵塞。在极其圣明的帝王的清明政治之下，这三条河的河水都平静澄澈，看不到飞溅的浪花。后来尧帝的儿子丹朱发动暴乱，天下动荡，就出现了巨鱼摄取太阳，蛟龙萦绕在天空的妖异之象，至于鸟兽昆虫，为适应这种妖异的天象也改变了生活习性。到亿万年之后，高山全沉沦而为平地，海水完全枯竭，鱼、蛟移居到陆地上，有一只形似大鹏的红色乌鸦用翅膀盖在鱼和蛟龙的身上。蛟龙用尾巴敲打苍天祈求下雨，巨鱼吸收了太阳的光芒，于是冥冥然天地一片昏暗，就好像日月全食一样，天上的群星与雨水一同坠落在地。"帝舜于是向四海五岳的神灵祈祷，各国民众都称颂舜的圣德。他的圣德广泛传播，各种各样的祥瑞征兆都接踵而至了。

　　录曰:按《春秋传》云:"星陨如雨,而夜犹明①。"《淮南子》云:"麒麟斗而日月蚀,鲸鱼死而彗星见②。"夫盈虚薄蚀③,未详变于圣典;孛彗妖沴④,著灾异于图册;麒麟斗,鲸鱼死,靡闻于前经。求诸正诰⑤,殆将昧焉⑥,故诬妄也。此言吸日而星雨皆坠,抑亦似是而非也⑦。故使后来为之回惑⑧,托以无稽之言,特取其爱博多奇之间,录其广异宏丽之靡矣⑨。

【注释】

①星陨如雨,而夜犹明:《左传·庄公七年》:"夏,恒星不见,夜明也。星陨如雨,与雨偕也。"

②麒麟斗而日月蚀,鲸鱼死而彗星见:麒麟,大角兽。鲸鱼,大鱼。《淮南子·览冥训》:"鲸鱼死而彗星出,或动之也。"高诱注:"鲸鱼,大鱼,长数里,死于海边。鱼之身贱也,彗星为变异,人之害也,类相动也。"又《春秋考异邮》亦曰:"鲸鱼死,彗星合。"彗星,即下文之"孛彗"。因其在背着太阳的一面拖着一条扫帚状的长尾巴,俗称"扫帚星"。《汉书·文帝纪》注:"孛、彗、长三星,其占略同,然其形象小异。孛星光芒短,其光四出蓬蓬孛孛也。彗星光芒长,参参如扫彗。"中国古代以彗星的出现为灾异的征兆,故彗星又有妖星之名。

③盈虚:指日、月的盈满和虚空。

④沴(lì):灾害。

⑤正诰:正史和文书。此处泛指典籍。诰,古代一种训诫勉励的文书。

⑥昧:糊涂,不明白。

⑦抑:表示推测,或许,也许。

⑧回惑：迷惑，疑惑。《后汉书·荀悦传》："肃恭其心，慎修其行，内不回惑，外无异望，则民志平矣。"

⑨靡：华丽，美好。此处作名词，华美的故事。

【译文】

萧绮录语说：按《春秋左氏传》说："群星陨落犹如下雨一般，而夜空却仍然清晰明亮。"《淮南子》说："麒麟争斗，日、月就会全蚀；鲸鱼死亡，彗星就会出现。"至于说那日、月的盈满、虚空，以及日、月的全食，这些变化在先圣的典籍中没有详细的记载；而彗星出现预示妖异灾害，这种妖异之象却著录于图书典籍之中；麒麟争斗，鲸鱼死亡，在前代的经典中从未听说。如果到正史、文书中去探求，恐怕将会更加糊涂，所以有关"麒麟斗""鲸鱼死"的说法是蒙骗人的不实之词。这里说巨鱼摄取日光，群星和雨水都坠落在地上，或许也是似是而非的谈论。所以使得后世的人们因为这些不实之词而疑惑不解，他们依托这类毫无根据的言论，只选取其中那些自己喜欢的博杂多奇的情节，记载这些广博、奇异、美丽的华美故事。

舜葬苍梧之野①，有鸟如雀，自丹州而来，吐五色之气②，氤氲如云③，名曰凭霄雀，能群飞衔土成丘坟。此鸟能反形变色，集于峻林之上，在木则为禽，行地则为兽，变化无常。常游丹海之际，时来苍梧之野，衔青砂珠，积成垄阜④，名曰"珠丘"。其珠轻细，风吹如尘起，名曰"珠尘"。今苍梧之外，山人采药，时有得青石，圆洁如珠，服之不死，带者身轻。故仙人方回《游南岳七言赞》曰⑤："珠尘圆洁轻且明，有道服者得长生。"

【注释】

①苍梧：山名。因苍梧山九峰相似，莫之能辨，故又名九疑山，在今湖南宁远东南。《史记·五帝本纪》："（舜）崩于苍梧之野，葬于江南九疑，是为零陵。"

②五色：指青、黄、赤、白、黑五种颜色，古代以此五者为正色。

③氤氲（yīn yūn）：形容烟气、云气很盛，弥漫的样子。

④阜（fù）：土山。

⑤方回：古仙人名。《列仙传》："方回者，尧时隐人也。尧聘以为闾士。炼食云母，亦与民人有病者，隐于五柞山中。夏启末为宦士，为人所劫，闭之室中，从求道，回化而得去。更以方回掩封其户。时人言'得回一丸泥涂门户，终不可开'。"

【译文】

舜外出巡游时去世，葬在苍梧山的野外。当时有一种长得像云雀的小鸟，从丹州飞来，吐出青、黄、赤、白、黑五种颜色的气体，这些气体弥漫在天空就像云彩一样，人们称这种鸟为凭霄雀。凭霄雀能够成群结队地飞来飞去衔堆积成山。这种鸟还能够变幻形状和颜色，它们多栖息在高大陡峭的山林之中，飞落到树上就变成飞禽，行走在地上就变作野兽，就是这样变化莫测。凭霄雀经常游荡在丹海之滨，也时常来到苍梧之野，它们口衔青砂珠，聚集在一起成为小山，人们把这种青砂珠堆积的小山叫作"珠丘"。这种青砂珠轻微细小，风吹过如尘土飞扬，人们称之为"珠尘"。现在苍梧之外，山里人采药，时常还能找到一种青石，这种青石圆润明洁像珍珠一样，服它的人可以长生不死，随身携带它的人会变得身体轻盈。因此，仙人方回曾作《游南岳七言赞》一诗说："珠尘圆润光洁、轻微明亮，有道之人服食它就会长生不死。"

冀州之西二万里，有孝养之国。其俗人年三百岁，而织茅为衣，即《尚书》"岛夷卉服"之类也①。死，葬之中野②，百鸟衔土为坟，群兽为之掘穴，不封不树③。有亲死者，克木为影④，事之如生。其俗骁勇，能啮金石⑤，其舌杪方而本小⑥。手搏千钧⑦，以爪画地，则洪泉涌流。善养禽兽，入海取虬龙，育于圜室，以充祭祀。昔黄帝伐蚩尤，除诸凶害，独表此处为孝养之乡⑧，万国莫不钦仰，故舜封为孝让之国。舜受尧禅，其国执玉帛来朝，特加宾礼⑨，异于余戎狄也⑩。

【注释】

①岛夷：沿海各岛的人。卉服：草服，蓑衣草笠之属。《书·禹贡》："岛夷卉服，厥篚织贝，厥包橘、柚，锡贡。"孔颖达疏："舍人曰：'凡百草一名卉。'知服是草服，葛越也。葛越，南方布名，用葛为之。"蔡沈注曰："岛夷，东南海岛之夷。卉，草也，葛越、木棉之属。"

②中野：即荒野之中。

③不封不树：指墓葬既没有封土堆，也没有在其旁栽种树木。封，堆土为坟。树，植树。《易·系辞下》："古之葬者，厚衣之以薪，葬之中野，不封不树。"

④克（kè）：通"刻"。雕刻。《三国志·吴书·贺齐传》注："谨以克心，非但书诸绅也。"

⑤啮（niè）金石：即咬食金属和石头。啮，咬。

⑥舌杪（miǎo）：即舌尖。杪，树枝的细梢。《说文》："杪，木标末也。"

⑦搏：执持，拾取。《说文》："搏，索持也。"

⑧独：特，特别地。

⑨特加：特别给予。宾礼：即以上宾之礼相待。

⑩戎狄：古民族名。西方曰戎，北方曰狄。《诗经·鲁颂·閟宫》："戎狄是膺，荆舒是惩。"后世泛指西北少数民族。

【译文】

　　冀州西面两万里的地方,有一个孝养国。这个国家的人能活到三百岁,他们编织茅草做成衣服,就是《尚书》所说的"东南海岛的少数民族,穿草编织的衣服"之类的民族。孝养国的人去世后,埋葬在荒野之中,各种禽鸟衔土堆成坟,成群的野兽为他挖掘墓穴,他们的墓葬既没有封土堆,也没有在墓旁种树标记。亲人去世了,就用木头刻成人形,然后像亲人活的时候一样侍候他。孝养国民风骁勇,那里的人能咬食金属和石头,他们的舌尖是方形的,舌根很小。他们的手可以执持三万斤重的东西;他们用指尖在地上绘图,巨大的泉水就会从地下喷涌而出。孝养国的人擅长饲养飞禽走兽,他们到海里捕取虬龙,放到圆形的水池中喂养,用来充当祭祀的祭品。过去黄帝讨伐蚩尤,铲除各方凶残祸乱之人,特意表彰这个地方为孝养之乡,各国无不钦佩仰慕,所以帝舜封这里为孝养礼让之国。舜接受尧的禅让继承帝位之后,孝养国的使者拿着玉器和丝织品来朝贺,帝舜特别给予他们上宾的礼节,与其他少数民族不同。

　　南浔之国,有洞穴阴源①,其下通地脉②。中有毛龙、毛鱼③,时蜕骨于旷泽之中。鱼、龙同穴而处。其国献毛龙,一雌一雄,故置豢龙之官。至夏代养龙不绝,因以命族。至禹导川,乘此龙。及四海攸同④,乃放河汭⑤。

【注释】

①阴源:暗流。

②地脉:指地的脉络,地势。《史记·蒙恬列传》:"起临洮属之辽东,城堑万余里,此其中不能无绝地脉哉?此乃恬之罪也。"

③毛龙:古代传说中的一种龙,不详。

④攸：语助词,无义。

⑤汭(ruì)：河流弯曲之处。《左传·闵公二年》："虢公败犬戎于渭汭。"杜预注："渭水出陇西东入河,水之隈曲曰汭。"

【译文】

南浔国有一个大山洞,里面有一片幽暗的水源,水的下面直通地脉。洞中有毛龙、毛鱼,它们经常在空阔的湖泽中蜕骨。毛鱼和毛龙生活在同一个洞穴的水中。南浔国的使者进献了两条毛龙,一雌一雄,因此帝舜才设立了养龙官。直到夏代还有人养龙不断,他们的后人就以豢龙作为家族的姓氏。到大禹导川治水时,骑的就是这种龙。等到天下统一,人们才将龙放归黄河水流弯曲之处。

录曰：自稽考群籍,伏羲至于轩辕、少昊、高辛、唐、虞之际,禅业相袭,符表名类①,未若尧之盛也。按《易纬》云：尧为阳精,叶德乾道②,粤若稽古③,是谓上圣。惟天为大,惟尧则之④。禅业有虞,所谓契叶符同⑤,明象日月。盖其载籍遐旷⑥,算纪绵远⑦,德业异纪,神迹各殊。考传闻于前古,求金言于中世⑧,而教道参差,祥德递起,指明群说,能无仿佛⑨！精灵冥昧⑩,至圣之所不语⑪,安以浅末,贬其有无者哉！

【注释】

①符表：符文和表册。

②乾道：天道,阳刚之道。《易·乾·彖》："乾道变化,各正性命。"乾,六十四卦之一,象征阳性或刚健。

③粤(yuè)若稽古：指顺考古代的道理。粤,发语词。《说文》"粤"字下许慎引《周书》曰："粤三日丁亥。"徐锴《说文解字系传》："凡言粤,皆在事端句首,未便言之,驻其言以审思之也。"亦作"曰"。

　　　《书·尧典》:"曰若稽古帝尧。"孔安国传:"若,顺;稽,考。能顺
　　　考古道而行之者帝尧。"

④惟尧则之:《孟子·滕文公上》:"大哉尧之为君也! 惟天为大,惟
　　　尧则之,荡荡乎民无能名焉。"则,效法。

⑤契叶符同:比喻完全相合,完全相同。契叶,契合。符同,符合,
　　　相同。

⑥遐旷:辽阔,辽远。

⑦绵远:遥远,久远。

⑧佥(qiān)言:众人的意见。中世:即中古。

⑨仿佛:模糊不清、似有若无的样子。《淮南子·俶真训》:"天含和
　　　而未降,地怀气而未扬,虚无寂寞,萧条霄霓,无有仿佛,气遂而
　　　大通冥冥者也。"

⑩精灵冥昧:指神怪。精灵,即精怪。冥昧,指神灵。

⑪至圣之所不语:指孔子不语怪、力、乱、神。至圣,指孔子。《论
　　　语·述而》:"子不语怪、力、乱、神。"

【译文】

　　萧绮录语说:考查各种典籍,从伏羲到轩辕黄帝、少昊、高辛、唐尧、
虞舜各代,禅让帝位的风气先后沿袭。符文、表册等各类典章制度,没
有谁像唐尧时代那样丰富。据《易纬》说,唐尧是太阳的化身,他的圣德
符合天道,他顺应时代考察古代的道理,这就是所说的上圣。只有上天
才称得上伟大,而帝尧则效法天意办事。后来,尧把帝位禅让给了虞
舜,这就是所说的与天意完全相合,他的圣明犹如日月。大概这些记载
史实的典籍时代旷远,流传久远,有关各位帝王功德的记述又各不相
同,有关他们神异的传说也各不一样。至于说考察远古的传说,探求中
古时期人们的言论,须知古代各个学派的主张众说纷纭,帝王的美好德
行世代相传,要想指正辨明各种说法,怎能没有疑惑不清的地方! 对于
神怪之事,圣哲孔子都不愿谈及,怎么能以浅陋的意见,来批评其中的

有无呢！

　　刘子政曰①："凡传闻不如亲闻，亲闻不如亲见。"何则？神化欻忽②，出隐难常，非肤受之所考算③，恒情之所思测④。至如龙火鸟水之异，云凤麟虫之属，魍魉百怪之形，欻忽之像，凭风云而自生，因金玉而相化，未详备于夏鼎，信莫记于山经⑤。贯月槎之诞，重明桂实之说，阳燎出于冰木⑥，阴虫生于炎山，易肠倒舌之民，蜕骨龙肉之景，凭风云而托生，含雨露而蠢育，已表怪于众图，方见伟于群记。茫茫遐迩⑦，眇眇流文⑧，百家迂阔⑨，各尚斯异，非守文于一说者矣⑩。

【注释】

①刘子政：即刘向（约前77—前6），本名更生，字子政，经学家、目录学家、文学家，著有《新序》《说苑》等。齐治平认为此处所引，应该出自刘歆而非刘向。《汉书·楚元王传》："（刘）歆以为左丘明好恶与圣人同，亲见夫子，而公羊、穀梁在七十子后，传闻之与亲见之，其详略不同。歆数以难向，向不能非间也。"

②欻（xū）忽：忽然、迅疾的样子。

③肤受：比喻浅薄，造诣不深。《文选·张平子〈东京赋〉》："若客所谓未学肤受，贵耳而贱目者也。"薛综注曰："肤受，谓皮肤之不经于心胸。"

④恒情：常情。颜延之《又释何衡阳达性论》："况复道绝恒情，理隔常照。"

⑤山经：泛指记录山脉的舆地之书。

⑥阳燎：指明火。

⑦遐迩（xiá ěr）：指遥远。

⑧眇眇(miǎo)：辽远，高远。《楚辞·九章·悲回风》："登石峦以远望兮，路眇眇之默默。"洪兴祖补注："眇眇，远也。"《文选·陆士衡〈文赋〉》："心懔懔以怀霜，志眇眇而临云。"李善注："眇眇，高远貌。

⑨迂阔：指思想行为不切实际事理。《汉书·王吉传》："上以其言迂阔，不甚宠异也。"

⑩守文：墨守旧说，恪守成规。《后汉书·张曹郑列传》："汉兴，诸儒颇修艺文；及东京，学者亦各名家。而守文之徒，滞固所禀，异端纷纭，互相诡激，遂令经有数家，家有数说。"

【译文】

刘子政说："凡是传闻的事情都不如亲耳所闻，亲耳所闻的事情都不如亲眼所见。"这是为什么呢？因为神灵的变化非常迅疾，出世或隐没也难以长久不变，并不是浅薄的见识就能考量和计算，也不是普通的情理所能思考和检验的。至于说像龙喷火、鸟吐水的神异，云凤、麟虫一类的动物，各种妖异鬼怪的形状，转瞬之间千变万化。它们凭借风云而自生，靠着金玉而变化。这些现象在夏鼎中没有详细的记述，在舆地之书里确实也没有记载。而贯月槎的虚妄，重明、桂实的传说，明火从冰冻的木头里烧出，冰蚕生长在炙热的火山，更换肠胃、舌头倒长的异民，蜕骨龙肉的景象，都凭借风云而投胎转世，带着雨露的润泽萌动化生。这些怪异之象已经记载于各种书籍，也正在通过各种书册或文字显示出它们的壮美与奇特。总之，由这些遥远渺茫的故事，流传久远的迷离的文字来看，各家的思想和行为都不切事理，他们各自崇尚这些奇思异想，并非恪守成规于一家学说。

《拾遗记》卷二

【题解】

　　《拾遗记》卷二是对夏、商、周三代几位国君神话传说的记述。这几位国君分别是夏朝的夏禹，商朝的殷纣王，周朝的周武王、周成王和周昭王。王嘉对夏禹的描述主要是有关他治水的神话传说。《拾遗记》中有关鲧禹治水的神话，历来为研究神话的学者所关注，原因就在于："鲧自沉羽渊化为玄鱼乃古朴之神话，而又出异辞，自成一说。"（李剑国《唐前志怪小说史》，南开大学出版社1984年版，第326页。）通过对相关文献的考究可以看到，《拾遗记》中关于鲧的神话不仅更富人性，更具有人情味，而且少了许多奴隶社会的专制和残酷，也就更接近原生神话的本来面目。在王嘉看来，夏禹治水的成功，实在是鲧、禹父子两代人共同努力的结果。从文中的记述看，"黄龙""河精""玄鱼"都指鲧，羽山之地又是鲧化为玄鱼之处。所有这些，虽然被赋予了浓郁的道教色彩，但也明显看出，禹治水能取得成功，与他父亲前期所做的工作是分不开的。同时，透过《拾遗记》中鲧、禹治水神话所赋予的神异色彩，也反映出了一个历史事实：大禹治水之所以成功，一方面是吸取了鲧治水失败的经验教训，另一方面也得到了很多外力的帮助，这从禹凿龙关之山时，伏羲以"玉简授禹"等情节即可看出。王嘉在这里将古代神话与奇伟的想象结合起来，小说显得扑朔迷离，炫人眼目，但在这扑朔迷离的背后，实际上表现出了大禹治水的艰辛，以及上古先民为战胜自然、征服自然所做的不懈努力。

王嘉对商朝国君的记述首先是商的始祖契出生的神话。文中记述的商的始祖契因黑鸟(也即玄鸟)遗卵而生的感生神话，实际上是有商一族以鸟作为图腾的反映。其次则是对商朝的最后一位国君殷纣王暴虐无道行径的揭露和批判。在文中殷纣王的暴虐无道主要表现在他无故兴兵讨伐诸侯国方面。为满足一己私欲，纣王"诛戮贤良"，"杀其君，囚其民，收其女乐，肆其淫虐"，使得"神人愤怨"。纣王的暴虐还表现在对乐师师延的迫害上。因师延所奏"清商、流徵、涤角之音"不符合纣王"淫于声色"的嗜好，而被拘于阴宫，"欲极刑戮"。为全身远祸，师延不得不"更奏迷魂淫魄之曲"以"免炮烙之害"。虽然王嘉的描写不乏夸张的成分，但也真实地反映了殷纣王的残暴荒淫、混乱无道。

对周朝三位国君传说故事的记述表现了王嘉进步的历史观。对周武王和周成王，王嘉给予热情的赞颂，虽然其中内容多为荒诞不经的传说故事，但文中周武王向东征伐纣王，"八百之族，皆齐而歌"以及"飞集王舟""状如丹鸟"的大蜂，都显示了人们对正义之师的拥护。周成王执政期间，泥离国、㳽涂国、因祇国、燃丘国、扶娄国、途修国等远方异国的使者不远万里、历经艰险朝拜周王室的热闹景象，反映了周王朝的强盛，而各国使者进献的神奇之物更让人们大开眼界。王嘉在用小说语言记述传说故事的过程中，对各国使者及其进贡的奇珍异兽、能工巧匠无不赋予神异的色彩："常从云里而行"的泥离国使者、"拳头尖鼻"的燃丘国使者、"善能技巧变化"的扶娄国使者以及因祇国进献的善于织锦的女工、㳽涂国所献的凤雏、燃丘国进贡的比翼鸟等无不具有神异的功能。王嘉正是以奇幻的想象，运用华丽的辞藻描绘出了一个个神秘诡异的神奇国度。对昭王传说故事的描述王嘉则主要集中在他对长生不死之术的追求方面上。昭王梦中出现的羽人，他"跪而请受绝欲之教"

的虔诚,用以涂足而飞万里之外的灵丹妙药以及"步尘上无迹,行日中无影""巧善歌笑"的东瓯二女等无不充满浓郁的神仙道教色彩,也反映了道士王嘉对神仙道教思想的宣扬。而文中汉水两岸的人们在每年上巳节祭祀昭王及二女时"或以时鲜甘味,采兰杜包裹,以沉水中。或结五色纱囊盛食,或用金铁之器,并沉水中,以惊蛟龙水虫,使畏之不侵此食也"的做法,显然是受到了端午节人们祭祀屈原的民间风俗的影响。

夏禹

尧命夏鲧治水①,九载无绩。鲧自沉于羽渊,化为玄鱼,时扬须振鳞,横修波之上,见者谓为"河精"。羽渊与河海通源也②。海民于羽山之中,修立鲧庙,四时以致祭祀。常见玄鱼与蛟龙跳跃而出,观者惊而畏矣。至舜命禹疏川奠岳③,济巨海则鼋鼍而为梁④,逾翠岑则神龙而为驭⑤,行遍日月之墟,惟不践羽山之地,皆圣德之感也。鲧之灵化⑥,其事互说,神变犹一,而色状不同。玄鱼黄能⑦,四音相乱,传写流文,"鲧"字或"鱼"边"玄"也。群疑众说,并略记焉。

【注释】

①鲧:中国上古时代的神话传说人物。姓姒,字熙,有崇氏,相传为颛顼之子,夏禹之父。后因有违帝命,被殛于羽山。《史记·夏本纪》:"夏禹,名曰文命。禹之父曰鲧,鲧之父曰颛顼,颛顼之父曰昌意,昌意之父曰黄帝。"《国语·晋语八》:"昔者鲧违帝命,殛之于羽山,化为黄熊,以入于羽渊。"

②通源:指源头相通。

③禹:传说中国夏代的第一位君主,姓姒,名曰文命,初封夏伯,故

亦曰伯禹。后接受舜的禅让成为天子,史称夏禹,又称夏后氏。

④济:渡河,过河。鼋鼍(yuán tuó):指巨鳖和猪婆龙(扬子鳄)。《国语·晋语九》:"鼋鼍鱼鳖,莫不能化,唯人能。"

⑤岑(cén):小而高的山。

⑥灵化:神异的变化。

⑦黄能:即黄熊或三足鳖。历来说法不一。《左传·昭公七年》:"昔尧殛鲧于羽山,其神化为黄熊,以入于羽渊。"《释文》:"熊,音雄,兽名。亦作能,如字;一音奴来反,三足鳖也。解者云:'兽非入水之物,故是鳖也。'一曰:'既为神,何妨是兽。'《说文》及《字林》皆云:'能,熊属,足似鹿。'然则能既熊属,又为鳖类,今本作能者胜也。"

【译文】

尧命令鲧去治理洪水,九年毫无成效。鲧就自溺于羽渊,变作一条黑鱼。这条黑鱼时常扬起它的触须,抖动身上的鳞甲,横游于羽渊的大波之上,看见的人都称它为"河精"。羽渊与黄河、大海的源头相通。海边的人在羽山上修建了鲧庙,一年四季来山上行祭祀之礼。人们经常看见黑鱼和蛟龙从水中腾跃而出,观看的人既吃惊又害怕。舜继位后,派禹疏通河道、祭奠山神,大禹要横渡大海,鼋鼍就给他作桥梁,要翻越苍翠的高山,神龙就为他驾车,大禹走遍天涯海角,唯独没有踏进羽山之地,这都是鲧的圣德的感化。关于鲧神异变化的事交互证说,然而这些有关鲧神异变化的说法万变不离其宗,只不过变化的颜色、形状不同罢了。玄、鱼、黄、能四字的读音互相混杂,再经过辗转传抄流传的文字,"鲧"字有人就写成了"鱼"字边一个"玄"字。疑点尚多,众说纷纭,一并略记如上。

录曰:书契之作,肇迹轩史①,道朴风淳,文用尚质。降及唐、虞,爰迄三代,世祀遐绝②,载历绵远。列圣通儒③,忧乎道缺。故使玉牒金绳之书④，虫章鸟篆之记⑤，或秘诸岩薮⑥，藏于屋壁⑦；或逢丧乱，经籍事寝⑧。前史旧章，或流散异域。故字体与俗讹移，其音旨随方互改。历商、周之世，又经嬴、汉，简帛焚裂，遗坟残泯⑨。详其朽蠹之余⑩，采捃传闻之说⑪。

【注释】

①肇迹：犹肇始，肇兴。轩史：指轩辕黄帝时的史官仓颉。

②世祀：世代祭祀。《左传·僖公十二年》："管氏之世祀也宜哉！"遐绝：久远，长远。

③列圣：指历代帝王。《文选·左太冲〈魏都赋〉》："且魏地者……列圣之遗尘。"李善注引《诗谱》："魏地，毕昴之分野，虞舜及禹所都之地。"通儒：指通晓古今、学识渊博的儒者。

④玉牒（dié）金绳：指古代典籍。玉牒，古代帝王封禅、祭祀的玉简文书。金绳，黄金或其他金属制成的绳索，用以编连策书。《隋书·礼仪志二》："汉武帝颇采方士之言，造为玉牒，而编以金绳。"

⑤虫章鸟篆：指如虫形、鸟迹的古文字。《说文叙》："自尔秦书有八体：一曰大篆，二曰小篆，三曰刻符，四曰虫书，五曰摹印，六曰署书，七曰殳书，八曰隶书。"索靖《草书状》："仓颉既生，书契是为，蝌斗鸟篆，类物象形。"

⑥岩薮：山泽，山野。

⑦屋壁：房屋的夹墙。《书序》："我先人用藏其家书于屋壁。"又刘歆《移书让太常博士》："《尚书》初出于屋壁，朽折散绝。"

⑧事寝：即事情平息。寝，停止，平息。

⑨遗坟：即遗书，指古代的典籍。齐治平注曰："遗坟，即遗书，古有

《三坟》《五典》之书,故古籍亦称坟典。"泯:消失,丧失。

⑩朽蠹(dù):指朽腐虫蚀。《左传·昭公三年》:"民参其力,二入于公,而衣食其一,公聚朽蠹,而三老冻馁。"

⑪采捃(jùn):收集。贾思勰《齐民要术序》:"今采捃经传,爰及歌谣,询之老成,验之行事。"

【译文】

　　萧绮录语说:文字的产生,开始于轩辕黄帝时的史官仓颉。当时世道古朴,民风淳厚,文辞也因此崇尚朴实。沿及唐、虞,以至夏、商、周三代,世代祭祀的风气年代久远,文字记载的历史源远流长。历代帝王和通晓古今、学识渊博的儒士,担心圣贤之道缺失,所以他们把古代典籍以及记录事件的远古文字,有的秘藏在山泽荒野,有的隐匿在房屋的夹墙之中;有时恰逢政局动乱,图书就被搁置不管,有些古史旧章就会流散他乡。因此,字体随着各地写法的不同而发生讹变,字音和字意也随着地方的不同而相互改变。经过商、周时期,再经过秦、汉,竹简帛书大多烧灼碎裂,古代典籍大多毁坏消失。只有详考剩下的那些朽腐虫蚀的书籍,收集那些流传下来的传闻遗事。

　　是以"己亥"正于前疑,"三豕"析于后谬①。子年所述,涉乎万古,与圣叶同,摘文求理②,斯言如或可据。《尚书》云:"尧殛鲧于羽山。"《春秋传》曰:"其神化为黄能,以入羽渊。"是在山变为能,入水化为鱼也。兽之依山,鱼之附水,各因其性而变化焉。详之正典③,爰访杂说,若真若似,并略录焉。

【注释】

①"己亥"正于前疑,"三豕"析于后谬:此二句指文字因字形相近传

抄讹误而产生的歧义。《吕氏春秋·察传》："有读史记者曰：'晋师三豕涉河。'子夏曰：'非也，是己亥也。夫"己"与"三"相近，"豕"与"亥"相似。'至于晋而问之，则曰'晋师己亥涉河'也。"

②擿（tī）：剖开，分。

③正典：正宗典籍。如儒家六经之类。《礼记·学记》："大学之教也，时教必有正业。"孔颖达疏："正业谓先王正典，非诸子百家。"

【译文】

因此，"己亥"是对以前怀疑的更正，"三豕"是对后来错误的分析。王嘉叙述的故事，涉及千秋万代，与圣贤的言论完全契合，他分析文字，探求道理，这些言论有的或许可作依据。《尚书》说："尧在羽山杀死鲧。"《春秋传》说："鲧的神灵变为黄熊，进入羽渊。"这是说鲧的神灵在山上就变作黄熊，到水里就化为黑鱼。因为野兽依附山林，鱼儿依附水流，它们各自顺应自己的本性而变换生活环境。王嘉详细考查儒家经典，调查各种说法，很多内容似是而非，似非而是，一并略记于此。

禹铸九鼎①，五者以应阳法②，四者以象阴数③。使工师以雌金为阴鼎，以雄金为阳鼎。鼎中常满，以占气象之休否④。当夏桀之世，鼎水忽沸。及周将末，九鼎咸震，皆应灭亡之兆。后世圣人，因禹之迹⑤，代代铸鼎焉。

【注释】

①九鼎：是中国先秦时期王权至高无上、国家统一昌盛的象征。相传夏禹铸九鼎，象征九州，夏、商、周三代奉之为象征国家政权的传国之宝。《左传·宣公三年》："昔夏之方有德也，远方图物，贡金九牧，铸鼎象物。"又《史记·封禅书》："禹收九牧之金，铸九鼎。"

②阳法：天的规范，天的法则。

③阴数：指天数，命运。

④休否：指吉凶。

⑤因：因袭，沿袭。

【译文】

夏禹铸造九鼎，以其中的五鼎对应上天的法则，以其余的四鼎象征人间的命数。他命令工匠用黄铜铸造象征人间天数的阴鼎，用红色的铜铸造象征上天规则的阳鼎。鼎铸成后，鼎中经常装满水，用来占卜云气变化的吉凶。在夏桀的时代，鼎里面的水忽然沸腾起来；到了周朝将亡之际，九鼎又同时震动不停，这些都是预示国家灭亡的先兆。后世贤德的君主，都因袭夏禹的做法，代代铸造铜鼎。

禹尽力沟洫①，导川夷岳。黄龙曳尾于前②，玄龟负青泥于后。玄龟，河精之使者也③。龟颔下有印，文皆古篆，字作九州山川之字④。禹所穿凿之处，皆以青泥封记其所，使玄龟印其上。今人聚土为界，此之遗象也。

【注释】

①沟洫：田间水道。《论语·泰伯》："卑宫室而尽力乎沟洫。"朱熹《集注》："沟洫，田间水道，以正疆界、备旱潦者也。"此处指治水。

②黄龙：古代传说中龙的一种，被认为是祥瑞的象征。齐治平注曰："黄龙，当即《楚辞·天问》中之'应龙'。王逸注：'有神龙以尾画地，导水所注，当决者因而治之也。'"

③河精：传说中的黄河之神。《古微书》卷四："禹理洪水，观于河，见白面长人鱼身出曰：'吾河精也。'授禹河图而还于渊。"根据前文"见者谓为河精"句及此处玄龟为"河精之使者"句，王嘉所述

应该是古代有关鲧助禹治水的神话。又《天问》曰："鲧何所营？禹何所成？"

④ 文皆古篆，字作九州山川之字：是说其中的文字都是古代的大篆，字体都取自九州山川的形状。古代文与字是有区别的，许慎《说文解字叙》云："仓颉之初作书，盖依类象形，故谓之文；其后形声相益，即谓之字。文者，物象之本；字者，言孳乳而寖多也。"段玉裁注："析言之，独体曰文，合体曰字；统言之，则文字可互称。"

【译文】

夏禹竭尽全力治理洪水，疏通河流，铲平高山。当时，黄龙拖着尾巴在前面开道，黑龟背着青色的黏土在后面筑堤。黑龟就是河精派来的使者。龟的下巴有一方印章，印章上的文字都是古代的大篆，字形取自九州山川的形状。大禹凿通的地方，都用青泥封缄标记，并命令玄龟在上面盖上印章。现在人们堆土作为地界，这种做法就是前代留传下来的。

　　禹凿龙关之山，亦谓之龙门①。至一空岩，深数十里，幽暗不可复行，禹乃负火而进。有兽状如豕，衔夜明之珠，其光如烛。又有青犬，行吠于前。禹计可十里，迷于昼夜。既觉渐明，见向来豕犬变为人形，皆着玄衣。又见一神，蛇身人面。禹因与语。神即示禹八卦之图，列于金版之上②。又有八神侍侧③。禹曰："华胥生圣子，是汝耶？"答曰："华胥是九河神女④，以生余也。"乃探玉简授禹⑤，长一尺二寸，以合十二时之数⑥，使量度天地。禹即执持此简，以平定水土。蛇身之神，即羲皇也。

【注释】

①龙门:山名。在今山西河津西北,陕西韩城东北,黄河至此,两岸峭壁对峙,形如门阙,故名龙门。相传夏禹导河至此,凿以通流。《书·禹贡》:"导河积石,至于龙门。"

②金版:亦作"金板",天子祭告上帝镂刻告词的金属板。亦用以铭记大事,使不磨灭。《周礼·秋官·职金》:"旅于上帝,则共其金版。"郑玄注:"铸金谓之版。"

③八神:八方之神。《汉书·武帝纪》:"用事八神。"颜师古注引文颖曰:"一曰八方之神。"

④九河:大禹时黄河的九条支流。《书·禹贡》:"九河既道。"陆德明释文引《尔雅·释水》:"九河:徒骇一,太史二,马颊三,覆釜四,胡苏五,简六,洁七,钩盘八,鬲津九。"后泛指黄河。

⑤玉简:相传伏羲授予大禹的玉尺。

⑥十二时:古代分一昼夜为十二时,后以干支为记。《左传·昭公五年》杜预注十二时为夜半、鸡鸣、平旦、日出、食时、隅中、日中、日映、晡时、日入、黄昏、人定。以干支记时,始于《南齐书·天文志》。

【译文】

夏禹开凿龙关山,此山也称作龙门山。一天,大禹走进一个岩洞,这个岩洞有几十里长,洞内昏暗不明不能再前行。夏禹就依靠火把往里走。在洞里,大禹看到一只形状像猪的野兽,口里衔着夜明珠,夜明珠的光像蜡烛一样明亮。还有一只青犬,在前面边走边叫。夏禹大约走了十里,分辨不清是白天还是黑夜。不一会儿,感觉洞中逐渐变得明亮,大禹看见刚才碰到的猪和狗变成了人的形状,都穿着黑色的衣服。又看到一位神仙,长着蛇身人面。禹于是就和他攀谈。这位神仙拿出八卦图让大禹看,并把八卦图放到金版之上。神仙的旁边有八方之神侍立。大禹说:"华胥生的贤德的儿子,就是您吗?"神仙回答说:"华胥是九河仙女,是她生了我。"神仙又拿出一把玉尺交给大禹。玉尺长一尺二寸,正好应和了每日的十二个时辰,他让大禹用玉尺去测量天地。后来夏禹就拿着这把玉尺去平定天下水土。那位蛇身人面的神仙,就是春皇伏羲。

录曰:夫神迹难求,幽暗罔辨,希夷仿佛之间①,闻见以之衒惑②。若测诸冥理③,先坟有所指明。是以彭生假见于贝丘④,赵王示形于苍犬⑤,皆文备鲁册⑥,验表齐、汉。远古旷代,事异神同。衒珠吐烛之怪,精灵一其均矣⑦。若夫茫茫禹迹,杳漠神源⑧,非末俗所能推辨矣。观伏羲至于夏禹,岁历悠旷,载祀绵邈⑨,故能与日月共辉,阴阳齐契⑩。万代百王,情异迹至,参机会道⑪,视万龄如旦暮,促累劫于寸阴⑫。何嗟鬼神之可已,而疑羲、禹之相遇乎!

【注释】

①希夷:隐微。《老子》:"视之不见,名曰'夷',听之不闻,名曰'希'。"

②衒(xuàn)惑:迷惑。衒,亦作"眩"。

③冥理:深奥的道理。

④彭生假见于贝丘:《左传·庄公八年》:"冬,十二月,齐侯游于姑棼,遂田于贝丘,见大豕。从者曰:'公子彭生也。'公怒曰:'彭生敢见!'射之。豕人立而啼。公惧,队(坠)于车,伤足。"彭生,齐国的大力士。齐襄公的妹妹文姜,是鲁桓公夫人。鲁桓公与文姜至齐国,襄公竟与文姜通奸,被鲁桓公发现。襄公于是遣彭生杀鲁桓公,后又杀彭生向鲁国谢罪。贝丘,古地名,在今山东博兴东南。《左传·庄公八年》:"冬,十二月,齐侯游于姑棼,遂田于贝丘。"杜预注:"姑棼、贝丘,皆齐地。田,猎也。乐安博昌县

南有地名贝丘。"

⑤赵王示形于苍犬:《汉书·五行志》:"高后八年三月,被霸上,还过枳道,见物如仓狗,㩌高后掖,忽而不见。卜之,赵王如意为祟。遂病掖伤而崩。"赵王,刘邦与戚夫人所生之子,名如意,封于赵。刘邦驾崩后,吕后害死赵王如意之母戚夫人,又鸩杀赵王如意,因此后世流传赵王如意作祟复仇的传说。

⑥鲁册:指《春秋》。

⑦精灵一其均矣:是说精怪幻化之事都是相同的。齐治平注曰:"此因禹所见'豕犬变为人形',故以彭生化豕、如意化狗之事相比附,以明精灵可以变化。"

⑧杳(yǎo)漠:渺茫悠远。神源:神灵的原本。

⑨载祀:指年。《左传·宣公三年》:"桀有昏德,鼎迁于商,载祀六百。"杜预注:"载、祀皆年。"杨伯峻注:"古人或称载,或称祀,或称年,或称岁,其实一也。'载祀六百'为叙事语,载祀连言,复词也,谓殷商有国六百年耳。"绵邈:长久,悠远。

⑩齐契:犹合契。谓相符合。

⑪参机:即探究事物变化的缘由。参,探究,领悟。机,事物变化之所由。

⑫累劫:连续数劫。极言时间之长。劫,佛教名词。古印度传说世界经历若干万年毁灭一次,重新再开始,这样一个周期叫作一劫。后人借指天灾人祸。

【译文】

萧绮录语说:神灵的神迹无法得到,昏暗不明的人间也无法辨别,隐微恍惚之间,所见所闻都令人迷茫、困惑。如果想要探知其中深奥的道理,古代的典籍中已有明白的阐述。因此,公子彭生在贝丘变猪显灵,赵王如意变狗复仇,这些神异之事在《春秋》中都有完整的记载,在齐史、汉史中都有表现。远古时期,历时久远,事件的经过各不相同,神灵的幻化之事却很相似。口里衔着明珠、能吐出烛光的神怪,和其他精怪的变化都是一样的。至于那遥远的模糊不清的夏禹的事迹,渺茫悠远的神灵的原本,更不是一般平庸之人所能探索、辨别的。看一看从伏羲直到夏禹,年岁久远,记事绵长,因此各代圣王的神迹都可以与日月齐辉,与天地相合。历代的帝王,他们的具体情况各不相同,但事迹都极为突出。他们都能够探究事物变化的缘由,领悟事物发展变化的规律,把万年看作一日,把千万年缩减成极短的时间。我们为什么要感叹鬼神的存在,却怀疑伏羲和大禹的相遇呢!

殷汤①

商之始也,有神女简狄②,游于桑野,见黑鸟遗卵于地,有五色文,作"八百"字,简狄拾之,贮以玉筐,覆以朱绂③。夜梦神母谓之曰:"尔怀此卵,即生圣子,以继金德。"狄乃怀卵,一年而有娠,经十四月而生契④。祚以八百⑤,叶卵之文也。虽遭旱厄⑥,后嗣兴焉。

【注释】

①殷汤:即商汤,商朝的建立者,子姓,名履,放夏桀而自立,其后裔盘庚迁殷,故称商,又称殷。齐治平注曰:"按前《唐尧》《虞舜》《夏禹》,皆记尧、舜、禹之事,此则杂记殷商一代之事,但当以'殷'或'商'标题,不当曰'殷汤'。"

②简狄:相传为有娀氏之女,帝喾之妻。吞玄鸟卵而生商代祖先契。《楚辞·天问》:"简狄在台,喾何宜?玄鸟致贻,女何喜?"

③"覆以朱绂(fú)"以上几句:指鸟卵的由来。《吕氏春秋·音初》:"有娀氏有二佚女,为之九成之台,饮食必以鼓。帝令燕往视之,

鸣若谧隘。二女爱而争搏之，覆以玉筐。少选，发而视之，燕遗二卵，北飞，遂不返。”与本书记载不同。绂，古代作祭服的蔽膝，缝于长衣之前。周制帝王、诸侯及诸国的上卿皆着朱绂。

④契：商朝的祖先，传说因助禹治水有功而封于商。《史记·殷本纪》：“殷契，母曰简狄，有娀氏之女，为帝喾次妃。三人行浴，见玄鸟堕其卵，简狄取吞之，因孕生契。”又《诗经·商颂·玄鸟》：“天命玄鸟，降而生商。”

⑤祚：帝位。

⑥旱厄：即旱灾。厄，灾难，厄运。《吕氏春秋·顺民》：“昔者汤克夏而正天下，天大旱，五年不收，汤乃以身祷于桑林……雨乃大至。”

【译文】

商朝建国之前，有一位叫简狄的神女，在长满桑树的郊外游玩，看见一只黑色的鸟将它的卵遗落到了地上，这个鸟蛋上有青、黄、赤、白、黑五种颜色组成的花纹，还写着“八百”二字。简狄捡起鸟蛋，把它储存在玉筐里，并用红色的祭服的蔽膝盖在上面。这天夜里，简狄梦见神母对她说：“你怀抱这个鸟蛋，就能生出贤德的儿子，将来会承接金德而称王。”于是，简狄就怀抱鸟蛋，一年后简狄就怀孕了，过了十四个月简狄生下了契。后来，商朝统治八百年，应合了鸟蛋上的“八百”二字。期间虽然国家也曾遭受旱灾，但契的后代子孙却兴盛不衰。

　　傅说赁为赭衣者，舂于深岩以自给①。梦乘云绕日而行，筮得“利建侯”之卦②。岁余，汤以玉帛聘为阿衡也③。

【注释】

①傅说（yuè）赁为赭衣者，舂于深岩以自给：傅说，人名，殷商时期著名的贤臣。赁，给人作雇工。赭衣，古代囚衣。因以赤土染成

赭色，故称。舂，捣。此处指版筑之事。《墨子·尚贤下》："傅说……衣褐带索，庸筑于傅岩之城。武丁得而举之，立为三公。"深岩，崖边水洼曲处。《文选·司马长卿〈上林赋〉》："振鳞奋翼，潜处乎深岩。"郭璞注："隐岸坻也。"张铣注："深岩，窊曲处也。"

②筮（shì）：古代用蓍草占卜吉凶的一种迷信活动。利建侯：卦名，屯卦，意指适宜封土建侯。《易·屯卦》："屯，元亨，利贞。勿用有攸往，利建侯。"又："初九，磐桓，利居贞，利建侯。象曰：虽磐桓，志行正也。以贵下贱，大得民也。"本句是说汤能够礼贤下士，故用此卦象征君臣遇合之兆。

③阿衡：商代官名，相当于后世的宰相。《书·太甲上》："惟嗣王不惠于阿衡。"孔传："阿，倚；衡，平。言不顺伊尹之寻。"又《诗经·商颂·长发》："实维阿衡，实左右商王。"毛传："阿衡，伊尹也。"因伊尹曾任此官，故皆以指伊尹。齐治平注曰："按伊尹名挚，汤以为阿衡，任以国政。傅说武丁时人，距汤时已历十世。本书作者误合二人为一。"

【译文】

傅说是受人雇佣穿着囚衣服役的人，他在崖边水洼曲处筑墙养活自己。一天夜里，傅说梦见自己乘着云彩环绕着太阳飞行，梦醒后，他用蓍草占卜吉凶，得到了象征君臣遇合的屯卦。过了一年多，商汤用玉器和丝织品作为聘礼来聘请傅说出任宰相。

纣之昏乱①，欲讨诸侯，使飞廉、恶来诛戮贤良②，取其宝器，埋于琼台之下③。使飞廉等惑所近之国，侯服之内④，使烽燧相续。纣登台以望火之所在，乃兴师往伐其国，杀其君，囚其民，收其女乐，肆其淫虐。神人愤怨。时有朱鸟衔火，如星之照耀，以乱烽燧之光。纣乃回惑，使诸国灭其烽燧。于是亿兆夷民乃欢⑤，万国已静。及武王伐纣，樵夫牧竖探高鸟之巢⑥，得玉玺，文曰："水德将灭，木祚方盛⑦。"文皆大篆，纪殷之世历已尽，而姬之圣德方隆。是以三分天下而其二归周⑧。故蛀蛀之类⑨，嗟殷亡之晚，望周来之迟矣⑩。

【注释】

①纣：子姓，明辛，又名受，帝乙之子。商朝的最后一位君主，暴虐无道，谥号纣，世称殷纣王、商纣王。

②飞廉、恶来：商纣王的大臣。恶来是飞廉之子。二人以勇力而闻名，助纣为虐，武王伐纣之时被处死。飞，亦作"蜚"。《史记·秦本纪》："蜚廉生恶来。恶来有力，蜚廉善走，父子俱以材力事殷纣。"又《史记·殷本纪》："恶来善毁谗，诸侯以此益疏。"

③琼台：相传为桀纣所建的玉台。潘尼《乘舆箴》："辛作璇室，而夏兴瑶台。"

④侯服：古代王城外围，按距离远近划分的区域之一。夏制，王城以外四面各五百里曰甸服，甸服以外四面又各五百里为侯服。《书·禹贡》："五百里侯服。"

⑤亿兆夷民：指庶民百姓。亿兆，极言其数之多。《书·泰誓中》："受有亿兆夷人，离心离德。"后亦指众庶万民。蔡邕《太尉李咸碑》："宪天心以教育，激垢浊以扬清，为国有赏，盖有亿兆之心。"

⑥牧竖：牧童。《楚辞·天问》："有扈牧竖，云何而逢？"

⑦水德将灭，木祚方盛：是说商将亡，周将兴。据阴阳家言，殷为水德，周为木德。胡三省《资治通鉴·秦纪二》注云："所谓终始五德之运者：伏羲以木德王；木生火，故神农以火德王；火生土，故黄帝以土德王；土生金，故少昊以金德王；金生水，故颛顼以水德

王;水生木,故帝喾又以木德王;木又生火,故帝尧以火德王;火
又生土,故帝舜以土德王;土又生金,故夏以金德王;金又生水,
故商以水德王;水又生木,故周以木德王:此五德之终而复
始也。"

⑧三分天下而其二归周:《论语·泰伯》:"三分天下有其二,以服事
殷。周之德,其可谓至德也已矣。"

⑨蚩蚩:敦厚的样子。《诗经·卫风·氓》:"氓之蚩蚩。"毛传:"蚩
蚩者,敦厚之貌。"此处指庶民百姓。

⑩望:恨,抱怨。司马迁《报任安书》:"意气勤勤恳恳,若望仆不相
师用,而流俗人之言。"

【译文】

　　商纣王昏庸无道,想要讨伐各国诸侯。他让飞廉、恶来二人杀害贤
臣良士,抢夺他们的珍贵器物,并埋到琼台的下面。殷纣王还让飞廉等
人迷惑靠近都城的诸侯国,距离都城千里之内的各诸侯国,使各国的烽
火台烽烟接连不断。纣王登上琼台观望,看到哪个诸侯国的烽火台出
现火光,他就起兵前往讨伐这个国家,杀了那里的国君,囚禁那里的人
民,掠夺那里的歌女、舞女,并对她们肆意凌辱、踩蹋。殷纣王的暴虐行
径,致使天怒人怨。当时有一群红色的鸟,口里叼着火把,火光像星星
一样光芒照射,来扰乱烽火台上的火光。于是纣王就迷惑不清,只好下
令各诸侯国熄灭他们烽火台上的烽火。这时庶民百姓无不欢欣鼓舞,从
此太下全平。等到周武王起兵讨伐殷纣王时,有个打柴的人和牧童一起
将手伸进高树上的鸟巢,得到了一块玉印,印上刻着文字:"水德将要灭
亡,木德正在兴起。"这些字都是大篆,记载着殷商的世运已经完结,周朝
的圣德正在兴盛。因此,当时天下的三分之二已经归附周朝。所以平民
百姓感叹商朝灭亡得太晚了,而抱怨周朝到来得太迟了。

　　师延者①,殷之乐人也。设乐以来,世遵此职②。至师

延,精述阴阳,晓明象纬③,莫测其为人。世载辽绝④,而或出或隐。在轩辕之世,为司乐之官。及殷时,总修三皇五帝之乐。拊一弦琴则地祇皆升⑤,吹玉律则天神俱降⑥。当轩辕之时,年已数百岁,听众国乐声,以审兴亡之兆⑦。

【注释】

①师延:商纣王时的乐师。齐治平注曰:“按《姓谱》:‘古者掌乐之官曰师,因以为氏。’”

②遵:沿袭。

③象纬:象数谶纬。象,即象数,指龟筮之类。《左传·僖公十五年》:“龟,象也;筮,数也。物生而后有象,象而后有滋,滋而后有数。”杜预注:“言龟以象示,筮以数告,象数相因而生,然后有占,占所以知吉凶。”纬,即谶纬,指谶录图纬、占验术数之书。《后汉书·方术传上》:“专精经典,尤明天文、谶纬、风角、推步之术。”

④辽绝:久远。

⑤拊(fǔ):弹奏。地祇(qí):地神。《史记·司马相如列传》:“故圣王弗替,而修礼地祇,谒款天神。”

⑥玉律:指管乐器。

⑦审:推究,仔细思考。

【译文】

师延,是商朝的乐师。自从庖牺设置乐师之职以来,世世代代都沿袭着这一职位。到师延作乐师时,他精辟地阐述阴阳变化的学说,通晓龟筮占验的方法及谶录图纬之书,没有人能够揣测他做人处事的态度。世代久远,师延有时出世,有时隐居。在轩辕时代,师延做司乐官。到了殷商时期,他修订了三皇五帝时期全部的乐律。师延弹奏琴弦,地神就会从地下上来倾听;他吹奏笛箫,天上的神仙就会飘然而下。在轩辕时期,师延的年龄已经好几百岁了,他听到各诸侯国演奏的乐声,就能够推究盛衰兴亡的征候或迹象。

　　至夏末，抱乐器以奔殷。而纣淫于声色，乃拘师延于阴宫①，欲极刑戮。师延既被囚系，奏清商、流徵、涤角之音②。司狱者以闻于纣③，纣犹嫌曰："此乃淳古远乐，非余可听说也④。"犹不释。师延乃更奏迷魂淫魄之曲⑤，以欢修夜之娱⑥，乃得免炮烙之害⑦。周武王兴师，乃越濮流而逝⑧，或云死于水府⑨。故晋、卫之人，镌石铸金以像其形，立祀不绝矣。

【注释】

①阴宫：指囚人的内宫。

②清商、流徵、涤角：古谓商调凄清悲凉，故称清商；徵调婉转流利，故称流徵；角调可令人乐观开朗，积极向上，故称涤角。商、徵、角分别为古代五音之一。

③司狱者：掌管刑狱的官员。

④说（yuè）：同"悦"。高兴，使愉悦。

⑤迷魂淫魄：迷人魂，乱人魄。形容事物美好，使人醉迷。

⑥修夜：指长夜。《隋书·卢思道传》："玄冬修夜，静言长想。"

⑦炮烙：原作"炮格"，相传为殷纣王所用的一种酷刑。《史记·殷本纪》："于是纣乃重辟刑，有炮格之法。"《史记集解》引《列女传》曰："膏铜柱，下加之炭，令有罪者行焉，辄堕炭中，妲己笑，名曰炮格之刑。"又《史记索隐》引邹诞生云："见蚁布铜斗，足废而死，于是为铜格，炊炭其下，使罪人步其上。"

⑧逝：去，往。

⑨水府：神话传说中水神或龙王所住的地方。

【译文】

到夏代末年,师延怀抱乐器投奔商朝。后来,殷纣王沉溺于歌舞女色之中,竟把师延拘押到囚人的内宫,想要用最残酷的刑罚杀害他。师延被囚禁后,演奏凄清悲凉的商调、婉转流利的徵调以及令人乐观开朗、积极向上的角调等乐曲。掌管刑狱的官员把他听到的师延演奏的曲调禀告纣王,殷纣王仍然不满意,他说:"这些曲调都是淳厚古朴的上古音乐,并不能让我听了感到高兴。"还是不肯释放师延。师延于是变换曲调演奏了一些迷魂淫魄的靡靡之音,让殷纣王在这种淫迷的乐声中欢度漫漫长夜,这才免遭炮格之刑。后来,周武王起兵讨伐殷纣王,师延渡越濮水之后就不见了踪影,有人说他投水而死。因此,晋、卫时期的人们雕刻石头、铸造青铜做成师延的形象,并给他修建祠堂,祭祀的香火一直没有间断。

录曰:《三坟》《五典》及诸纬候杂说①,皆言简狄吞燕卵而生契。《诗》云:"天命玄鸟,降而生商。"斯文正矣。此说怀感而生,众言各异,故记其殊别也。傅说去其舂筑,释彼佣赁,应翘旌而来相②,可谓知几其神矣③。同磻溪之归周④,异殷相之负鼎⑤,龙蛇遇命⑥,道会则通。斯则往贤之明教⑦,通人之至规⑧。"乐天知命"⑨,信之经言也⑩。

【注释】

①纬候:谶纬之学。多指天象符瑞、占验灾异之术。

②翘旌:指高举的旗帜。

③知几其神:是说人能预知事情萌发的细微迹象,就能与神道相合。《易·系辞下》:"知几其神乎……几者,动之微,吉之先见者也。"本句是就傅说梦乘龙绕日及筮得"利建侯"之卦而言,是说

他能预知吉兆。

④磻溪之归周：指吕尚与周文王的相遇。磻溪，水名。在今陕西宝鸡东南，源出南山兹谷，北流入渭水。相传吕尚垂钓于此而遇周文王。《史记·齐太公世家》："吕尚盖尝穷困，年老矣，以渔钓奸（干）周西伯……于是周西伯猎，果遇太公于渭之阳，与语，大悦……载与俱归，立为师。"

⑤殷相之负鼎：指伊尹背负鼎俎见汤，以烹调为喻致汤王道之事。《史记·殷本纪》："伊尹名阿衡。阿衡欲奸（干）汤而无由，乃为有莘氏媵臣，负鼎俎，以滋味说汤，致于王道。"又《韩非子·难言》亦说伊尹说汤"七十说而不受，身执鼎俎为庖宰，昵近习亲，而汤乃仅知其贤而用之。"齐治平注曰："按伊尹与汤之关系，古有二说：一为汤求贤（见《孟子》《楚辞·天问》《帝王世纪》等书），一为伊尹干汤。此谓傅说'异殷相之负鼎'，乃取后说。"

⑥龙蛇遇命：是说出处由命，凡事不强求。《庄子·山木》："一龙一蛇，与时俱化。"成玄英疏："龙，出也；蛇，处也。"

⑦明教：高明的指教。《战国策·魏策一》："寡人不肖，未尝得闻明教。"

⑧至规：最高的法则。

⑨乐天知命：即安于自己的处境，听从命运的安排。天，天意。《易·系辞上》："乐天知命，故不忧。"

⑩信：确实。经言：经典的语言。经，常道。指常行的义理、准则、法制。《广雅·释诂》："经，常也。"

【译文】

萧绮录语说：《三坟》《五典》和谶纬之学等百家杂说，都记载简狄吞食燕子蛋而生契的传说。《诗经》上也说："上天命令黑色的鸟降临人间，才生了商的始祖契。"这句诗中的说法是正确的。本书说简狄怀抱鸟蛋，感而生契。众说不一，所以记载也是千差万别。傅说离开版筑的劳役,摆脱被雇佣的地位,应武丁的聘请来作殷相,可以说是能够预知吉兆了。他的经历和在磻溪垂钓遇到周文王的吕尚相同,但又不同于背着鼎俎、凭借烹调接近商汤的伊尹。出处由命,凡事不强求,只要符合天意就万事皆通。这个问题前贤已有高明的指教,也是通达事理的人的最高处世法则。"乐天知命",确实是至理名言。

　　死且不朽,是谓名也。乌无声誉于后裔,扬风烈于万祀①。譬诸金玉,烟埃不能埋其坚贞;比之泾、濮,淄、渭不能混其澄澈②。师延当纣之虐,矫步求存,因权取济③,观时徇主④,全身获免。所谓困而能通,卒以智免。故影被丹青⑤,形刊金石,爱其和乐之功⑥,贵其神迹之远矣。至如越思计然之利⑦,镂金以旌其德,方斯蔑矣。

【注释】

①风烈:风操,风范。万祀:万年。

②比之泾、濮,淄、渭不能混其澄澈:泾、濮、淄、渭,皆指水名。《诗经·邶风·谷风》:"泾以渭浊,湜湜其沚。"朱熹《诗集传》以为"泾浊渭清,然泾未属渭之时,虽浊而未甚见,由二水既合,而清浊益分。"又《水经注·淄水》:"淄水出泰山莱芜县原山。"注曰:"淄水出县西南山下,世谓之原泉。"

③矫步求存,因权取济:改变原来的演奏风格求得生存,凭借谋略得以渡过险境。矫,纠正。济,过河,渡。

④徇(xùn):顺从,依从。

⑤丹青:丹和青是我国古代绘画常用的两种颜色,后借指绘画。

⑥和乐:和调音乐。《吕氏春秋·音初》:"正德以出乐,和乐以成顺。"高诱注:"乐以和为成顺。"

⑦计然：人名。《越绝书》作计倪，《吴越春秋》作计砚。春秋时期著
　名的谋士，博学无所不通，尤善计算，后收越国大夫范蠡为徒。
　齐治平注曰："此《录》误以计然当范蠡。"《吴越春秋》记范蠡去
　后，"越王乃使良工铸金，象范蠡之形，置之坐侧，朝夕论政。自
　是之后，计砚佯狂，大夫曳庸、扶同、皋如之徒，日益疏远不亲于
　朝"。

【译文】

　　死后能永垂不朽，这就是所说的声誉。怎么能不把名誉声望留给
后代子孙，让后世称颂风范呢！譬如黄金和美玉，尘埃灰烬不能隐藏它
们纯正坚硬的品质；再比如浑浊的淄水和渭水也不能改变泾水和濮水
的清亮明洁。师延面对殷纣王的暴虐，改变原来演奏的曲调求得生存，
凭借谋略得以渡过险境，观察时机顺从君主，保全性命，获得赦免。这
就是所说的转危为安，最终凭借自己的机智避免了灾祸。所以师延的
影像被绘制成图画，身形被雕刻、铸造成塑像。人们喜欢他和调音乐的
功绩，珍视他神异事迹的深远影响。至于像越王那样，老想着范蠡的好
处，铸造铜像来彰显他的功德，这是微不足道的。

周

　　周武王东伐纣①，夜济河。时云明如昼，八百之族，皆齐
而歌②。有大蜂状如丹鸟③，飞集王舟，因以鸟画其旗。翌日
而枭纣④，名其船曰蜂舟。鲁哀公二年，郑人击赵简子⑤，得
其蜂旗，则其类也。事出《太公六韬》。武王使画其像于幡
旗⑥，以为吉兆。今人幡信皆为鸟画⑦，则遗象也。

【注释】

①周武王：姬姓，名发，岐周（今陕西岐山）人，西周王朝的开国之君，在位十五年。

②八百之族，皆齐而歌：《史记·周本纪》："（周武王）东观兵，至于盟津……是时，诸侯不期而会盟津者八百诸侯。"又《事类赋》卷十六引《语林》："周武王东伐，夜济河。时月明如昼，八百之旅，皆荐宝而歌。"

③丹鸟：指鷩雉，即今之锦鸡。《尔雅·释鸟》："鷩雉。"郭璞注："似山鸡而小冠，背毛黄，腹下赤，项绿，色鲜明。"一说为传说中上古帝王少皞时的官名。《左传·昭公十七年》："玄鸟氏，司分者也，伯赵氏，司至者也，青鸟氏，司启者也，丹鸟氏，司闭者也。"杜预注："丹鸟，鷩雉也，以立秋来，立冬去，入大水为蜃。上四鸟皆历正之属官。"

④翌日：次日。指第二天。枭：悬首示众。《汉书·高帝纪》："枭故塞王欣头栎阳市。"颜师古注曰："枭，县首于木上。"

⑤赵简子：原名赵鞅，赵武之孙，春秋末年晋国的大夫。《左传·哀公二年》："郑人击简子中肩，毙于车中，获其蜂旗。"齐治平注曰："此注云：'事出《太公六韬》。'查今本《六韬》及严可均辑本，均无此文。又按自'鲁哀公二年'至此注，疑皆系作者自注纂入正文者。"

⑥幡（fān）旗：指旗帜。

⑦幡信：也作信幡，古代题表官号以为符信的旗帜。是一种用各种不同图案和颜色制成的旗子，用以传递命令。许慎《说文叙》："六曰鸟虫书，所以书幡信也。"

【译文】

　　周武王向东出兵讨伐殷纣王，晚上渡河的时候，云彩明艳，映照得如同白天一样。八百诸侯聚会盟誓，齐声高歌。有一群形状像锦鸡的大蜂，飞来聚集到周武王的船上。于是周武王命人把大蜂的图像画到这条船悬挂的旗子上。第二天，就斩杀了殷纣王并悬首示众。人们给这艘船起名叫蜂舟。鲁哀公二年，郑国人攻击赵简子，获取了绘有大蜂图案的旗子，这个蜂旗与周武王的旗子相似。该事出自《太公六韬》。当年，周武王令人把蜂鸟的图案绘制到所有的旗帜上，以此作为吉祥的征兆。现在人们在传达命令的符节上都绘上蜂鸟的图形，这就是周武王蜂旗的遗存。

　　成王即政三年①，有泥离之国来朝②。其人称：自发其国，常从云里而行，闻雷霆之声在下；或入潜穴，又闻波涛之声在上。视日月以知方国所向③，计寒暑以知年月。考国之正朔，则序历与中国相符④。王接以外宾礼也。

【注释】

①成王：姬姓，名诵，周武王姬发之子，母邑姜，西周王朝的第二位国君，在位三十七年。周成王继位时年幼，由周公旦辅政，平定三监之乱。即政：指执掌政权。

②泥离之国：即泥离国。传说中的古国名，无考。

③方国：指四方诸侯之国，四邻之国。《诗经·大雅·大明》："厥德不回，以受方国。"郑玄笺："方国，四方来附者。"

④序历：亦作"历序"，指历法。《周书·武帝纪上》："历序六家，以阴阳为首。"

【译文】

　　周成王执掌政权的第三年，泥离国的使者来朝见。使者说：他从泥离国出发，经常在云彩里穿行，能听到云层下面震雷的声响；有时候也进入幽暗的深穴，能听到暗穴上面波涛的翻滚之声。泥离国人通过观察太阳、月亮的运行来了解四方之国的位置,通过测算气候的冷热来了解年月的变化。考察泥离国一年中的第一天发现,他们的历法和中原地区相符合。周成王按照接待外宾的礼节接待了泥离国的使者。

　　四年。旃涂国献凤雏①,载以瑶华之车②,饰以五色之玉,驾以赤象,至于京师。育于灵禽之苑,饮以琼浆,饴以云实③,二物皆出上元仙④。方凤初至之时,毛色文彩未彪发⑤;及成王封泰山、禅社首之后⑥,文彩炳耀⑦。中国飞走之类,不复喧鸣,咸服神禽之远至也。及成王崩,冲飞而去。孔子相鲁之时,有神凤游集。至哀公之末,不复来翔,故云:"凤鸟不至⑧。"可为悲矣!

【注释】

①旃涂国:传说中的古国名,无考。

②瑶华:亦作"瑶花",玉白色花。有时借指仙花。《楚辞·九歌·大司命》:"折疏麻兮瑶华,将以遗兮离居。"王逸注:"瑶华,玉华也。"洪兴祖补注:"说者云:瑶华,麻花也,其色白,故比于瑶。此花香,服食可致长寿,古以为美,将以赠远。"文中指白色的美玉。

③饴:同"饲"。喂养。云实:传说中的仙果。

④上元仙:即上元夫人,神话传说中的仙女,三天真皇之母。任上元之官,统领十方玉女名录。汉武帝元封元年七月七日夜,王母感于武帝屡祷山岳,祭祀神灵,特降汉宫,命侍女往邀上元夫人前来宴会。宴毕,应武帝之求,王母授帝《灵光生经》《五岳真形图》。上元夫人遵奉王母旨意,授汉武帝《六甲灵飞招真十二事》。事见《汉武帝内传》。

⑤彪发:鲜明焕发。

⑥封泰山、禅社首：封禅是古代帝王祭祀天地的大典。《史记·封禅书》张守节《史记正义》曰："此泰山上筑土为坛以祭天，报天之功，故曰封。此泰山下小山上除地，报地之功，故曰禅。"社首，山名。在山东泰安西南，上有社首坛。《汉书·郊祀志》："周成王封泰山，禅于社首。"

⑦炳耀：亦作"炳曜"，文采焕发，光辉灿烂。《后汉书·刘瑜传》："盖诸侯之位，上法四七，垂文炳耀，关之盛衰者也。"

⑧凤鸟不至：《论语·子罕》："子曰：'凤鸟不至，河不出图，吾已矣夫！'"

【译文】

周成王执政的第四年。旃涂国的使者进献了一只幼凤，他们用白色的美玉制成的车子运载小凤凰，用五彩缤纷的玉石装饰玉车，并让红色的大象驾车。来到周朝的都城后，幼凤被放到灵禽苑畜养，给它喝美玉制成的浆液，用仙果喂养它，这两种东西都来自女仙上元夫人。在小凤凰刚到都城的时候，它羽毛的色泽和纹理还没有鲜明焕发，等到周成王在泰山和社首山举行祭祀天地的大典之后，凤凰的羽毛才变得光彩耀眼。中原地区的各种飞禽走兽，都不再喧哗、鸣叫，因为它们都臣服于远方来的神鸟。等到周成王驾崩，凤凰直冲云霄，展翅飞走。孔子在鲁国做宰相的时候，常有神异的凤凰从各处来鲁国聚集嬉戏。到了鲁哀公晚年，凤鸟不再来鲁国翔翔，所以孔子感叹说："凤鸟不至。"太可悲了！

五年。有因祇之国①，去王都九万里，献女工一人。体貌轻洁，被纤罗杂绣之衣，长袖修裾②，风至则结其衿带③，恐飘飖不能自止也④。其人善织，以五色丝内于口中，手引而结之，则成文锦。其国人来献，有云昆锦，文似云从山岳中出也;有列堞锦⑤,文似云霞覆城雉楼堞也;有杂珠锦,文似贯珠佩也;有篆文锦,文似大篆之文也;有列明锦,文似列灯烛也。幅皆广三尺。其国丈夫勤于耕稼,一日锄十顷之地⑥。又贡嘉禾⑦,一茎盈车。故时俗四言诗曰:"力勤十顷,能致嘉颖。"

【注释】

①因祇之国:即因祇国。传说中的古国名,无考。

②修裾(jū):长长的衣襟。裾,衣服的前后襟。

③衿(jīn)带:衣带。

④飖飖(yáo):飘荡,飞扬。边让《章华台赋》:"罗衣飖飖,组绮缤纷。"

⑤列堞(dié):排列成行的城墙上如齿状的矮墙。堞,城上如齿状的矮墙。

⑥十顷:即一千亩。顷,田地面积的单位,一顷等于一百亩。

⑦嘉禾:大禾。《白虎通·封禅》:"嘉禾者,大禾也。"

【译文】

周成王执掌政权的第五年。有一个因祇国,距离周朝都城九万里,进献了一位擅长刺绣、编织的女子。这个女子体态轻盈,容貌美丽,穿着绣有多种花纹的细薄透气的织锦做成的衣服,衣服的袖子和前后襟都很长,微风吹来,女子就把她的衣带绾在一起,因为担心衣服会随风飞扬停不下来。因祇国的人们精通编织,他们把五颜六色的丝线放入口中,用手拉出来进行编织,就织成了文采斑斓的织锦。因祇国的使者来到周朝,进献了各种色彩华美的织锦:有云昆锦,上面的花纹好似云从高山中升起;有列堞锦,花纹好似云霞覆盖在城墙上面如齿状的矮墙上;有杂珠锦,花纹好似成串的珍珠和玉佩;有篆文锦,纹彩好似用大篆写出的文字;有列明锦,纹彩好似排列的明灯和烛火。这些织锦都幅宽三尺。因祇国的男子都勤于农事,他们一天能锄一千亩的土地。因祇国还进献了一种大禾,这种大禾一株所产的稻谷就可以装满一车。所以当时民间有一首四言诗就说:"勤力劳作,每日十顷。就能收获,嘉禾之穗。"

六年。燃丘之国献比翼鸟①,雌雄各一,以玉为樊②。其国使者皆拳头尖鼻③,衣云霞之布,如今"朝霞"也。经历百有余国,方至京师。其中路山川不可记。越铁岘④,泛沸海,蛇洲、蜂岑⑤。铁岘峭砺⑥,车轮刚金为辋⑦,比至京师,轮皆铫锐几尽⑧。又沸海汹涌如煎,鱼鳖皮骨坚强如石,可以为铠。泛沸海之时,以铜薄舟底⑨,蛟龙不能近也。

【注释】

①燃丘之国:即燃丘国。传说中的古国名,无考。

②樊:笼子。

③拳头:即拳发,卷曲的头发。

④铁岘(xiàn):坚硬如铁的险峻的山。岘,小而险峻的山。

⑤岑(cén):小而高的山。《说文》:"岑,山小而高。"

⑥砺:磨刀石。

⑦辋(wǎng):车轮周围的框子。《释名·释车》:"辋,罔也,罔罗周轮之外也。"

⑧铫(tiáo)锐:像兵器一样尖锐。铫,古代兵器,像矛。《吕氏春秋·简选》:"锄櫌白梃,可以胜人之长铫利兵。"齐治平注曰:"《方言》:'铋谓之盂,或谓之铫锐。'按此处以铋释铫锐,义不可通。《庄子·外物》:'铫镈于是乎始修。'《释文》:'铫,削也,能有

所穿削也。'则此铫锐乃穿削之义,言此车轮虽以刚金为辋,而经历峭砺之铁岘,皆磨损穿削也。又本书卷九《因墀国》条有'轮皆绝锐'之句,疑此亦当作'绝锐'。"

⑨薄:依附。《楚辞·哀郢》:"凌阳侯之泛滥兮,忽翱翔之焉薄。"此处指用铜包裹船底。

【译文】

周成王执掌政权的第六年。燃丘国进献了两只比翼鸟,雌雄各一只,装在用玉制成的鸟笼里。燃丘国的使者都长着卷曲的头发,尖尖的鼻头,穿着饰有云霞图案的衣服,好像当今的"朝霞"布。他们路经一百多个国家,才到达周朝的都城。沿途经过的高山、河流不可胜数。他们翻越了铁岘山,渡过了波涛翻滚的沸海,路经毒蛇遍地的蛇洲和毒蜂飞舞的蜂岑。铁岘山坚硬如铁,险峻崎岖,燃丘国的使者在过此山时,给车轮周围装上了坚硬的金属外框,到达周朝都城时,车轮被峭砺的山石几乎磨损殆尽。沸海波涛汹涌就像沸腾的油锅,沸海里鱼鳖的皮和骨头都像石头一样坚硬,可以用来制作铠甲。渡过沸海时,使者用铜包裹船底,这样蛟龙就没有办法靠近。

　　又经蛇洲,则以豹皮为屋①,于屋内推车。又经蜂岑,燃胡苏之木。此木烟能杀百虫。经途五十余年,乃至洛邑②。成王封泰山,禅社首。使发其国之时并童稚,至京师须皆白。及还至燃丘,容貌还复少壮。比翼鸟多力③,状如鹊,衔南海之丹泥,巢昆岑之玄木④,遇圣则来集,以表周公辅圣之祥异也。

【注释】

①屋:车盖,覆盖物。此处指车的帷盖。

②洛邑:周代洛阳的古称。故址在今河南洛阳洛水北岸及瀍水东西两岸。洛邑为周武王定鼎之地,亦称为成周,即周成于此之意。《古微书》卷二十七《孝经援神契》:"八方之广,周洛为中。"

③比翼鸟:中国古代传说中的一种鸟,又名鹣鹣、蛮蛮。《尔雅·释地》:"南方有比翼鸟焉,不比不飞,其名谓之鹣鹣。"郭璞注:"似凫,青赤色,一目一翼,相得乃飞。"白居易《长恨歌》:"在天愿作比翼鸟,在地愿为连理枝。"

④巢:在……上作巢,筑巢。

【译文】

经过蛇洲时,他们用豹皮做成车的帷盖,在车帷内推着车前进。途经蜂岑时,使者点燃了胡苏木,这种木材的烟能杀死各种毒虫。燃丘国的使者历经五十多年的时间,才来到周朝的都城。当时周成王在泰山和社首山举行祭祀天地的封禅大典。这些使者从燃丘国出发的时候还都是稚气未脱的孩童,到达周朝的京都洛邑时都已须发皆白。等他们回到燃丘国,容貌又恢复了年少力壮的英姿。他们进贡的比翼鸟力大无比,形状像喜鹊。比翼鸟从南海衔来了红泥,在昆岑的玄木上筑巢,遇到圣人出世就飞来集栖,以此来显示周公辅佐周成王的丰功伟绩。

　　七年。南陲之南①,有扶娄之国②。其人善能机巧变化③,易形改服,大则兴云起雾,小则入于纤毫之中。缀金玉毛羽为衣裳。能吐云喷火,鼓腹则如雷霆之声。或化为犀、象、师子、龙、蛇、犬、马之状④。或变为虎、兕⑤,口中生人,备百戏之乐⑥,宛转屈曲于指掌间⑦。人形或长数分,或复数寸,神怪欻忽⑧,衒丽于时⑨。乐府皆传此伎⑩,至末代犹学焉,得粗亡精,代代不绝,故俗谓之婆候伎,则扶娄之音,讹替至今。

【注释】

①陲（chuí）：边疆，国境，靠近边界的地方。《广韵》："陲，边也。"

②扶娄之国：即扶娄国。传说中的古国名，无考。

③机巧：机智巧妙。

④师子：即狮子。

⑤兕：古代犀牛一类的兽名。《尔雅·释兽》："兕，似牛。"郭璞注："一角，青色，重千斤。"

⑥百戏：古代乐舞杂技的总称。"百戏"一词产生于汉代。《事物纪原》卷九引《汉文帝纂要》曰："百戏起于秦汉曼衍之戏。"《后汉书·孝安帝纪》："乙酉，罢鱼龙曼延百戏。"

⑦宛转：指身体或物翻来覆去，不断转动。贾思勰《齐民要术·杂说》："融羊牛脂，灌于蒲台中，宛转于板上，挼令圆平。"屈曲：弯曲，曲折。

⑧欻（xū）忽：忽然，迅疾的样子。

⑨衒丽：明钞本《太平广记》卷二八四作"炫丽"，形容物品或事物光彩华丽。

⑩乐府：古代主管音乐的官署。秦代以来朝廷设立管理音乐的官署，西汉沿用了秦时的名称，汉武帝时正式设立乐府。《汉书·礼乐志》："至武帝定郊祀之礼……乃立乐府。"乐府的任务就是收集编纂各地的民间音乐、整理改编与创作音乐，进行演唱和演奏等。后来人们就将乐府采集的民歌也叫乐府，自此乐府成为一种带有音乐性的诗体名称。文中的乐府指的是管理音乐的行政机关。伎：通"技"。指技艺。

【译文】

周成王执掌政权的第七年。在南疆的南面，有个扶娄国。那个国家的人擅长机智巧妙、变化无穷的杂技表演，他们能够改变形貌、变换服装，大到兴云起雾；小到进入极其细微的事物之中。他们能把金属、玉石、羽毛连缀起来做成衣服，还能够从口里吐出云雾，喷射火焰，拍打腹部就能发出雷霆般的声响。有时候他们可以变成犀牛、大象、狮子、龙、犬、马的形状。有时候又变作老虎、野牛。扶娄国人的口中还能吐出活人，这些活人能进行各种乐舞杂耍的表演，他们的身体在表演者的指掌间翻来覆去，不断转动。这些活人的身形有时候会变长几分，有时又缩短几寸，那种神奇怪异的变化极其迅速，在当时可谓光彩华丽。连朝廷的音乐机关都传授这种技艺。到了周朝的末年还有人向他们学习，但只学到了一般的技巧，其中的精微之处全部丢失了。这种技艺代代相传，所以民间称之为婆候技，婆候就是扶娄之音的讹误，沿袭流传到现在。

昭王即位二十年①，王坐祇明之室，昼而假寐②。忽梦白云翁蔚而起③，有人衣服并皆毛羽，因名羽人。王梦中与语，问以上仙之术④。羽人曰："大王精智未开，欲求长生久视，不可得也。"王跪而请受绝欲之教。羽人乃以指画王心，应手即裂。王乃惊寤⑤，而血湿衿席⑥，因患心疾，即却膳撤乐⑦。移于旬日，忽见所梦者复来，语王曰："先欲易王之心。"乃出方寸绿囊，中有续脉明丸、补血精散，以手摩王之臆⑧，俄而即愈。王即请此药，贮以玉缶，缄以金绳⑨。王以涂足，则飞天地万里之外，如游咫尺之内⑩。有得服之，后天而死。

【注释】

①昭王：周朝的第四任国君，康王之子。

②假寐：和衣小睡，打盹。《诗经·小雅·小弁》："假寐永叹，维忧用老。"郑玄笺："不脱冠衣而寐曰假寐。"高亨注："假寐，不脱衣

　　帽打盹。"《左传·宣公二年》:"(赵宣子)盛服将朝,尚早,坐而假寐。"

③蓊(wěng)蔚:意同"瀹郁",云气盛出的样子。

④上仙:成仙,登仙。《庄子·天地》:"千岁厌世,去而上仙,乘彼白云,至于帝乡。"

⑤寤:睡醒。

⑥衿(jīn):衣的交领。也作"襟"。《方言》卷四:"衿谓之交。"郭璞注:"衿,衣交领也。"《颜氏家训·书证》:"古者,斜领下连于衿,故谓领为衿。"

⑦却膳撤乐:退去饭食,撤去音乐。

⑧臆(yì):胸部。《广雅·释训》:"臆,匈也。"

⑨缄(jiān):缠束,封。《说文》:"缄,束箧也。"

⑩咫(zhǐ)尺:比喻相距很近。周制八寸为咫,十寸为尺。

【译文】

　　周昭王继位的第二十年,有一天,他坐在祗明室中,白天合衣小睡。忽然梦见白云密集,蒸腾而起,云中有人,他穿的衣服全部用毛羽制成,因此被称为羽人。昭王在梦中和羽人交谈,向羽人询问成仙的法术。羽人说:"大王您的精神智慧还没有贯通,想要寻求长生不死之术,是不可能得到的。"昭王跪在地上请求羽人传授断绝一切欲念的方法。羽人于是用手指在昭王的心口上画了一下,昭王的心口随之裂开。这时,昭王就惊醒了,可是鲜血已经浸湿了他的前襟和铺垫的席子。昭王因此患上了心疼病,于是他退去了饭食,撤去了音乐。过了十多天,周昭王又梦见了之前梦到的那个羽人又来了,他对昭王说:"我先前那样做是想更换大王您的心脏。"于是他拿出了一个一寸见方的绿色口袋,里面装着接通脉络的明丸和补血的精散,羽人用手把药抹在昭王的胸部,昭王的心疼病顷刻之间就痊愈了。昭王随即请求羽人留下这些药,他把这些药贮藏在玉罐之中,并用金绳把罐口封起来。后来昭王将药涂在了脚上，他竟然能在天地间飞翔，到达万里以外的地方，就像漫游在咫尺之内那样轻而易举。谁能得到并服用这种药，谁就能长生不死。

二十四年。涂修国献青凤、丹鹊各一雌一雄①。孟夏之时②，凤、鹊皆脱易毛羽。聚鹊翅以为扇，缉凤羽以饰车盖也③。扇一名游飘，二名条翮④，三名亏光，四名仄影。时东瓯献二女⑤，一名延娟，二名延娱。使二人更摇此扇，侍于王侧，轻风四散，泠然自凉⑥。此二人辩口丽辞⑦，巧善歌笑，步尘上无迹，行日中无影。及昭王沦于汉水⑧，二女与王乘舟，夹拥王身，同溺于水。

【注释】

①涂修国：传说中的古国名，无考。青凤：鸟名。传说中的五色凤之一。据《禽经》，凤有青凤、赤凤、黄凤、白凤、紫凤五色。

②孟夏：初夏，指农历四月。农历一年四季中的每个季节都有孟、仲、季的排列。

③缉：收集。《文选·颜延年〈阳给事诔〉》："立乎将卒之间，以缉华裔之众。"李善注："缉，会聚也。"车盖：古代车上遮雨蔽日的蓬子，状如伞，下有柄。

④翮（hé）：羽毛中间的硬管。《说文》："翮，羽茎也。"此处指鸟的羽毛。

⑤东瓯：古地名。在今浙江温州一带。

⑥泠然：清凉的样子。《太平广记》卷八二引（唐）薛用弱《集异记·李子牟》："叟乃授之微弄，座客心骨泠然。"

⑦丽辞：华丽的辞藻。王充《论衡·佚文》："繁文丽辞，无上书文德之操。"

⑧昭王沦于汉水：指昭王南征死于汉水之事。《史记·周本纪》：
"昭王南巡狩不返，卒于江上。"《史记正义》引《帝王世纪》曰："昭
王德衰，南征，济于汉。船人恶之，以胶船进王。王御船至中流，
胶液船解，王及祭公俱没于水中而崩。"

【译文】

周昭王继位的第二十四年。涂修国进献了青凤和丹鹊，这两种鸟
雌雄各一。初夏之时，青凤和丹鹊都脱换羽毛。人们聚集丹鹊翅膀脱
下的长翎做成了扇子，收集青凤的羽毛用来装饰车盖。丹鹊羽毛制成
的扇子一共有四把：第一把名叫"游飘"；第二把名为"条翮"，第三把名
叫"亏光"，第四把则题名为"仄影"。当时东瓯进献了两位美女，一位叫
延娟，一位叫延娱。昭王让两位美女轮换摇动这些羽扇，侍立在他的两
侧，轻微的风向四周飘散，清凉的感觉便油然而生。这两个女子能言善
辩，辞采华丽，尤其擅长欢歌笑语，她们步履轻盈，就是走在细小的尘土
上面也不会留下足迹，行走在阳光下也不会出现影子。到昭王溺死在
汉水的那天，两位女子和昭王同乘一条船，她们在两旁拥侍昭王，一同
淹死在汉水里。

　　故江汉之人，到今思之，立祀于江湄①。数十年间，人于
江汉之上，犹见王与二女乘舟戏于水际。至暮春上巳之
日②，禊集祠间③。或以时鲜甘味，采兰杜包裹，以沉水中。
或结五色纱囊盛食，或用金铁之器，并沉水中，以惊蛟龙水
虫，使畏之不侵此食也。其水傍号曰招祇之祠。缀青凤之
毛为二裘，一名燠质，二名暄肌，服之可以却寒。至厉王流
于彘④，彘人得而奇之，分裂此裘，遍于彘土。罪入大辟者⑤，
抽裘一毫以赎其死，则价直万金⑥。

【注释】

①湄：河岸，水草交接的地方。《说文》："湄，水草交为湄。"《诗经·秦风·蒹葭》："所谓伊人，在水之湄。"

②上巳：中国古代的节日名。汉代以前以农历三月上旬巳日为"上巳"；魏晋以后，定为三月三日，不必取巳日。《宋书·礼志二》引《韩诗》曰："郑国之俗，三月上巳，之溱、洧两水之上，招魂续魄。秉兰草，拂不祥。"

③禊（xì）：古代的一种传统习俗。指上巳节人们到水边嬉游，以消除不祥。《史记·外戚世家》："武帝祓霸上还，因过平阳主。"《史记集解》引徐广曰："三月上巳，临水祓除谓之禊。""禊"也称修禊，王羲之《兰亭集序》："暮春之初，会于会稽山阴之兰亭，修禊事也。"

④厉王：西周的第十位国王，姬姓，名胡，夷王之子，在位期间暴虐无度，被人民驱逐，出奔于彘。彘：古地名。今山西霍县东北有彘城，即其地。

⑤大辟：死刑。《书·吕刑》："大辟疑赦，其罚千锾。"孔传："死刑也。"孔颖达疏："《释诂》云：'辟，罪也。'死是罪之大者，故谓死刑为大辟。"

⑥直：同"值"。

【译文】

　　所以长江、汉水两岸的百姓，至今还思念他们，并为他们在江边修建了祠堂。在之后的几十年里，人们在长江、汉水之上，还能看到昭王与两位女子乘船到水边嬉戏。到了暮春三月上巳节那天，人们汇集到祠堂的水边嬉游，以消除不祥。有的人拿来应季、新鲜、甘甜美味的食物，并采摘兰草和杜衡把这些食物包裹起来沉到水里。有的人还用五色纱线编成纱袋把食物装在里面，也有人用铁器装着食物，一同沉入水中。人们用各种办法来惊扰水中的蛟龙、鱼鳖，使它们害怕而不敢侵吞这些食物。那个修建在江边的祠堂被称作招祇祠。人们用青凤的羽毛连缀成了两件羽衣,一件叫燠质,另一件叫暄肌,穿上这种羽衣可以抵御寒冷。到周厉王流亡到彘地时,彘地的人们得到了这两件羽衣,并把它们看作是神奇之物。于是大家就分割了这两件羽衣,使青凤的羽毛遍布整个彘地。如果有人被判死刑,抽出羽衣上的一根羽毛就可以赎罪免死,青凤的一根羽毛就价值黄金万两。

　　录曰:武王资圣智而克伐①,观天命以行诛②。不驱熊罴之师,不劳三战之旅③,一戎衣而定王业④,凭神力而协符瑞⑤。至于成王,制礼崇乐,姬德方盛⑥,营洛邑而居九鼎⑦,寝刑庙而万国来宾⑧。虽大禹之隆夏绩,帝乙之兴殷道,未足方焉。故能继后稷之先基,绍公刘之盛德⑨,文、武之迹不坠⑩,故《大雅》称为"令德"⑪。

【注释】

①资:凭借。圣智:聪明睿智。

②天命:指上天的意志。《书·盘庚上》:"先王有服,恪谨天命。"

③不驱熊罴之师,不劳三战之旅:"熊罴之师""三战之旅"均来自于上古五帝的神话传说。《史记·五帝本纪》:"轩辕乃修德振兵……教熊罴貔貅䝙虎,以与炎帝战于阪泉之野,三战然后得其志。"

④戎衣:军服,战服。《书·武成》:"一戎衣,天下大定。"孔传:"衣,服也。一着戎服而灭纣。"一说谓用兵伐殷。《礼记·中庸》:"壹戎衣而有天下。"郑玄注:"衣读如殷,声之误也。齐人言殷声如衣……壹戎殷者,壹用兵伐殷也。"

⑤凭神力而协符瑞:是指武王伐纣之时曾求助于神灵的神话传说。

《书·武成》:"惟尔有神,尚克相予。"《墨子·非攻下》:"武王践功,梦见三神曰:'予既沈渍殷纣于酒德矣,往攻之,予必使汝大堪之。'武王乃攻狂夫,反商之周,天赐武王黄鸟之旗。"

⑥姬德:周王室姓姬,姬德即周之德。

⑦九鼎:古代传说夏禹铸九鼎,后九鼎成了夏、商、周三代的传国之宝,用以象征国家政权。《史记·周本纪》:"成王在丰,使召公复营洛邑,如武王之意。周公复卜申视,卒营筑,居九鼎焉。"

⑧寝:停止,平息。《史记·周本纪》:"故成康之际,天下安宁,刑错四十余年不用。"

⑨继后稷之先基,绍公刘之盛德:此二句中的"后稷""公刘"皆周之先祖。

⑩不坠:指不失。

⑪令德:美德。《诗经·大雅·假乐》:"假乐君子,显显令德。"《毛诗序》认为此诗赞美周成王的美德。

【译文】

萧绮录语说:周武王凭借聪明睿智的智慧征战,他遵照上天的意志讨伐无道,没有强迫熊黑之师上阵,也没有辛苦三军将士征伐,而是刚刚披挂上阵就奠定了帝王的大业。武王是依靠神灵的力量,同时契合吉祥的征兆实现统一大业的。到成王继位以后,制定、崇奉礼乐制度,周朝的圣德正处于兴盛时期。成王重新营建洛邑,并迁移九鼎,他废除了刑罚,万国归顺。即使是大禹那样使夏朝兴盛的功绩,帝乙那样使商朝殷盛的治国之道,都不能与成王的功绩相提并论。因此说成王能继承先祖后稷的基业,发扬先王公刘的崇高品德,使得周文王、周武王的事业后继有人,所以《诗经·大雅·假乐》一诗称颂周成王具有"美德"。

播声教于八荒之外①,流仁惠于九围之表②。神智之所绥化③,遐迩之所来服④,靡不越岳航海,交贶于辽险之路⑤。

瑰宝殊怪之物，充于王庭；灵禽神兽之类，游集林麕⑥。诡丽殊用之物，镌斫异于人功⑦。方册未之或载⑧，篆素或所不纪⑨。

【注释】

①八荒：八方荒远的地方。《汉书·项籍传赞》："并吞八荒之心。"颜师古注："八荒：八方荒忽极远之地也。"又称八方，指东、西、南、北、东南、东北、西南、西北等八面方向，后泛指周围、各地。

②九围：九州。《诗经·商颂·长发》："帝命式于九围。"孔颖达疏："谓九州为九围者，盖以九分天下，各为九处，规围然，故谓之九围也。"

③绥（suí）：平安，安好。

④遐迩（xiá ěr）：远近。

⑤赆（jìn）：会见时相互馈赠的礼物。此处指外国进贡的财物。辽险：遥远险要。

⑥林麕（yù）：指苑囿。

⑦镌（juān）斫：雕刻，凿。

⑧方册：简牍，典籍。

⑨篆素：写篆书于素帛。《文选·左太冲〈吴都赋〉》："鸟策篆素，玉牒石记。"李善注："篆素，篆书于素也。"

【译文】

他的声威教化传播到八方荒远的地方，仁德流布到九州各地。周成王的神异才智所感化的地方，都和平安定，远近国家的臣民都来归附。他们无不翻山越岭，驾船渡海，历经遥远险要之途来到周朝进贡财物。这一时期，外国进贡的奇珍异宝充满了朝廷，灵禽神兽在苑囿汇集游走。那些奇特绚丽具有特殊功用的珍宝，它们的奇妙形态远远胜过人工的雕饰。这些远国进贡的宝物简牍中没有记载，用篆书书写的帛书里也没有记录。

及乎王人风举之使①，直指逾于日月之陲，穷昏明之
际②，觇风星以望路③，凭云波而远逝。所谓道通幽微④，德
被冥昧者也⑤。成、康以降，世禩陵衰⑥。昭王不能弘远业，
垂声教，南游荆楚，义乖巡狩⑦，溺精灵于江汉，且极于幸由。
水滨所以招问⑧，《春秋》以为深贬。嗟二姬之殉死，三良之
贞节⑨，精诚一至，视殒若生。格之正道⑩，不如强谏。楚人
怜之，失其死矣。

【注释】

①王人：指君王的臣民。文中指各国君王派出的使者。风举：疾风
　兴起。用以形容迅疾。

②昏明：昏暗和明亮，黑夜和白昼。《列子·周穆王》："昏明之分
　察，故一昼一夜。"《文选·刘越石〈劝进表〉》："昏明迭用，否泰相
　济。"李善注："昏明谓昼夜也。"

③觇(chān)：暗中察看。《说文》："觇，窥也。"风星：风角星象。指
　占卜术。《后汉书·方术传上·李郃》："郃袭父业，游太学，通五
　经。善《河》《洛》风星，外质朴，人莫之识。"望路：旧时的相船法
　术语。《孔氏谈苑·铁镜相船法》："相船之法：头高于身者，谓之
　望路，如是者凶。"

④幽微：隐微。

⑤被：古同"披"。覆盖。冥昧：幽暗。

⑥禩(sì)：同"祀"。陵衰：陵邑衰败。

⑦乖：背离，违背。

⑧水滨所以招问：《左传·僖公四年》："楚子使与师言曰：'……昭

王南征而不复，寡人是问。'对曰：'……昭王之不复，君其问诸水滨。'"

⑨三良：即秦穆公时期的子车氏三子：奄息、仲行、铖虎。《左传·文公六年》："秦伯任好（即穆公）卒，以子车氏之三子奄息、仲行、针为殉，皆秦之良也。国人哀之，为之赋《黄鸟》。"《诗经·秦风·黄鸟》序亦云："《黄鸟》，哀三良也。"此句是说二姬之殉昭王，如同三良之殉秦穆公。

⑩格：推究。

【译文】

等到各国君王派出纷至沓来的使者，他们越过日出月落的边远之地直奔周王朝的都城，这些使者不分昼夜、日夜兼程，并通过观察风角星象，依靠水波驾船而远行。这就是说成王的教化已经直通隐微之处，他的德泽已经遍及幽暗昏昧的地方。成、康盛世以后，周朝的国运逐渐衰败，昭王不能弘扬先祖的远大事业，让先王的声威和教化流传后世。他南游荆楚，违背道义巡狩各地，失去民心而溺死在汉水里，并且是被楚人用计谋而导致的死亡。所以后世才有管仲对楚国使者"昭王南征为什么而死"的责问，《春秋》的作者认为管仲的责问是深刻的批评。可叹那两位女子能以死殉昭王，如同子车氏三良殉葬秦穆公的忠贞节义，他们都忠纯至诚，视死如归。推究他们的做法，完全符合君臣之道。可是与其让臣子殉死，不如事先极力劝谏昭王不要违背道义。楚国人怜惜两位女子，认为她们不应该这样死去。

《拾遗记》卷三

【题解】

《拾遗记》卷三是对春秋时期几位君主以及这一时期几位历史人物异闻逸事的记述,其中涉及的国君有周穆王、鲁僖公、周灵王;历史人物有孔子、老子、介子推、师旷、师涓。本卷对帝王逸事的记述,主要集中在周穆王与西王母的相会。西王母与周穆王相会之事最早见于《穆天子传》,其中西王母与周穆王的歌诗互答表现出了浓郁的人情味,具有人间世俗男女表达男女之情的显著特点。相比较而言,《拾遗记》的记述则更加神异化:这里的西王母成了高高在上的女仙,她"乘翠凤之辇而来,前导以文虎、文豹,后列雕麟、紫麕。曳丹玉之履,敷碧蒲之席,黄莞之荐",与西王母相会于磅磄山,所食之物则为"洞渊红花,嵊州甜雪,崑流素莲,阴岐黑枣,万岁冰桃,千常碧藕,青花白橘"等,并"奏环天之和乐,列以重霄之宝器"。可以看到,西王母所乘之车、所食之物以及所听之乐均具有浓郁的神仙道教色彩,这应该与道教产生之后西王母被宗为道教女仙的领袖有直接关系。汉魏两晋时期的很多小说都有关于西王母与帝王相会的传说故事,杨义说:"西王母形象自身以及西王母与人间帝王关系的这种变迁,是与时代文化思潮的更替牵动作品的叙事立场和视角的调整,有着深刻的内在关系的。"(《中国古典小说史论》

第 97 页,中国社会科学出版社 2004 年版。)除此之外,穆天子巡游天下所乘的八骏在《穆天子传》与《拾遗记》中也完全不同,同样是八骏,《穆天子传》中的八骏之名,除逾轮、山子外,似乎更偏重于从颜色上寻求马的特点,然而在王嘉的笔下,八骏之名一个个充满了灵动之气,形象而又鲜明,给读者以广阔的想象空间,余味无穷。

　　王嘉在《拾遗记》卷三也记述了有关孔子、老子以及介之推的传说故事。有关孔子出生的神异传说前代典籍已有记述,但在道士王嘉的笔下,自天而下的苍龙,来自上天的擎着香露的神女、所奏的钧天之乐、列于庭院的五星之精以及出现在孔府的麒麟等,一切都是那样的神异,这一方面反映了汉武帝罢黜百家、独尊儒术使得孔子地位提升后民间对孔子出生的神异化,另一方面一系列祥瑞的出现以及孔子之母感水精而生孔子的传说也是天人感应思想的反映。而王嘉对老子传说的描述则主要表现在对神仙道教思想的宣扬:老子所住的"反景日室之山"、"或乘鸿鹤,或衣羽毛"的黄发老叟都是仙境与仙人的写照。至于浮提国神通善书、辅佐老子撰《道德经》的二人更是神异至极,他们"乍老乍少,隐形则出影,闻声则藏形",并能够"钻脑骨取髓",还能够在髓血皆竭之后涂"丹药之屑",使"骨乃如故"。这些神异的记述一方面是对神仙道教思想的宣扬,另一方面这两人"乍老乍少""钻脑骨取髓"等的描写也是受佛教影响的结果。除此之外,王嘉还记述了介之推的传说故事。介之推之事,最早见于《左传·僖公二十四年》,因为是有关介之推故事最早的记载,一般认为比较接近史实。《左传》之后,记载介之推故事的文献主要有屈原的《九章·惜往日》、《庄子》《韩非子》以及《吕氏春秋》《韩诗外传》《史记·晋世家》《说苑》《新序》等,可以看出,不同时期的介之推故事带有更多不同历史时期广大民众的意愿,代表了封建社会中下层文人及广大民众对这一历史事件的看法。而王嘉《拾遗记》对介之推传说的记述,带有更多的神异色彩,其中"绕烟而噪,或集之推之侧"的白鸦,反映了广大民众保护贤臣的美好愿望。

　　乐师作为朝廷的乐官,是专门负责朝廷音乐演奏的一种官职。在这一卷中王嘉也记述了生活在晋平公时期的师旷以及卫灵公之世的师涓两位乐师。他们多才多能,乐艺精深。师旷"主乐官,妙辨音律,撰兵书万篇",师涓"能写列代之乐,善造新曲以代古声"。王嘉对这两位乐师的描述也充满了神异的色彩,如德行浅薄而又固执己见的晋平公因为要听师旷演奏的清角,致使"大风至,大雨随之,掣帷幕,破俎豆,堕廊瓦……晋国大旱,赤地三年",自食恶果,而在这神异色彩的外衣之下,更多表现了王嘉对明主与贤臣的渴望。

周穆王

　　穆王即位三十二年①,巡行天下。驭黄金碧玉之车,傍气乘风,起朝阳之岳,自明及晦,穷寓县之表②。有书史十人,记其所行之地。又副以瑶华之轮十乘③,随王之后,以载其书也。王驭八龙之骏:一名绝地,足不践土;二名翻羽,行越飞禽;三名奔霄,夜行万里;四名越影,逐日而行;五名逾辉,毛色炳耀④;六名超光,一形十影;七名腾雾,乘云而奔;八名挟翼,身有肉翅。递而驾焉,按辔徐行⑤,以匝天地之域⑥。王神智远谋,使迹毂遍于四海⑦,故绝异之物,不期而自服焉。

【注释】

　①穆王:昭王之子,名满,西周的第五位国君,在位五十五年,是西周在位时间最长的君主,谥曰穆。

　②寓县:即"宇县",犹言天下。寓,籀文"宇"字。《史记·秦始皇本纪》:"大矣哉! 宇县之中,顺承圣意。"裴骃《史记集解》:"宇,宇

宙。县,赤县。"

③副:附带的,次要的。《汉书·张良传》:"误中副车。"颜师古注曰:"副,谓后乘也。"

④炳耀:文彩焕发,光辉灿烂。

⑤按辔:是指扣紧马缰使马缓行或停止。

⑥匝:周,绕一圈。

⑦迹毂:指车辙的痕迹。

【译文】

　　周穆王继位三十二年时,他开始巡游天下。周穆王驾驭着用黄金、碧玉装饰的御车,风驰电掣般一路疾驰,从太阳升起的高山出发,从白天到黑夜,日夜兼程走遍天下。与周穆王随行的十名史官,他们详细地记载了穆王巡行走过的所有地方。穆王还带着十辆用美玉装饰的车子,跟随在御车的后面,用来装载他的书册。穆王驾驭着被称为"八龙"的八匹骏马:这八匹骏马一名绝地,飞奔起来马蹄不踩踏地面;二名翻羽,奔驰的速度超过飞鸟;三名奔霄,一夜之间可行万里;四名越影,追逐太阳而行;五名逾辉,毛色光彩焕发;六名超光,飞驰而过一形十影;七名腾雾,驾云而飞驰;八名挟翼,身上长有肉翅。穆王让这八匹马依次驾车,并收紧马缰让马缓缓前行,环绕天地一周。周穆王聪明而有才智,又能深谋远虑,他让车辙马迹走遍天下各处,因此那些独特不凡的远方异国,都不约而同地自愿归附于穆王。

　　录曰:夫因气含生①,罕不以形相别。至于比德方事②,龙马则同类焉。是以蔡墨观其智③,忌卫相其才④,抑亦昭发于图纬⑤,而刊载于宝牒⑥,章皇王之符瑞,叶河洛之祯祥⑦。故以丹青列其形⑧,铜玉传其象。至如骐耳、骅骝、赤骥、白骒之绝,黄渠、山子、逾轮之异,不可得而比也。故能遥碣石而轹倒曏⑨，排阊阖而轶姑徐⑩。

【注释】

①因气含生：凭借天地的阴阳之气而生的一切有生命的东西。

②比德方事：比较内在的本质和行事的能力。

③蔡墨：又名蔡史墨、史黯。春秋时晋国的太史。《左传·昭公二十九年》："魏献子问于蔡墨曰：'吾闻之，虫莫知于龙，以其不生得也；谓之知，信乎？'对曰：'人实不知，非龙实知。'"

④忌卫：未详。齐治平注曰："按忌氏，周公忌父之后，以王父字为氏，见《风俗通》。"

⑤昭发：即发扬。

⑥牒(dié)：古代书写用的木片或竹片。后代指书籍。

⑦河洛：即河图洛书。《易·系辞上》："河出图，洛出书，圣人则之。"齐治平注曰："按此皆龙马负图之神话，所谓'昭发于图纬''章皇王之符瑞'者。"

⑧丹青：指绘画、作画。

⑨遥：疾行。《方言》卷六："遥，疾行也。"《楚辞·九章·抽思》："愿遥起而横奔兮，览民尤以自镇。"碣石：古山名，在河北乐亭西南滦河入海口之东。《书·禹贡》："导岍及岐……太行、恒山，至于碣石，入于海。"轹(lì)：车轮碾过。《说文》："轹，车所践也。"倒曏(guǐ)：齐治平注曰："'倒曏'，疑'倒景'之误，道家谓天上最高之处为倒景。《汉书》注引如淳曰：'在日月之上，反从下照，故其景（影）倒。'"

⑩排：推开。《广雅·释诂》："排，推也。"阊阖：传说中的天门。轶：跨过。姑徐：齐治平注曰："姑徐，当作'姑余'，《淮南子·览冥训》：'轶鹎鸡于姑余。'注：'姑余，山名，在吴。'按即姑苏山。"

【译文】

萧绮录语说:凭借天地阴阳之气而生的一切有生命的东西,人们很少不按照它们外在的形态进行分类。至于比较内在的本质和行事的能力,龙和马则属于同类。因此,蔡墨观察马的智能,忌卫判断马的能力,况且马的特征还显现于图谶和纬书,记载于珍贵的文牍书简之中,彰显了帝王受命的吉祥征兆,契合河图洛书的吉兆。所以通过绘画展现马的形貌,用玉和铜雕铸出马的身形流传后世。至于像骤耳、骅骝、赤骥、白骓这样的奇特好马,像黄渠、山子、逾轮这样的神异之骏,是不能轻易得到的,普通的马也无法与之相比的。因此穆王的八匹神马能够驾车飞越碣石山,到达九天之上;也能够推开天宫之门,再降回人间跨过姑苏山。

　　非夫归风弥尘之迹①,超虚送日之步,安能若是哉!望绛宫而骧首②,指琼台而一息③,絷可得而齐影矣④。至于《诗》《书》所记,名色实多,骈骆丽乎坰野⑤,皎质耀乎空谷⑥。或表形骟紫⑦,被乎青玄,难可尽言矣。其有龙文、騕褭之伦⑧,取其电逝而飚逸⑨,骥、骓、駃騠之俦⑩,亦腾骧以称骏。莫不待盛明而皆出,历代之神宝矣。

【注释】

①归风:此处是指马驾车飞驰,速度之快犹如回风。《淮南子·说林训》:"以兔之走,使犬如马,则逮日归风。"注曰:"言其疾也。"弥尘:即绝尘。弥,通"弴"。平息,消灭。此处仍言马速飞快。《淮南子·道应训》:"若此马者,绝尘弴辙。"

②绛宫:传说中神仙所住的宫殿。骧(xiāng)首:抬头。比喻意气轩昂。

③琼台：玉台。相传为桀、纣所建。

④繄(yī)：文言助词。惟，只。可得：能获众望，成就大业。

⑤骍(xīng)：赤色的马。《诗经·鲁颂·駉》："有骍有骐，以车伾伾。"毛传："赤黄曰骍。"骆：黑鬃的白马。《说文》："骆，马白色黑鬣尾也。"丽：成对，结伴，成群。《汉书·扬雄传上》："丽钩芒与骖蓐收兮。"颜师古注："丽，并驾也。"坰(jiōng)野：荒郊，远野。《尔雅·释地》："野外谓之林，林外谓之坰。"《诗经·鲁颂·駉》："駉駉牡马，在坰之野。"

⑥皎质：指白驹。空谷：空旷幽深的山谷。《诗经·小雅·白驹》："皎皎白驹，在彼空谷。"

⑦騧(guā)：黑嘴的黄马。《说文》："騧：黄马黑喙。"紫：亦马名。指紫骝马。

⑧龙文、骙裹(yǎo niǎo)：均为骏马名。《汉书·西域传赞》："蒲梢、龙文、鱼目、汗血之马，充于黄门。"又《文选·司马长卿〈上林赋〉》"窳骙裹"句注引张揖曰："骙裹，马金喙赤色，一日行万里者。"

⑨飚(biāo)：迅疾。逸：放任，不受约束。

⑩骥、骊、駃騠：皆骏马名。俦(chóu)：辈。

【译文】

如果不是那些骏马蹄不沾尘的神速，追风逐日的步伐，怎么能够像这样呢！它们遥望绛宫意气轩昂，直到琼台才稍做休息，只有它们能够成就大业，并驾齐驱。至于《诗经》《尚书》中所记载的骏马，名目实在很多。骍、骆在荒郊远野结伴而行，白驹明亮的毛色在阳光的照射下照亮了空旷幽深的山谷。还有一些外表形态各异的马：黄色黑嘴的騧马、紫骝马，全身长满青色鬃毛的黑马等，难以尽述。还有龙文、骙裹之类，列举它们是因为这两种马具有风驰电掣般的速度，另有骥、骊、駃騠之类，也是因为它们善于昂首奔腾而被称为良马。所有这些骏马无不等待昌盛圣明之世才一并出现，成为世世代代神异的宝物。

　　次有蒲梢、啮膝、鱼文、骊驹之类①，或擅名于汉右②，或珍生于冀北③，备饰于涓正④，填列于帝皁⑤，进则充服于上襄⑥，而骖骊于瑶辂⑦，退则羁弃于下圉⑧，思驭于帝闲⑨，俟吴班、秦公之见识⑩，仰天门而弥远，窥云路而可难哉⑪！使乎韩哀、孙阳之复执靶⑫，岂伤吻弊策，伏匿而不进焉⑬。自非神彻幽遐，体照冥远，驱驾群龙，穷观天域，详搜迥古，靡得俦焉。

【注释】

①蒲梢、啮膝、鱼文、骊驹：皆骏马名。

②汉右：即汉水的上游。古时往右称上，往左称下。

③冀北：古代传说出产良马的地方。《左传·昭公四年》："冀之北土，马之所生。"

④备饰：各种饰物。涓正：古代宫中主清洁洒扫的人，亦泛指亲近的内侍。即涓人、中涓之类。《汉书·曹参传》："高祖为沛公也，参以中涓从。"如淳注："中涓，如中谒者也。"师古注："涓，洁也，言其在内主知清洁洒扫之事，盖亲近左右也。"

⑤皁：牛马吃草的槽。《史记·邹阳传》裴骃《史记集解》引《汉书音义》："食牛马器，以木作如槽。"

⑥上襄：犹上驾。马之最良者。《诗经·郑风·大叔于田》："两服上襄，两骖雁行。"王引之《经义述闻》释云："上者前也，上襄犹言前驾，谓并驾于车前，即下章之'两服齐首'也；雁行谓在旁而差后，如雁行然，即下章之'两骖如手'也。"齐治平注曰："按古代车制，独辕在当中，两服是在辕左右的两马，在两服之外的左右两

马名两骖。"

⑦骊：深黑色的马。瑶辂（lù）：美玉装饰的车子，特指帝王之车。瑶，美玉。辂，帝王之车曰辂。

⑧圉（yǔ）：养马的人或养马的地方。《左传·昭公七年》："马有圉，牛有牧。"

⑨帝闲：皇帝的马厩。闲，每厩为一闲。《周礼·夏官》："校人掌王马之政……天子十有二闲，马六种。"

⑩吴班、秦公：皆古之善相马者。齐治平注曰："吴班，未详，盖古之善相马者。秦公，秦之先世如造父、非子，皆善养马御马，此或混称之为秦公。"

⑪云路：上天之路，升仙之路。《南齐书·乐志》引谢超宗《昭夏之乐》："神娱展，辰斾回。洞云路，拂璇阶。"文中指出路。可难：当为"何难"，意谓何其难。

⑫韩哀：相传为古代发明驭马术的人。王褒《圣主得贤臣颂》："王良执靶，韩哀附舆，纵驰骋骛，忽如景靡……周流八极，万里壹息，何其辽哉，人马相得也。"又《三国志·蜀书·郤正传》："韩哀秉辔而驰名。"裴松之注引《吕氏春秋》："韩哀作御。"孙阳：即伯乐，善相马。靶：缰绳。

⑬伤吻弊策，伏匿而不进：王褒《圣主得贤臣颂》："庸人之御驽马，亦伤吻弊策而不进于行。"伤吻弊策，意指使马的口缘受伤，让马鞭损坏。暗喻事倍功半。伤、弊同义，损。吻，口缘。策，马鞭。伏匿，隐藏，躲藏。《楚辞·九辩》："骐骥伏匿而不见兮，凤皇高飞而不下。"

【译文】

其次还有蒲梢、啮膝、鱼文、骊驹等，它们有的扬名于汉水的上游，有的出产于冀地之北。这些良马被涓正佩戴各种饰物，在皇帝的马厩中密集排列。它们被征用时，有的在车辕的中间充当前驾，有的则充任骏马一起拉动用美玉装饰的帝王之车;被弃用时这些良马就会被退回到低等的养马圈,在那里,它们想念曾经在帝王马厩驾车的日子,等待善于相马的吴班、秦公等人发现它们。它们在养马圈仰望曾经到过的天门,天门显得那样遥远,它们想要探寻出路,出路又是那样难寻。假使让善于驭马的韩哀、伯乐重新拿起缰绳,哪里会让马嘴受伤,损坏马鞭! 这些良马又怎么会躲藏而不前进呢? 当然,这些善于驭马之人并不是智虑通达而影响深远、驾群马驱驰、遍观天地、详察远古的周穆王,没有人能和他相匹敌。

　　三十六年,王东巡大骑之谷。指春宵宫①,集诸方士仙术之要②,而螭、鹄、龙、蛇之类③,奇种凭空而出。时已将夜,王设长生之灯以自照,一名恒辉。又列璠膏之烛④,遍于宫内,又有凤脑之灯。又有冰荷者,出冰壑之中,取此花以覆灯七八尺,不欲使光明远也。西王母乘翠凤之辇而来,前导以文虎、文豹,后列雕麟、紫麝⑤。曳丹玉之履,敷碧蒲之席、黄莞之荐⑥,共玉帐高会。荐清澄琬琰之膏以为酒⑦。又进洞渊红花,嵊州甜雪,崐流素莲,阴岐黑枣,万岁冰桃,千常碧藕⑧,青花白橘。素莲者,一房百子,凌冬而茂。黑枣者,其树百寻,实长二尺,核细而柔,百年一熟。

【注释】

①指:意旨,意向。《管子·侈靡》:"承从天之指者,动必明。"注:"指,意也。"

②方士:方术之士。古代自称能访仙炼丹以求长生不死的人。

③螭(chī):古代传说中一种没有角的龙。

④璠(fán)膏:美玉之脂,是古人想象中最珍贵的烛油。

⑤麏(jūn)：同"麇"。指獐子。

⑥敷：铺开，摆开。黄莞(wǎn)：植物名。茎细而圆，高五六尺，夏天开淡黄色小花，茎可织席。荐：草席，垫子。

⑦荐：推荐，介绍。琬琰：泛指美玉。此处指玉液琼浆。

⑧常：古代长度单位，一丈六尺为常。

【译文】

周穆王继位第三十六年的时候，穆王向东巡游大骑谷。周穆王的目的地是春宵宫，他在那里召集各位方术之士探求修炼成仙和奇幻变化之术的要领。这时，螭、鹄、龙、蛇之类的奇禽异兽出现在天空之中。当时已经将近夜晚，穆王摆设了长明灯给自己照明，并取名叫恒辉。还摆出用美玉之脂作燃油的灯烛，使之遍布春宵宫内。同时还设有凤脑灯。另外还有冰荷，取自冰山的深谷之中，用这种冰荷遮挡在距离灯烛七八尺的地方，是不想让灯的光亮远照。西王母乘坐用翠玉装饰的凤形车辇来到春宵宫，凤辇的前面用文虎、文豹开道，后面用花麒麟、紫獐子列队护卫。西王母穿着镶嵌红色玉石的鞋子，铺着用青绿色的蒲草和黄莞的茎编织的席子。她和周穆王一起在用美玉装饰的帷帐中举行盛大的宴会。西王母献上清澈的琼浆玉液作为美酒，又呈上洞渊的红花，嵊州的甜雪，崐流的白莲，阴岐的黑枣，万年才成熟一次的冰桃，千丈长的青绿色的莲藕，开青花的白橘。白莲，一个子房就能结出一百颗莲子，越冬时节依然枝叶繁茂。黑枣，树高八百尺，果实长二尺，枣核细小而柔软，一百年才成熟一次。

　　扶桑东五万里①，有磅磄山②。上有桃树百围③，其花青黑，万岁一实。郁水在磅磄山东，其水小流④，在大陂之下，所谓"沉流"，亦名"重泉"。生碧藕，长千常，七尺为常也。条阳山出神蓬，如蒿，长十丈。周初，国人献之，周以为宫柱,所谓"蒿宫"也⑤。中有白橘,花色翠而实白,大如瓜,香闻数里。奏环天之和乐,列以重霄之宝器。器则有岑华镂管,睟泽雕钟,员山静瑟,浮瀛羽磬,抚节按歌⑥,万灵皆聚。环天者,钧天也⑦。和,广也。出《穆天子传》。岑华,山名也,在西海上,有象竹,截为管吹之,为群凤之鸣。睟泽出精铜,可为钟铎。员山,其形员也,有大林,虽疾风震地,而林木不动,以其木为瑟,故曰"静瑟"。浮瀛,即瀛洲也。上有青石,可为磬,磬者长一丈,轻若鸿毛,因轻而鸣。西王母与穆王欢歌既毕,乃命驾升云而去。

【注释】

①扶桑:神话中的树名。《山海经·海外东经》:"汤谷上有扶桑,十日所浴,在黑齿北。"郭璞注:"扶桑,木也。"传说日出于扶桑之下,拂其树杪而生,因谓为日出之处。《楚辞·九歌·东君》:"暾将出兮东方,照吾槛兮扶桑。"王逸注:"言东方有扶桑之木,其高万仞,日出,下浴于汤谷,上拂其扶桑,爰始而登,照曜四方。"

②磅磄山:古代神话中的山名。磅磄,亦作"磅唐",周围广大的样子。《文选·马季长〈长笛赋〉》:"骈田磅唐。"李善注曰:"磅唐,广大盘礴也。"齐治平引马融《长笛赋》注曰:"此山盖即以此得名。"

③围:两臂合拢的长度。

④小流:即少流。齐治平注曰:"小,少也。又疑'小'当作'不',以形近而误,详上下文义,盖沉而不流,故名'郁泉'也。"

⑤蒿宫:指周代以蒿为柱之宫。《大戴礼记》卷八:"周时德泽洽和,蒿茂大,以为宫柱,名蒿宫也。"

⑥抚节:击节。《列子·汤问》:"薛谭学讴于秦青,未穷青之技,自

谓尽之；遂辞归。秦青弗止；饯于郊衢，抚节悲歌，声振林木，响遏行云。"

⑦钩天：神话传说中天的中央。《吕氏春秋·有始》："中央曰钩天。"高诱注："钩，平也。为四方主，故曰钩天。"

【译文】

在扶桑树以东五万里的地方，有一座磅磄山。山上有一棵一百围粗的大桃树，桃树的桃花是青黑色的，一万年才结一次果实。郁水在磅磄山的东边，郁河水流很小，河水流到大的山坡下面沉积，就是所说的"沉流"，也叫作"重泉"。"重泉"水中长着青绿色的莲藕，藕的长度有一千常。七尺是一常。条阳山出产仙蓬草，长得像青蒿，草茎长达十丈。周代初年，国内有人进献这种仙蓬草，周王就用蓬草的茎作为宫殿的柱子，这就是所说的"蒿宫"。蒿宫中有一棵白橘树，花色青绿，果实雪白，个大如瓜，果实的香味在几里之外都能闻到。西王母让乐队演奏仙界的和乐，摆出天宫中的珍贵乐器。这些乐器有岑华山雕花的竹管、晞泽的雕钟、员山的静瑟、浮瀛的羽磬。西王母与穆王击节高歌，各种神灵都闻声赶来欢聚。环天，就是天的中央。和，就是广阔的意思。出自《穆天子传》。岑华是山名，在西海之上，山上有象竹，截取竹子制成竹管吹奏，能够奏出群凤的鸣叫之声。晞泽出产优质的青铜，可以用来制作铜钟和大铃。员山的形状是圆形的，山上有大片的树林，即使猛烈的大风刮得地动山摇，山上的树木也纹丝不动；用员山上的树木制成的乐器瑟，因此得名"静瑟"。浮瀛就是仙山瀛洲，山上有青色的岩石，可以用来制作磬。这种磬虽长达一丈，但却轻如鸿毛，因为磬很轻，所以能够发出声音。西王母和周穆王欢快的弹唱结束之后，西王母吩咐随从驾起祥云，飞升而去。

录曰①：楚令尹子革有言曰②："昔穆王欲肆心周行③，使天下皆有车辙马迹。"考以《竹书》蠹简④，求诸石室⑤，不绝金绳⑥。《山经》《尔雅》⑦，及乎《大传》⑧，虽世历悠远，而记说叶同。名山大川，肆登跻之极⑨，殊乡异俗，莫不臆拜稽颡⑩。东升巨人之台，西宴王母之堂，南渡鼋鼍之梁⑪，北经积羽之地⑫。舣瑶池而赋诗⑬，期井泊而游博⑭。勒石轩辕之丘⑮，绝迹玄圃之上⑯。自开辟以来，载籍所记，未有若斯神异者也。

【注释】

①录曰：齐治平注曰："此《录》语原在下《鲁僖公》节后，以其内容全系关于周穆王游行天下之评赞，无一语及鲁僖公，故移至此处。"

②令尹：春秋战国时楚国官名，相当于宰相。子革：春秋时郑穆公之子然，字子革，后投奔楚国。

③肆心：犹恣意。

④《竹书》：书名，全称《竹书纪年》。《晋书·束皙传》："初，太康二年，汲郡人不准盗发魏襄王墓，或言安釐王冢，得竹书数十车。"即此书也。全书共六卷，书中所记为周穆王西游见西王母之事，大约为战国时人所撰。蠹（dù）简：被虫蛀坏的书。泛指破旧书籍。刘知几《史通·惑经》："徒以研寻蠹简，穿凿遗文，菁华久谢，糟粕为偶。"

⑤石室：古代藏图书档案之处。

⑥金绳：用以编连策书的绳索。《后汉书·方术传序》："然神经怪牒，玉策金绳，关扃于明灵之府，封滕于瑶坛之上者，靡得而窥也。"此处代指图书。

⑦《山经》：即《山海经》。全书十八卷，旧传禹、益所作，内容多为古代神话。《尔雅》：我国最早的一部训诂之书，汉人所编，共十九卷，后有郭璞的《尔雅注》及郝懿行的《尔雅义疏》。

⑧《大传》：即《尚书大传》，旧称汉代伏胜所撰，郑玄注，后散佚，今有清陈寿祺辑本八卷。

⑨登跻(jī)：犹登攀。跻，登，上升。

⑩稽颡(qǐ sǎng)：古代的一种跪拜礼，屈膝下拜，双手朝前，以头触地，表示极度的虔诚。《荀子·大略》："平衡曰拜，下衡曰稽首，至地曰稽颡。"王先谦《荀子集解》引郝懿行曰："稽首亦头至手而手至地，故曰下衡；稽颡则头触地，故直曰至地矣。"

⑪鼋鼍(yuán tuó)：古代神话传说中的巨鳖和猪婆龙(扬子鳄)。《竹书纪年》："(穆王)三十七年，大起九师……架鼋鼍以为梁，遂伐越，至于纡。"

⑫积羽：古地名。《竹书纪年》卷下："(穆)王北征，行流沙千里，积羽千里。"

⑬觞：欢饮，进酒。瑶池：神话中昆仑山上的池名，西王母所住之地。《穆天子传》："天子觞西王母于瑶池之上，西王母为天子谣曰……天子答之曰……"

⑭游博：嬉游博戏。博谓六博，古代的一种棋类游戏。《穆天子传》："天子北入于邴，与井公博，三日而决。"

⑮勒石：刻字于石。亦指立碑。

⑯绝迹：弃绝世事，不跟人往来。此处指得道成仙。玄圃：亦作"悬圃"，传说中昆仑山顶神仙所居之处。

【译文】

萧绮录语说：春秋时期楚国的令尹子革曾说："从前，周穆王想要恣意周游天下，让天下各处都留下他的车辙马迹。"推究《竹书纪年》的残损竹简，探求各地藏书之处，不断有书籍记载这件事。从《山海经》《尔雅》，直到《尚书大传》，虽然时世久远，但记载的内容却基本相同。各书都记载周穆王当年曾遍游名山大川，恣意登上顶峰，异乡异域之人，没有不积极主动向他顶礼膜拜的。周穆王曾向东登上了巨人台，向西到西王母的殿堂与之宴饮,向南渡过鼋鼍架设的桥梁,向北经过积羽之地。穆王还曾在瑶池与西王母饮酒赋诗,相约井公与之下棋,在轩辕丘刻石立碑,在昆仑山上的玄圃得道成仙。自从开天辟地以来,书籍所记载的,没有像周穆王这样神异的人。

鲁僖公

　　僖公十四年①,晋文公焚林以求介之推②。有白鸦绕烟而噪③,或集之推之侧,火不能焚。晋人嘉之,起一高台,名曰思烟台。种仁寿木,木似柏而枝长柔软,其花堪食,故《吕氏春秋》云:"木之美者,有仁寿之华焉④。"即此是也。或云戒所焚之山数百里居人不得设网罗,呼曰"仁乌"。俗亦谓乌白臆者为慈乌⑤,则其类也。

【注释】

①僖公:名申,鲁庄公之子,春秋时期鲁国的第十八任国君,在位三十三年。据《左传》记载,晋文公求介之推之事当在僖公二十四年,文中作"十四年",误。

②晋文公:名重耳,春秋时期晋国的第二十二位君主,春秋五霸之一。介之推:亦称介子推。春秋时期晋国人。介之推跟随晋公子重耳(文公)出亡,历经各国,凡十九年。重耳还国为君,赏从亡者,介之推不言禄,禄亦不及,乃与其母隐于绵山。其后晋文公求之,不出;复焚山以逼之,之推竟抱木而死。

③噪:许多鸟或虫子乱叫。

④仁寿:《太平广记》与《吕氏春秋》均作"寿木",《吕氏春秋·本味》高诱注云:"寿木,昆仑山上木也。华,实也。食其实者不死,故

曰'寿木'。"

⑤臆:胸。

【译文】

鲁僖公继位的第十四年,晋文公焚烧介之推隐居的绵山寻求介之推。当时,有成群的白鸦围绕着浓烟乱叫,有些白鸦还聚集到介之推的身边,使得火不能烧到他。晋国的老百姓夸赞白鸦的行为,人们建造了一座高台,取名叫思烟台,并在高台的周围种了许多仁寿树,这种树长得像柏树,但枝条却长而柔软,花可以吃,所以《吕氏春秋》说:"最优良的树种,就是长着延年益寿果实的树。"说的就是这种仁寿树。有人说在当年晋文公焚烧的山林方圆数百里之内,曾禁止居民设置罗网捕鸟,人们把围护介之推的白鸦称作"仁鸟"。民间也称白胸的乌鸦为慈乌,慈乌就是白鸦的同类。

周灵王

周灵王立二十一年①,孔子生于鲁襄公之世②。夜有二苍龙自天而下,来附徵在之房③,因梦而生夫子。有二神女,擎香露于空中而来,以沐浴徵在。天帝下奏钧天之乐,列以颜氏之房。空中有声,言天感生圣子,故降以和乐笙镛之音④,异于俗世也。又有五老列于徵在之庭,则五星之精也。夫子未生时,有麟吐玉书于阙里人家⑤,文云:"水精之子,系衰周而素王⑥。"故二龙绕室,五星降庭。徵在贤明,知为神异。乃以绣绂系麟角⑦,信宿而麟去⑧。相者云⑨:"夫子系殷汤⑩,水德而素王。"至敬王之末,鲁定公二十四年,鲁人锄商田于大泽,得麟,以示夫子。系角之绂,尚犹在焉。夫子知命之将终,乃抱麟解绂,涕泗滂沱⑪。且麟出之时⑫,及解绂之岁,垂百年矣。

【注释】

①周灵王:名泄心,周简王之子,东周第十一位君主,在位二十七年。

②鲁襄公:名午,鲁成公之子,春秋时期鲁国的第二十二位君主,在位三十年。《史记·孔子世家》:"鲁襄公二十二年而生孔子。"

③徵在:孔子之母,姓颜。《礼记·檀弓》:"夫子之母名徵在。"齐治平注曰:"按徵在为鲁颜氏女,嫁叔梁纥,生孔子。"

④镛(yōng):大钟,古代的一种乐器。

⑤阘里:毛校本及他本皆作"阙里",即孔子故里。因有两石阙,故名。今在山东曲阜城内。

⑥素王:犹空王。指具有帝王之德而未居帝王之位的人。

⑦绂(fú):系印章或佩玉用的丝绳。

⑧信宿:连住两夜,也表示两夜。《诗经·豳风·九罭》:"公归不复,于女信宿。"毛传:"再宿曰信。"

⑨相者:旧指以相术供职或为业的人。《东观汉记·班超传》:"超问其状,相者指曰:'生燕颔虎头,飞而食肉,此万里侯相也。'"

⑩夫子系殷汤:此句《稗海》本、《太平广记》卷一三七"殷汤"下均有"之后"二字。齐治平注曰:"按孔子先世为宋人,宋为殷后。"

⑪滂沱:比喻眼泪流得很多,哭得很厉害。《诗经·小雅·渐渐之石》:"月离于毕,俾滂沱矣。"

⑫且:这,今。《诗经·周颂·载芟》:"匪且有且,匪今斯今,振古如兹。"毛传:"且,此也。"

【译文】

周灵王继位第二十一年的时候,孔子在鲁国出生,这一年是鲁襄公二十二年。孔子的母亲徵在怀孕之前的一天夜里,有两条青龙从天而降，攀附在徵在的房间，于是徵在就做了一个梦，之后怀孕生了孔子。徵在梦见有两位仙女，托着清香的露水从天空中飘然而至，让徵在濯发洗身。天帝还派来乐队，让他们在颜徵在的房间列队演奏天宫的仙乐。同时空中有一个声音，说上天感应而生圣人，所以赐予和谐快乐的簧管大钟的乐声，这种乐声与人世间的音乐不同。当时还有五位老人站在徵在的庭院中，这五位老人就是金、木、水、火、土五大星神。孔子还没有出生的时候，一只麒麟来到孔家吐出了一块写有文字的玉石，玉石上面的文字是："水星神的儿子，为维系衰微的周朝来做素王。"所以两条青龙才会盘绕室内，五位星神才会降临庭院。徵在很有才德与见识，她知道这些都是神异的吉祥征兆，于是就用彩色的丝带系在麒麟的角上，麒麟连宿两夜就离开了。精通相术的人说："孔子是殷汤的后代，合于水德，具有帝王的品德。"到了周敬王末年，也就是鲁定公二十四年，一个叫锄商的鲁国人到水草丰茂的大泽打猎，获得了一只麒麟，他把麒麟带给孔子看。孔子看到当年他的母亲徵在系在麒麟角上的彩色丝带还在。孔子知道自己的生命将要终结，于是就怀抱麒麟解下丝带，泪流如雨。这只麒麟从出现之时，到孔子解下丝带这一年，将近一百年的时间。

　　录曰：详观前史，历览先诰①。《援神》《钩命》之说②，六经纬候之志③，研其大较④，与今所记相符；语乎幽秘⑤，弥深影响⑥。故述作书者，莫不宪章古策⑦，盖以至圣之德列广也⑧。是以尊德崇道，必欲尽其真极。昆华不足以匹其高，沧溟未得以方其广⑨。含生有识⑩，仰之如日月焉。

【注释】

①诰：古代的一种文体，帝王任命或封赠的文书。

②《援神》《钩命》：分别指《孝经援神契》、《孝经钩命决》，均为纬书。

③六经：指六部儒家经典：《诗》《书》《礼》《易》《乐》《春秋》。《庄子·天运》："孔子谓老聃曰：'丘治《诗》《书》《礼》《乐》《易》《春秋》六经，自以为久矣，孰知其故矣。'"纬候：纬书与《尚书中候》的合称。亦为纬书的统称。《后汉书·方术传序》："至乃《河》《洛》之文，龟龙之图，箕子之术，师旷之书，纬候之部，钤决之符，皆所以探抽冥赜，参验人区，时有可闻者焉。"李贤注："纬，七经纬也。候，《尚书中候》也。"

④大较：大略，大致。

⑤幽秘：深奥，神秘。

⑥影响：恍惚，模糊。齐治平注曰："影响，影随形，响应声，形、声实而影响虚，故此影响乃模糊恍惚、不易捉摸之义。"。

⑦宪章：效法，遵守。《礼记·中庸》："仲尼祖述尧舜，宪章文武。"

⑧德列：齐治平注曰："'列'疑'烈'之坏字，德烈犹德业。"

⑨沧溟：指大海。

⑩含生有识：指有生命有见识的人。此处指人类。

【译文】

萧绮录语说：详细察看前代的史实，遍览历代帝王任命或封赠的文书，查阅《孝经援神契》《孝经钩命决》的言论，以及六经、纬书记载的文字，研究它们的梗概，和现在的记载基本相同。说到深奥之处，更加玄妙模糊，不易捉摸。所以著述写作的人，没有不效仿古代典籍的，这大概是因为德行高尚的古代圣哲德业的宽广。因此遵守先哲的道德规范，崇尚古代社会的思想体系，一定要竭尽全力探究真理的至境。巍峨的昆仑山和华山比不上前代圣哲的高尚品质，浩瀚的大海也比不上先贤宽广的心胸。有生命有见识的人类，都像仰慕太阳和月亮一样地崇拜他们。

　　夫子生钟周季①，王政寖缺②，愍大道之将崩③，惜文雅
之垂坠④。乃搜旧章而定五礼⑤，采遗音而正六乐⑥，故以栋
宇生民⑦，舟航万代者也。所谓崇德广业，其谓是乎！孟子
云："千年一圣，谓之连步⑧。"自绝笔以来⑨，载历年祀⑩，难
可称算。故通人之言，有圣将及，后来诸疑，更发明其
章也⑪。

【注释】

①钟：适逢，当。

②寖(jìn)：同"浸"。渐渐渗透浸染。

③愍(mǐn)：忧患，怜悯。大道：正道，常理。指最高的治世原则。
　《礼记·礼运》："孔子曰：'大道之行也，与三代之英，丘未之逮
　也，而有志焉。'"

④文雅：犹文教。陆贾《新语·道基》："乃调之以管弦丝竹之音，设
　钟鼓歌舞之乐，以节奢侈，正风俗，通文雅。"

⑤五礼：古代的五种礼制。即吉礼、凶礼、军礼、宾礼、嘉礼。《周
　礼·春官·小宗伯》："掌五礼之禁令，与其用等。"郑玄注引郑司
　农云："五礼，吉、凶、军、宾、嘉。"

⑥六乐：指黄帝、尧、舜、禹、汤、周武王六代的古乐，即《云门》《咸
　池》《大韶》《大夏》《大濩》《大武》。《周礼·地官·大司徒》："以
　六乐防万民之情，而教之和。"郑玄注引郑司农曰："六乐，谓《云
　门》《咸池》《大韶》《大夏》《大濩》《大武》。"

⑦栋宇：指房屋。生：使……生，使动用法。

⑧连步：接踵，前后相承。"千年一圣，谓之连步"二句不见今本《孟
　子》。《淮南子·修务训》曰："若此九贤者，千岁而一出，犹继踵
　而生。"与此二句意思相近。

⑨绝笔：停笔。《左传·哀公十四年》"西狩获麟"句下杜预注曰："仲尼伤周道之不兴，感嘉瑞之无应，故因《鲁春秋》而修中兴之教。绝笔于'获麟'之一句，所感而作，固所以为终也。"

⑩年祀：年岁。

⑪发明：阐述，阐发。《史记·孟子荀卿列传》："（慎到等）皆学黄老道德之术，因发明序其指意。"

【译文】

孔子生逢周代末年，此时王道逐渐衰颓，孔子忧虑人间正道即将崩塌，痛惜礼乐教化也将毁坏。于是，他搜寻前代的典章制度，制定了五礼；采集失传的民间乐曲，整理校订了六乐，所以孔子定礼正乐的功绩，就如同房屋保护了人民，像船一样运载着万世子孙。所谓"崇高的道德，伟大的事业"，大概说的就是这些吧！孟子说："一千年出现一个圣人，人们称之为前后相承。"从孔子停笔以来，经历的岁月，难以计算。所以那些学识渊博、贯通古今的人常说，只要圣人来到人间，以后产生的各种疑难问题，就能进一步阐发其中的义理。

　　二十三年，起"昆昭"之台，亦名"宣昭"。聚天下异木神工，得崿谷阴生之树①，其树千寻，文理盘错，以此一树，而台用足焉。大干为桁栋②，小枝为枏楣③。其木有龙蛇百兽之形。又筛水精以为泥④。台高百丈，升之以望云色。时有苌弘⑤，能招致神异。王乃登台，望云气蓊郁⑥。忽见二人乘云而至，须发皆黄，非谣俗之类也⑦。乘游龙飞凤之辇，驾以青螭⑧。其衣皆缝缉毛羽也。王即迎之上席。时天下大旱，地裂木燃。一人先唱："能为雪霜。"引气一喷，则云起雪飞，坐者皆凛然⑨，宫中池井，坚冰可瑑⑩。又设狐腋素裘、紫罴文褥，罴褥是西域所献也，施于台上，坐者皆温。

【注释】

①崿(è)谷：险峻的山谷。阴：指山的北面或水的南面。

②桁(héng)：梁上或门框、窗框等上的横木。栋：房屋的正梁，即屋顶最高处的水平木梁。

③栭(ér)：斗拱，柱顶上支承大梁的方木。《文选·张平子〈西京赋〉》："绣栭云楣。"李善注："栭，斗也。"桷(jué)：方形的椽子。

④水精：即水晶。无色透明的结晶石英，是一种贵重的矿石。《后汉书·西域传》："(大秦)宫室皆以水精为柱，食器亦然。"

⑤苌弘：周景王、周敬王时的方士，字叔，又称苌叔。《史记·封禅书》："周人之言方怪者自苌弘。"《淮南子·氾论训》则曰："昔者苌弘，周室之执数者也，天地之气，日月之行，风雨之变，律历之术，无所不通。"齐治平注曰："按诸书记苌弘事颇相抵牾，其详可参看高步瀛《文选李注义疏·蜀都赋疏》。"

⑥蓊郁：草木茂盛的样子。

⑦谣俗：指风俗习惯。程荣本作"世俗"。《史记·货殖列传》："皆中国人民所喜好，谣俗被服饮食奉生送死之具也。"

⑧青螭(chī)：古代传说中无角的青龙。

⑨凛然：寒冷的样子。

⑩瑑(zhuàn)：在玉器上雕刻凸起的花纹。

【译文】

　　周灵王二十三年的时候，修建了"昆昭台"，也称"宣昭台"。修台之时，周灵王派人搜罗全国的珍奇树木和能工巧匠，最后找到了生长在险峻山谷北面的一棵大树，这棵树有一千多丈高，树木的纹理盘绕交错，用这一棵树，修建昆昭台的木料就足够了。工匠用大的枝干来做横木和大梁，小的枝干用来做支承大梁的方木和椽子。这棵大树的枝丫生长成了龙、蛇、百兽的形状。修建昆昭台时，工匠还筛选水晶制作成水晶泥。昆昭台高一百丈，登上此台可以远望云色。当时有一个叫苌弘

的方士，能够招来神怪。一天，周灵王刚登上昆昭台，远望阴沉浓郁的
云气，忽然看到两个人驾着祥云飘然而至，他们的胡须和头发都是黄色
的，不是常见的世俗之人。他们乘坐的是装饰着游龙、飞凤的彩车，由
一条无角的青龙驾车。他们的衣服都是用羽毛缝制连缀而成的。周灵
王随即迎请他们坐到上等的席位。当时国内久旱不雨，土地干裂，树木
自燃。其中一人率先唱道："能够让天空降下霜雪。"接着他屏足了气一
吹，顷刻间浓云密布，大雪纷飞，在座的人都有寒冷的感觉，皇宫中水
池、水井中结的冰坚实得可以在上面雕琢花纹。周灵王命人准备了用
狐狸腋下的毛皮制成的白色裘皮大衣，用棕熊的皮缝制成的带有花纹
的褥子。棕熊皮褥是西域进贡的，把这种褥子铺在台上，坐在上面的人
都感到很暖和。

　　又有一人唱："能使即席为炎①。"乃以指弹席上，而暄风
入室②，裘褥皆弃于台下。时有容成子谏曰③："大王以天下
为家，而染异术，使变夏改寒，以诬百姓。文、武、周公之所
不取也。"王乃疏苌弘而求正谏之士。时异方贡玉人、石镜，
此石色白如月，照面如雪，谓之"月镜"。有玉人，机戾自能
转动④。苌弘言于王曰："圣德所招也。"故周人以苌弘幸媚
而杀之，流血成石，或言成碧⑤，不见其尸矣。

【注释】

①即席：指当场，当座，就座入席。《仪礼·士冠礼》："筮人许诺，右
　　还，即席，坐，西面。"

②暄风：暖风。

③容成子：又名容成公，相传为黄帝史官，为黄帝造历法。《列子·
　　汤问》："唯黄帝与容成子居空峒之上，同斋三月，心死形废。"又

《列仙传》亦有容成公，"自称黄帝师，见于周穆王，能善补导之事"。

④机庋：即机棖(lì)，犹机关。指设有机件而能制动的器械。

⑤碧：青绿色的玉石。《庄子·外物》："苌弘死于蜀，藏其血，三年而化为碧。"

【译文】

这时，另一个人也唱道："能够当场让天气变得炎热。"于是他用手指在座席上弹了一下，随即和暖的风就进入了室内，裘皮大衣、棕熊皮的裤子都被扔到了台下。当时，有个叫容成子的人规劝说："大王您以天下为家，可是却接触异端邪说，随意变换盛夏与严冬，来蛊惑平民百姓。这种做法是周文王、周武王以及周公所不取的。"于是，周灵王就疏远了苌弘而去寻求能直言劝谏的贤士。当时异国刚好进贡了玉人和石镜，石镜的颜色如明亮洁白的月光，用它照人，面色莹润如雪，人们称它为"月镜"。进献的玉人设有机关能自己转动。苌弘对周灵王说："这些都是大王您的圣德感召的结果。"所以周人认为苌弘有意亲近并谄媚周灵王，于是就杀了苌弘。苌弘死后，流出的鲜血化成了石头，也有人说化成了青绿色的玉，而他的尸体却不见了。

有韩房者，自渠胥国来①。献玉骆驼高五尺，虎魄凤凰高六尺②，火齐镜广三尺③，暗中视物如昼，向镜语，则镜中影应声而答。韩房身长一丈，垂发至膝，以丹砂画左右手如日月盈缺之势，可照百余步。周人见之，如神明矣。灵王末年，亦不知所在。

【注释】

①渠胥：齐治平注曰："渠胥，疑即渠搜，古西戎国名，见《书·禹

贡》。《汉书·地理志》作渠叟。隋时为钹汗国。《隋书·西域
传》：'钹汗国都葱岭之西五百余里，古渠搜国也。'"

②虎魄：即琥珀。

③火齐：即火齐珠。《文选·张平子〈西京赋〉》："翡翠火齐，络以美
玉。"李善注："火齐，玫瑰珠也。"

【译文】

有一个叫韩房的人，从渠胥国来到周朝的都城，向周灵王进献了一
头高五尺的玉骆驼，高六尺的琥珀凤凰以及用火齐珠装饰的宽三尺的
镜子。拿这面火齐镜在黑暗中看东西如同白天一样明亮，如果对着镜
子说话，镜子中的人影就可以出声回答。韩房身高一丈，头发垂下来一
直到了膝盖。韩房用红色的砂在左、右手画太阳和月亮盈亏变化的形
状，发出的光亮就能照到一百多步远的地方。周朝人看到韩房的神异
之术，都把他奉若神明。周灵王末年，也不知道韩房去了什么地方。

录曰：夫诱于可欲①，而正德亏矣；惑于闻见，志用迁矣，
周灵之谓乎！尔乃受制于奢，玩神于乱②，波荡正教③，为之
偷薄④，淫涵因斯而滋焉⑤。何则？溺此仙道，弃彼儒教，观
乎异俗，万代之神绝者也。及其化流遐俗⑥，风被边隅，非正
朔之所被服⑦，四气之所含养⑧，而使鬼物随方而竞至，奇精
自远而来臻⑨，穷天区而尽地域⑩，反五常而移四序⑪，惚恍
形象之间⑫，希夷明昧之际⑬，难可言也。

【注释】

①可欲：指可以使人欢娱的事物，如声、色、珍宝等。《老子》："不见
可欲，使民心不乱。"

②玩神：指沉迷。

③波荡：动荡，不安定。正教：即政教。班固《白虎通·瑞贽》："王者始立，诸侯皆见何？当受法禀正教也。"

④偷薄：轻薄。偷，轻视。《左传·襄公三十年》："晋未可偷也。"杜预注："偷，薄也。"

⑤淫湎：沉溺于酒色。《左传·成公二年》："蛮夷戎狄，不式王命，淫湎毁常，王命伐之。"杨伯峻注："淫谓淫于女色，湎谓沉湎于酒。"

⑥遐俗：边远之地。《梁书·沈约传》："鼓玄泽于大荒，播仁风于遐俗。"

⑦正朔：古代帝王易姓受命，必改正朔；故夏、殷、周、秦及汉初的正朔各不相同。自汉武帝后，直至现今的农历，都用夏制，即以建寅之月为岁首。《礼记·大传》："改正朔，易服色。"孔颖达疏："改正朔者，正，谓年始；朔，谓月初，言王者得政，示从我始，改故用新，随寅丑子所损也。周子、殷丑、夏寅，是改正也；周夜半、殷鸡鸣、夏平旦，是易朔也。"又《史记·历书》："王者易姓受命，必慎始初，改正朔，易服色，推本天元，顺承厥意。"

⑧四气：指春、夏、秋、冬四时的温热冷寒之气。《礼记·乐记》："动四气之和。"又《春秋繁露·阳尊阴卑》："喜气为暖而当春，怒气为清而当秋，乐气为太阳而当夏，哀气为太阴而当冬，四气者，天与人所同有也。"含养：包容养育。

⑨臻（zhēn）：达到，至。

⑩天区：指上下四方。《文选·张平子〈东京赋〉》："声教布濩，盈溢天区。"薛综注："天区，谓四方上下也。"

⑪五常：指仁、义、礼、智、信。董仲舒《元光元年举贤良对策》："夫仁、谊（义）、礼、智、信五常之道，王者所当修饰也。"亦指金、木、水、火、土五行。《庄子·天运》："天有六极五常，帝王顺之则治，逆之则凶。"成玄英疏："五常，谓五行，金、木、水、火、土，人伦之

常性也。"齐治平注曰:"此处盖兼用二义,谓'鬼物奇精',违反五
常之道,五行之性。"四序:指春、夏、秋、冬四季。

⑫惚恍(hū huǎng):亦作"恍惚",指模糊不清楚。《老子》:"惚兮恍
兮,其中有象;恍兮惚兮,其中有物。"

⑬希夷:指虚寂玄妙。《老子》:"视之不见名曰夷,听之不闻名曰
希,搏之不得名曰微。"河上公注:"无色曰夷,无声曰希。"

【译文】

萧绮录语说:被声色犬马的生活所诱惑,纯正的道德就会缺损;被
各种见闻所迷惑,意志就会因此而动摇,说的就是周灵王吧! 他在奢侈
的生活中无法自拔,在迷乱之中玩神弄鬼,使政教受到冲击,也使得他
做事轻薄肤浅。这种沉溺于酒色的风气由此滋生蔓延。为什么? 这是
因为沉溺于这种所谓的成仙之道,抛弃那些正统的儒家教化,仰慕远方
异国诡异的习俗,从而使得万代尊崇的神灵绝迹了。等到异化的习俗
流传到远方并遍及边境之地,周灵王才知道所有这些都不是周朝的传
统礼仪所奉行的,也不是春夏秋冬四时的温热冷寒之气所包容养育的。
这些异端邪说只能使鬼怪从各处竞相而来,奇异的妖怪从远方纷然而
至。他们遍游上下四方,在各地肆意横行,违反五常之道,改变春、夏、
秋、冬四季的节气,使得具体事物之间变得模糊不清楚,明暗之间变得
虚寂玄妙,这种模糊不清与虚寂玄妙很难用语言来表达。

穷幽极智①,伟哉伟哉! 凡事君尽礼,忠为令德。有违
则规谏以竭言,弗从则奉身以求退。故能剖身碎首②,莫顾
其生,排户触轮③,知死不去。如手足卫头目④,舟楫济巨
川⑤,君臣之义,斯为至矣。而弘违"有犯无隐"之诫⑥,行求
媚以取容,身卒见于夷戮⑦,可为哀也。容成、苌弘不并
语矣。

【注释】

①穷幽：谓深入探究玄奥之理。

②剖身：指商纣王时大臣比干强谏被剖之事。《史记·殷本纪》："纣愈淫乱不止。微子数谏不听，乃与大师、少师谋，遂去。比干曰：'为人臣者，不得不以死争。'乃强谏纣。纣怒曰：'吾闻圣人心有七窍。'剖比干，观其心。"碎首：指秦缪公大臣禽息强谏之事。《汉书·杜业传》："臣闻禽息忧国，碎首不恨。"又《论衡·儒增》："禽息荐百里奚，缪公未听，〔出，〕禽息当门，仆头碎首而死。缪公痛之，乃用百里奚。"

③排户：指汉高祖大臣樊哙事。《汉书·樊哙传》："高帝尝病，恶见人，卧禁中，诏户者无得入群臣……哙乃排闼直入。"王先谦注："《广雅·释诂》：'排，推也。'谓推门直入。"触轮：《后汉书·申屠刚传》："光武尝欲出游，刚以陇、蜀未平，不宜宴安逸豫，谏不见听，遂以头轫乘舆轮，帝遂为止。"注："轫，谓以头枝车轮也。"

④如手足卫头目：此句化用《荀子·议兵》"下之于上也，若子之事父，弟之事兄，若手臂之扞头目而覆胸腹也"语中的"若手臂之扞头目"。扞，卫也。又《汉书·刑法志》："夫仁人在上，为下所卬，犹子弟之卫父兄，若手足之扞头目。"头目，脑袋和眼睛。也借指性命。

⑤舟楫济巨川：《书·说命》："若济巨川，用汝作舟楫。"齐治平注曰："按此殷高宗命傅说之词。"

⑥有犯无隐：《礼记·檀弓》："事君有犯而无隐。"齐治平注曰："按谓当犯颜谏诤，不当隐讳取容。"

⑦夷戮：杀戮，诛戮。

【译文】

深入探究玄奥之理，才能发挥最高的才智，只有这样才是最伟大的啊！侍奉君主应尽儒家之礼，忠心耿耿才是美德。如果君主的行为有失误之处，大臣就应该规劝进谏并做到言无不尽，如果君王不采纳进言，哪怕是献出生命也要恳求君王改变初衷。因此要能像直言而被剖心的比干、强谏未果而仆头碎首的禽息那样，完全不顾自己的生死；也要能像推门直入的樊哙、用头抵抗车轮的申屠刚那样，明知会死也不离开。这就如同身处险境时，手足会自觉地维护性命，也如同国君渡河时，臣子甘心充当船和桨一样，君臣之间的道义，这就达到最高境界了。可是苌弘却违反了"犯颜直谏，不应当隐讳取容"的警诫，不断讨好以取悦君王，终于被杀身死，真是令人悲痛。因此，容成、苌弘是不能相提并论的。

　　师旷者①，或出于晋灵之世②，以主乐官，妙辨音律，撰兵书万篇。时人莫知其原裔，出没难详也。晋平公之时③，以阴阳之学显于当世。熏目为瞽人④，以绝塞众虑，专心于星算音律之中⑤。考钟吕以定四时⑥，无毫厘之异。《春秋》不记师旷出何帝之时。旷知命欲终，乃述《宝符》百卷⑦。至战国分争，其书灭绝矣。

【注释】

①师旷：春秋时期晋国的乐师，精通音乐，善弹琴，辨音能力极强。

②晋灵：即晋灵公，名夷皋，晋文公之孙，晋襄公之子，在位时间十三年。晋灵公喜好声色，荒淫无道，后被赵盾、赵穿兄弟所杀。

③晋平公：春秋时晋国的国君，名彪，晋悼公之子，在位时间二十五年。

④瞽（gǔ）人：盲人，失去视力的人。

⑤星算：指星占术。

⑥钟吕：乐律，声律。

⑦《宝符》百卷：考《汉书·艺文志》，阴阳家有《师旷》八篇，小说家
有《师旷》六篇，并无《宝符》百卷，此处当为虚妄之说。

【译文】

师旷，有人说出生于晋灵公时代，晋灵公让他主管音乐。师旷善于
辨别音律，也曾撰写兵书万篇。当时的人不知道他是谁的后裔，生卒年
月也难以详考。晋平公之时，师旷凭借阴阳之学闻名于世。他用烟火
熏烤眼睛成为盲人，以此来杜绝各种杂念，一心一意集中精力在星算和
音律之中。师旷通过考辨声律来确定四季，没有一丝一毫的误差。《春
秋》没有记载师旷出生在哪位君主统治时期。师旷知道自己生命将要
终结，就著述了《宝符》一百卷。到战国各诸侯国纷争之时，师旷的书就
散佚了。

晋平公使师旷奏清徵①，师旷曰："清徵不如清角也。"公
曰："清角可得闻乎？"师旷曰："君德薄，不足听之；听之，将
恐败。"公曰："寡人老矣，所好者音，愿遂听之！"师旷不得已
而鼓，一奏之，有云从西北方起；再奏之，大风至，大雨随之，
掣帷幕，破俎豆②，堕廊瓦。坐者散走，平公恐惧，伏于廊
室③，晋国大旱，赤地三年。平公之身遂病。

【注释】

①齐治平注曰："此节今《拾遗记》各本均不载，《广记》二〇三有之，
与前节相连为一，末注云'出《王子年拾遗记》'，当系佚文，今析
为二节，补载于此，又按此事迭见《韩非子·十过》《史记·乐书》
《论衡·纪妖》中，文均较此为详。"

②俎豆：古代宴会时盛肉类食物的两种器皿。

③廊室：殿堂周围的房舍。《韩非子·十过》："平公恐惧，伏于廊

之间。"

【译文】

晋平公令师旷演奏清澄的徵音,师旷说:"清澄的徵音不如清越的角音。"晋平公说:"清越的角音可以听听吗?"师旷说:"您的功德浅,不能听这种音乐,如果听了,恐怕要坏事。"晋平公说:"我老了,所喜好的只有音乐,希望能够如愿听到清越的角音。"师旷不得已而弹奏。刚开始弹奏,有云雾就从西北方向升起;师旷继续弹奏,则大风骤至,大雨也随风而来。狂风掀拽着帷幕,摔破了盛着肉食的器皿,吹落了廊檐上的瓦片。原先坐着的人都四散逃走,晋平公惊恐害怕,趴到殿堂旁边房舍的地上。从此,晋国连续大旱,三年寸草不生,晋平公也得了重病。

　　老聃在周之末①,居反景日室之山②,与世人绝迹。帷有黄发老叟五人③,或乘鸿鹤,或衣羽毛,耳出于顶,瞳子皆方,面色玉洁,手握青筠之杖④,与聃共谈天地之数。及聃退迹为柱下史⑤,求天下服道之术⑥,四海名士⑦,莫不争至。五老即五方之精也。

【注释】

①老聃:即老子,姓李名耳,曾任周朝的守藏室之史。道家学派的创始人,道教之祖。《史记·老庄韩非列传》:"老子者,楚苦县厉乡曲仁里人也。姓李氏,名耳,字聃,周守藏室之史也。"

②反景:即"返影",指夕照,傍晚的阳光。

③帷:考他本,"帷"均为"惟"。文中"帷"当系"惟"之误字。

④青筠(yún):青竹。

⑤柱下史:周秦官名,汉代称御史,因其常侍立殿柱之下,故名。《史记·张丞相列传》:"张丞相苍者……秦时为御史,主柱下方

书。"《史记索隐》:"周秦皆有柱下史,谓御史也。所掌及侍立恒
在殿柱之下,故老子为周柱下史。"

⑥服道:指潜心修道。服,习也。

⑦名士:指名望高而不仕之人。《礼记·月令》:"(季春之月)勉诸
侯,聘名士,礼贤者。"郑玄注:"名士,不仕者。"孔颖达疏:"名士
者,谓其德行贞绝,道术通明,王者不得臣,而隐居不在位者也。"

【译文】

老聃生活在周代末年,居住在唯有傍晚的阳光才能照到的日室山,
与世人隔绝。只有五位黄发老人,他们有时乘坐大雁或仙鹤而来,有时
穿着羽毛缝制的衣服飞来。他们耳朵很大,超过了头顶,眼睛里的瞳仁
都是方形的,脸色洁白如玉,手握青竹制作的拐杖。这五位老人和老聃
共同谈论天地变化的规律。等到老聃下山做柱下史时,寻求天下潜心
修道的方法,那些全国各地的名士,全都争先恐后来到老聃的身边。原
先的那五位老人就是东、西、南、北、中五方之神。

浮提之国①,献神通善书二人,乍老乍少,隐形则出影,
闻声则藏形。出肘间金壶四寸,上有五龙之检②,封以青泥。
壶中有黑汁如淳漆,洒地及石,皆成篆隶科斗之字③。记造
化人伦之始④,佐老子撰《道德经》垂十万言⑤。写以玉牒,编
以金绳,贮以玉函。昼夜精勤,形劳神倦。及金壶汁尽,二
人刳心沥血⑥,以代墨焉。递钻脑骨取髓,代为膏烛。及髓
血皆竭,探怀中玉管,中有丹药之屑,以涂其身,骨乃如故。
老子曰:"更除其繁紊,存五千言。"及至经成工毕,二人亦不
知所往。

【注释】

①浮提之国：即浮提国。传说中的古国名，无考。

②检：书匣上的标签。《说文》："检，书署也。"

③篆隶科斗：指篆书、隶书和科斗书，皆古书体名。科斗，即科斗书，亦称科斗文。《尚书序》："于壁中得先人所藏古文虞夏商周之书，及传《论语》《孝经》，皆科斗文字。"

④人伦：人类。《荀子·富国》："人伦并处，求同而异道，同欲而异知。"杨倞注："伦，类也。"

⑤《道德经》：也称《老子》，道家学派的经典。相传为老聃所作，今人认为可能编定于战国中期，但基本上保留了老子本人的思想。今通行本《老子》分上下两编八十一章，其中《道经》三十七章，《德经》四十四章。

⑥刳(kū)：剖开。沥血：流血。

【译文】

浮提国进献了两位神通广大且擅长书写的人，他们能够忽然变老，也能忽然变得年轻，有时候他们能够隐匿自己的身体却露出影子，有时候能听到他们的声音却看不到身形。他们从肘间拿出四寸高的铜壶，铜壶的上面有画着五条龙图案的标签，用青泥封在壶口。铜壶里装有像纯漆一样的黑色液体，把这种黑色汁液洒到地上或石头上，就都变成篆书、隶书、科斗文等不同文字。这些文字记载着自然界的创造演化以及人类最初的情况。他们还帮助老子撰写《道德经》近十万字。二人把《道德经》写在玉简之上，用金绳连缀在一起，并贮存在玉制的匣子里。他们夜以继日地辛勤撰写，身体劳累，神色疲惫。等到铜壶里的黑色汁液用完，这两个人就剖开心脏，让鲜血流出，用心血代替墨汁书写。他们还轮流钻开头骨取出脑髓，用脑髓代替膏烛照明。等到脑髓和心血都用完时，他们就从怀中掏出玉管，玉管里装有红色的药粉，把这种药粉涂在身上，骨头就会合拢如故。老子说："删除那些繁冗紊乱的部分，只保留五千字。"等到《道德经》写成，工作结束时，这两个人也就不知去向了。

录曰：庄周云①："德配天地，犹假至言②。"观乎老氏，崇谦柔以为要③，挹虚寂以归真④，知大朴之既漓⑤，发玄文以示世。孰能辨其虚无⑥，究斯深寂？是以仲尼责其德⑦，叶以神灵，极譬二人⑧，以为龙矣。师旷设数千间，卒其春秋之末。《抱朴子》谓为"知音之圣"也。虽容成之妙⑨，大挠之推历⑩，夔、襄之理乐⑪，延州之听⑫，故未之能过也。

【注释】

①庄周（约前369—前286）：亦称庄子，宋国蒙城（今河南商丘东北）人。战国中期著名思想家，道家学派的代表人物之一，后世与老子并称为"老庄"。

②德配天地，犹假至言：《庄子·田子方》："孔子曰：'夫子德配天地，而犹假至言以修心，古之君子，孰能脱焉？'"

③谦柔：谦虚平和。齐治平注曰："《老子》屡言'柔弱胜刚强''勿骄''勿矜''勿伐'，皆谦柔之旨。《吕氏春秋·不二》亦云：'老耽贵柔。'"

④挹（yì）：舀取，汲取。虚寂：犹清静，虚无寂静。《老子》："致虚极，守静笃。"《淮南子·俶真训》："若夫神无所掩，心无所载，通洞条达，恬漠无事，无所凝滞，虚寂以待，势利不能诱也。"

⑤大朴：指原始质朴的大道。《文选·桓子元〈荐谯元彦表〉》："大朴既亏，则高尚之标显。"刘良注："大朴，大道也。"漓：浅薄，浇薄。《篇海类编·地理类·水部》："漓，浇漓，薄也。"

⑥虚无：道家用以指"道"的本体。谓道体虚无，故能包容万物；性

合于道，故有而若无，实而若虚。

⑦责：齐治平注曰："'责'，当系'赞'之误字。"

⑧二人：齐治平注曰："'二人'之'二'，疑'其'之误，其人指老子。"《庄子·天运》："孔子见老聃归，三日不谈，弟子问曰：'夫子见老聃，亦将何规哉？'孔子曰：'吾乃今于是乎见龙！龙，合而成体，散而成章，乘云气而养乎阴阳。'"

⑨容成：中国古代神话传说中的人物，相传为黄帝大臣，发明历法。

⑩大挠(náo)：相传为黄帝臣，始作甲子。《吕氏春秋·尊师》："黄帝师大挠。"高诱注："大挠作甲子。"

⑪夔：人名。相传为舜时乐官。襄：人名。春秋时期鲁国的乐官。

⑫延州：此指春秋时吴国公子季札。据《左传·襄公二十九年》载，初季札封于延陵，因号延陵季子，后封于来州，亦曰延州来，曾聘鲁观周乐，而知列国之治乱兴衰。

【译文】

萧绮录语说：庄周说："圣人的德行与天地相称，但却仍然借助至理名言来提高自己的修养。"观察老子的言行，他崇尚谦虚和平，并把谦虚平和作为立身行事的要旨；他追求虚无寂静的生活，主张回到本来的质朴状态。老子认识到原始质朴的大道已经变得浮浅、浇薄，就写出深奥的文章警示世人。谁能够像他那样辨别以虚无为本体的道家学说，并推究这些深奥的、寂静无声的理论？因此孔子也称赞老子的高尚品德，认为他的行为符合神灵的旨意，并给予老子极高的评价，认为老子就是真龙下凡。师旷创制的音乐对后世影响极为深远，这种影响一直延续到春秋末年才终止。《抱朴子》评价师旷是"通晓音乐的圣人"。即使是容成创造历法的神妙，推算时历的大挠，夔、襄二位乐官对古音曲的整理以及吴国公子季札观看周乐而明治乱的本领，都没能超过师旷。

师涓出于卫灵公之世①，能写列代之乐②，善造新曲以代

古声,故有四时之乐,亦有奇丽宝器③。春有《离鸿》《去雁》
《应苹》之歌,夏有《明晨》《焦泉》《朱华》《流金》之调④,秋有
《商风》《白云》《落叶》《吹蓬》之曲⑤,冬有《凝河》《流阴》《沉
云》之操⑥。以此四时之声,奏于灵公。灵公情洒心惑,忘于
政事。蘧伯玉趋阶而谏曰⑦:"此虽以发扬气律⑧,终为沉洒
淫曼之音,无合于风雅,非下臣宜荐于君也。"灵公乃去其声
而亲政务,故卫人美其化焉。师涓悔其乖于《雅》《颂》,失为
臣之道,乃退而隐迹。蘧伯玉焚其乐器于九达之衢⑨,恐后
世传造焉。

【注释】

①师涓:春秋时期卫国的乐官,活动于卫灵公在位期间,善弹琴。
　卫灵公:姬姓,名元。春秋时期卫国第二十八位国君,在位时间
　四十一年。

②能写列代之乐:是说能够演奏前代的乐曲。写,即效仿。《淮南
　子·本经训》:"雷霆之声,可以鼓钟写也。"又,顾炎武《日知录》
　卷三十二:"今人以书为写,盖从此本传于彼本,犹之以此器传于
　彼器也。"

③宝器:指珍贵的乐器。

④明晨:清早。曹植《杂诗》之二:"明晨秉机杼,日昃不成文。"朱
　华:泛指红色的花。曹植《朔风诗》:"昔我初迁,朱华未晞。今我
　旋止,素雪云飞。"

⑤商风:秋风,西风。《楚辞·东方朔〈七谏〉》:"商风肃而害生,百
　草育而不长。"王逸注:"商风,西风。"

⑥流阴:即浮云。

⑦蘧伯玉:春秋时期卫国人,名瑗。是一个求进甚急并善于改过的

贤大夫。《孔子家语·弟子行》:"外宽而内正,自极于隐括之中,直己而不直人,汲汲于仁,以善自终,盖蘧伯玉之行也。"

⑧气律:古代乐理术语。谓乐律和节气相应。古代以乐律定历法,盖历以数始,数以律生,故以十二律定十二月。《汉书·律历志》:"天地之风气正,十二律定。"臣瓒注:"风气正则十二月之气各应其律,不失其序。"前文言师涓奏"四时之乐",故此处蘧伯玉谓其"发扬气律"。

⑨九达之衢(qú):谓四通八达的道路。

【译文】

师涓生活在卫灵公时代,他能够演奏古代的乐曲,并擅长谱写新的乐曲来代替古老的曲调,因此他创作出了表现四季特点的乐曲,也创制了新奇美丽的珍贵乐器。其中表现春季特色的有《离鸿》《去雁》《应苹》等乐曲;表现夏季特点的有《明晨》《焦泉》《朱华》《流金》等曲调;表现秋季特点的有《商风》《白云》《落叶》《吹蓬》等歌曲,冬季则通过对《凝河》《流阴》《沉云》等乐曲的弹奏表现这一季节的特点。师涓把这些表现四季特点的乐曲弹奏给卫灵公听。卫灵公听了之后就沉迷于其中,心神更加混乱迷惑,以至于忘记了处理国家政事。大夫蘧伯玉疾步走上台阶劝谏道:"这些表现四季特点的乐曲虽然发挥了正历法、定节气的作用,但如果整天沉迷在这种淫秽靡曼的乐声之中,是不符合风雅的正调的。这不是大臣应该推荐给君主的乐曲。"于是,卫灵公就远离了那些表现四季特点的乐声并亲自处理政务,因此卫国的人都夸赞卫灵公的变化。师涓也后悔自己背离了《雅》《颂》之音,丧失了作为大臣最基本的道义,于是离开朝廷隐居了起来。蘧伯玉在四通八达的道路上焚烧了师涓的乐器,他是担心后世之人沿用并仿造。

录曰:夫体国以质直为先①,导政以谦约为本②。故三风十愆③,《商书》以之昭誓④;无荒无怠,《唐风》贵其遵俭。灵公违诗人之明讽，惟奢纵惑心，虽追悔于初失，能革情于后谏⑤，日月之蚀，无损明焉⑥。伯玉志存规主，秉亮为心⑦。师涓识进退之道，观过知仁⑧。一君二臣，斯可称美。

【注释】

①体国：指创建或治理国家。陆机《汉高祖功臣颂》："体国垂制，上穆下亲。"质直：朴实正直。《论语·颜渊》："夫达也者，质直而好义。"刘宝楠《论语正义》："质直而好义者，谓达者之为人，朴质正直，而行事知好义也。"

②导政：即行政，用政策引导人民。《论语·为政》："道（导）之以政。"谦约：谦慎检束。《汉书·外戚传下·孝成许皇后》："皇后其刻心秉德，毋违先后之制度，力谊勉行，称顺妇道，减省群事，谦约为右。"

③三风十愆：指三种恶劣风气所滋生的十种罪愆。愆，《逸史》本、毛校俱作"譬"。齐治平注曰："按字亦作'愆'。"《书·伊训》："敢有恒舞于宫，酣歌于室，时（是）谓巫风；敢有殉于货、色，恒于游、畋，时谓淫风；敢有侮圣言，逆忠直，远耆德，比顽童，时谓乱风。惟兹三风十愆，卿士有一于身，家必丧；邦君有一于身，国必亡。"

④昭誓：明确的告诫。

⑤革情：指改变心意。

⑥日月之蚀，无损明焉：这两句是就卫灵公知错就改而言的。《论语·子张》："子贡曰：'君子之过也，如日月之食焉。过也，人皆见之；更也，人皆仰之。'"

⑦秉亮为心：是指坚持一颗忠诚之心。秉，持。亮，同"谅"。忠诚，诚信。

⑧观过知仁：观察一个人所犯过错的性质，就可以了解他的为人。《论语·里仁》："子曰：'人之过也，各于其党。观过，斯知

仁矣。'"

【译文】

萧绮录语说:治理国家要把朴实正直放在首位,教导人民要把谦慎节俭作为根本。因此三种恶劣风气,十种罪愆,《尚书·商书》有明确的告诫;教导人们不要荒废政事,不要松懈懒惰,《诗经·唐风》的可贵在于恪守俭约的美德。卫灵公违背了《诗经》《尚书》明白的劝告,一味地奢侈放纵,使头脑更加迷乱,但是他能够对先前的错误感到后悔,也能接受劝谏改变心意。这就如同日蚀、月蚀一样,遮挡过后,无损于日月的光辉。蘧伯玉心怀规劝君主的决心,能够坚持一颗忠诚之心。师涓懂得进取、退隐的道理,看他犯错误之后能够及时改过,也不失为仁义之臣。卫灵公和蘧伯玉、师涓,这一君二臣都值得称赞。

宋景公之世①,有善星文者②,许以上大夫之位,处于层楼延阁之上③,以望气象。设以珍食,施以宝衣。其食则有渠沧之鼋,煎以桂髓;丛庭之鹦,蒸以蜜沫;淇漳之鳢,脯以青茄;九江珠毯,爨以兰苏④;华清夏洁,洒以纤缟。华清,井水之澄华也⑤。饔人视时而叩钟⑥,伺食以击磬⑦,言每食而辄击钟磬也。悬四时之衣,春夏以金玉为饰,秋冬以翡翠为温。烧异香于台上。忽有野人,被草负笈⑧,扣门而进,曰:"闻国君爱阴阳之术,好象纬之秘,请见!"景公乃延之崇堂。语则及未来之兆,次及已往之事,万不失一。夜则观星望气⑨,昼则执算披图⑩,不服宝衣,不甘奇食。景公谢曰:"今宋国丧乱,微君何以辅之?"野人曰:"德之不均,乱将及矣。修德以来人,则天应之祥,人美其化。"景公曰:"善。"遂赐姓曰子氏,名之曰韦,即子韦也。

【注释】

①宋景公:子姓,名头曼(源自《史记·宋世家》;《左传·昭公二十五年》其名作"栾"),宋元公之子,宋国第二十七位国君。

②星文:指星象。颜之推《颜氏家训·杂艺》:"及星文风气,率不劳为之。"

③层楼:高楼。延阁:古代帝王藏书的地方。《汉书·艺文志》:"于是建藏书之策。"颜师古注引如淳曰:"刘歆《七略》曰:'外则有太常、太史、博士之藏,内则有延阁、广内、秘室之府。'"

④爨(cuàn):烧火做饭。

⑤澄华:明净的冰花。齐治平注曰:"井之澄华,即井华水,每日清晨第一次所汲者,令人好颜色。见《本草》。"

⑥饔(yōng)人:古官名。掌管切割烹调之事。《左传·襄公二十八年》:"公膳,日双鸡,饔人窃更之以鹜。"后泛指厨师。

⑦伺(cì)食:指服侍主人、照顾主人吃饭。

⑧被草负笈(jí):指身穿草制的衣服,背着书箱。被,同"披"。负,背着。笈,书箱。

⑨望气:古代方士的一种占候术。通过观察云气以预测吉凶。《墨子·迎敌祠》:"凡望气,有大将气,有小将气,有往气,有来气,有败气,能得明此者可知成败吉凶。"

⑩披图:展阅图籍、图画等。《后汉书·卢植传》:"今同宗相后,披图案牒,以次建之,何勋之有?"

【译文】

宋景公时代,有一位擅长观测星象的人,宋景公承诺给他上大夫的职位,让他住在高楼上帝王藏书之处,以便观测天象。还给他准备了精美的食物,添置了贵重的衣服。这些食物有渠沧的野鸭,用桂圆肉放在一起煮;丛庭的鹦,加蜜汁清蒸;淇漳的鲤鱼,用绿色的茄子做佐料制成肉干;九江颗粒饱满如珍珠的禾穗,用兰苏草作燃料来蒸煮;华清之水夏季凉洁,洒在细密的白绢上。华清,就是水井中明净的冰花。每天厨师看时间敲钟做饭,服侍他吃饭时就敲击磬,据说每顿吃饭时就钟磬齐鸣。他住的室内悬挂着四季的衣服,春夏用黄金和美玉作为佩饰,秋冬用翡翠鸟的羽毛取暖。并在高高的台面上点燃神异的香料。一天,忽然有一个村野之人,身披草制的衣服,背着书箱,敲门进来对侍卫说:"我听说国君热爱阴阳五行学说,喜欢探察星象经纬的奥秘,请求您允许我去拜见他。"于是,宋景公请他到高大的殿堂会面。他们的谈话首先涉及未来的一些征兆,其次谈到已经发生的各种往事,几乎没有差错。这个村野之人到晚上就观测星象和云气以预知未来,白天就拿笔计算各种数据,展阅图籍。他既不穿华贵的衣服,也不吃甜美奇异的食物。宋景公感激地说:"现在宋国政局动乱,要不是你,谁会来辅佐我呢?"村野之人说:"对百姓施德不均,祸乱就会降临。注重自己德行的修养,就可以招致四方之人。这样上天就会降下祥瑞,百姓也会称颂君主的教化。"宋景公说:"说得太好了!"于是就赐他姓子氏,并给他起名叫韦,就是春秋时的子韦。

录曰:宋子韦世司天部①,妙观星纬,抑亦梓慎、裨灶之俦②。景公待之若神,礼以上列,服以绝世之衣,膳以殊方之味,虽复三清天厨之旨,华蕤龙衮之服③,及斯固陋矣④。《春秋》因生以赐姓⑤,亦缘事以显名⑥,号司星氏。至六国之末,著阴阳之书。出班固《艺文志》。

【注释】

①天部:齐治平注曰:"天部,疑当作天步。天空星象,运行不息,因谓之天步,即天文也。"《后汉书·张衡传》:"有风后者,是焉亮之,察三辰于上,迹祸福乎下,经纬历数,然后天步有常,则风后

之为也。"

②梓慎：春秋时期鲁国的大夫，生活在鲁襄公、鲁昭公时代。鲁襄
公二十八年，梓慎通过观测天象预知了宋、郑两国的饥荒。裨
灶：春秋时期郑国的大夫，精通天文占候之术。《汉书·艺文志》
云："数术者，皆明堂羲和史卜之职也……春秋时鲁有梓慎，郑有
裨灶，晋有卜偃，宋有子韦。"

③华蕤(ruí)：华丽的悬垂饰物。蕤，衣服帐幔或其他物体上的悬垂
饰物。龙衮(gǔn)：天子礼服，因上绣龙形图案，故名。

④及斯固陋矣：齐治平注曰："按此句当作'方斯固为陋矣'，'及'当
为'方'，形近而误。方，比也，言虽天厨、龙衮与此衣食相比，犹
为陋劣也。句法与前《殷汤》节《录》之'方斯蔑矣'一例。"

⑤因生以赐姓：即天子根据出生地赐给功臣姓氏。《左传·隐公八
年》："天子建德，因生以赐姓，胙之土而命之氏。"

⑥缘事以显名：当为"缘事以显族"。名，《太平广记》卷七六作
"族"。齐治平注曰："按缘事显族，如以官为氏之司空、司徒、司
马等皆是。"

【译文】

萧绮录语说：春秋时期宋国的子韦及其后代掌管天文，善于观测星
象经纬，或许是和鲁国大夫梓慎、郑国大夫裨灶一类的人。宋景公对子
韦奉若神明，用上宾之礼礼待他。让他穿冠绝当时的华美的衣服，给他
吃远方异域进贡的美味的食物。即便是仙界天庭的庖厨烹制的佳肴，
悬垂着华丽饰物的天子礼服，和子韦的衣食相比都显得粗劣了。《春
秋》记载，国君可以根据出生地赐给功臣姓氏，子韦也是凭借这个途径
而声名显扬的，因此又名司星氏。到了六国末年，他编著了论述阴阳学
说的书。出自班固《艺文志》。

越谋灭吴，蓄天下奇宝、美人、异味进于吴。杀三牲以

祈天地①，杀龙蛇以祠川岳。矫以江南亿万户民②，输吴为佣保③。越又有美女二人，一名夷光，二名修明，即西施、郑旦之别名。以贡于吴。吴处以椒华之房④，贯细珠为帘幌⑤，朝下以蔽景，夕卷以待月。二人当轩并坐，理镜靓妆于珠幌之内。窃窥者莫不动心惊魄，谓之神人。吴王妖惑忘政。及越兵入国，乃抱二女以逃吴苑。越军乱入，见二女在树下，皆言神女，望而不敢侵。今吴城蛇门内有朽株，尚为祠神女之处。初，越王入吴国，有丹乌夹王而飞⑥，故勾践之霸也，起望乌台，言丹乌之异也。

【注释】

①三牲：指古代用于祭祀的猪、牛、羊。《孝经·纪孝行》："虽日用三牲之养，犹为不孝也。"邢昺疏："三牲，牛、羊、豕也。"

②矫：假托，诈称。《吕氏春秋·悔过》："遽使奚施归告，乃矫郑伯之命以劳之。"

③佣保：雇工。

④椒华之房：即椒房。西汉未央宫皇后所居殿名，亦称椒室。以椒和泥涂壁，使温暖、芳香，并象征多子。《汉书·车千秋传》："江充先治甘泉宫人，转至未央椒房。"颜师古注："椒房，殿名，皇后所居也。"也泛指后妃居住的宫室。

⑤帘幌：犹帘幕。

⑥丹乌：赤色之乌。古代认为丹乌出，则国之祥瑞。齐治平注曰："按《史记》载武王伐纣时有赤乌之祥，此殆袭用其故事，以示灭吴之兆。"

【译文】

越王勾践图谋消灭吴国，他积聚世间珍宝、美女、精美的食物进献给吴王。又宰杀猪、牛、羊作为供品向天地祈福,杀死龙、蛇祭祀河流高山。越王还假托吴王之命让江南的无数百姓,到吴国去做雇工。越国还有两位绝世美人,一个叫夷光,另一个叫修明,即西施、郑旦的别名。也进献给吴王。吴王让她们住在椒房里,穿缀细小的珍珠做成帘幕,早晨放下珠帘遮挡阳光,晚上卷起珠帘等待月光的照射。两位美女经常正对着窗户并排而坐,在珠帘内对着镜子梳妆打扮。偷偷看到她们的人没有不为之神魂颠倒的,都说她们是仙女。吴王被她们的美貌所迷惑,以至于忘记了处理朝政。等到越国发兵进入吴国,吴王就抱着这两位美女逃到了皇宫的后花园。越国的军队在混乱中进入后花园,看到两位美女站在树下,都说是仙女下凡,远远地看着她们不敢触犯。现在吴国都城蛇门内有一棵腐朽的树桩,仍然是人们祭祀二位仙女的地方。当初越王勾践进入吴国时,红色的乌鸦在他的两边飞翔,所以勾践称霸之后,修建了一座望乌台,来纪念丹乌的神异。

　　范蠡相越①,日致千金。家童闲算术者万人②。收四海难得之货,盈积于越都,以为器。铜铁之类,积如山阜③,或藏之井堑④,谓之“宝井”。奇容丽色,溢于闺房,谓之“游宫”。历古以来,未之有也。

【注释】

①范蠡:春秋末年的政治家、军事家。字少伯,楚国宛(今河南南阳)人,出身微贱,仕越为大夫,擢为上将军,但未曾做过越相。《史记·货殖列传》载范蠡居积致富,三致千金,事在范蠡离越之后。其事详见《国语·越语》《史记·越世家》《吴越春秋》《越绝书》等。

②闲算术:即熟悉推算、占验之术。闲,通“娴”。熟悉,娴熟。

③阜：土山。

④井堑：收藏财货的地方。堑，壕沟，护城河。

【译文】

范蠡在越国做国相时，他每天所得黄金达一千两之多。家中的童仆、熟悉推算及从事占验之术的就有一万多人。范蠡收集全国各地难以得到的财物，堆满了越国的都城。他拿这些财物制造各种器物。铜铁之类堆积如山，有些藏到深井壕沟之中，人们称这些珍藏财物的深井壕沟为"宝井"。容貌绝世的美女挤满了闺房，人们称这些美女住的闺房为"游宫"。自古以来，没有见过像范蠡这样豪华富有的人。

录曰：《易》尚谦益①，《书》著明谟②，人臣之体，以斯为上。《传》曰："知无不为，忠也③。"范蠡陈工术之本④，而勾践乃霸，卒王百越，称为富强，斯其力矣。故能佯狂以晦迹⑤，浮海以避世⑥，因三徙以别名⑦，功遂身退，斯其义也。至如"宝井""游宫"，虽奢不惑。夫兴亡之道，匪推之历数，亦由才力而致也。观越之灭吴，屈柔之礼尽焉⑧，荐非世之绝姬，收历代之神宝，斯皆迹殊而事同矣⑨。博识君子，验斯言焉。

【注释】

①谦益：指谦虚。《易·谦·象》："天道亏盈而益谦。"

②谟：即《尚书》中的《大禹谟》篇，"谦受益，满招损"即出自此篇。

③知无不为，忠也：《左传·僖公九年》："（荀息）对曰：'公家之利，知无不为，忠也。'"

④工术：疑即"攻术"，指攻战之术。《史记·越王勾践世家》："（勾践）欲使范蠡治国政。蠡对曰：'兵甲之事，种不如蠡，填抚国家，亲附百姓，蠡不如种。'"又《国语·越语》载范蠡与勾践论伐吴之

　　谋议甚详。

⑤晦迹：指隐居匿迹。

⑥浮海以避世：指范蠡辅佐勾践建国后退隐之事。《史记·越王勾
　　践世家》："范蠡遂去，自齐遗大夫种书曰：'蜚鸟尽，良弓藏；狡兔
　　死，走狗烹。越王为人长颈鸟喙，可与共患难，不可与共乐。子
　　何不去？'"又《史记·越王勾践世家》亦曰："（范蠡）乃装其轻宝
　　珠玉，自与其私徒属乘舟浮海以行，终不返。"

⑦三徙以别名：谓范蠡初在越国，称范蠡；继适齐，称鸱夷子皮；后
　　止于陶，称陶朱公。《史记·越世家》："故范蠡三徙，成名于
　　天下。"

⑧屈柔：曲意柔顺。刘向《列女传·柳下惠妻》："屈柔从容，不强察兮。"

⑨迹殊而事同：是说勾践事吴，范蠡退隐，其迹虽殊，而皆以谦柔
　　为本。

【译文】

　　萧绮录语说：《易经》崇尚谦虚，《尚书·大禹谟》也提倡谦虚使人受益。做臣子的根本，应该把谦虚的美德放在首位。《左传》说："知道了就尽心去做，这就是忠心。"范蠡陈述了攻战之术的基本规律，勾践才能实现霸业，最终在百越之地称王，可以说是国富兵强，这都是范蠡的才能所致。范蠡之所以假做疯癫隐居匿迹，乘船浮游于海上躲避世人，并曾三次迁徙三次更名，功成身退，这都是因为范蠡明白为臣之义。至于像"宝井""游宫"之类，虽然说很奢侈，但却并不昏惑。天下兴亡的道理，不仅仅靠推算岁时节候，也是由臣子能力的大小决定的。仔细观察越国消灭吴国的过程，当初勾践对吴国委曲求全的外交政策可以说达到了极致：他进献绝世美女，收集以往各代的神奇宝物进贡给吴国，勾践的这些做法和范蠡的功成身退虽然事情不同，但为臣之义却是一致的。博学多识的君子们，《易经》和《尚书》中的观点在这里得到了验证。

《拾遗记》卷四

《拾遗记》卷四是对燕昭王与秦始皇两位国君逸闻轶事的记述。王嘉对燕昭王的记述主要表现在其对神仙道术的追求上：因为燕昭王好神仙之术，因此托形舞者的玄天之女便来到燕昭王宫中，她们"绰约而窈窕，绝古无伦"，所跳之舞《萦尘》《集羽》《旋怀》，无不表现出神女的体轻如尘、如羽，以及婉转缠绵的优美舞姿。而大臣甘需与燕昭王的对话，则是对燕昭王在纵欲的同时祈求长生行为的批判。甘需道出了燕昭王之所以不能成仙的原因所在："今大王以妖容惑目，美味爽口，列女成群，迷心动虑，所爱之容，恐不及玉，纤腰皓齿，患不如神；而欲却老云游，何异操圭爵以量沧海，执毫厘而回日月，其可得乎！"他认为只有那些"去滞欲而离嗜爱，洗神灭念"的修炼之人，才能"常游于太极之门"。王嘉在《拾遗记》卷四也写到了燕昭王与西王母的相见。作为道教女仙领袖的西王母，对"思诸神异"的燕昭王，也是亲临指导。与《拾遗记》卷三西王母与周穆王的相会相似，卷四在描述二人相见的过程中对出于"员丘之穴"、"状如丹雀"的飞蛾以及"九转神丹"的记述等都表现了王嘉对神仙道教思想的宣扬。而王"乞此蛾以合九转神丹，王母弗与"的记述，则是对前述甘需所言燕昭王不能成仙原因的进一步印证。在宣扬道教仙术思想的同时,王嘉也对魏晋时期普遍关注的孝道进行了歌颂,他笔下的"无老纯孝之国""人皆寿三百岁……至死不老,咸知孝让"。这里淳朴的民风、和平宁静的生活环境与陶渊明笔下的"桃花源"一脉相承,反映了东晋饱受战乱之苦、颠沛流离的广大平民百姓对和平安定生活的向往。除此之外,文中对申毒国道术之人尸罗"衔惑之术"的记述,则明显是对佛教道术的宣传。

作为历史上有名的"好神仙之事"的帝王,王嘉对秦始皇的记述也表现出浓郁的道教色彩。在记述秦始皇逸闻轶事的过程中,王嘉赋予这些带有浓郁道教色彩的故事以神奇的想象力:他以夸张的手法,记述了骞霄国刻玉善画的工匠所雕刻的"点睛"即"必飞走"的龙凤,和各点一只眼即"不知所在"的两只玉虎,赞扬了工匠精湛的雕刻技艺。而"舟形似螺,沉行海底,而水不浸入"的宛渠之民所乘的螺舟,与今天的潜水艇是何等的相似!所有这些富于浪漫色彩的大胆想象,无不体现了古代劳动人民在想象中和通过想象改造自然和征服自然的强烈愿望。历史上的秦始皇是有名的暴君,他在位之时,不但施行暴政,还不惜大兴土木,搜刮大量的民脂民膏修建宫殿楼台,"始皇起云明台"一段就揭露了秦始皇的贪婪奢侈以及对老百姓血汗的挥霍。值得注意的是王嘉对"秦王子婴"一段的述写,从这段话的后半部分来看,虽然王嘉站在一个道教徒的立场上,大肆宣扬了赵高的成仙,但这则谶语却再现了贼臣赵高谋权篡位的历史事实。除此之外,王嘉也对战国时期的纵横家张仪、苏秦贫而好学的精神给予了热情的赞颂。

总的来说,王嘉作为道教的方士,《拾遗记》卷四对燕昭王与秦始皇的记述仍然体现了他对神仙道教思想的宣扬。他借一点点历史因由,加以铺张敷演,通过华丽的辞藻、大胆而奇特的幻想,使文中的奇闻逸事弥漫着浓烈的浪漫色彩,正如鲁迅所言,《拾遗记》"文笔颇靡丽,而事皆诞漫无实"(鲁迅《中国小说史略》第35页,上海古籍出版社1998年版)。

燕昭王①

王即位二年，广延国来献善舞者二人②：一名旋娟，一名提谟，并玉质凝肤，体轻气馥，绰约而窈窕③，绝古无伦。或行无迹影，或积年不饥。昭王处以单绡华幄④，饮以瑌珉之膏⑤，饴以丹泉之粟。王登崇霞之台，乃召二人来侧，时香风欻起，二人徘徊翔转，殆不自支。王以缨缕拂之，二人皆舞。容冶妖丽⑥，靡于鸾翔⑦，而歌声轻扬。乃使女伶代唱其曲，清响流韵，虽飘梁动木⑧，未足嘉也。其舞一名《萦尘》，言其体轻与尘相乱；次曰《集羽》，言其婉转若羽毛之从风；末曰《旋怀》，言其支体缠曼，若入怀袖也⑨。

【注释】

①燕昭王：姬姓，名平，燕王哙之子，战国时燕国的第三十九位国君，在位时间三十三年。燕昭王即位后招贤纳士，与百姓同甘共苦，后伐齐复仇，造就了燕国盛世。

②广延国：传说中的古国名，无考。

③绰约：形容女子姿态柔美的样子。窈窕：形容女子文静而美好。《诗经·周南·关雎》："窈窕淑女，君子好逑。"毛传："窈窕，幽闲也。"

④单绡：薄绸。

⑤瑌珉（ruǎn mín）：似玉的美石。瑌，次于玉的石。《集韵》："瑌，珉也。"珉，似玉的美石。《说文》："珉，石之美者。"

⑥容冶：容貌美丽。宋玉《登徒子好色赋》："此郊之姝，华色含光，体美容冶，不待饰装。"

⑦靡：华丽，美好。《庄子·天下》："不侈于后世，不靡于万物。"

⑧飘梁动木：形容歌声回旋飘荡。《列子·汤问》："昔韩娥东之齐，
　匮粮，过雍门，鬻歌假食。既去而余音绕梁欐，三日不绝。"
⑨怀袖：犹怀抱。班婕妤《怨歌行》："出入君怀袖，动摇微风发。"

【译文】

　　燕昭王继位的第二年，广延国进献了两位善于跳舞的女子：一位叫旋娟，一位叫提嫫。这两位舞女有着润洁如玉的肌肤，她们体态轻盈，香气袭人，姿态柔美，娴静美丽，容颜绝世，无与匹敌。这两位舞女有时候行走时看不到足迹和身影，有时候多年不吃东西也不会感到饥饿。燕昭王让她们住在用薄绸做成的华美帐幕里，给她们喝美玉之上的露水，让她们吃丹泉浇灌的谷物。燕昭王登上崇霞台，就召唤二位舞女来到身边，这时香风骤起，两位舞女随风翩翩起舞，往返回旋，几乎达到忘我的境地。昭王向她们挥动帽带，二人都舞动不止。她们容貌艳丽，美丽的舞姿胜过鸾鸟的飞翔；她们的歌声婉转，随风飘荡。于是昭王让歌女代替她们唱歌，这些歌女歌声清亮，余韵悠长，即使是那余音绕梁三日不绝的韩娥的歌声，跟她们相比也不值得夸赞。两位舞女跳的舞蹈一支名叫《萦尘》，是说她们身体轻盈，可以和尘土一起随风飞舞；另一支叫作《集羽》，是说她们的舞姿优美，如羽毛一般随风飞舞；最后一支名叫《旋怀》，是说她们肢体柔软，好像能够飞入人的怀抱。

　　乃设麟文之席，散荃芜之香①。香出波弋国②，浸地则土石皆香，著朽木腐草，莫不郁茂，以熏枯骨，则肌肉皆生。以屑喷地，厚四五寸，使二女舞其上，弥日无迹③，体轻故也。时有白鸾孤翔，衔千茎穟④。穟于空中自生，花实落地，则生根叶。一岁百获，一茎满车，故曰"盈车嘉穟"。麟文者，错杂宝以饰席也，皆为云霞麟凤之状。昭王复以衣袖麾之，舞者皆止。昭王知其神异，处于崇霞之台，设枕席以寝宴，遣

侍人以卫之。王好神仙之术，故玄天之女，托形作此二人。昭王之末，莫知所在。或云游于汉江，或伊洛之滨。

【注释】

①荃芜：菖蒲和蘅芜。均为香草名。荃，即菖蒲，又名荪。

②波弋国：传说中的古国名，无考。

③弥日：终日。

④穟：通"穗"。谷类结实的顶端部分。

【译文】

于是昭王命人布置了具有麒麟图案的座席，在席上散布了荃芜制成的香料。这种香料产自波弋国，用这种香料浸湿地面，地面上的泥土和石头都会变香；把这种香料附着在腐朽的树木和衰败的枯草之上，草木没有不重新枝繁叶茂的；用这种香料熏尸骨，可以使白骨全部长出肉来。昭王把这种香料的粉末铺洒在地面，达四五寸厚，让两个舞女在上面跳舞，就是跳上一整天也不会留下足迹，这是因为她们的体态非常轻盈。当时有一只白色的鸢鸟独自在空中盘旋，它的嘴里衔着一株千穗谷，谷子在空中自生自长，谷穗的果实掉落到地上，就能够生根发芽。一年可以收获一百次，一根茎上的谷穗就可以装满一整车，所以被称作"装满车的大谷穗"。麒麟图案的座席是用各种珍宝错杂装饰而成的，一律呈云霞、麒麟、凤凰的形状。昭王又拿衣袖一挥，跳舞的女子都停了下来。昭王知道他们是神奇灵异之人，让她们住在崇霞台，安排了床榻供她们睡卧与休息，并派遣侍卫守护她们。燕昭王喜好长生不老之术，所以天上神女才幻化成这两个美女。燕昭王末年，没有人知道她们在什么地方。有人说她们在汉水、长江流域游玩，也有人说她们在伊水、洛水的边上漫步。

四年，王居正寝①，召其臣甘需曰："寡人志于仙道，欲学长生久视之法②，可得遂乎?"需曰："臣游昆台之山，见有垂发之叟，宛若少童，貌如冰雪，形如处子。血清骨劲，肤实肠轻，乃历蓬、瀛而超碧海，经涉升降，游往无穷③，此为上仙之人也。盖能去滞欲而离嗜爱，洗神灭念，常游于太极之门④。今大王以妖容惑目，美味爽口⑤，列女成群，迷心动虑，所爱之容，恐不及玉，纤腰皓齿，患不如神;而欲却老云游，何异操圭爵以量沧海⑥，执毫厘而回日月，其可得乎!"昭王乃彻色减味⑦，居乎正寝，赐甘需羽衣一袭，表其墟为"明真里"也。

【注释】

①正寝:即古代帝王诸侯治事的宫室。

②久视:长久存在，长寿，不老。《吕氏春秋·重己》:"世之人主贵人，无贤不肖，莫不欲长生久视。"高诱注:"视，活也。"

③无穷:无尽，无限。指空间没有边界或尽头。《荀子·礼论》:"故天者，高之极也;地者，下之极也;无穷者，广之极也。"

④太极:即古代哲学家所称的最原始的混沌之气。《易·系辞上》:"易有太极，是生两仪。"疏:"太极，谓天地未分之前，元气混而为一，即是太初，太一也。"

⑤爽口:伤败胃口。《广雅·释诂》:"爽，伤也。"《老子》:"五味令人口爽。"又，《庄子·天地》:"五味浊口，使口厉爽。"

⑥圭爵:指小酒器。圭，古代帝王或诸侯在举行典礼时拿的一种玉器，上圆下方。爵，古代饮酒的器皿，三足。

⑦彻:撤去。《诗经·小雅·十月之交》:"彻我墙屋，田卒污莱。"《仪礼·士冠礼》:"彻筮席。"

【译文】

燕昭王继位的第四年,一天,昭王坐在治事之所,召见他的大臣甘需,并对甘需说:"我专心于神仙道术,想要学习长生不死的法术,能够实现吗?"甘需说:"臣曾游历昆仑山,看到有一位头发披散的老人,宛如少年,容貌如冰雪般光洁,体态像未出嫁的少女,面色红润,筋骨硬朗,肌肤结实,身体轻盈。他曾经游历过蓬莱、瀛洲二仙山,横渡过碧蓝色的大海,跋山涉水,升天入地,游走往来于无极之境。这位老者称得上是上仙之人了。这大概是因为他能够远离开那些长期的欲望,远离那些难以戒除的嗜好,净化心灵,消除邪念,所以才能够经常游历于太极之境。现在大王您被妖艳的女色迷惑了眼睛,被美味的食物伤败了胃口,还被后宫成群的嫔妃搅得心烦意乱。大王您所喜欢的容貌,唯恐比不上肌肤如玉的美女;您所喜欢的细腰皓齿,唯恐比不上仙界的神女,却想要长生不死云游仙境,这就和拿着小酒杯去称量海水,用短小的尺子去环绕日月没有什么两样。又怎么能够做到呢!"昭王于是撤去女色,减少美味,住在治事之所,赐给甘需一件羽衣,并在甘需的家乡立碑,称之为"明真里"。

七年,沐胥之国来朝,则申毒国之一名也①。有道术人名尸罗。问其年,云:"百三十岁。"荷锡持瓶②,云:"发其国五年乃至燕都。"善衔惑之术③。于其指端出浮屠十层④,高三尺,及诸天神仙,巧丽特绝。人皆长五六分,列幢盖,鼓舞,绕塔而行,歌唱之音,如真人矣。尸罗喷水为雾雾⑤,暗数里间。俄而复吹为疾风,雾雾皆止。又吹指上浮屠,渐入云里。又于左耳出青龙,右耳出白虎。始出之时,才一二寸,稍至八九尺。俄而风至云起,即以一手挥之,即龙虎皆入耳中。又张口向日,则见人乘羽盖,驾螭、鹄,直入于口

内。复以手抑胸上，而闻怀袖之中，轰轰雷声。更张口，则
向见羽盖、螭、鹄相随从口中而出。尸罗常坐日中，渐渐觉
其形小，或化为老叟，或为婴儿，倏忽而死，香气盈室，时有
清风来吹之，更生如向之形。咒术衒惑，神怪无穷。

【注释】

①申毒国：齐治平注曰："按申毒国即印度，旧译有身毒、天竺、信度
等称，皆一音之转。俞樾云：'此（指本条所记）乃佛法入中国之
始，申毒即身毒也，视《列子》所载周穆王时"化人"事尤为明显
矣。'见所著《茶香室丛钞》卷十三。"

②荷：持，拿。锡：即锡杖。僧人所持的手杖。杖头有锡环，也称
禅杖。

③衒惑：犹炫惑。即矜夸以惑众。《三国志·吴书·张温传》："权
既阴衒温称美蜀政，又嫌其声名大盛，众庶炫惑，恐终不为己用，
思有以中伤之。"

④浮屠：亦作"浮图"，梵语。指佛塔。

⑤雰（fēn）雾：指雾气。祖斑《从北征诗》："祁山敛雰雾，瀚海息
波澜。"

【译文】

　　燕昭王七年，沐胥国的使者来朝拜，沐胥就是印度的别名。使者中
有一个精通道术的人名叫尸罗。问他的年龄，回答说："一百三十岁。"
他手持锡杖和水瓶，说："从我们自己的国家出发，历时五年才到达燕国
的都城。"尸罗精通幻化之术。他能在指尖变出一座三尺高的十层佛
塔，以及天上的众仙人，美妙华丽，精湛卓绝。这些仙人身长五六分，他
们列队站在幢幡伞盖之下，击鼓跳舞，绕着佛塔而行。他们唱歌的声
音，好像真人一样。尸罗从口中喷水就变成了雾气，雾气之大使得方圆
几里之内都昏暗无光。一会儿，他又吹口气，顷刻之间则狂风大作，雾

气全部被吹散。尸罗又向他指尖的佛塔吹气,佛塔便慢慢地飞入云雾之中。他还能从左耳朵变出一只青龙,从右耳朵变出一只白虎。龙和虎刚出来的时候,身长仅一两寸,逐渐就会长到八九尺。一会儿,大风骤起,云雾升腾,尸罗一挥手,即刻龙虎就都进入到他的耳朵之中。尸罗又张着嘴面向太阳,就看见有人乘坐用鸟的羽毛装饰车盖的车驾,由无角的龙和天鹅驾车,径直进入了尸罗的口中。这时再用手按压他的胸脯,就能听到尸罗的胸中有轰隆隆雷鸣般的声响。尸罗再一张嘴,先前进到他口中的车驾、无角龙、天鹅等就又相继从口中出来。尸罗经常在中午打坐,慢慢地就感觉他越变越小,有时他会变化成老人,有时又会变成婴儿。他还会忽然死去,身上的香气充满屋内,不时有清风徐徐向他吹来,这时他又会复活,形貌和先前完全一样。尸罗的咒语法术使人迷乱,神怪变化无穷无尽。

　　八年,卢扶国来朝①,渡河万里方至②。云其国中山川无恶禽兽,水不扬波,风不折木。人皆寿三百岁,结草为衣,是谓卉服③。至死不老,咸知孝让。寿登百岁以上,相敬如至亲之礼。死葬于野外,以香木灵草瘗掩其尸④。闾里助送,号泣之音,动于林谷,溪源为之止流,春木为之改色。居丧水浆不入于口,至死者骨为尘埃,然后乃食。昔大禹随山导川,乃旌其地为无老纯孝之国⑤。

【注释】

①卢扶国:传说中的古国名,无考。

②河:当为玉河,在今新疆于阗。《稗海》本、《太平广记》卷四八〇"河"上均有"玉"字。

③卉服:用绤葛做的衣服。《书·禹贡》:"岛夷卉服。"孔传:"南海

岛夷，草服葛越。”孔颖达疏：“舍人曰：‘凡百草一名卉。’知卉服
是草服，葛越也。葛越，南方布名，用葛为之。”

④瘗（yì）掩：掩埋，埋葬。《说文》：“瘗，幽埋也。”

⑤无老：《稗海》本作“扶老”。

【译文】

　　燕昭王八年，卢扶国的使者来朝拜，他们横渡玉河，跋涉万里才来
到燕国的都城。卢扶国的使者说，他们国家的高山平原都没有凶恶的
飞禽走兽，那里水面平静，从不起波浪，那里的风从来没有刮断过树枝。
他们国家的人都能够活到三百岁，人们编缀百草做成衣服，这就是所说
的卉服。那里的人们永远年轻，到死也不会显出老态，人人都懂得孝
顺、谦让。卢扶国人的寿命达到百岁以上时，人们尊敬他就如礼待自己
的亲人一样。那里的人死后就葬到野外，人们用香木灵草掩埋他的尸
体。每到这个时候，村里的人都会来帮忙送葬，号啕大哭的声音震动山
林深谷，连溪水的源头也都为此停止了流淌，春天的树木也为此改变了
颜色。人们在守丧期间滴水不入于口，直到死者骨骼化为灰尘，才开始
吃东西。过去大禹顺着山势疏导水流时，就曾表彰这个地方为无老、纯
厚、孝顺的国家。

　　录曰：夫含灵禀气①，取象二仪②；受命因生，包乎五
德③。故守淳明以循身，资施以为本④。义缘天属⑤，生尽爱
敬之容；体自心慈，死结追终之慕⑥。盖处物之常情，有识之
常道。是以忠谏一至，则会理以通幽⑦，神义由心，则祇灵为
之昭感⑧。迹显神著，表降群祥，行道不违，远迩旌德⑨。美
乎异国之人，隔绝王化，阙闻大道⑩，语其国法，华戎有殊，观
其政教，颇令殊俗。礼在四夷⑪，事存诸诰，孝让之风，莫不
尚也。

【注释】

①禀气:天赋气性。王充《论衡·气寿》:"人之禀气,或充实而坚强,或虚劣而软弱。"

②二仪:指阴阳、天地。

③五德:指仁、义、礼、智、信五常之德。

④资施以为本:齐治平注曰:"此句应与上句相对,疑'施'上脱'报'字,报施,谓报答父母之恩施也。"

⑤天属:指父子、兄弟、姊妹等有血缘关系的亲属。《庄子·山木》:"彼以利合,此以天属也。"蔡琰《悲愤诗》:"天属缀人心,念别无会期。"

⑥追终:犹言慎终追远。谓居丧尽礼,祭祀至诚。《论语·学而》:"慎终追远,民德归厚矣。"朱注:"慎终者,丧尽其礼;追远者,祭尽其诚。"

⑦会理:明理。通幽:谓通往幽深之处。此处指深奥的道理。

⑧祇(qí)灵:即灵祇。指天地之神,亦泛指神明。

⑨远迩:犹远近。旌德:表彰有德之人。《周书·宇文广传》:"旌德树善,有国常规。"

⑩阙闻:孤陋寡闻。大道:正道,常理。指最高的治世原则,包括伦理纲常等。《礼记·礼运》:"孔子曰:'大道之行,与三代之英,丘未之逮也,而有志焉。'"

⑪四夷:古代华夏族对四方少数民族的统称。含有轻蔑之意。《书·毕命》:"四夷左衽,罔不咸赖。"孔传:"言东夷、西戎、南蛮、北狄,披发左衽之人,无不皆恃赖三君之德。"

【译文】

录语说:禀受天地阴阳之灵气而生的人,他们受天之命出生,都具备仁、义、礼、智、信五种美德。因此他们每一个人都把恪守淳厚贤明作为修身的准则,把报答父母的养育之恩当作为人的根本。人们之间的情义来自有血缘关系的亲属,因此亲人活着的时候应当竭力做到亲爱恭敬;表现出心地慈善的本性,至亲去世后就应当居丧尽礼,祭祀至诚。这大概就是审识事物的一般情理,也是有见识之人的常有表现。因此,忠诚的劝谏一说出口,就能够领会其中深奥的道理,至善的情义发自内心,就连天地之神也会被感动。他们的事迹和精神永远显扬,外在的表现就是上天会降下大量吉兆。坚守正道,远近之人都会颂扬他的圣德。这些异国之人是多么的美好! 他们与天子的教化分隔断绝,对儒家的治世原则知之甚少。说到他们国家的法令,华夏民族与四方少数民族完全不同;观察他们的政治与教化,也让人感到与中原地区的习俗、风俗不同。而礼仪却存在于四方少数民族地区,事迹也留存在各种文书当中,孝顺礼让的风气,没有人不尊崇。

　　九年,昭王思诸神异。有谷将子,学道之人也,言于王曰:"西王母将来游,必语虚无之术①。"不逾一年,王母果至。与昭王游于燧林之下②,说炎帝钻火之术③。取绿桂之膏,燃以照夜。忽有飞蛾衔火,状如丹雀,来拂于桂膏之上。此蛾出于员丘之穴④。穴洞达九天,中有细珠如流沙,可穿而结,因用为佩,此是神蛾之矢也⑤,蛾凭气饮露,飞不集下,群仙杀此蛾合丹药。西王母与群仙游员丘之上,聚神蛾,以琼筐盛之,使玉童负筐,以游四极⑥,来降燕庭,出此蛾以示昭王。王曰:"今乞此蛾以合九转神丹⑦!"王母弗与。

【注释】

①虚无:指道家用以指"道"的本体。谓道体虚无,故能包容万物;性合于道,故有而若无,实而若虚。此处虚无之术当指神仙道教之术。

②燧林：古代传说中的地名。《太平御览》卷七八及《路史·发挥
　一》注引本书佚文曰："燧明国不识四时昼夜，有火树名燧木，屈
　盘万顷。"其中"屈盘万顷"的燧木当即此处所谓"燧林"。

③钻火之术：即钻木取火。古代神话传说中有关钻木取火的神话
　传说多归于燧人氏，但其他上古圣贤也多与此神话传说有关，如
　《绎史》卷三引《河图挺辅佐》曰："伏羲禅于伯牛，钻木作火。"又，
　《太平御览》卷七九引《管子》云："黄帝钻燧生火，以熟荤臊，民食
　之，无肠胃之病。"本书卷一曰伏羲"变茹腥之食"。此处又曰"炎
　帝钻木之术"。齐治平注曰："盖古代发明创造，本源于群众之劳
　动经验，作书者任指一人以实之，谓为'圣人'或帝王所作，遂多
　参错也。"

④员丘：即圆丘。指古代祭天的圆形高坛。《三辅黄图·圆丘》：
　"昆明故渠南，有汉故圆丘。高二丈，周回百二十步。"

⑤矢：通"屎"。人或动物排出的粪便。《左传·文公十八年》："杀
　而埋之马矢之中。"又，《史记·廉颇蔺相如列传》："廉颇将军虽
　老，尚善饭，然与臣坐，顷之三遗矢也。"

⑥四极：指四方极远之地。《楚辞·离骚》："览相观于四极兮，周流
　乎天余乃下。"朱熹《楚辞集注》："四极，四方极远之地。"

⑦九转神丹：即九转金丹，亦称九转丹。指经过九次提炼的丹药。
　道教谓丹药的炼制有一至九转之别，而以九转为贵。《抱朴子·
　金丹》："一转之丹，服之三年得仙；二转之丹，服之二年得仙……
　九转之丹，服之三日得仙。"

【译文】

　　燕昭王九年，昭王整日思考各种奇异的神仙道术。有一个叫谷将
子的学道之人，对燕昭王说："西王母即将来这里云游，她一定会谈论神
仙不死之术。"不到一年，西王母果然来了。她和燕昭王在燧林之中游
逛，谈论炎帝钻木取火的方法，并拿来绿桂树的油脂，点燃了用来照明。

忽然有一只飞蛾衔火飞来，它的形状像丹雀，落到桂树的油脂之上抖动翅膀。这种飞蛾来自祭天的圆形高坛的孔穴之中。孔穴直通九重天，穴中有像沙粒一样的细小珍珠，可以串连起来作为佩饰。这些细小的珍珠是神蛾的粪便。神蛾依靠云气，喝着露水，能长时间飞翔而不下落。众仙捕杀这种飞蛾用来调制丹药。西王母和群仙在圆丘之上漫游，他们收集神蛾，并用玉筐储存，让神童背着，一同云游四方，来到了燕国的宫廷，西王母拿出这种神蛾让燕昭王看。燕昭王说："现在请求您给我一些神蛾用来调制九转神丹。"西王母不肯给。

昭王坐握日之台参云^①，上可扪日^②。时有黑鸟白头，集王之所，衔洞光之珠^③，圆径一尺。此珠色黑如漆，悬照于室内^④，百神不能隐其精灵。此珠出阴泉之底。阴泉在寒山之北，员水之中，言水波常圆转而流也。有黑蚌飞翔，来去于五岳之上^⑤。昔黄帝时，务成子游寒山之岭^⑥，得黑蚌在高崖之上，故知黑蚌能飞矣。至燕昭王时，有国献于昭王。王取瑶漳之水，洗其沙泥，乃嗟叹曰："自悬日月以来，见黑蚌生珠已八九十遇，此蚌千岁一生珠也。"珠渐轻细。昭王常怀此珠，当隆暑之月^⑦，体自轻凉，号曰"销暑招凉之珠"也。

【注释】

①参：探究，领悟。

②扪（mén）：抚摸。《史记·高祖本纪》："汉王伤匈，乃扪足曰：'虏中吾指！'"司马贞《史记索隐》："扪，摸也。"

③洞光：透明通亮。

④悬照：垂照。张九龄《贺突厥要重人死状》："圣心悬照，有如目击。"

⑤五岳：我国五大名山的总称。是古代山神崇拜、五行观念和帝王
　封禅相结合的产物，通常指东岳泰山、南岳衡山、西岳华山、北岳
　恒山、中岳嵩山。

⑥务成子：又名巫成，字昭，又称务成昭，中国古代神话传说中的仙
　人。有尧师与舜师之说。《荀子·大略》："舜学于务成昭。"《汉
　书·艺文志》小说家有《务成子》十一篇，班固注曰："称尧问，非
　古语。"

⑦隆暑：酷热，盛暑。萧统《扇赋》："虽复草木焦枯，金沙销铄，火山
　炽，寒泉涸，能使凄兮似秋，隆暑斯却。"

【译文】

　　燕昭王坐在握日台探究云气的变化，他向上一伸手就可以摸到太阳。当时有一群白头黑鸟，聚集在昭王的住处，它们衔来一颗透明通亮的宝珠，圆形的宝珠直径足有一尺。这颗宝珠像油漆一样乌黑发亮，用它垂照室内，照耀得各种神灵都无处藏身。这颗宝珠出自阴泉的水底。阴泉位于寒山的北面，员水的中央，据说这里的水波经常旋转流淌。还有一只黑蚌在昭王的住处飞翔，这只黑蚌曾在五岳之上来回飞翔。过去在黄帝时代，务成子到寒山云游，在寒山的高崖之上得到了黑蚌，因此知道黑蚌会飞。到燕昭王时，有一个国家进献黑蚌给燕昭王。昭王命人取来瑶池和漳江的水，洗去黑蚌身上的泥沙，于是感叹道："自从日月高悬天空以来，人们看见黑蚌生珠已经有八九十次了，这只黑蚌一千年才产一次珍珠。"这种珍珠会逐渐变轻变小。昭王经常怀揣这颗珍珠，每到盛夏，身体自然会感到轻松凉爽，于是昭王叫它"销暑招凉之珠"。

秦始皇

　　始皇元年，骞霄国献刻玉善画工名裔①。使含丹青以漱

地,即成魑魅及诡怪群物之象;刻玉为百兽之形,毛发宛若真矣。皆铭其臆前②,记以日月。工人以指画地,长百丈,直如绳墨③。方寸之内,画以四渎五岳列国之图④。又画为龙凤,骞翥若飞⑤。皆不可点睛,或点之,必飞走也。始皇嗟曰:"刻画之形,何得飞走!"使以淳漆各点两玉虎一眼睛,旬日则失之,不知所在。山泽之人云:"见二白虎,各无一目,相随而行,毛色相似,异于常见者。"至明年,西方献两白虎,各无一目。始皇发槛视之⑥,疑是先所失者,乃刺杀之。检其胸前,果是元年所刻玉虎。迄胡亥之灭⑦,宝剑神物,随时散乱也。

【注释】

①骞霄国:传说中的古国名,无考。

②臆:胸。

③绳墨:木工画直线用的工具。《礼记·经解》:"故衡诚县,不可欺以轻重;绳墨诚陈,不可欺以曲直;规矩诚设,不可欺以方圆。"也用以比喻规矩或法度。屈原《离骚》:"背绳墨以追曲兮,竞周容以为度。"

④四渎:即长江、黄河、淮河、济水的合称。《尔雅·释水》:"江、河、淮、济为四渎。四渎者,发源注海者也。"《史记·殷本纪》:"东为江,北为济,西为河,南为淮,四渎已修,万民乃有居。"

⑤骞翥(qiān zhù):飞举的样子。

⑥槛(jiàn):圈兽类的栅栏。

⑦胡亥(前230—前207):秦始皇第十八子,秦朝的第二位皇帝,世称秦二世,亦称二世皇帝。公元前210年至公元前207年在位。

【译文】

秦始皇元年,骞霄国进献了一位擅长雕刻、绘画的工匠,名字叫裔。如果让他口中含绘画颜料喷向地面,地上就会出现鬼怪以及成群的诡谲离奇的精怪图像;他还可以雕刻玉石制作成各种动物的形状,这些玉雕动物的毛发好像真的一样。雕刻完工后,他都会在玉兽的胸前刻上铭文来标记完工的具体时间。这位工匠用手指在地上画线,长度达一百丈,所画之线如木工的墨线那样笔直。他还能在一寸见方的范围内,画出四大江河、五大山脉及各国的地图。这个画工还画龙和凤,栩栩如生的神态像是要飞走一般。他画的龙和凤都不能画出眼睛,如果画上眼睛,一定会腾空飞走。秦始皇感叹说:"雕刻、绘制的物象,怎么能够飞去或逃走呢!"于是,他让人用纯漆给两只玉虎各点上一只眼睛,十天后,玉虎就失踪了,不知去向。后来据山里的人说:"看到过两只白虎,都缺一只眼睛,相伴而走,两只虎的毛色、形状都非常相似,和平常见到的老虎不同。"到了第二年,西方进献了两只白虎,各缺一只眼睛。秦始皇打开圈兽的栅栏观察两只白虎,怀疑这两只白虎是以前失踪的那两只,于是派人刺杀了它们。检查它们的前胸,果然是始皇元年雕刻的那两只玉虎。到了秦二世胡亥被逼自杀时,秦朝的宝剑和各种神异之物,也都随之散失了。

　　始皇好神仙之事,有宛渠之民①,乘螺舟而至。舟形似螺,沉行海底,而水不浸入,一名"沦波舟"。其国人长十丈,编鸟兽之毛以蔽形。始皇与之语及天地初开之时,了如亲睹。曰:"臣少时蹑虚却行②,日游万里;及其老朽也,坐见天地之外事。臣国在咸池日没之所九万里③,以万岁为一日。俗多阴雾,遇其晴日,则天豁然云裂,耿若江汉。则有玄龙黑凤,翻翔而下④。及夜,燃石以继日光。此石出燃山,其土石皆自光澈，扣之则碎，状如粟，一粒辉映一堂。昔炎帝始变生食，用此火也。国人今献此石。或有投其石于溪涧中，则沸沫流于数十里，名其水为焦渊。臣国去轩辕之丘十万里，少典之子采首山之铜⑤，铸为大鼎。臣先望其国有金火气动，奔而往视之，三鼎已成。又见冀州有异气，应有圣人生，果有庆都生尧⑥。又见赤云入于酆镐⑦，走而往视，果有丹雀瑞昌之符⑧。"始皇曰："此神人也。"弥信仙术焉。

【注释】

①宛渠：即宛渠国。传说中的国名，不详。

②蹑虚：指得道成仙后可腾空而行。孙绰《游天台山赋》："王乔控鹤以冲天，应真飞锡以蹑虚。"却行：倒退而行。《汉书·高帝纪下》："后上朝，太公拥彗，迎门却行。上大惊，下扶太公。"

③日没：《稗海》本作"日浴"。齐治平注曰："按作'浴'是，《淮南子·天文训》：'日出于旸谷，浴于咸池。'《御览》自此以下作'臣之国去咸池日没之所九万里焉，日月之所不照，以万岁为夜，其昼则天豁然中开，阔数百丈，万岁还合，则为一日也。及其为夜，琢"燃石"以代日光。此石出于燃山，其土石皆自光明，钻斫皆火出，大如粟，则辉耀一室。昔炎帝时火食，国人献此石也。'"

④翻翔：翻飞，飞翔。曹丕《善哉行》之二："飞鸟翻翔舞，悲鸣集北林。"

⑤少典：上古帝王，娶有蛴氏为妃，生炎帝神农氏、黄帝轩辕氏。采首山之铜：即黄帝采首山之铜铸鼎事。《史记·孝武本纪》："黄帝作宝鼎三，象天地人也。"又云："黄帝采首山铜，铸鼎于荆山下。"

⑥庆都：尧之母。古成阳（今山东菏泽）尧陵南有庆都陵。《史记·

五帝本纪》"帝喾娶陈锋氏女,生放勋"句下,《史记正义》引《帝王
世纪》曰:"帝尧陶唐氏,祁姓也。母庆都,十四月生尧。"

⑦酆镐(fēng hào):古地名,均为周朝都城。酆即酆京,周文王所
都,故址在今陕西西安长安区西北沣河西岸。镐即镐京,故址在
今陕西西安长安区西北丰镐村附近。周武王既灭商,自酆徙都
于此,谓之宗周,又称西都。

⑧瑞昌:指周文王受命,丹鸟传书之事。周文王名昌,有圣瑞,故称
瑞昌。《史记·周本纪》:"季历娶太任,皆贤妇人,生昌,有
圣瑞。"

【译文】

　　秦始皇喜好神仙之事,有位宛渠国的人,乘坐螺舟来到了秦国的都
城。他的船形状好像海螺,即使船在水底潜行,水也不能渗入船内。这
艘船也叫作"沦波舟"。宛渠国的人身高十丈,他们编织鸟羽兽毛来遮
挡身体。秦始皇和宛渠国的使者谈到天地刚刚开辟的时候,使者竟然
说的好像亲眼看到一样。他说:"我年轻的时候腾空倒退而行,每天云
游一万里;如今我虽然老了,年纪大了,但就是坐着也能看到天地以外
的事情。我的国家在距离太阳洗浴的咸池九万里的地方,那里把一万
年当作一天。我们国家平日多阴云雨雾,遇到晴天的时候,云层破开,
天空就会彻底明亮,像长江、汉水那样一片光明。这时,就会有黑龙黑
凤翻飞而下。等到夜里,人们用燃石的光亮代替阳光。这种石头出产
于燃山,那里的土石都能自然发出明亮的光芒,敲打这些石头,就会变
成碎块,形状好像谷粒,一颗小石子就能照亮一间屋子。过去炎帝开始
改变吃生食的习惯,用的就是这种燃石的火。现在国人都进献这种石
头。有人把这种燃石扔进山间的溪水之中,翻滚沸腾的溪水奔流了几
十里,于是人们把这条溪水命名为焦渊。我们国家距离轩辕黄帝的陵
丘十万里,少典之子黄帝开采首山的铜矿,铸造了大鼎。我曾经远望到
黄帝之国有冶炼金属的火光,烟气涌动,跑到那里去一看,三个宝鼎已

经铸成。我还看见冀州的上空有神异的云气，知道那里应该有圣人出生，果然不久庆都在冀州生下了尧。我又看见红色的云进入了酆都与镐都，跑到那里去看，果然有丹雀衔来周文王受命的祥瑞符信。"秦始皇听了这些话后说："这个人是神仙。"从此以后更加相信神仙及奇幻变化之术了。

　　始皇起云明台，穷四方之珍木，搜天下之巧工。南得烟丘碧桂①，郦水燃沙，贲都朱泥，云冈素竹；东得葱峦锦柏，漂檖龙松，寒河星栝，岵山云梓；西得漏海浮金，狼渊羽璧，涤嶂霞桑，沉塘员筹；北得冥皋干漆，阴坂文杞，褰流黑魄②，暗海香琼，珍异是集。二人腾虚缘木，挥斤斧于空中，子时起工，午时已毕。秦人谓之"子午台"③，亦言于子午之地④，各起一台，二说疑也。

【注释】

①碧桂：齐治平注曰："'桂'原作'树'，乃通名而非专名，与下'柏''松''栝''梓'等不类。《御览》一七八作'碧桂'，今据改。"

②魄：通"珀"。指琥珀。

③子午：此处指时间。夜间二十三时至翌晨一时为"子"时；白天十一时至十三时为"午"时。

④子午：此处指南北方向而言。古人以"子"为正北，以"午"为正南。

【译文】

　　秦始皇修建云明台，搜尽全国各地的珍贵木材，寻遍天下的能工巧匠。在南方得到了烟丘的碧桂，郦水的燃沙，贲都的红泥，云冈的白竹；在东方得到了葱岭的锦柏，漂檖的龙松，寒河的星栝，岵山的云梓；在西方得到漏海的浮金，狼渊的羽璧，涤嶂的霞桑，沉塘的员筹；在北方得到冥阜的干漆，阴坂的文杞，襄流的黑色琥珀，暗海的香玉。各种奇珍异宝都汇集到这里。两个工匠腾空而飞，爬上树木，在半空中挥动着斤斧，他们夜里的子时动工，第二天午时就全部完工了。秦朝人称建成的台子为"子午台"，也有人说因在南北两个方位各建一台而得名"子午台"。两种说法难以确定。

　　张仪、苏秦二人①，同志好学，迭剪发而鬻之，以相养。或佣力写书，非圣人之言不读。遇见《坟》《典》，行途无所题记，以墨书掌及股里，夜还而写之，析竹为简②。二人每假食于路③，剥树皮编以为书帙④，以盛天下良书。尝息大树之下，假息而寐⑤。有一先生问："二子何勤苦也？"仪、秦又问之："子何国人？"答曰："吾生于归谷。"亦云鬼谷⑥，鬼者归也；又云，归者，谷名也。乃请其术，教以干世出俗之辩⑦，即探胸内，得二卷说书⑧，言辅时之事⑨。《古史考》云："鬼谷子也，鬼、归音相近也。"

【注释】

①张仪（？—前310）、苏秦（？—前284）：二人均为战国时期著名的纵横家，同出鬼谷子门下，跟随鬼谷子学习纵横之术。张仪主张连横的外交政策，游说入秦。秦惠王封张仪为相，后来张仪到各国游说，以"衡"破"纵"，张仪也因此被秦王封为武信君。苏秦则主张合纵攻秦，提出合纵六国以抗秦的战略思想，并最终组建合纵联盟，任"从约长"，兼佩六国相印，使秦十五年不敢出函谷关。

②析：分开，剖开。

③假食：寄食，求食。《列子·说符》："齐有贫者，常乞于城市。城

市患其亟也，众莫之与。遂适田氏之厩，从马医作役而假食。"

④书帙(zhì)：书卷的外套。

⑤假息而寐：即假寐。谓和衣打盹。

⑥鬼谷：《风俗通义·佚文》曰："鬼谷先生，六国时纵横家。"《史记集解》引徐广曰："颍川阳城有鬼谷，盖是其人所居，因为号。"齐治平注曰："鬼谷，或谓在今河南省登封东南，或谓在陕西省三原县西，或谓在湖北省远安县东南之清溪。据《史记》，苏秦，洛阳人；张仪，魏人。二人年少游学，足迹当不甚远，似以河南登封之鬼谷为是。"

⑦干世：求为世用。

⑧说(shuì)书：即游说之书。

⑨辅时：即顺应时势。《管子·霸言》："圣人能辅时，不能违时。"尹知章注："圣人能因时来，辅成其事，不能违时而立功。"

【译文】

张仪、苏秦二人志趣相同，喜好游学，他们曾先后剪下自己的头发卖掉，来相互扶持维持生活。有时候也受雇出卖苦力，抄写书籍。他们读书，不是圣人的文章不读。有一次，他们碰到《三坟》《五典》，因为走在路上没有地方抄写，他们就用墨汁书写在手掌和大腿上，晚上回到家里再抄下来，剖开竹子做成竹简。两个人经常在路上乞食，他们剥下树皮编制成书套，用来装天下的好书。他们曾在大树下休息，和衣打盹。有一位先生看到了，就问他们："你们两个为什么如此的勤奋苦读呢？"张仪、苏秦也问："先生您是哪国人？"先生回答说："我出生在归谷。"归谷也叫作鬼谷，"鬼"就是"归"的意思；又说"归"是山谷的名称。于是张仪、苏秦二人就向先生请教他的学问，先生就把辅弼时政、超出凡俗的辩术教给他们，并将手伸进胸内，拿出二卷游说之书，这两卷书讲的都是顺应时势的事情。《古史考》说："这位先生就是鬼谷子，鬼、归二字读音相近。"

　　秦王子婴立①,凡百日,郎中赵高谋杀之②。子婴寝于望夷之宫③,夜梦有人身长十丈,须鬓绝青,纳玉舃而乘丹车,驾朱马而至宫门,云欲见秦王子婴,阍者许进焉④。子婴乃与言。谓子婴曰:"余是天使也,从沙丘来⑤。天下将乱,当有同姓者欲相诛暴。"翌日乃起,子婴则疑赵高,囚高于咸阳狱,悬于井中,七日不死;更以镬汤煮,七日不沸,乃戮之。子婴问狱吏曰:"高其神乎?"狱吏曰:"初囚高之时,见高怀有一青丸,大如雀卵。"时方士说云:"赵高先世受韩终丹法⑥,冬月坐于坚冰,夏日卧于炉上,不觉寒热。"及高死,子婴弃高尸于九达之路⑦,泣送者千家,或见一青雀从高尸中出,直飞入云。九转之验,信于是乎!子婴所梦,即始皇之灵;所着玉舃,则安期先生所遗也⑧。鬼魅之理,万世一时⑨。

【注释】

①子婴(? —前206):秦朝的最后一位皇帝,在位四十六天。秦二世三年(前207)九月,赵高逼胡亥自杀,立子婴为秦王。五天后,子婴诛杀赵高。十月,刘邦率兵入关,子婴投降,秦朝灭亡。

②赵高:秦朝宦官。秦始皇时任中车府令。秦始皇死后,赵高发动沙丘政变,与李斯合谋伪造遗诏,逼秦始皇长子扶苏自杀,立胡亥为二世皇帝。后赵高专权,逼胡亥自杀,另立子婴为秦王,不久被子婴诛杀,并夷三族。

③望夷之宫:秦时宫名。《史记·秦始皇本纪》"二世乃斋于望夷宫"句下《史记集解》引张晏曰:"望夷宫在长陵西北长平观道东故亭处是也。临泾水作之,以望北夷。"《史记正义》引《括地志》曰:"秦望夷宫在雍州咸阳县东南八里。"又《三辅黄图》卷一亦曰:"望夷宫,在泾阳县界长平观道东,北临泾水,以望北夷,以为

宫名。"

④阍(hūn)者：皇宫的守门人。亦称司阍、阍人。《说文》："阍，常以昏闭门隶也。"《礼记·祭统》："阍者，守门之贱者也。"

⑤沙丘：古地名，在今河北广宗。《史记·秦始皇本纪》："七月丙寅，始皇崩于沙丘平台。"

⑥韩终：秦始皇时方士。《史记·秦始皇本纪》："因使韩终、侯公、石生求仙人不死之药。"

⑦九达之路：指四通八达的道路。

⑧安期先生：又称安期生。据《列仙传》记载，安期生为秦琅玡人，师从河上公，习黄老之学，后卖药东海边。秦始皇东游登琅玡台，与安期生交谈三日夜，赐金帛数千万，皆置之琅玡阜乡亭而去，留书及赤玉舄一双为报。

⑨万世一时：万世才有这么一个时机。《史记·吴王濞列传》："彗星出，蝗虫数起，此万世一时，而愁劳圣人之所以起也。"

【译文】

秦王子婴被立为皇帝总共一百天，丞相赵高就图谋诛杀他。当时，子婴睡在望夷宫，夜里他梦见有一个人身高十丈，胡须和头发都非常黑，穿着玉鞋，乘着红车，由红色的马驾车来到望夷宫宫门外。他说想见秦王子婴，守宫门的人准许他进了宫。子婴就与他交谈，他对子婴说："我是上天派来的使者，刚从沙丘来。天下将大乱，会有一个同姓之人想要诛杀你。"第二天起床，子婴就怀疑赵高图谋不轨，于是把赵高囚禁到咸阳的监狱，悬挂在井中，这样过了七天赵高没有死；改用大锅煮沸水烹煮，连烧七天水不沸腾，于是就杀了他。子婴问管监狱的小吏："赵高难道是神仙吗？"狱吏说："最初囚禁赵高的时候，看见赵高的怀里有一粒青色药丸，大如鸟卵。"当时有一位方士解释说："赵高的先祖曾向韩终学习过炼制神丹的方法，冬天坐在坚硬的冰面上，夏天躺在燃烧的火炉上，都丝毫感觉不到冷热。"等到赵高死后，子婴将赵高的尸体丢弃在四通八达的道路上，哭着送葬的老百姓多达千家，有人看到一只青雀从赵高的尸体中飞出，直冲云霄。九转神丹的灵验，在这里得到了证实。子婴梦见的，就是秦始皇的魂灵；秦始皇托梦时所穿的玉鞋，就是过去安期生赠送的。鬼怪的事理，万世才有这么一个时机。

　　录曰：夫含灵挺质①，罕不羡乎久视，祈以长生。苟乖才性，企之弥远。何者？夫层宫峻宇肆其奢②，绰约柔曼纵其惑③，《九韶》《六英》悦其耳④，喜怒刑赏示其威，精灵溺于常滞，志意疲于驰策，销竭神虑，翦刻天和⑤。秦政自以功高三皇，世逾五帝，取惑徐市⑥，身殒沙丘。燕昭能延礼群神，百灵响集。并欲弃机事以游真极⑦，去尘垢而望云飞，譬犹等沟浍于天河⑧，齐朝菌于椿木⑨，超二仪于昆峦，升一匮而扳重汉⑩。何则望之与无阶矣。《抱朴子》曰："学若牛毛，得如麟角。"至如秦皇、燕昭之智，虽微鉴仙体，而未入玄真。盖犹褊惑尚多⑪，滞情未尽。

【注释】

①挺质：生就的美质。《艺文类聚》卷九一引（三国魏）钟会《孔雀赋》："禀丽精以挺质，生丹穴之南垂。"

②峻宇：高大的屋宇。

③绰约：指女子体态柔美的样子。柔曼：指姿容婉媚。

④《九韶》：亦作"《九招》"。舜时乐曲名。《庄子·至乐》："奏《九韶》以为乐，具太牢以为膳。"成玄英疏："《九韶》，舜乐名也。"《史记·五帝本纪》："四海之内咸戴帝舜之功。于是禹乃兴《九招》之乐。"司马贞《史记索隐》："招音韶。即舜乐《箫韶》。九成，故曰《九招》。"一说帝喾时所作。《吕氏春秋·古乐》："帝喾命咸黑

作为声歌——《九招》《六列》《六英》。"《六英》：古乐名。相传为帝
喾或颛顼之乐。《淮南子·齐俗训》："《咸池》《承云》《九韶》《六
英》，人之所乐也。"高诱注："《六英》，帝颛顼乐。"

⑤翦刻：剪裁雕刻。天和：谓人体之元气。《文子·下德》："目悦五
色，口惟滋味，耳淫五声，七窍交争，以害一性，日引邪欲，竭其天
和，身且不能治，奈治天下何！"

⑥徐市：秦时方士，被秦始皇派遣出海求仙，一去不返。《史记·秦
始皇本纪》："齐人徐市等上书，言海中有三神山，名蓬莱、方丈、
瀛洲，仙人居之。请得斋戒，与童男女求之。于是遣徐市发童男
女数千人，入海求仙人。"

⑦机事：指国家枢机大事。《资治通鉴·晋元帝太兴四年》："隗虽
在外，而朝廷机事，进退士大夫，帝皆与之密谋。"真极：指仙境，
仙界。真，旧时所谓仙人。《说文》："真，仙人变形而登天也。"

⑧沟浍：泛指田间水道。《孟子·离娄下》："苟为无本，七八月之间
雨集，沟浍皆盈；其涸也，可立而待也。"浍，田间水渠。

⑨朝菌：菌类植物，朝生暮死。《庄子·逍遥游》："朝菌不知晦朔，
蟪蛄不知春秋。"椿木：即大椿。《庄子·逍遥游》："上古有大椿
者，以八千岁为春，以八千岁为秋。"陆德明《释文》引司马彪注
曰："木，一名櫄。櫄，木槿也。"郭庆藩《庄子集释》："案《齐名要
术》引司马云：'木槿也，以万六千岁为一年。一名蕣椿。'与《释
文》所引小异。"

⑩匮：同"篑"。运装土的畚。扳：攀登。重汉：霄汉。指天空。古
人认为天有九重，故云。汉，指天河，银河。

⑪褊(biǎn)惑：狭隘的欲求。褊，狭小，狭隘。惑，欲求，迷恋。

【译文】

　　录语说：生来就具有美质的富含灵性的人类，很少有人不仰慕长
寿、祈祷长生的。但是如果违背人的才能与禀性，就会与祈求长生的愿

望越来越远。为什么呢？这是因为深宫大屋会使人的奢侈行为更加恣肆，容态婉媚的女色会使人沉迷放纵，《九韶》《六英》等美妙的古典音乐会使人听着悦耳，喜怒无常的随意论罚行赏只能显示他的威风，精神被久滞于心的欲望淹没，意志在无休止的奔波中消磨殆尽，从而使人的思绪枯竭，元气大伤。秦始皇自认为功劳高过三皇，万代大业超过五帝，但却受到徐巿的迷惑派他去寻仙，自己出宫东巡，结果死于沙丘。燕昭王能够延请礼遇众仙人，百神因此响应聚集。燕昭王还想丢开国家大事去漫游神仙世界，离开尘世向往缥缈的仙境，这就好比把田间的水道等同于天河，将朝生暮死的菌类与长命不衰的大椿齐寿，也好比登上昆仑山就想超越天地，填上一筐土就想攀登霄汉。怎么能没有台阶就想着登天呢！《抱朴子》说："学习的范围像牛毛那么多，但学到的知识却像麟角那么少。"至于像秦始皇、燕昭王的智慧，他们虽然初涉仙风道骨，但却没有达到玄妙的极境。大概是因为他们狭隘的欲求还很多，积聚于胸中的情感也没有断掉。

　　至于神通玄化，说变万端。故曰徐行云垂之俦①，驾影乘霞之侣，可得齐肩比步焉与之栖息也②。穷神绝异③，随方而来④；衔绝殊形，越境而至。托神以尽变，因变以穷神，触象难名⑤，灵怪莫测。《淮南子》云："含雷吐火之术，出于万毕之家⑥。"方鼋羽于洪炉⑦，炎烟火于冰水，漏海螺船之属，飞珠沉霞之类，千途万品⑧，书籍之所未详，自神化以来，神奇莫与为例，岂末代浮诬⑨，所能窥仰，夭龄促知之所效哉⑩！今观子年之记，苏、张二人，异辞同迹，或以字音相类，或以土俗为殊，验诸坟史，岂惟秦、仪之见异者哉！

【注释】

①俦：同辈，伴侣。

②齐肩：两者高度相等。也比喻才能声望相同，相提并论。胡应麟《诗薮·唐下》："使子建与应、刘并列，拾遗与王、孟齐肩可乎？"比：靠近，挨着。

③穷神绝异：与下文的"衔绝殊形"相对。前者指身怀绝技的神仙术士，后者则指各地的奇珍异宝。穷神，穷究事物之神妙。向秀《难嵇叔夜〈养生论〉》："鸟兽以之飞走，生民以之视息，周孔以之穷神，颜冉以之树德。"绝异，独特不凡。《汉书·游侠列传序》："观其温良泛爱，振穷周急，谦退不伐，亦皆有绝异之姿。"

④随方：不拘何方，任何方面。

⑤触象：即触摸大象。语出《长阿含经》卷十九。《瞎子触象》是一则佛经故事，比喻对事物一知半解，不对全局做判断。

⑥万毕之家：当指《淮南万毕经》，已佚。"含雷吐火之术，出于万毕之家"二句下，齐治平注曰："今《淮南子》中无此语。按《汉书·淮南王传》称所著书有《中篇》八卷，言神仙黄白之术。《艺文志》天文有《淮南杂子星》十九卷，《隋书·经籍志》有《淮南万毕经》一卷，今俱不传，清孙冯翼、茆津林等各有辑本。"

⑦毳（cuì）羽：指羽毛。

⑧万品：犹万物，万类。

⑨末代：一个朝代衰亡的时期。此处指后世，后代。

⑩夭龄促知：指寿短无知的人类。

【译文】

至于那些法术广大无边、道德修养极高的人，他们才能变幻莫测。因此说，只有那些漫步云端的同辈，腾云驾雾的仙侣，才能得以并肩同行，跟他们生活在一起。技精艺绝的术士从各方而来；奇珍异宝也随之越境而至。他们假托神灵，变化万端，通过变化穷究事物之神妙，普通人只看到表象，难以说清其中的名目；神奇百怪，不能预测。《淮南子》记载："吞雷吐火的法术，出自《万毕》经书。"将羽毛放在大的火炉上，在结冰的水面上点燃炽热的烟火，还有漏海螺船，飞蚌生珠，彩霞沉水之类，有一千条道路就有一万种的奇事，古代的典籍都没有详细的记载。自从有神灵变化以来，这些非常奇妙的现象没有可以用来作为依据的事物，这怎能是后世人的浮浅虚罔所能理解的，又怎能是短寿无知的人类所能效仿的！现在看王子年的记述，苏秦、张仪二人，虽然他们治世的观点不同，但追求功名的经历却是一致的。世间万物，有些因字音而相似，有些因习俗而不同。详查各种典籍，难道只有苏秦、张仪的见解不同吗！

《拾遗记》卷五

【题解】

  《拾遗记》卷五是对汉高祖、汉惠帝、汉武帝等几位西汉初年的帝王在位时期奇闻逸事的记述。王嘉对汉高祖刘邦的记述体现了君权神授的思想：刘邦父亲微时佩刀游于鄠沛山中，遇冶铸之人并和他们的交谈，而冶铸之人"为天子铸剑"以及"若得公腰间佩刀杂而治之，即成神器，可以克定天下，星精为辅佐，以歼三猾。木衰火盛，此为异兆也"等的回答就是预言刘邦应运的谶语。萧绮录语引《钩命决》即说："萧何为昴星精，项羽、陈胜、胡亥为三猾。"周以木德王，汉以火德王，"木衰火盛"即是汉将兴起的谶语，所有这些记述都为刘邦夺取天下增添了更多神异的色彩。

  《拾遗记》卷五主要是对汉武帝朝奇闻逸事的记述，其中以汉武帝对亡去爱妃李夫人的无尽思念最引人注目。然而从文中的记述可以看到，封建帝王对妃子的宠爱无不建立在劳民伤财的基础之上：汉武帝为一睹已逝李夫人的芳容，竟然听信李少君之言，不远万里打捞暗海的潜英之石，派"楼船百艘，巨力千人"，"经十年而还"，耗费了大量的人力物力。而"昔之去人，或升云不归，或托形假死，获反者四五人"，这几句话显然是作为道教方士的王嘉对神仙道教思想的大肆宣传，在今天看来，只不过是一个善意的谎言:哪里有什么成仙不归之人,去时千人,还者四五人,实际上是说绝大多数人都葬身海底,一去不归了。在记述汉武帝朝奇景"日南之南"的淫泉时,王嘉还从记述"色如金,群飞戏于沙濑"的凫雁进而引出"怨碑"的传说。秦始皇在统一六国之后,就开始营建自己的陵墓。据《史记·秦始皇本纪》记载:"始皇初即位,穿治郦山,及并天下,天下徒送诣七十余万人,穿三泉,下铜而致椁,宫观百官奇器珍怪徙臧满之。令匠作机弩矢,有所穿近者辄射之。以水银为百川江河大海,机相灌输,上具天文,下具地理。以人鱼膏为烛,度不灭者久之。"由此可见修建秦始皇陵墓的人数之多、陵墓的规模之大以及陪葬品的奢华。在秦始皇死后,秦二世为保守机密,残忍地将那些耗尽心血为陵墓设置机关的工匠生埋在了陵墓之内:"葬既已下,或言工匠为机,臧皆知之,臧重即泄。大事毕,已臧,闭中羡,下外羡门,尽闭工匠臧者,无复出者。"《拾遗记》卷五的"怨碑"传说就是有关生埋工匠的传说故事。"工人于冢内琢石为龙凤仙人之像,及作碑文辞赞。汉初发此冢,验诸史传,皆无列仙龙凤之制,则知生埋匠人之所作也。后人更写此碑文,而辞多怨酷之言,乃谓为'怨碑'"等的描述,就是对秦始皇奢侈残暴的揭露和批判。而"昔生埋工人于冢内,至被开时,皆不死"几句,体现的则是广大平民百姓的善良愿望,也是王嘉道教神仙思想的反映。除此之外,《拾遗记》卷五也描述了汉惠帝朝道士韩稚的神异以及汉武帝宠臣董贤的奢侈享乐生活,兹不具述。

《拾遗记》卷五还有很多对奇景异物、远国异人的描述。如能刻作人形,"宛若生时"的暗海潜英之石;浮忻国所献"金状混混若泥,如紫磨之色"的兰金之泥;日南之南"其水浸淫从地而出成渊"的淫泉;大月氏国进献"四足一尾,鸣则俱鸣"的双头鸡等就是对奇景异物的描述。而"其俗淳和,人寿三百岁"的祈沦国人,"人皆善啸""人舌尖处倒向喉内"两舌重沓的因霄国人等则是对远国异人的描述。所有这些描述无不充满神异的色彩,具有浓郁的神仙道教气息。

前汉上

汉太上皇微时①,佩一刀,长三尺,上有铭,其字难识,疑是殷高宗伐鬼方之时所作也②。上皇游酆沛山中。寓居穷谷里有人冶铸③。上皇息其傍,问曰:"此铸何器?"工者笑而答曰:"为天子铸剑,慎勿泄言!"上皇谓为戏言而无疑色。工人曰:"今所铸铁钢砺难成,若得公腰间佩刀杂而冶之,即成神器,可以克定天下,星精为辅佐,以歼三猾④。木衰火盛⑤,此为异兆也。"上皇曰:"余此物名为匕首,其利难俦,水断虬龙,陆斩虎兕,魑魅罔两⑥,莫能逢之;斫玉镂金,其刃不卷。"工人曰:"若不得此匕首以和铸,虽欧冶专精⑦,越砥敛锷⑧,终为鄙器。"

【注释】

①汉太上皇:汉高祖刘邦之父,沛丰邑中阳里(今江苏沛县东)人,生年不详,卒于汉高祖刘邦十年(前197),是历史上第一位在世时就被尊为太上皇的人。微:卑贱。

②殷高宗:商代第二十三位国君,高宗是他的庙号,名武丁,盘庚的侄子,小乙之子。武丁在位期间,曾攻打鬼方,并任用贤臣傅说为相,使商朝再度强盛,史称"武丁中兴"。鬼方:商周时居于我国西北方的部族,《汲冢周书》《易经》《山海经》《古本竹书纪年》《史记·殷本纪》、出土的《小盂鼎》以及商周的甲骨卜辞中,都有有关他们活动的记载。《易·既济》曰:"高宗伐鬼方,三年克之。"《竹书纪年》亦曰:"(武丁)三十二年,伐鬼方,次于荆。"

③穷谷:深谷,幽谷。《左传·昭公四年》:"其藏冰也,深山穷谷。"

④三猾:《拾遗记》卷五萧绮录语引《钩命决》曰:"萧何为昴星精,项

羽、陈胜、胡亥为三猎。"

⑤木衰火盛：即周衰而汉兴。按五行家言，周为木德，秦为水德，汉
　　为火德。

⑥魑魅罔两：古代传说中的各种鬼怪。《左传·宣公三年》："螭
　　（魑）魅罔两，莫能逢之。"杜预注："罔两，水神。"

⑦欧冶：即欧冶子，春秋时人，善铸剑。《吕氏春秋·赞能》："得十
　　良剑，不若得一欧冶。"葛洪《抱朴子外篇·尚博》："虽有疑断之
　　剑，犹谓之不及欧冶之所铸也。"

⑧砥：细的磨刀石。锷：刀剑的刃。

【译文】

　　汉太上皇刘邦的父亲贫贱之时，佩带着一把刀，长三尺，刀上有铭文，这些铭文难以识别，猜测可能是殷高宗武丁讨伐鬼方时铸造的。他曾到酆、沛二地的山中游玩，当时他寄居的深谷里有一个人在冶炼金属。太上皇坐在工匠旁休息，问他："这是铸造什么器物？"工匠笑着回答说："这是在给天子铸剑，千万不要泄露出去！"太上皇认为不过是一句戏言罢了，对工匠的话并没有怀疑。铸剑的工匠说："现在我铸造的这把铁剑就是把它放到磨刀石上磨，也难得锋利，如果能得到您腰间的这把佩刀，放到铁水中一起冶炼，就能铸成神剑，可以用它平定天下，天上的星神也会下凡协助治理国家，还将彻底消灭项羽、陈胜、胡亥。如今木德已衰亡，火德将兴盛，这是不同寻常的征兆。"太上皇说："我的这把佩刀叫作匕首，它的锋利无与伦比，在水里能够砍断虬、龙，在陆地上可以斩杀虎、犀，各种鬼怪都不敢靠近它；用它来砍削玉石，雕刻金属，刀刃也不会卷。"工匠说："如果得不到您的这把匕首融化后铸造刀剑，即使有欧冶那样精湛的铸剑技艺，用越地的磨刀石来打磨剑刃，终究还是一件凡庸之器。"

上皇则解匕首投于炉中。俄而烟焰冲天，日为之昼

晦①。及乎剑成，杀三牲以衅祭之②。铸工问上皇何时得此匕首。上皇云："秦昭襄王时③，余行逢一野人，于陌上授余④，云是殷时灵物，世世相传，上有古字，记其年月。"及成剑，工人视之，其铭尚存，叶前疑也⑤。工人即持剑授上皇。上皇以赐高祖，高祖长佩于身，以歼三猾。及天下已定，吕后藏于宝库。库中守藏者见白气如云，出于户外，状如龙蛇。吕后改库名曰"灵金藏"⑥。及诸吕擅权，白气亦灭。及惠帝即位⑦，以此库贮禁兵器⑧，名曰"灵金内府"也。

【注释】

①昼晦：白日光线昏暗。《楚辞·九歌·山鬼》："杳冥冥兮羌昼晦，东风飘兮神灵雨。"

②衅：古代用牲畜的血涂器物的缝隙叫衅。《说文》："衅，血祭也。"又，《说文通训定声》："凡杀牲以血涂坼罅，如庙灶、钟鼓、龟策、宝器之属，因遂荐牲以祭曰衅。"

③秦昭襄王：又称秦昭王，秦惠文王之子，名稷，秦始皇曾祖。公元前306年至公元前251年在位，是中国历史上在位时间最长的国君之一。秦昭王在位期间先后用魏冉、范雎、白起等为将相，攻破诸侯之师，并取周鼎，为秦统一六国打下了坚实的基础。

④陌上：指田间。古代田间小路，南北方向为阡，东西方向为陌。

⑤叶：同"协"。和洽，相合。

⑥吕后：即汉高祖刘邦后吕雉（前241—前180），生惠帝及鲁元公主。惠帝死后，吕后立少帝刘恭为帝，临朝称制，后又杀少帝，立恒山王刘义为帝，并分立诸吕为王。高后八年（前180），吕后病逝，遗诏让吕产担任相国。周勃、陈平等诛杀了为乱的诸吕，迎立代王刘恒为帝。

⑦惠帝：即汉惠帝刘盈（约前207—前188），汉高祖刘邦与吕后之子，西汉的第二位皇帝，十六岁继位，二十三岁去世，在位时间七年。惠帝仁弱，在位期间大权被吕后掌控，因此司马迁作《史记》不设《惠帝本纪》，而设《吕后本纪》。

⑧禁兵：即帝王宫中御用的兵器。汉张衡《西京赋》："武库禁兵，设在兰锜。"

【译文】

太上皇就从腰间解下佩刀投到熔炉中。不久烟气缭绕，火光冲天，太阳也因此变得昏暗无光。等到宝剑铸成之后，他们宰杀猪牛羊作为祭品，并在宝剑上涂上三牲的血向神灵祭祝。铸剑的工匠问太上皇是什么时候得到这把匕首的。太上皇说："秦昭王时期，有一天我走在路上遇到了一位乡野平民，他在田间小路上交给我的，说是殷商时期的灵异之物，世代相传，上面还刻有古字，记载了佩刀铸造的年月。"等到剑铸成后，工人仔细观察，发现佩刀上的铭文还在，正好契合太上皇此前的说法。铸剑的工人就把这把剑交给了太上皇。后来太上皇把宝剑赐给了汉高祖刘邦，刘邦长年佩带着这把宝剑，用它歼灭了项羽、陈胜和胡亥。等到天下一统之后，吕后把这把剑珍藏在了宝库中。守护宝库的人经常看到白色的云气漂浮在宝库外面，形似龙蛇。于是吕后就把宝库的名字改为"灵金藏"。等到外戚吕氏擅权专政，这股白色的云气也消失了。等到汉惠帝继位，又用这座宝库贮存宫中御用的兵器，并给宝库起名叫"灵金内府"。

录曰：夫精灵变化①，其途非一；冥会之感②，理故难常。至如坟谶所载③，咸取验于已往；歌谣俚说，皆求征于未来。考图披籍④，往往而编列矣。观乎工人之说，谅妖言之远效焉⑤。三尺之剑⑥，以应天地之数。故三为阳数，亦应天地之德⑦。按《钩命诀》曰："萧何为昴星精,项羽、陈胜、胡亥为三猾。"周为木德,汉叶火位,此其征也。

【注释】

①精灵:即精灵之气。古人认为是形成万物的本原。《易·系辞上》:"精气为物,游魂为变。"孔颖达疏:"阴阳精灵之气,氤氲积聚而为万物也。"

②冥会:默契,暗合。《梁书·陶弘景传》:"弘景为人,圆通谦谨,出处冥会,心如明镜,遇物便了。"

③坟谶:此处泛指谶纬之书。坟,即"三坟",传说中我国最古的书籍,指三皇之书。《左传·昭公十二年》:"是能读三坟、五典、八索、九丘。"杜预注:"皆古书名。"也有认为"三坟"指天、地、人三礼,或天、地、人三气的,均见孔颖达疏引。谶,此处指谶书,即记载预言应验的书。

④披籍:翻阅书籍。披,翻开,翻阅。

⑤谅:推想。

⑥三尺之剑:即古剑。古剑长凡三尺,故称。《史记·高祖本纪》:"吾以布衣提三尺剑取天下,此非天命乎?"

⑦三为阳数,亦应天地之德:古人认为奇数为阳,偶数为阴。《易·系辞上》:"天一,地二。"合而为三,兼包阴阳,故曰应天地之德。

【译文】

萧绮录语说:形成万物的本源千变万化,变化的途径也并非一种;那种默契的感应,其中的道理也难有常规。至于谶纬之书所记载的预言,都可以在过去的史实中取得验证;民间歌谣,里巷传说,也都能在未来的事实中得到证明。考辨图册,翻阅典籍,常常编次排列。观察工匠的预言,推想这种荒诞之言的长远功效。刘邦的三尺之剑,正合天一地二之数,因此三是阳数,也应合了天地的圣德。按《钩命决》说:"萧何是

昴星下凡,项羽、陈胜、胡亥是三猾。"周为木德,汉契合火德之位,也是
这种征兆吧!

　　孝惠帝二年,四方咸称车书同文轨①,天下太平,干戈偃
息②。远国殊乡,重译来贡③。时有道士,姓韩名稚,则韩终
之胤也④,越海而来,云是东海神使,闻圣德洽乎区宇,故悦
服而来庭⑤。时有东极,出扶桑之外⑥,亦有泥离之国来
朝⑦。其人长四尺,两角如茧,牙出于唇,自乳以来⑧,有灵毛
自蔽,居于深穴,其寿不可测也。帝云:"方士韩稚解绝国人
言,令问人寿几何,经见几代之事。"答曰:"五运相承⑨,迭生
迭死,如飞尘细雨,存殁不可论算。"问:"女娲以前可闻
乎⑩?"对曰:"蛇身已上,八风均,四时序,不以威悦揽乎
精运。"

【注释】

①车书同文轨:即车同轨,书同文。指文物制度统一。

②偃息:停止,使停止。

③重译:辗转翻译。《汉书·平帝纪》:"元始元年春正月,越裳氏重
　　译献白雉一,黑雉二,诏使三公以荐宗庙。"颜师古注:"译谓传言
　　也。道路绝远,风俗殊隔,故累译而后乃通。"

④胤(yìn):后代,后嗣。《诗经·大雅·既醉》:"君子万年,永赐
　　祚胤。"

⑤悦服:从心里佩服,心悦诚服。《书·武成》:"大赉于四海而万姓
　　悦服。"孔颖达疏:"悦是喜欢,服谓听从。"

⑥扶桑:神话中的树木名。《山海经·海外东经》:"汤谷上有扶桑,
　　十日所浴。"郭璞注:"扶桑,木也。"郝懿行笺疏:"扶当为榑……

《说文》云：'榑桑，神木，日所出也。'"

⑦泥离之国：即泥离国。传说中的古国名，无考。

⑧乳：生子，生产。《说文》："人及鸟生子曰乳，兽曰产。"

⑨五运：指金、木、水、火、土五行的运行。《黄帝内经素问·天元纪大论》："五运相袭而皆治之，终期之日，周而复始。"张隐庵《集注》曰："五运者，甲、己岁为土运，乙、庚岁为金运……五运之气，递相沿袭，而一岁皆为之主治，终期年之三百六十五日，周而复始。"齐治平注曰："此就人之生命言；若就朝代言，则指五德推迁，终而复始。"

⑨女娲：中国上古神话中的创世女神。《楚辞·天问》："女娲有体，孰制匠之？"王逸注云："传言女娲人头蛇身。"

【译文】

汉惠帝二年（前193），全国上下都在称颂车同轨、书同文等文物制度的统一，天下太平，战争停息。远国异乡的人们，通过辗转翻译来到朝廷进贡。当时有一名道士，姓韩名稚，是方士韩终的后人，他越过大海来到汉朝，说自己是东海海神的使者，听说汉惠帝的圣德广布天下，所以心悦诚服来到汉庭。当时有一个叫东极的地方，远在扶桑之外，也有泥离国的使者来朝拜谒。泥离国的人身长四尺，头上长有像蚕茧一样的两只角，他们的牙齿露在嘴唇外面，自从出生以来，浑身上下长有神异的细毛，用来遮盖身体；他们住在很深的洞穴之中，寿命长不可测。汉惠帝说："方士韩稚精通远国之人的语言，可以让他问问泥离国人的寿命有多长，经历了多少代的事情。"韩稚翻译泥离国人的话回答说："岁月递相沿袭，人们的生死也相互更迭，就好像飞扬的尘土，绵绵的细雨，他们的生存和死亡没有办法衡量计算。"汉惠帝又问："女娲以前的事可以说说吗？"韩稚代答道："女娲以前的时代，八方风调雨顺，四季轮转有序，他们从不用武力或讨好的手段把持世间万物的运转。"

又问燧人以前①，答曰："自钻火变腥以来，父老而慈，子寿而孝。自轩皇以来，屑屑焉以相诛灭②，浮靡嚣动③，淫于礼，乱于乐，世德浇讹④，淳风坠矣。"稚以答闻于帝。帝曰："悠哉杳昧⑤，非通神达理者，难可语乎斯道矣。"稚于斯而退，莫知其所之。帝使诸方士立仙坛于长安城北，名曰"祠韩馆"。俗云："司寒之神⑥，祀于城阴。"按《春秋传》曰"以享司寒"，其音相乱也，定是"祠韩馆"。至二年，诏宫女百人，文锦万匹，楼船十艘，以送泥离之使，大赦天下。

【注释】

①燧人：即燧人氏，传说中的古帝王，钻木取火的发明者，始教人熟食之法。《韩非子·五蠹》："有圣人作，钻燧取火，以化腥臊，而民悦之，使王天下，号曰燧人氏。"

②屑屑：劳瘁匆迫的样子。《左传·昭公五年》："礼之本末，将于此乎在，而屑屑焉习仪以亟。"

③嚣动：喧腾骚动。

④浇讹：浮薄诈伪。吴兢《贞观政要·政体》："三代以后，人渐浇讹，故秦任法律，汉杂霸道。"

⑤杳昧：深幽隐晦。

⑥司寒：古代传说中的冬神。《左传·昭公四年》："黑牡、秬黍以享司寒。"杜预注："司寒，玄冥，北方之神。"杨伯峻注："据《礼记·月令》，司寒为冬神玄冥。冬在北陆，故用黑色。"

【译文】

汉惠帝又问燧人氏以前的事，韩稚代答道："自从燧人氏发明钻木取火改变肉食的腥臊以来，老年人慈爱，年轻人孝顺。然而，自轩辕以来，世界变得动乱不安，人们相互诛杀。社会风气变得轻浮侈靡，社会

秩序也开始混乱骚动。人们越过礼法骄奢放纵，在歌舞和女色中纵欲
淫乱。累世的功德变得浮薄颠倒，淳厚朴实的风土人情也丧失殆尽。"
韩稚通过翻译让汉惠帝听到了泥离国使者的回答。汉惠帝说："幽暗遥
远的过去太久远了，如果不是与神灵相通又通达事理的人，那是很难说
出这番道理的。"韩稚在这件事过了之后就隐居了，没有人知道他在什
么地方。汉惠帝让众方士在长安城的北面建造仙坛，并起名叫"祠韩
馆"。俗话说："司寒之神，在城北祭祀。"按《春秋传》说："献上祭品供司
寒享用。""韩"与"寒"二字读音互相混杂，正确的说法一定是"祠韩馆"。
到了汉惠帝二年(前193)，汉惠帝下诏征调一百名宫女，一万匹有花纹
的丝织品，十艘大船，来欢送泥离国的使者，并下令减轻或免除罪犯的
刑罚。

　　汉武帝思怀往者李夫人①，不可复得。时始穿昆灵之
池②，泛翔禽之舟。帝自造歌曲，使女伶歌之。时日已西倾，
凉风激水，女伶歌声甚遒③，因赋《落叶哀蝉》之曲曰："罗袂
兮无声④，玉墀兮尘生⑤，虚房冷而寂寞，落叶依于重扃⑥。
望彼美之女兮安得，感余心之未宁!"帝闻唱动心，闷闷不自
支持⑦，命龙膏之灯以照舟内，悲不自止。亲侍者觉帝容色
愁怨，乃进洪梁之酒，酌以文螺之卮⑧。卮出波祇之国。酒
出洪梁之县，此属右扶风⑨，至哀帝废此邑。南人受此酿法。
今言"云阳出美酒"，两声相乱矣。帝饮三爵，色悦心欢，乃
诏女伶出侍。

【注释】

①李夫人：西汉音乐家李延年、贰师将军李广利之妹，汉武帝刘彻
　的宠妃。据《汉书·外戚传》记载，李夫人风容妙丽，善于歌舞。

早死,武帝曾作赋悼念她。

②穿:挖掘,开凿。昆灵之池:即昆明池。《汉书·武帝纪》:"(元狩三年)发谪吏,穿昆明池。"

③遒(qiú):强劲,强健,有力。此处指歌声嘹亮。

④罗袂(mèi):丝罗的衣袖。亦指华丽的衣着。袂,衣袖。

⑤玉墀(chí):宫殿前的台阶。

⑥重扃(jiōng):关闭着的重重门户。王勃《九成宫颂》:"金锁银铺,接重扃而炫色。"

⑦支持:支撑,撑住。沈约《致仕表》:"气力衰耗,不自支持。"

⑧文螺之卮:指用彩色螺壳制成的酒器。

⑨右扶风:旧治在今陕西咸阳东。汉代以京兆、左冯翊、右扶风为拱卫首都长安的三辅,共同治理京畿地方。

【译文】

汉武帝思念已经去世的李夫人,但是不可能再相见了。当时刚刚开凿了昆明池,汉武帝乘坐飞鸟形状的船在池中游玩。他自谱歌曲一首,让歌女演唱。这时太阳已经西斜,清凉的微风吹拂着水面,歌女的歌声很嘹亮,于是,汉武帝吟诵这首《落叶哀蝉》曲道:"丝罗的衣袖在风中无声地飘,玉砌的台阶落满了灰尘。空空的房间清冷而寂寞,树叶随风飘落到紧闭的重门旁。遥望那个美丽的女子,怎么才能与你相见?我百感交集,心情久久不能平静。"汉武帝听着歌女的歌声,悲戚之情油然而生,他心烦意乱,悲不自持,于是命侍者点燃龙膏灯照亮整个船舱,可是悲痛之情越发难以忍受。汉武帝身边的侍者发觉武帝脸色忧愁悲戚,于是就送来了洪梁的美酒,并用有花纹的螺壳酒器斟酒。这种酒器来自波祇国。酒产自洪梁县,洪梁县属右扶风管辖,直到汉哀帝时才废除了这个县名。后来,南方人接受了这种酿酒的方法。现在说"云阳出美酒",实际上是因为"洪梁"与"云阳"声音相近而被乱用。汉武帝喝了三杯酒,脸上才逐渐有了喜色,心情也变得舒畅,于是命令歌女出来服侍。

帝息于延凉室，卧梦李夫人授帝蘅芜之香。帝惊起，而香气犹着衣枕，历月不歇。帝弥思求，终不复见，涕泣洽席①，遂改延凉室为遗芳梦室。初，帝深嬖李夫人②，死后常思梦之，或欲见夫人。帝貌憔悴，嫔御不宁。诏李少君与之语曰③："朕思李夫人，其可得见乎？"少君曰："可遥见，不可同于帷幄④。"帝曰："一见足矣，可致之。"少君曰："暗海有潜英之石⑤，其色青，轻如毛羽。寒盛则石温，暑盛则石冷。刻之为人像，神悟不异真人⑥。使此石像往，则夫人至矣。此石人能传译人言语，有声无气，故知神异也。"

【注释】

①洽：沾湿，浸润。《说文》："洽，沾也。"

②嬖（bì）：宠爱。《国语·郑语》："褒人褒姁有狱，而以为入于王，王遂置之，而嬖是女也。"注曰："以邪辟取爱曰嬖。"

③李少君：齐人，方士，因懂得祠灶求福、长生不老等方术而得到汉武帝的诏见。齐治平注曰："此处李少君，《广记》七一及《御览》八一六俱作董仲君。王士祯《居易录》云：'汉武帝李夫人事，《史·武纪》《封禅书》作少翁，桓谭《新论》作李少君，《拾遗记》作董仲君'云云，似王所见《拾遗记》与今本不同。按董亦方士，见葛洪《神仙传》。"

④帷幄（wéi wò）：指室内悬挂的帐幕、帷幔。

⑤潜英：传说中的一种海石。

⑥神悟：犹颖悟。指理解力高超出奇。神，比喻机灵颖异，不寻常。《世说新语·言语》："谢仁祖年八岁，谢豫章将送客，尔时语已神

悟,自参上流。"

【译文】

汉武帝在延凉室歇息,躺在床上梦见李夫人给他一种叫作蘅芜的香草。汉武帝从梦中惊醒坐了起来,蘅芜的香气还弥漫在衣枕之上,过了几个月香气还没有消散。汉武帝更加思念李夫人,希求梦中能再见到她,可是最终也没有再梦见。武帝泪流满面,泪水沾湿了座席,于是就把延凉室改名为遗芳梦室。当初,汉武帝特别宠爱李夫人,李夫人死后,汉武帝总想在梦里见她一面,有时甚至想着在白天能够遇见她。汉武帝因思念李夫人而脸色难看,疲惫无力,后宫的嫔妃们非常不安。后来,汉武帝召见李少君并对他说:"我很想念李夫人,你能让我见到她吗?"李少君说:"可以远远地看看,不能同处帷帐之中。"武帝说:"见一面就心满意足了,可以让她来。"李少君说:"暗海里有一种潜英石,石色深蓝,轻如羽毛。天气严寒时石头是热的,天气酷热时石头却很凉爽。用这种石头刻成人像,它的颖悟和真人没有什么不同。如果把这个石像运回来,那么李夫人也就来了。这个石像能够传达人的语言,有人的声音却没有人的气息,所以才知道它是神异之物。"

　帝曰:"此石像可得否?"少君曰:"愿得楼船百艘,巨力千人,能浮水登木者,皆使明于道术,赍不死之药①。"乃至暗海,经十年而还。昔之去人,或升云不归,或托形假死,获反者四五人②。得此石,即命工人依先图刻作夫人形。刻成,置于轻纱幕里,宛若生时。帝大悦,问少君曰:"可得近乎?"少君曰:"譬如中宵忽梦③,而昼可得近观乎?此石毒,宜远望,不可逼也。勿轻万乘之尊,惑此精魅之物④!"帝乃从其谏。见夫人毕,少君乃使舂此石人为丸,服之,不复思梦。乃筑灵梦台,岁时祀之。

【注释】

①赍(jī)：拿东西给人，送给。

②反：同"返"。回来。

③中宵：中夜，半夜。陆机《赠尚书郎顾彦先》诗之二："迅雷中宵激，惊电光夜舒。"

④精魅：妖精鬼怪。王度《古镜记》："然阴念此树当有精魅所托，人不能除，养成其势。"

【译文】

武帝说："这个石像能得到吗？"李少君说："希望陛下您给我一百艘楼船，一千名大力士，这些人都得有浮在水上和爬上树的能力。我要让他们都精通道术，给他们长生不死之药。"于是李少君率船到了暗海，经过十年才回来。当初随李少君去暗海的人，有的驾云升天成仙而不归，有的假托死亡而变换身形，返回来的只有四五个人。汉武帝得到这种潜英石后，立即命令工匠按照原先画好的李夫人的图像雕刻成李夫人的样子。刻成之后，李少君将石像放到轻纱做成的帐幕之中，就好像李夫人活着的时候一样。汉武帝非常高兴，问李少君："可以靠近她吗？"李少君说："这就好像半夜做的梦，白天怎么能够再出现在眼前呢？这种石头有毒，适合远望，不能靠近。千万不要轻易让您的万乘之尊，被这精灵鬼怪之物所迷惑！"武帝听从了李少君的劝谏。看完李夫人的石像之后，李少君就让人把这个石像舂成粉末制成药丸，让武帝服下。自此以后，武帝再也不想着梦见李夫人了。后来汉武帝筑造了灵梦台，每年按时祭祀李夫人。

元封元年，浮忻国贡兰金之泥①。此金出汤泉，盛夏之时，水常沸涌②，有若汤火③，飞鸟不能过。国人常见水边有人冶此金为器。金状混混若泥，如紫磨之色④；百铸，其色变白，有光如银，即"银烛"是也。常以此泥封诸函匣及诸宫门,鬼魅不敢干⑤。当汉世,上将出征,及使绝国,多以此泥为玺封⑥。卫青、张骞、苏武、傅介子之使⑦,皆受金泥之玺封也。武帝崩后,此泥乃绝焉。

【注释】

①浮忻国:传说中的古国名,无考。

②沸涌:亦作"沸踊",水沸腾的样子。王充《论衡·书虚》:"案涛入三江岸沸踊,中央无声。"

③汤火:滚水与烈火。《黄帝内经素问·逆调论》:"人有身寒,汤火不能热,厚衣不能温,然不冻慄,是为何病?"

④紫磨:上等黄金。孔融《圣人优劣论》:"金之优者,名曰紫磨,犹人之有圣也。"

⑤干:触犯,冒犯。《说文》:"干,犯也。"

⑥玺封:盖上玺印的文书封口。

⑦卫青、张骞、苏武、傅介子:均为西汉武帝、昭帝时期大臣。卫青(?—前106),西汉名将,汉武帝皇后卫子夫的弟弟。与匈奴作战,曾七战七捷,击破单于,为北部疆域的开拓做出重大贡献。官至大司马大将军,封长平侯。张骞(?—前114),西汉大臣。建元二年(前139),张骞奉汉武帝之命,率领一百多人出使西域,打通了汉朝通往西域的道路,汉武帝以功封他为博望侯。苏武(?—前60),西汉大臣,代郡太守苏建之子。天汉元年(前100),苏武奉命以中郎将持节出使匈奴,被扣留。苏武历尽艰辛,不辱使命,留居匈奴十九年持节不屈。傅介子(?—前65),西汉大臣。昭帝时,西域龟兹、楼兰联合匈奴杀汉使,劫财物。傅介子出使大宛,以汉帝诏令责问楼兰、龟兹,并杀死匈奴使者,被任命为平乐监。公元前77年,傅介子又奉命以赏赐为名,携黄金至楼兰,斩杀楼兰王,另立在汉的楼兰质子为王,以功封义阳侯。

【译文】

汉武帝元封元年(前110)，浮忻国进贡了兰金泥。这种金泥出自汤泉，盛夏之时，汤泉的水经常沸腾喷涌，如同滚水与烈火，连飞鸟都不敢从上面飞过。浮忻国的人经常看到水边有人冶炼这种金泥做成器物。金泥的形状稀烂如泥，颜色如同上等黄金；经过多次熔铸，颜色就会变白，发出如白银一样的光泽，这就是所说的"银烛"。人们常用这种金泥封存各种书函、木匣以及各处的宫门，涂上金泥之后鬼怪就不敢侵犯。当时在汉代，地位高的将领出征，以及使臣出使辽远之国，大多都用这种金泥封口并盖上玺印。卫青、张骞、苏武、傅介子出征或出使时，都拿着这种金泥的玺封。汉武帝去世后，这种金泥就没有了。

日南之南①，有淫泉之浦。言其水浸淫从地而出成渊②，故曰"淫泉"。或言此水甘软，男女饮之则淫。其水小处可滥觞褰涉③，大处可方舟沿溯④，随流屈直。其水激石之声，似人之歌笑，闻者令人淫动，故俗谓之"淫泉"。时有凫雁⑤，色如金，群飞戏于沙濑⑥，罗者得之，乃真金凫也。当秦破骊山之坟⑦，行野者见金凫向南而飞，至淫泉。后宝鼎元年⑧，张善为日南太守，郡民有得金凫以献。张善该博多通⑨，考其年月，即秦始皇墓之金凫也。

【注释】

①日南：郡名。汉武帝元鼎六年(前111)置，本秦象郡南部地，汉武帝平南越，析置日南郡，在今越南中部地区。

②浸淫：水流溢，泛滥。鲍照《送从弟道秀别诗》："浸淫旦潮广，澜漫宿云滋。"

③滥觞：比喻水浅小，只能浮起酒杯。觞，古代盛酒的器具。《文

194 拾遗记

选·郭景纯〈江赋〉》:"惟岷山之导江,初发源乎滥觞。"褰(qiān)
涉:指提起衣服涉水。《诗经·郑风·褰裳》:"子惠思我,褰裳
涉溱。"

④方舟:两船并行。《庄子·山木》:"方舟而济于河,有虚船来触
舟,虽有惼心之人不怒。"成玄英疏:"两舟相并曰方舟。"沿溯:指
顺流而下逆流而上。沿,顺流而下。溯,逆流而上。

⑤凫:水鸟,俗称野鸭,常群居于湖泊中,能飞。

⑥沙濑(lài):沙石上的水流。

⑦骊山之坟:指秦始皇陵墓。骊山,在今陕西西安临潼南,秦始皇
葬于此山。

⑧宝鼎元年:即公元266年。宝鼎,三国时期吴主孙皓的年号,公
元266至269年。

⑨该博:学问或见识广博。

【译文】

日南郡的南边,有一片叫作淫泉的水域。听说那里的水是从地下
流溢而出、汇流成深水的,所以起名叫"淫泉"。有人说这里的水甘甜可
口,男人和女人喝了就会淫荡放纵。淫泉的水浅小的地方只能浮起一
只酒杯,人们只要提起衣服就可以涉渡;水宽深的地方可以两条船相并
顺流而下或逆流而上,都能随着水流蜿蜒而行。淫泉的水流拍击石头
的声音,好像人们的欢歌笑语之声,听到的人都会心猿意马,因此民间
称之为"淫泉"。当时一些野鸭、野雁,它们毛色金黄,成群地飞旋嬉戏
在沙石之上的水流中。捕鸟的人抓到一只,发现竟然是真金的野鸭。
当初秦始皇的骊山陵墓被盗掘的时候,一个行走在山野的人看见真金
的野鸭向南面飞去,落到了淫泉之上。后来到东吴孙皓宝鼎元年(266)
时,张善做日南郡太守,日南郡有人抓到一只真金野鸭献给张善。张善
见识广博,他考证这只金野鸭的铸造年代后发现,就是秦始皇墓中的金
野鸭。

昔始皇为冢，敛天下瑰异①，生殉工人，倾远方奇宝于冢中②，为江海川渎及列山岳之形。以沙棠沉檀为舟楫，金银为凫雁，以琉璃杂宝为龟鱼。又于海中作玉象鲸鱼，衔火珠为星③，以代膏烛④，光出墓中，精灵之伟也。昔生埋工人于冢内，至被开时皆不死。工人于冢内琢石为龙凤仙人之像，及作碑文辞赞。汉初发此冢，验诸史传，皆无列仙龙凤之制，则知生埋匠人之所作也。后人更写此碑文，而辞多怨酷之言，乃谓为"怨碑"。《史记》略而不录。

【注释】

①瑰异：指珍奇之物。

②倾：用尽，竭尽。《三国志·蜀书·董刘马陈董吕传》："倾家竭产。"

③火珠：即火齐珠。宝珠的一种。一说似珠的石。玄奘《大唐西域记·屈露多国》："既临雪山，遂多珍药，出金、银、赤铜及火珠、锗石。"李时珍《本草纲目·金石一·水精》："火珠，《说文》谓之火齐珠，《汉书》谓之玫瑰。"

④膏烛：蜡烛。《三国志·魏书·管辂传》"明年二月卒，年四十八"句下裴松之注引《管辂别传》曰："京房上不量万乘之主，下不避佞谄之徒，欲以天文、洪范，利国利身，困不能用，卒陷大刑，可谓枯龟之余智，膏烛之末景，岂不哀哉！"

【译文】

过去，秦始皇为自己修建陵墓，聚集天下的奇珍异宝，活埋工人，将远方异国的珍宝悉数放置墓中，还在墓中建造江海、大川、小河以及各处山岳的形状；并用沙棠木、沉檀木做成船和桨，用黄金白银铸造野鸭、野雁，用琉璃及各色宝石做成龟和鱼。又在陵墓里的海中用玉石雕制成玉象、玉鲸鱼,让它们嘴衔火齐珠作为星星,来代替蜡烛。火齐珠的亮光从墓中照射到外面,真是精妙绝伦的盛大工程。过去被活埋在墓中的工人,到墓被盗掘时,他们都没有死。这些被活埋的工人在墓中雕琢石头,制成龙、凤、仙人的石像,他们还制作了石碑,在石碑上撰刻碑文、辞、赞。汉代初年发掘这座陵墓时,考古学家考查各种史传,都没有关于仙人、龙、凤雕制的记载,这才知道这些石像是活埋在墓中的工人制作的。后来人们抄录了这些碑文,其中的文辞大多是怨恨秦王残酷的话语,于是称之为"怨碑"。司马迁《史记》对此事略而不录。

　　董偃常卧延清之室①,以画石为床②,文如锦也。石体甚轻,出郅支国③。上设紫琉璃帐,火齐屏风,列灵麻之烛④,以紫玉为盘,如屈龙,皆用杂宝饰之。侍者于户外扇偃。偃曰:"玉石岂须扇而后凉耶?"侍者乃却扇,以手摸,方知有屏风。又以玉精为盘⑤,贮冰于膝前。玉精与冰同其洁澈。侍者谓冰之无盘,必融湿席,乃合玉盘拂之,落阶下,冰玉俱碎,偃以为乐。此玉精千涂国所贡也。武帝以此赐偃。哀、平之世,民家犹有此器,而多残破。及王莽之世,不复知其所在。

【注释】

①董偃:汉武帝弄臣。据《汉书·东方朔传》记载,董偃和他的母亲最初以卖珠为生,十三岁时跟随母亲进入武帝姑馆陶公主的家里,因面容姣好而被馆陶公主留在府中,后见汉武帝而大受贵宠。

②画石:有纹理的石头。郦道元《水经注·河水三》:"河水又东北历石崖山西。去北地五百里,山石之上,自然有文,尽若虎马之

状,粲然成著,类似图焉,故亦谓之画石山也。"

③郅支国:即匈奴。郅支单于名呼屠吾斯,是匈奴分裂为南北两部之后北匈奴的第一代单于,曾击败大宛、乌孙等国,一度领导匈奴短暂中兴,后被汉击灭。

④灵麻:俗称芝麻。相传是西汉张骞出使西域时引进中国的,故又名胡麻。

⑤玉精:玉的精英。即上等的玉。《汉书·礼乐志》:"璧玉精,垂华光。"颜师古注曰:"言礼神之璧乃玉之精英,故有光华也。"

【译文】

董偃经常在延清室歇息,室中用有纹理的石头作床,石头上的花纹如彩色的丝织品。这种石头很轻,产自郅支国。床上张挂着用紫色琉璃穿坠的帐幔,床前陈列着用火齐珠装饰的屏风,摆着用胡麻油做燃料的灯烛。用紫玉制作的盘子,形状如盘曲的龙,都用各种宝石装饰而成。有一天,侍者站在门外为董偃扇风纳凉。董偃说:"玉石难道必须用扇子扇风才能变凉快吗?"侍者于是放下扇子伸手去摸,才知道前面有一面屏风。董偃还用上等的玉做成盘子,在盘子里盛上冰块,放在膝前。玉精盘和冰块一样的光洁透明。侍者以为冰下没有盘子,冰块一定会浸湿枕席,于是连着冰块盘子一起拂拭,结果掉落到台阶下面,玉盘冰块全都碎了,董偃把这些事当作日常快乐。这种玉精是千涂国进贡的。汉武帝把它赏赐给了董偃。到汉哀帝、汉平帝时,老百姓家里还有这种盘子,可是大多都已经残破了。等到王莽执政时,就再也不知道哪里还有这种盘子了。

太初二年①,大月氏国贡双头鸡②,四足一尾,鸣则俱鸣。武帝置于甘泉故馆③,更以余鸡混之④,得其种类而不能鸣。谏者曰:"《诗》云⑤:'牝鸡无晨。'一云:'牝鸡之晨,惟家之索。'今雄类不鸣,非吉祥也。"帝乃送还西域。行至西关,鸡反顾望汉宫而哀鸣。故谣言曰⑥:"三七末世⑦,鸡不鸣,犬不吠,宫中荆棘乱相系,当有九虎争为帝⑧。"至王莽篡位,将军有九虎之号。其后丧乱弥多,宫掖中生蒿棘,家无鸡鸣犬吠。此鸡未至月氏国,乃飞于天汉⑨,声似鹍鸡⑩,翱翔云里。一名暗鸡,昆、暗之音相类。

【注释】

①太初二年:即公元前103年。太初,汉武帝年号,公元前104至前101年。

②大月氏(yuè zhī):古族名,曾于西域建月氏国,居敦煌、祁连间。汉文帝时遭匈奴攻击西迁,过大宛,居沩水之北,都薄罗城,人称大月氏。强盛时领土有今印度恒河流域、克什米尔、阿富汗及葱岭东西之地。

③甘泉故馆:即甘泉宫。在今陕西淳化甘泉山上。

④混:齐治平注曰:"《广记》二五九'混'作'媲',于义为长。按媲,配也,谓使之交配,故下云'得其种类'。"

⑤《诗》:当为《书》。"牝鸡"三句皆出于《书·牧誓》,且三句相连,无"一云"二字。蔡沈《书经集传》:"索,萧索也。牝鸡而晨,则阴阳反常,是为妖孽,而家道索矣。"

⑥谣言:指民间流传的评议时政的歌谣、谚语。

⑦三七末世:指西汉建立至汉平帝驾崩的二百一十年。《汉书·路温舒传》:"温舒从祖父受历数天文,以为汉厄三七之间。"颜师古注引张晏曰:"三七二百一十岁也。自汉初哀帝元年二百一年也,至平帝崩二百十一年。"

⑧九虎:指王莽的九个将军。《汉书·王莽传》:"莽拜将军九人,皆以虎为号,号曰九虎。"又《后汉书·冯衍传上》:"(皇帝)破百万

之陈，摧九虎之军，雷震四海，席卷天下。"

⑨天汉：亦指河汉，均指银河。《诗经·小雅·大东》："维天有汉，监亦有光。"

⑩鹍鸡：鸟名，似鹤。《楚辞·九辩》："雁廱廱而南游兮，鹍鸡啁哳而悲鸣。"洪兴祖补注曰："鹍鸡似鹤，黄白色。"

【译文】

汉武帝太初二年（前103），大月氏国进献了一只长着两个头的鸡，这只鸡长着四条腿一个尾巴，打鸣的时候两张嘴同时鸣叫。汉武帝把这只鸡放养在甘泉宫，让它和其他的鸡交配，孵出的鸡种就不会打鸣了。谏官说："《书·牧誓》说：'母鸡不报晓。'又说：'母鸡打鸣报晓，家境就会败落。'现在公鸡不打鸣，这不是吉祥的征兆。"于是武帝就派人把这只鸡送还西域的月氏国。走到西关时，这只鸡回头遥望汉宫悲鸣不已。因此民间流传的歌谣说："汉代建国二百一十年就要灭亡，鸡不打鸣，狗不叫，宫中长满荆棘，错乱相盘，一定有九虎争相为帝。"到王莽篡位，拜将军九人，都以虎为号。自此以后死亡祸乱连年不断，宫廷中长满荒蒿和荆棘，平民百姓家听不到鸡鸣狗吠。据说这只鸡还没有送到月氏国，就飞上了天河。这只鸡鸣叫的声音如鹍鸡一样，它在云层之间翱翔。鹍鸡又名暅鸡，"昆""暅"二字读音相近。

天汉二年①，渠搜国之西②，有祈沦之国③。其俗淳和④，人寿三百岁。有寿木之林，一树千寻⑤，日月为之隐蔽。若经憩此木下，皆不死不病。或有泛海越山来会其国⑥，归怀其叶者，则终身不老。其国人缀草毛为绳，结网为衣，似今之罗纨也⑦。至元狩六年⑧，渠搜国献网衣一袭⑨。帝焚于九达之道，恐后人征求，以物奢费。烧之，烟如金石之气。

【注释】

①天汉二年:即公元前99年。天汉,汉武帝年号,公元前100年至
　前97年。

②渠搜国:古西戎国名。《书・禹贡》:"织皮昆仑,析支渠搜,西戎
　即叙。"孔安国传:"织皮,毛布。有此四国。在荒服之外,流沙之
　内。"渠搜,古族名,分布在今甘肃酒泉迤西至鄯善一带。《文
　选・扬子云〈解嘲〉》:"今大汉左东海,右渠搜。"应劭注:"《禹
　贡》:'析支、渠搜属雍州,在金城河间之西。'"

③祈沦之国:祈沦国,传说中的古国名,无考。

④淳和:质朴温和。

⑤寻:中国古代的长度单位,八尺为寻。《诗经・鲁颂・閟宫》:"徂
　来之松,新甫之柏,是断是度,是寻是尺。"传曰:"八尺为寻。"

⑥来会:来集。《史记・陈涉世家》:"数日,号令召三老、豪杰与皆
　来会计事。"

⑦罗纨:泛指精美的丝织品。

⑧元狩六年:即公元前117年。元狩,汉武帝年号,公元前122年至
　前117年。齐治平注曰:"按元狩在前,天汉在后,子年记事颠
　倒。又以文义察之,开首'天汉二年'四字与下不属,似不当有。"

⑨一袭:一身,一套。《汉书・叔孙通传》:"(二世)乃赐通帛二十
　四,衣一袭,拜为博士。"颜师古注:"一袭,上下皆具也,今人呼为
　一副也。"

【译文】

　　天汉二年,渠搜国的西部,有一个祈沦国。那里民风质朴温和,人
的寿命长达三百岁。祈沦国有一片长着长寿树的树林,每棵树高八千
尺,太阳和月亮的光亮也被树木遮盖掩藏。如果经过此地在长寿树下
休息,就都会长生不死,也永远不会生病。有人乘船过海,翻山越岭来
到祈沦国,回去的时候只要怀揣长寿树的树叶,就永远不会衰老。祈沦

国的人用草和动物的毛发做成绳子，编织成网做成衣服，就像现在精美的丝织品一样。到元狩六年，渠搜国进献了一套网衣。汉武帝在四通八达的道路上焚烧了它。他担心后世人们找到这套衣服，会因为它而奢侈浪费。焚烧这套衣服时，散发出的气体好像冶炼金石产生的烟气。

　　太始二年①，西方有因霄之国②，人皆善啸。丈夫啸闻百里③，妇人啸闻五十里，如笙竽之音，秋冬则声清亮，春夏则声沉下。人舌尖处倒向喉内，亦曰两舌重沓④，以爪徐刮之，则啸声逾远。故《吕氏春秋》云"反舌殊乡之国"⑤，即此谓也。有至圣之君，则来服其化⑥。

【注释】

①太始二年：即公元前95年。太始，汉武帝年号，公元前96年至前93年。

②因霄之国：即因霄国。传说中的古国名，无考。

③啸：撮口作声，打口哨。《说文》："啸，吹声也。"《诗经·召南·江有汜》："不我过，其啸也歌。"

④重沓：重叠堆积。贾谊《旱云赋》："运清浊之澒洞兮，正重沓而并起。"

⑤反舌：《吕氏春秋·为欲》："蛮夷反舌殊俗异习之国。"又《吕氏春秋·功名》亦曰："善为君者，蛮夷反舌殊俗异习皆服之，德厚也。"注曰："南方有反舌国，舌本在前，末倒向喉。"殊乡：异乡，他乡。

⑥服其化：使其化服。即让他们感化顺服。

【译文】

汉武帝太始二年（前95），西方有一个因霄国，那里的人们都善于长啸。男人的啸声可以声闻百里，女人的啸声也能让五十里外的人听到。

他们的啸声如乐器笙、竽发出的音声,秋冬之时他们的啸声清脆响亮,春夏时他们的啸声沉闷低下。那里的人舌尖倒向喉内,也有人说他们有两个舌头上下重叠。用手慢慢刮舌,啸声就传得更远。所以《吕氏春秋》说"反舌异乡之国",说的就是这个地方。后来圣明的君主来到因霄国,使这里的人们感化顺服。

　　录曰:汉兴,继六国之遗弊①,天下思于圣德。是以黔黎嗟秦亡之晚②,恨汉来之迟。高祖肇基帝业③,恢张区宇④。孝惠务宽刑辟⑤,以成无为之治,德侔三王,教通四海。至于武帝,世载愈光,省方巡岳⑥,标元崇号⑦,闻礼乐以恢风,广文义以饰俗,改律历而建封禅⑧,祀百神以招群瑞;虽"钦明"茂于《唐书》,"文思"称于《虞典》⑨,岂尚兹焉。观乎周、孔之教,不贵虚无之学。武帝修黄老,治却老之方,求报无福之祀⑩。是以张敞切言⑪,使远斥仙术,指以苌弘、楚襄怀、秦皇、徐福之事,故辛垣之徒⑫,卒见夷戮。

【注释】

①遗弊:指前朝遗留的弊病。《南齐书·高帝纪下》:"援拯遗弊,革末反本,使公不专利,氓无失业。"

②黔黎:百姓。应劭《风俗通义·怪神》:"死生有命,吉凶由人,哀我黔黎,渐染迷谬,岂乐也哉?"

③肇基:始创基业。《书·武成》:"至于大王,肇基王迹。"

④恢张:张扬,扩张。皇甫谧《三都赋序》:"自时厥后,缀文之士,不率典言,并务恢张。"

⑤刑辟:刑法,刑律。《左传·昭公六年》:"昔先王议事以制,不为刑辟,惧民之有争心也。"杨伯峻注:"刑辟即刑律。"

⑥省方巡岳:指视察四方,巡行川岳。省方,巡视四方。《易·观·象》:"先王以省方观民设教。"巡岳,指天子巡守邦国至四方之岳而封禅。江淹《遣太使巡诏》:"昔明王驭世,巡岳采政;睿后司朝,观俗调化。"

⑦标元崇号:指纪元及建立年号。中国古代改元之事始自战国时期的魏惠王、秦惠文王。至汉武帝继位,开始以建元为年号。自此帝王改元就立年号,称为某某元年,甚至有的帝王有十多个年号,如汉武帝就有十一个年号,即建元、元光、元朔、元狩、元鼎、元封、太初、天汉、太始、征和、后元。

⑧改律历:据《汉书·律历志》载,汉武帝令司马迁、公孙卿、壶遂等共订新历,以正月为岁首,就是后来的太初历。汉武帝之前的几位皇帝沿用的是秦的颛顼历。封禅:古代帝王祭天地的大典。在泰山上筑土为坛,报天之功,称封;在泰山下的梁父山上辟场祭地,报地之德,称禅。《史记·封禅书》:"古者封泰山禅梁父者七十二家。"据《史记·封禅书》记载,汉武帝封泰山,禅泰山下趾东北肃然山。

⑨虽"钦明"茂于《唐书》,"文思"称于《虞典》:钦明,恭敬通明。文思,有文章,善思考。《书·尧典》:"钦明文思安安。"齐治平注曰:"按《书》无《唐书》,《尧典》实《虞书》之首篇,此句则《尧典》之首句,萧《录》以'钦明''文思'对举成文,乃骈文造句之法。"

⑩求报无福之祀:此处指汉武帝信神仙、求长生、行封禅等行为。《史记·孝文本纪》:"昔先王远施不求其报,望祀不祈其福。"

⑪张敞(?—前48):字子高,西汉茂陵(今陕西兴平)人。宣帝时为京兆尹,为人敏疾,赏罚分明。张敞做官是在宣帝朝,因此文中劝谏汉武帝的说法是错误的。

⑫辛垣:当指新垣平(?—前163)。西汉赵人,汉文帝十五年(前165)以望气见文帝,称长安东北有五彩神气,宜立祠上帝,以合

符应。又使人持玉杯上书阙下献之，并自预言："阙下有宝玉气来者。"后被人告发，汉文帝杀了新垣平，并夷三族。见《史记·孝文帝纪》及《史记·封禅书》，非武帝朝事。

【译文】

萧绮录语说：西汉建国之初，继承了六国遗留下来的种种弊病，当时天下人渴望圣明贤德的政治，因此老百姓都感叹暴秦灭亡得太晚，抱怨汉朝来得太迟。汉高祖始创基业登上帝位，极力开拓疆土。汉孝惠帝致力于减轻刑律，以此来成就无为而治的政治。他们的圣德与上古三王等同，他们的教化遍及天下。到汉武帝时期，汉武帝把前代帝王的功绩更加发扬光大。他视察四方，巡行川岳，标示纪元，建立年号。他让礼乐闻于天下来恢复上古纯朴的风气，通过整治民风民俗来推广文章的义理。汉武帝还首改秦的颛顼历为太初历，到泰山行祭祀天地的大典，并祭祀百神以便引来众多祥瑞之事。即使《书·尧典》中有"恭敬通明"的记载，《虞书》中有"博学思敏"一类的事迹，难道还能超越汉武帝的时代吗？观察周公、孔子的教育，他们从不推崇虚无的学说。汉武帝却钻研黄老之学，研究长生不死之术，祈求不能降福的祭祀。因此才会有张敞的直言进谏，他让人们长期排斥神仙之术，并指责芒弘、楚襄王、楚怀王、秦始皇、徐福的事情。也正因为这样，新垣平一类人最后才会被诛戮。

　　夫仙者，尚冲静以忘形体①，守寂寞而袪嚣务②。武帝好微行而尚克伐③，恢宫宇而广苑囿，永乖长生久视之法④，失玄一守道之要⑤，悔少翁之先诛⑥，惑栾大之诡说⑦。至如李夫人，缅心昵爱，专媚兰闺⑧，思沉魂之更生，饬新宫以延伫⑨，盖犹嬖惑之宠过炽，累心之结未袪，欲竦身云霓之表⑩，与天地而齐毕，由系风晷⑪，其可阶乎⑫？虽未及玄真，颇参神邃。是以幽明不能藏其殊妙，万象无所隐其精灵⑬。考诸仙部，验以众说，未有异于斯乎！

【注释】

①冲静：内心空虚，宁静，不存世俗之见，淡泊名利。冲，空虚。《老子》四十五章："大盈若冲，其用不穷。"

②嚣务：繁杂的俗务。《北史·卢思道传》："洪河之湄，沃野弥望，嚣务既屏，鱼鸟为邻。"

③微行：古代帝王或官吏隐藏自己的身份改装出行。《史记·秦始皇本纪》："始皇为微行咸阳。"裴骃《史记集解》引张晏曰："若微贱之所为，故曰微行也。"

④乖：背离，违背。《广雅·释诂》："乖，背也。"

⑤玄一：《老子》："道生一，一生二，二生三，三生万物。"后称道的本源为玄一。葛洪《抱朴子内篇·地真》："玄一之道，亦要法也。"守道：坚守某种道德规范。《左传·昭公二十年》："守道不如守官，君子韪之。"

⑥少翁：即李少翁。据《史记·孝武本纪》及《史记·封禅书》载，少翁为齐人，以鬼神方见汉武帝，拜文成将军，赏赐甚多。后诈为牛腹中书以欺武帝，被诛。武帝寻悔之，惜其方不尽用。

⑦栾大：汉武帝时方士，以乐成侯得见武帝。武帝以为栾大能通神仙，因而尊信之，封为五利将军。后因方术多不验而被武帝腰斩。

⑧兰闱：指汉代后妃宫室。《后汉书·皇后纪赞》："班政兰闱，宣礼椒屋。"李贤注："班固《西都赋》曰：'后宫则掖庭椒房，后妃之室，兰林蕙草，披香发越。'兰林，殿名，故言兰闱。"文中代指李夫人。

⑨饬：通"饰"。

⑩竦身：即耸身，纵身向上跳。竦，通"耸"。《淮南子·道应训》：

　　"若士举臂而竦身,遂入云中。"

⑪由:通"犹"。系风晷(guǐ):犹言捕风捉影。晷,日影。《汉书·郊
　　祀志》:"皆奸人惑众,挟左道,怀诈伪,以欺罔世主。听其言,洋
　　洋满耳,若将可遇;求之,荡荡如系风捕景,终不可得。"

⑫阶:经由,达到。

⑬精灵:精气之灵。古人认为是形成万物的本原。《易·系辞上》:
　　"精气为物,游魂为变。"孔颖述疏:"精气为物者,谓阴阳精灵之
　　气氤氲积聚而为万物也。"

【译文】

　　至于说到仙人,他们崇尚内心的恬淡、宁静,忘记形体的存在,坚守孤单冷清的生活,祛除繁杂的俗务。可是武帝却总喜欢微服私访,又热心于攻打讨伐,他扩大宫室,广开范围。这就永远背离了长生不死的成仙之道,失去了"玄一守道"的道家法规。他先杀了少翁,不久又觉得后悔,后来又被栾大的谎骗之辞所迷惑。至于说李夫人,武帝则一心沉湎于对她的宠溺,专注于李夫人的媚态,痴想着消逝的魂魄还能再生,他装饰了新建的宫殿引颈期盼亡魂的归来,这大概可能是对后妃的宠爱迷恋过于热烈,多年积累的世俗欲望郁结心中无法祛除,想要纵身一跳到达云霄之外,使自己与天地共存,就好像要捕风捉影一样,这怎么可能达到呢?即使没有能够达到道的极境,但也很能领悟其中的奥秘。因此,阴、阳两界都不能隐蔽其中的精微奥妙,宇宙间一切事物或景象也没有藏匿精灵之气的地方。考查各种记载神仙事迹的书籍,求证各地的民间传说,在这个问题上没有异议。

　　夫五运递兴①,数之常理,金、土之兆,魏、晋当焉。董偃起自贩珠之徒,因庖宰而升宠,窃幸一时,富倾海宇,内蓄神异之珍,衔非世之宝;一朝绝爱,信盛衰之有兆乎!夫为棺椁者②,以防蝼蚁之患,权敛骨之离③,圣人使合其正礼,恶其

逾费,疾其过薄④。至如澹台灭明之俭⑤,盛姬、秦皇之奢⑥,
皆失于节用。嗟乎!形销神灭,欻为一棺之土⑦,为陵成
谷⑧,琼珣美宝,奄为烬尘,斯则费生加死,无益身名也。冥
然长往,何忆曩时之盛?仲尼云:"不如速朽⑨。"敛手足形⑩,
圣人以斯昭诫,岂不尚哉!

【注释】

①五运递兴:指金、木、水、火、土五德依次兴起。

②椁:古代套在棺材外面的大棺材。《周礼·地官·闾师》:"不树
者无椁。"

③权:姑且,暂且。敛骨:使散掉的骨骼集结起来。

④疾:痛恨。

⑤澹台灭明:人名。孔子弟子,字子羽。《博物志》卷八:"澹台子羽
子溺水死,欲葬之。灭明曰:'此命也,与蝼蚁何亲?与鱼鳖何
仇?'遂不使葬。"齐治平注曰:"此谓其子死不葬,过俭而不
中礼。"

⑥盛姬:周穆王宠妃。据《穆天子传》卷六载,盛姬死后,周穆王葬
以皇后之礼,陪葬品极为丰厚。此处是批判周穆王的奢侈。

⑦欻(xū):忽然,迅速。

⑧为陵成谷:《诗经·小雅·十月之交》:"高岸为谷,深谷为陵。"毛
传:"言易位也。"比喻世事变迁。

⑨不如速朽:《礼记·檀弓上》:"昔者夫子居于宋,见桓司马自为石
椁,三年而不成。夫子曰:'若是其靡也,死不如速朽之愈也。'死
之欲速朽,为桓司马言之也。"

⑩敛手足形:《礼记·檀弓下》:"敛手足形,还葬而无椁,称其财,斯
谓之礼。"孔颖达疏:"敛手足形者,亲亡但衣棺敛其头首及足,形

体不露,还速葬而无椁材,称其家之财物所有以送终。"

【译文】

朝代的兴衰都是金、木、水、火、土五德依次兴起的结果,这是气数变化的一般规律,出现金、土二德的征兆,魏、晋二朝就当政。董偃是从贩卖珠宝一类的人当中起家的,靠着一个厨子得到了帝王的宠爱。他利用皇帝一时的宠幸,聚敛的财富超过天下所有人。董偃的家里不但储藏着神奇的珍宝,他还向人们炫耀这些稀世珍宝。然而没想到只在一个早上董偃就失宠了,这说明确实有盛衰的征兆啊!做棺椁的目的是防范蝼蚁的祸害,姑且集结散掉的骨骼。圣人让死者入棺是为了合乎正常的礼节,既讨厌太过奢侈浪费,也痛恨太过简陋寒酸。至于像澹台灭明葬子那样的节俭,盛姬、秦始皇死后下葬那样的奢华,都错在节用不当。唉!人死后形体消亡灵魂泯灭,很快就变成了一棺材的土,世事变迁,那些奇珍异宝,转瞬之间也都变成了灰烬,这就是浪费活人的财产强加在死人身上,对死者的身体、名声都没有好处。人死了就永远离开了尘世,哪里还会回忆生前的好日子?孔子说:"不如快点腐烂吧!"只要把手脚收拢就行了。圣人用这样的方式告诫,难道不值得我们重视吗?

《拾遗记》卷六

《拾遗记》卷六是对两汉时期几位帝王以及这一时期几位历史人物异闻逸事的记述,其中涉及的帝王有西汉的昭帝、宣帝、成帝、哀帝,东汉的明帝、章帝、安帝、灵帝、献帝;历史人物有郭况、刘向、贾逵、何休、任末、曹曾。封建帝王奢华的宫廷苑囿、服饰、宴饮以及声色之乐,历来是道教方士津津乐道的话题,本卷王嘉对帝王逸事的记述,首先就是对他们奢侈淫乐生活的描述。汉昭帝淋池中的"低光荷""紫菱"已经使其"游宴永日",而在"以文梓为船,木兰为枻,刻飞鸾翔鹢,饰于船首,随风轻漾"之后,更使昭帝"毕景忘归,乃至通夜"。淋池之南的桂台,也是昭帝的流连忘返之地,他"泛蘅兰云鹢之舟","以香金为钩,缯丝为纶,丹鲤为饵",钓于台下,"穷昼系夜"。汉成帝修建的宵游宫"以漆为柱,铺黑绨之幕,器服乘舆,皆尚黑色"。而自班婕妤以下,咸带玄绶的宫人以及成帝乘坐的由羽林之士负之以趋,"觉其行快疾,闻其中若风雷之声"的"云雷宫"等则显示出汉成帝生活的豪奢。王嘉还描述了汉灵帝在裸游馆的纵情游乐生活:汉灵帝选宫人玉色体轻者乘船,"使舟覆没,视宫人玉色",并让"宫人年二七已上,三六以下,皆靓妆,解其上衣,惟着内服,或共裸浴",又使内竖为驴鸣。"于馆北又作鸡鸣堂,多畜鸡,每醉迷于天晓，内侍竞作鸡鸣，以乱真声也"。而灵帝对这样的生活则乐在其中，并感叹说："使万岁如此，则上仙也。"这样就把一个骄奢淫逸、荒淫无耻的帝王形象表现得淋漓尽致。

其次是对帝王与后妃传闻逸事的记述。赵飞燕是汉成帝的宠妃，曾专宠十余年，有关她的传说故事汉魏六朝的笔记小说多有记载，《拾遗记》卷六就描述了汉成帝与宠妃赵飞燕在太液池的游嬉，"以沙棠木为舟""以云母饰于鹢首""又刻大桐木为虬龙，雕饰如真，以夹云舟而行。以紫桂为柂柵"等的描述，可见他们出行的大肆铺张，挥金如土，而"帝每忧轻荡，以惊飞燕""每轻风时至，飞燕殆欲随风入水。帝以翠缨结飞燕之裙，游倦乃返"等句，则表现成帝对赵飞燕的专宠有加。"飞燕后渐见疏，常怨曰：'妾微贱，何复得预缨裙之游'"几句则与前文的宠爱形成了鲜明的对比，体现了王嘉对先宠后弃的女性的同情以及对封建帝王喜新厌旧的丑恶本性的批判。伏寿是东汉献帝的皇后，汉末社会动乱，汉献帝和伏皇后颠沛流离，吃尽了苦头。《拾遗记》卷六也记述了汉献帝伏皇后的逸事。王嘉对伏皇后吃尽苦头保护丈夫的行为给予了热情的赞扬。萧绮在"录"语中更是赞扬伏皇后"丹石可磨，而不可夺其坚色；兰桂可折，而不可掩其贞芳。伏后履纯明之姿，怀忠亮之质，临危受命，壮夫未能加焉，知死不吝，冯媛之俦也。求之千古，亦所罕闻"。然而，从这段描述的字里行间可以窥见，在王嘉赋予神异色彩的描述中，在伏皇后临危不惧、聪慧果敢的背后，是一个无德无能、一个只知道享受，一旦遇到困难就不知所措的封建帝王，两者形成了鲜明的对比。本卷还记述了汉哀帝对男宠董贤的宠昵，"割袖恐惊其眠"的描述批判了汉哀帝的荒淫奢侈及变态心理。

最后是对汉代自武帝之后奇珍异物的描述。宣帝朝背明之国进贡的方物，每一样都充满神异的色彩：如"食者死而更生，夭而有寿"的翻形稻、"食一粒历年不饥"的清肠道、"似凤鸟之冠，食者多力"的凤冠粟、"食此二粟，令人骨轻"的游龙粟和琼膏粟、"叶垂覆地，食者不老不疾"

的倾离豆、"食者夜行不持烛……食之延寿,后天而老"的通明麻以及"食者至死不饥渴"的紫菊等,所有这些描写,一方面是处在战乱中饥寒交迫的平民百姓善良愿望的真实反映,另一方面也表现了王嘉对长生不死的神仙道教思想的宣传。西王母、东王公都是道教传说中的仙人,西王母更是被尊为女仙的领袖,《拾遗记》卷六"明帝阴贵人"一段的描述中,阴贵人"王母之桃,王公之瓜,可得而食,吾万岁矣,安可植乎"的话语,反映了她对长生不死的神仙生活的渴望。

除对帝王后妃生活逸事的描述外,王嘉在《拾遗记》卷六还记述了王溥、郭况、刘向、贾逵、何休、任末、曹曾等几位历史人物的传说故事。王嘉对王溥的记述反映了汉代社会卖官鬻爵的社会风气。王溥靠佣书致富,并"以一亿钱输官,得中垒校尉"。而溥早先穿井所得铁印铭文"佣力得富,钱至亿庾,一土三田,军门主簿"的记述,则是王嘉谶纬思想的反映。帝王的豪奢生活自不必说,就是那些皇亲国戚的生活,奢华程度也是常人难以想象的。《拾遗记》卷六就记载了汉光武帝时期外戚郭况富贵奢华的生活:

> 累金数亿,家僮四百余人,以黄金为器,工冶之声,震于都鄙……庭中起高阁长庑。置衡石于其上,以称量珠玉也。阁下有藏金窟,列武士以卫之。错杂宝以饰台榭,悬明珠于四垂,昼视之如星,夜望之如月。里语曰:"洛阳多钱郭氏室,夜日昼星富无匹。"其宠者皆以玉器盛食,故东京谓郭家为"琼厨金穴"。

刘向是西汉后期著名的经学家、目录学家和文学家,历仕汉宣帝、汉元帝、汉成帝三朝。汉成帝继位后,刘向奉命领校秘书,校书天禄阁。《拾遗记》卷六所述"着黄衣,植青藜杖,登阁而进",并向刘向传授《洪范五行》之文,自言为"太一之精"的老父,就是刘向校书于天禄阁的传闻逸事。汉末魏晋以来,名士的生活经历、言谈举止逐渐成为人们关注的话题。王嘉在本卷就记述了汉代名士贾逵的"明惠过人"以及其姊的"贞明"。虽然王嘉的记述与正史不符,但作为一个好学励志的传说故事,还是具有一定的积极意义的。除此之外,本卷也记述了名士何休、任末、曹曾的传闻逸事,他们或"木讷多智"(何休),或"学无常师,负笈不远险阻"(任末),或"事亲尽礼"(曹曾),都是后世学人的榜样,兹不具述。

前汉下

　　昭帝始元元年①,穿淋池,广千步。中植分枝荷,一茎四叶,状如骈盖,日照则叶低荫根茎,若葵之卫足②,名"低光荷"。实如玄珠,可以饰佩。花叶难萎,芬馥之气,彻十余里③。食之令人口气常香,益脉理病。宫人贵之,每游宴出入,必皆含嚼。或剪以为衣,或折以蔽日,以为戏弄。《楚辞》所谓"折芰荷以为衣"④,意在斯也。亦有倒生菱,茎如乱丝,一花千叶,根浮水上,实沉泥中,名"紫菱",食之不老。帝时命水嬉,游宴永日。土人进一巨槽,帝曰:"桂楫松舟,其犹重朴;况乎此槽,可得而乘也?"乃命以文梓为船,木兰为枻⑤,刻飞鸾翔鹢⑥,饰于船首,随风轻漾,毕景忘归⑦,乃至通夜。使宫人歌曰:"秋素景兮泛洪波,挥纤手兮折芰荷,凉风凄凄扬棹歌,云光开曙月低河,万岁为乐岂云多!"帝乃大悦。起商台于池上。及乎末岁,进谏者多,遂省薄游幸⑧,埋毁池台,鸾舟荷芰,随时废灭。今台无遗址,沟池已平。

【注释】

　　①昭帝:西汉的第八位皇帝,名刘弗陵(前94—前74),汉武帝刘彻之子。始元元年:公元前86年。始元,汉昭帝年号,公元前86年

至前 80 年。

②葵：即向日葵。一年生草本植物，开大黄花，花垂倾似卫足之状，常朝向太阳。《左传·成公十七年》载，春秋时齐国鲍牵被刖，孔子曰："鲍庄子之智不如葵，葵犹能卫其足。"

③彻：通，达。《说文》："彻，通也。"《太平御览》卷九九九引本段曰："汉昭帝游柳池，有芙蓉紫色，大如斗，花叶柔甘可食，芬气闻十里之内，莲实如珠。"与本书字句不同。

④折芰（jì）荷以为衣：《楚辞·离骚》："制芰荷以为衣兮，集芙蓉以为裳。"

⑤柂（duò）：同"舵"。控制行船方向的设备。

⑥鹢（yì）：水鸟名。《汉书·司马相如传》："浮文鹢。"张揖注："鹢，水鸟也，画其象于船首。"

⑦毕景：即毕影，日影已尽，指日暮。景，同"影"。

⑧省薄：俭约。《后汉书·明帝纪赞》："备章朝物，省薄坟陵。"游幸：指帝王或后妃出游。

【译文】

汉昭帝始元元年（前 86），开凿了淋池，淋池的宽度达一千步。池的中间种植了分枝荷，这种荷花每株枝干上长有四片叶子，荷叶的形状如并列的车盖。太阳照射时荷叶就会低垂阴护根茎，好像向日葵的花向日倾垂卫护葵根一样，名为"低光荷"。这种荷花的果实好像黑色的珠宝，可以当作饰品佩戴。荷叶不容易枯萎，芳香之气达十余里。嚼食这种荷叶可以让人口气长久保持清香，并能滋养血脉，调理疾病。宫中之人把这种荷叶看得很珍贵，每次宴游或出入宫廷，一定都要含嚼。有人把荷叶裁剪做成衣服，有人折下荷叶用来遮挡太阳，也用荷叶相互耍笑捉弄。《楚辞》中所说的"折芰荷以为衣兮"，就是这个意思。淋池中还有一种倒生菱，它的茎好像杂乱的丝，一株菱花可以生出上千片的叶子，倒生菱的根浮在水面，果实埋在池底的泥土中，又名为"紫菱"，服食它可以长生不死。汉昭帝经常让宫人们在池中嬉戏,整日饮宴游乐。当地人进献了一个大槽,昭帝说:"桂木做的桨,松木做的船,尚且觉得笨重朴拙,更何况这个大槽,怎么能用它当船来坐呢?"于是命工匠用有花纹的梓木造船,用兰木为舵,并雕刻飞翔的鸾鸟、鹢鸟,装饰在船头。船随微风在水波之上轻轻荡漾,太阳落山了还流连忘返,有时甚至通宵达旦。汉昭帝命宫女唱道:"清秋美景之时泛舟洪波之上,舞动纤纤素手折下一支荷叶。凉风吹来心生悲凄,荡起船桨唱起歌。云层的罅缝露出日光迎来黎明,月亮西落斜挂在银河。千秋万代世世为乐也不算多!"昭帝听了非常高兴。后来汉昭帝在淋池上建造了商台。到了汉昭帝末年,进言规劝的人多起来,昭帝才逐渐减少游乐,并掩埋了淋池,毁掉了商台,鸾舟、菱花、荷花随着时间的推移也被废弃毁灭。今天那里没有商台遗址,淋池也已变成平地。

元凤二年①,于淋池之南起桂台,以望远气。东引太液之水②。有一连理树,上枝跨于渠水,下枝隔岸而南,生与上枝同一株。帝常以季秋之月,泛蘅兰云鹢之舟,穷暑系夜③,钓于台下。以香金为钩,缥丝为纶④,丹鲤为饵,钓得白蛟,长三丈,若大蛇,无鳞甲。帝曰:"非祥也。"命太官为鲊⑤,肉紫骨青,味甚香美,班赐群臣⑥。帝思其美,渔者不能复得,知为神异之物。

【注释】

①元凤二年:公元前79年。元凤,汉昭帝第二个年号,公元前80年
　　至前75年。

②太液:古池名。即汉太液池,在陕西西安长安区西北,汉武帝元
　　封元年(前110)开凿。

③穷暮：犹尽日。

④缥：字见《玉篇》，云"色庄切"，无释义。齐治平曰："疑缥，盖色白
　　如霜之丝线也。"

⑤太官：官名。秦有太官令、丞，属少府。两汉因之。掌皇帝膳食
　　及燕享之事。鲊(zhǎ)：盐腌的鱼。

⑥班赐：颁赐，分赏。《史记·周本纪》："(武王)封诸侯，班赐
　　宗彝。"

【译文】

　　汉昭帝元凤二年(前79)，汉昭帝在淋池南边修建桂台，用来眺望远
处的云气。又从东边引来太液池的水。那里有一棵连理树，这棵树高
处的枝条横跨在渠水之上，底处的树枝跨过渠岸向南生长，长高之后又
与高处的树枝合为一株。昭帝时常在秋末之时，乘坐雕画着杜衡、兰
草、云图、鹢鸟的船，整日整夜，在桂台下钓鱼。他用散发着香味的金丝
做成鱼钩，用白色的丝线作鱼线，用红色的鲤鱼作鱼饵，钓到了一条白
蛟。这条白蛟有三丈长，像条大蛇，没有鳞甲。昭帝说："这不是祥瑞之
物。"于是命令太官做成腌鱼。白蛟的肉是紫色的，鱼骨是青色的，鱼肉
的味道极其鲜美，汉昭帝把腌鱼分赏给各位大臣。后来，汉昭帝想吃这
种美味，然而打鱼的人没有能够再次捕获，这才知道白蛟是神异之物。

　　宣帝地节元年①，乐浪之东②，有背明之国③，来贡其方
物④。言其乡在扶桑之东，见日出于西方。其国昏昏常暗，
宜种百谷，名曰"融泽"，方三千里。五谷皆良，食之后天而
死。有浃日之稻⑤，种之十旬而熟；有翻形稻⑥，言食者死而
更生，夭而有寿；有明清稻，食者延年也；清肠稻，食一粒历
年不饥。有摇枝粟，其枝长而弱，无风常摇，食之益髓；有凤
冠粟，似凤鸟之冠，食者多力；有游龙粟，叶屈曲似游龙也⑦；

有琼膏粟,白如银,食此二粟,令人骨轻⑧。有绕明豆,其茎弱,自相萦缠⑨;有挟剑豆,其荚形似人挟剑,横斜而生;有倾离豆,言其豆见日,叶垂覆地,食者不老不疾。有延精麦,延寿益气;有昆和麦,调畅六府⑩;有轻心麦,食者体轻;有醇和麦,为曲以酿酒,一醉累月,食之凌冬可袒⑪;有含露麦,穟中有露,味甘如饴⑫。

【注释】

①宣帝地节元年:公元前69年。宣帝,即汉宣帝刘询(前91—前49),汉武帝曾孙,在位二十五年,改元七次。地节,汉宣帝的第二个年号,公元前69年至前66年。

②乐浪:郡名,是汉武帝于公元前108年平定朝鲜后在今朝鲜半岛设置的汉四郡之一。

③背明之国:即背明国。传说中的古国名,无考。

④方物:本地产物,土产。《书·旅獒》:"无有远迩,毕献方物。"蔡沉《集传》:"方物,方土所生之物。"

⑤浃(jiā):整个儿的。《左传·成公九年》:"浃辰之间,而楚克其三都。"

⑥翻形:即返形,故食之可以"死而更生,夭而有寿"。

⑦叶屈曲似游龙也:《稗海》本、《太平广记》卷四一二此句"叶"上均有"枝"字。

⑧令人骨轻:《太平御览》卷八四〇引本书此句下尚有"有云渠粟,丛生,叶似扶蓁,食之益颜色,粟茎赤黄,皆长二丈,千株丛生"。当是本节佚文。

⑨萦缠:环绕。潘岳《笙赋》:"新声变曲,奇韵横逸。萦缠歌鼓,网络钟律。"

⑩六府：即六腑。府，通"腑"。

⑪凌冬：寒冬。

⑫饴：即饴糖，用麦芽制成的糖。

【译文】

汉宣帝地节元年(前69)，乐浪郡的东部，有一个背明国，派使者来到汉朝进贡当地所产之物。听说他们国家在扶桑的东面，每天看到太阳从西边升起。那里整日昏昏暗暗，适宜种植各种谷物，被称作"融泽"，方圆三千里。背明国种植的谷物都很精良，吃了这些谷物就可以长生不死。有一种泆日稻，种植后一百天就成熟了；有一种返形稻，吃了它的人可以死而复生，短寿可以变得长寿；有一种明清稻，吃了可以延年益寿；还有一种清肠稻，吃下一粒几年都不会饥饿。有一种摇枝谷，它的枝长得既长又软，没有风的时候也在不停地摇动，吃了它对骨髓有好处；有一种凤冠谷，谷穗好像凤凰的凤冠，吃了它的人就会增加体力；有一种游龙谷，它的茎叶弯曲好像游动的龙；还有一种琼膏谷，它的颜色如白银，吃了游龙谷和琼膏谷，就能使人身体轻盈。有一种绕明豆，它的茎很柔弱，相互缠绕在一起；有一种挟剑豆，它的豆荚形状好像人佩带着剑，或横或斜生长；还有一种倾离豆，据说这种豆一见太阳，豆叶就垂下来盖在地上，吃了这种豆的人不会衰老也不会生病。有一种延精麦，可以延年益寿，补益气虚；有一种昆和麦，可以调养、通畅五脏六腑；有一种轻心麦，吃了它的人会身轻如飞；有一种醇和麦，掺和酒曲可以酿酒，酿出的酒喝了可以让人一醉数月，吃了醇和麦的人可以裸着身体过寒冬；还有一种含露麦，麦穗中有露水，麦粒的味道甜美如饴糖。

有紫沉麻，其实不浮；有云冰麻，实冷而有光，宜为油泽；有通明麻，食者夜行不持烛，是萐蒢也①，食之延寿，后天而老。其北有草，名虹草，枝长一丈，叶如车轮，根大如毂②，花似朝虹之色。昔齐桓公伐山戎③，国人献其种，乃植于庭，云霸者之瑞也。有宵明草,夜视如列烛,昼则无光,自消灭也。有紫菊,谓之日精,一茎一蔓,延及数亩,味甘,食者至死不饥渴。有焦茅,高五丈,燃之成灰,以水灌之,复成茅也,谓之灵茅。有黄渠草,映日如火,其坚韧若金,食者焚身不热;有梦草,叶如蒲,茎如蓍①,采之以占吉凶,万不遗一;又有闻遐草,服者耳聪,香如桂,茎如兰。其国献之,多不生实,叶多萎黄,诏并除焉。

【注释】

①苣藤(jù shèng):胡麻的别称。

②毂(gǔ):车轮中心的圆木,周围与车辐的一端相接,中有圆孔,可以插轴。后借指车轮或车。

③山戎:又称北戎,匈奴的一支。据《史记·五帝本纪》司马贞《史记索隐》载,唐、虞以前称山戎,至汉始称匈奴。

④蓍(shī):即蓍草。古代常以其茎用作占卜。《说文》:"蓍,蒿属。生十岁,百茎,易以为数。天子蓍九尺,诸侯七尺,大夫五尺,士三尺。"

【译文】

有一种紫沉麻,它的果实落水不浮;有一种云冰麻,它的果实冰冷而有光泽,适合榨油;还有一种通明麻,吃了它的人夜里走路不用拿火把,这是胡麻一类,食用它可以延年益寿,长生不老。背明国的北面有一种草,名叫虹草,这种草枝长一丈,草的叶子如车轮,草根粗壮如车轮中心的圆木,花的颜色似早晨的彩虹。过去齐桓公攻打山戎,背明国的人进献了这种虹草的种子,齐桓公就把它种在庭园之中,说这是霸主的祥瑞之兆。有一种宵明草,夜晚看它犹如排列的灯烛,白天看却没有光亮,白天亮光自己消失了。有一种紫菊,人们称它为日精,紫菊的一根茎就是一个蔓,可以延伸到几亩之地;紫菊味道甘美,吃了它的人一生都不觉得饥渴。有一种焦茅,高五丈,把它烧成灰,再用水来浇灌,就又会生出焦茅,人们称它为灵茅。有一种黄渠草,在日光的映照之下,它的颜色像火一样红,它的果实坚韧如金,吃了它的人被火烧身也不会觉得热;有一种梦草,它的叶子好像蒲苇,草茎好像菖草,采集它可以用来占卜吉凶,万无一失。还有一种闻遐草,服用它的人听觉会很灵敏,这种草的香气如桂花,草茎如芝兰。背明国的人进献了这些奇异的植物,种在庭园长大后,这些植物大多不结果实,叶子也大多枯萎泛黄。汉宣帝下令铲除了这些植物。

　　二年,含涂国贡其珍怪①。其使云:"去王都七万里。鸟兽皆能言语。鸡犬死者,埋之不朽。经历数世,其家人游于山阿海滨,地中闻鸡犬鸣吠,主乃掘取,还家养之,毛羽虽秃落更生,久乃悦泽②。"

【注释】

①含涂国:传说中的古国名,无考。

②悦泽:光润悦目。焦延寿《易林·讼之师》:"凫得水没,喜笑自啄,毛羽悦泽。"

【译文】

汉宣帝地节二年(前68),含涂国进贡了一些珍贵奇异之物。含涂国的使者说:"我国距离汉朝都城七万里。我们国家的鸟兽都能说话。鸡和狗死了,埋在地下也不会腐烂。经过几世之后,我们国家的一家人在山边海滨游玩,听到地下有鸡鸣狗吠之声,这家主人就在地下挖,挖出了鸡、狗并带回家饲养起来。它们的毛羽虽然早已脱落,但不久又长出了新的;时间久了,鸡、狗的毛羽就变得光润悦目了。"

　　张掖郡有郅族之盛①,因以名也。郅奇字君珍,居丧尽礼。所居去墓百里,每夜行,常有飞鸟衔火夹之,登山济水②,号泣不息,未尝以险难为忧,虽夜如昼之明也。以泪洒石则成痕,著朽木枯草,必皆重茂。以泪浸地即醎③,俗谓之"醎乡"。至昭帝嘉其孝异,表铭其邑曰"孝感乡",四时祭祀,立庙焉。

【注释】

①张掖:郡名,汉置。在今甘肃张掖、山丹一带。

②济:过河,渡。

③醎:同"咸"。

【译文】

　　张掖郡有一个兴盛的郅姓家族,也因此而闻名于世。郅奇字君珍,守孝期间能够竭尽礼仪。他的住所距离墓地一百里,每次夜间走路,常有飞鸟口衔火烛在他的左右飞行。郅奇攀登高山,横渡河水,一路上号哭不止,从来没有因为道路艰险难行而担忧,即使是在晚上也如白天一样明亮。郅奇的泪水洒在石头上,石头就会出现深痕;洒在朽木枯草上,草木一定都会重新繁盛。郅奇的眼泪渗入地下,地就会变咸,民间称这里为"醎乡"。到汉昭帝时,昭帝赞许郅氏家族与众不同的孝道,表彰他们的孝行,刻碑名其地为"孝感乡",一年四季进行祭祀,并在那里建造宗庙。

　　录曰:夫心迹所至,无幽不彻,理著于微,冥昧自显。玄曦回鲁阳之戈①,严霜感匹夫之叹②,在于凡伦③,尚昭神迹。况求之精爽④,以会蒸蒸之心⑤,木石为之玄感⑥,鸟兽为之驯集。伟元哀号,春花以之改叶⑦;叔通晨兴,朝流欻生横石⑧;辛缮表迹于栖鸢⑨,卫农示德于梦虎⑩,郄氏之行,类斯道焉。按汉昭帝时,有黄鹄下太液池⑪;今云淋池,盖一水二名也。宣帝之世,有嘉谷玄稷之祥⑫,亦不说今之所生,岂由神农、后稷播厥之功⑬,抑亦王子所称,非近俗所食。诠其名,华而不实⑭。及乎飞走之类,神木怪草,见奇而说,万世之瑰伟也。

【注释】

①玄曦回鲁阳之戈:《淮南子·览冥训》:"鲁阳公与韩构难,战酣,日暮,援戈而挥之,日为之反三舍。"玄曦,指快要落山的太阳。

②严霜感匹夫之叹:《太平御览》卷十四引《淮南子》曰:"邹衍事燕惠王尽忠,左右谮之王,王系之狱,仰天哭,夏五月,天为之下霜。"

③凡伦:平庸之辈。

④精爽:神明,精神。《左传·昭公七年》:"用物精多,则魂魄强,是以有精爽,至于神明。"孔颖达疏:"精亦神也,爽亦明也,精是神之未著,爽是明之未昭。"

⑤烝烝:孝顺。《书·尧典》:"克谐以孝,烝烝乂,不格奸。"又《文选·张平子〈东京赋〉》:"烝烝之心,感物曾思。"薛综注:"《广雅》曰:'烝烝,孝也。'"

⑥玄感:冥冥中的感应,感觉。《文选·傅季友〈为宋公修张良庙教〉》:"风云玄感,蔚为帝师。"李周翰注:"《易》云:'云从龙,风从虎。'此深感应也。玄,深;蔚,盛也。"

⑦伟元哀号,春花以之改叶:据《晋书·王裒传》记载,伟元即晋王裒字,裒系城阳营陵人。其父仪为司马昭所杀,王裒终生不西向坐,以示不臣晋,"庐于墓侧,旦夕常至墓所拜跪。攀柏悲号,涕

泪着树,树为之枯"。

⑧叔通晨兴,朝流欻生横石:叔通,即隗叔通,亦名隗通。萧广济《孝子传》(黄奭辑本):"隗通字君相,母好饮江水,尝乘舟楫致之,漂浚艰辛。忽有横石特起,直趋江脊,后取水,无复劳剧。"

⑨辛缮表迹于栖鸾:萧广济《孝子传》:"辛缮字公文,母丧,精庐旁有大鸟,头高五尺,鸡首燕颔,鱼尾蛇颈,备五色而青,栖于门树。"齐治平注曰:"按此大鸟盖即此文所谓鸾也。"

⑩卫农示德于梦虎:"卫农"亦作"衡农"。《搜神记》卷十一:"衡农,字剽卿,东平人也。少孤,事继母至孝。常宿于他舍,值雷风,频梦虎啮其足。农呼妻相出于庭,叩头三下。屋忽然而坏,压死者三十余人,唯农夫妻获免。"

⑪黄鹄下太液池:《汉书·昭帝纪》:"始元元年春二月,黄鹄下建章宫太液池中。"太液池在今陕西西安长安区西北,汉武帝在池南作建章宫,又在池中修建渐台。下文淋池则汉昭帝时所凿,东引太液池之水而成。

⑫玄稷:黑粟。《汉书·宣帝纪》:"元康四年,嘉谷玄稷降于郡国。"颜师古注引服虔曰:"玄稷,黑粟也。"

⑬后稷播厥之功:《书·舜典》:"汝后稷播时百谷。"齐治平注曰:"'播厥'即'播厥百谷'之省,如'贻厥子孙''诒厥孙谋',单言'贻厥'之类。古人往往割裂成句为文,六朝人此风更甚。"后稷,周朝始祖。据《诗经·大雅·生民》记载,后稷出生于稷山,其母姜嫄。

⑭华而不实:只开花不结果。比喻表面好看,但没有实际内容。《左传·文公五年》:"且华而不实,怨之所聚也。"华,开花。

【译文】

萧绮录语说:一个人的内心所想到的,没有什么隐秘不能贯通。义理在隐微中显现,幽暗的事物也会自己显露出来。快要落山的太阳因为鲁阳公的挥戈而回升中天，老天因为邹衍的仰天而哭在夏季的五月降下霜雪。对于平庸之辈而言，尚且有灵异的现象显现，更何况求助于那些神明，来领会人们的至孝之心呢！木石也会为此而在冥冥之中有感应，鸟兽也会因此而顺从聚集。王裒因为父亲被杀而恸哭不止，春天的树木也因此枯萎叶落；隗叔通早起乘舟为母汲水江中，大江也因此忽然生出横石；辛缮能守孝母之道，鸢鸟也因此栖息于门树；衡农事继母的孝行，使得老虎也因此感动托梦。郅奇的孝行，与这些相类似。据说汉昭帝时，有一只黄色的天鹅飞落在太液池上，太液池现在叫做淋池，可能是一池二名。汉宣帝时代，有小米、黑粟等祥瑞之物，也没有说是当世所生长的粮食。难道是由于神农、后稷播种的功劳！或是王子年所说，不是近世所吃的粮食。考察这些谷物的名称，都是一些神奇却不存在的植物。至于说飞禽走兽之类，神树怪草等，都是奇闻异说，是世世代代珍美奇异的东西。

汉成帝好微行①，于太液池旁起宵游宫，以漆为柱，铺黑绨之幕②，器服乘舆，皆尚黑色。既悦于暗行，憎灯烛之照。宫中美御，皆服皂衣，自班婕妤以下③，咸带玄绶，衣佩虽加锦绣，更以木兰纱绡罩之。至宵游宫，乃秉烛。宴幸既罢，静鼓自舞，而步不扬尘。好夕出游。造飞行殿，方一丈，如今之辇，选羽林之士④，负之以趋。帝于辇上，觉其行快疾，闻其中若风雷之声，言其行疾也，名曰"云雷宫"。所幸之宫，咸以毡绨藉地，恶车辙马迹之喧。虽惑于微行昵宴⑤，在民无劳无怨⑥。每乘舆返驾，以爱幸之姬宝衣珍食，舍于道傍，国人之穷老者皆歌"万岁"。是以鸿嘉、永始之间，国富家丰，兵戈长戢⑦。故刘向、谷永指言切谏⑧，于是焚宵游宫及飞行殿，罢宴逸之乐。所谓从绳则正⑨，如转圜焉⑩。

【注释】

①汉成帝(前51—前7)：汉元帝长子，名骜。汉成帝在位二十六，改元七次，即建始、河平、阳朔、鸿嘉、永始、元延、绥和。

②绨(tí)：古代一种粗厚光滑的丝织品。《说文》："绨，厚缯也。"

③班婕妤：名不详，汉成帝妃子，是中国文学史上以辞赋见长的女作家之一，现存作品仅三篇，即《自伤赋》《捣素赋》和一首五言诗《怨歌行》。婕妤，宫中女官名。汉武帝时始置，位视上卿，秩比列侯。汉代宫中嫔妃名号分为十四等，婕妤为第二等，排在昭仪之后。

④羽林：禁卫军名。汉武帝时选陇西、天水、安定、北地、上郡、西河等六郡良家子守卫建章宫，初称建章营骑，后改名羽林骑，取为国羽翼，如林之盛之意。

⑤昵宴：谓亲近声乐宴饮之事。《左传·昭公二十五年》："君若以社稷之故，私降昵宴，群臣弗敢知。"杜预注："昵，近也。降昵宴，谓损亲近声乐饮食之事。"

⑥民无劳无怨：齐治平曰："按《成帝纪》屡言'刑罚不中，众冤失职，趋阙告诉者不绝'，又言'数遭水旱疾疫之灾，黎民娄(屡)困于饥寒'及'一人有辜，举宗拘系，农民失业，怨恨者众'。而本文言'民无劳怨'，是虚辞也。"

⑦戢(jí)：收藏。《诗经·周颂·时迈》："载戢干戈。"

⑧刘向、谷永：二人均为成帝时直言敢谏之臣，《汉书》皆有传。刘向为刘汉宗室，多因外戚擅权进言；谷永则因为汉成帝多次微行且亲近小人而进言。

⑨则正：《太平广记》卷二三六作"则直"。《荀子·劝学》："木受绳则直。"

⑩转圜(huán)：《汉书·梅福传》："昔高祖纳善若不及，从谏若转圜。"颜师古注："转圜，言其顺也。"

【译文】

汉成帝喜欢微服私行，他在太液池旁边修建了宵游宫。宵游宫中的柱子全部用漆涂抹，并铺设粗厚的黑色光滑丝织品的帷幕，各种器物服饰和车辆，都喜欢用黑色。汉成帝既然喜欢在黑暗中出行，当然就讨厌灯烛照路。宵游宫中的漂亮女官，都穿着黑色的衣服。从班婕妤以下的宫人，都披带着黑色的绶带，佩戴着玉佩，穿着漂亮的锦缎衣裙，又在外面套上用木兰纱和生丝做成的衣罩。到达宵游宫，才会拿灯烛照明。游乐宴饮结束之后，宫女们就在平和的鼓声中翩翩起舞，她们舞步轻柔，尘土不扬。汉成帝喜欢傍晚出游，他命人建造了一座飞行殿，有一丈见方，大小似现在的车辇。汉成帝挑选禁卫军的武士，让他们抬着飞行殿快走。成帝坐在辇上，感觉禁军武士跑得飞快，只听到飞行殿中好像有大风雷电之声，据说是因为武士们跑得太快了，因此又名飞行殿为"云雷宫"。汉成帝喜欢去的宫殿，都用毛毡和粗厚的丝织品铺地，那是因为他讨厌车轮马蹄的声响大。虽说汉成帝沉溺于私行宴饮之事，但老百姓并没有怨言。成帝每次乘车回宫，都把自己爱姬的衣服和珍贵的食品施舍给道路两旁的人，那些穷苦老弱的人都高呼"万岁"。因此成帝鸿嘉、永始年间，国家富强人民丰产，兵器也被长期收藏。后来因为刘向、谷永的直言极谏，汉成帝才焚毁了宵游宫和飞行殿，撤掉了寻欢作乐的宴饮。这就是人们常说的用墨斗绳才能拉直线，听从谏言如同转环一般神速。

　　帝常以三秋闲日[①]，与飞燕戏于太液池[②]，以沙棠木为舟，贵其不沉没也。以云母饰于鹢首，一名"云舟"。又刻大桐木为虬龙，雕饰如真，以夹云舟而行。以紫桂为柂楫[③]。及观云棹水[④]，玩撷菱蕖，帝每忧轻荡，以惊飞燕，令佽飞之士[⑤]，以金锁缆云舟于波上。每轻风时至，飞燕殆欲随风入水。帝以翠缨结飞燕之裙,游倦乃返。飞燕后渐见疏,常怨曰:"妾微贱,何复得预缨裙之游?"今太液池尚有避风台,即飞燕结裙之处。

【注释】

①三秋:指秋季的三个月。七月称孟秋,八月称仲秋,九月称季秋,合称三秋。

②飞燕:即赵飞燕,汉成帝宠妃。鸿嘉元年(前18)封为婕妤,永始三年(前16)封为皇后。绥和二年(前7)汉成帝去世,汉哀帝继位,被尊为皇太后。元寿二年(前1)汉哀帝去世,赵飞燕被贬为庶人,自杀身亡。

③柂(duò):古同"舵"。船舵。枻(yì):短桨。

④棹(zhào):划船。

⑤佽(cī)飞:汉武官名。少府属下左弋,自武帝太初元年改名为"佽飞",掌弋射。《汉书·冯奉世传》:"今发三辅、河东、弘农越骑、迹射、佽飞、彀者、羽林孤儿及呼速累、嗕种,方急遣。"

【译文】

汉成帝经常在秋天闲暇的时候,与赵飞燕到太液池戏游。他们用沙棠木制作成船,沙棠木的可贵之处在于它不会沉入水底;用云母装饰在鹢鸟形状的船头,这船又叫"云舟"。又雕刻大桐木成虬龙的形状,雕饰得像真龙一般,让它在云舟的两旁与云舟并行。并用紫桂做成船舵、船桨。到了池中,成帝和赵飞燕仰观天云,俯划池水,玩赏、采撷菱角与荷花。成帝常常担心船身晃荡惊吓到赵飞燕,于是他让佽飞之士用金属的锁链把船固定在水面上。每当轻风吹来,飞燕几乎像是要随风飞入水里,汉成帝就用绿色的绳子系住赵飞燕的裙子,直到游累了才返回宫中。后来,赵飞燕逐渐被成帝疏远,她常常哀怨地说:"臣妾微贱,何时才能再一次得到皇上的结裙之游呢?"现在太液池上还有避风台,就是汉成帝为赵飞燕结裙之处。

录曰：夫言端扆拱嘿者[1]，人君之尊也。是故兴居有节[2]，进止有度，出则太师奏登车之礼[3]，入则少师荐升堂之仪，列旌门以周卫[4]，修清宫以宴息[5]。成帝轻南面之位[6]，微游媟幸[7]，好惑神仙之事，谷永因而抗谏。《书》不云乎："弗矜细行[8]，终累大德[9]。"斯之谓矣。

【注释】

①端扆(yǐ)：指在帝位端坐。扆，指扆座，帝王的座位。拱嘿：拱手缄默。陆云《国人兵多不法启》："是以自来拱嘿，未敢多言。"

②兴居：指日常生活。犹言起居。葛洪《抱朴子·至理》："食饮有度，兴居有节。"

③太师：古代乐官之长。《国语·鲁语下》："昔正考父校商之名颂十二篇于周太师。"韦昭注："太师，乐官之长，掌教诗、乐。"

④旌门：古代帝王出行，张帷幕为行宫，宫前树旌旗为门，称旌门。《周礼·天官·掌舍》："为帷宫，设旌门。"注："谓王行昼止，有所展肆，若食息，张帷为宫，则树旌以表门。"

⑤清宫：帝王出行时所居静室。《史记·孝文本纪》："乃使太仆婴与东牟侯兴居清宫，奉天子法驾，迎于代邸。"裴骃《史记集解》引应劭曰："旧典，天子行幸，所至必遣静宫令先案行清静殿中，以虞非常。"司马贞《史记索隐》引《汉仪》："皇帝起居，索室清宫而后行。"

⑥南面：面朝南。古代以面朝南为尊位，君主临朝南面而坐，因此把登上帝位称为"南面为王"。《易·说卦》："圣人南面而听天下，向明而治。"

⑦嬲(nì)：亲昵。

⑧矜：怜悯，怜惜。细行：小节，小事。《书·旅獒》："不矜细行，终累大德。"孔传："轻忽小物，积害毁大，故君子慎其微。"

⑨大德：大功德，大恩。《易·系辞下》："天地之大德曰生。"《诗经·小雅·谷风》："忘我大德，思我小怨。"

【译文】

萧绮录语说：端坐在皇位之上，拱手默然不语，这是做人主的尊贵。因此帝王起居要有礼节，进退要符合法度。外出巡行时太师演奏的音乐要符合帝王登车的礼节，入宫时少师要举行帝王升堂的仪式。帝王行宫的门前要树立旌旗，四周要有武士卫护，并要修整打扫清静的宫室以便帝王歇息。汉成帝却轻视帝王的尊贵地位，微服私行，狎昵嫔妃，喜好神仙之事，谷永因此抗言直谏。《书经》不是说嘛："不注重细微小事，最终会败坏了大德。"说的就是这个道理吧。

　　哀帝尚淫奢①，多进谄佞②。幸爱之臣③，竞以妆饰妖丽④，巧言取容。董贤以雾绡单衣⑤，飘若蝉翼。帝入宴息之房，命筵卿易轻衣小袖⑥，不用奢带修裙，故使宛转便易也⑦。宫人皆效其断袖。又曰，割袖恐惊其眠⑧。

【注释】

①哀帝（前25—前1）：汉元帝庶孙，名欣，西汉第十三位皇帝，在位七年。哀帝喜男色，尊宠董贤一家。

②谄佞：花言巧语，阿谀逢迎。

③幸爱：犹宠爱。《史记·屈原贾生列传》："吴廷尉为河南守，闻其秀才，召置门下，甚幸爱。"

④妖丽：艳丽。葛洪《抱朴子外篇·刺骄》："昔者西施心痛而卧于

道侧，姿颜妖丽，兰麝芬馥，见者咸美其容而念其疾，莫不踌
躇焉。"

⑤董贤(前23—前1)：字圣卿，冯翊云阳(今陕西淳化西北)人，御史
董恭之子，因其美丽善媚，为汉哀帝所宠，行卧不离，封高安侯。
元寿二年(前1)哀帝去世，不久，董贤为王莽弹劾，罢归自杀。

⑥筵卿：齐治平注曰："《稗海》本作'贤卿'，并非；毛校作'圣卿'，近
是。但前既直书董贤名，未叙明其字，此不应忽称其字，当从程
荣本作'命贤更易轻衣小袖'。"

⑦便易：简便，方便容易。

⑧割袖恐惊其眠：《汉书·佞幸传》："贤宠爱日甚……贵震朝廷。
常与上卧起。尝昼寝，偏藉上袖，上欲起，贤未觉，不欲动贤，乃
断袖而起，其恩爱至此。"

【译文】

汉哀帝喜欢淫荡奢靡的生活，因此大臣们举荐的大多都是一些胁
肩谄媚的小人。他所宠幸的大臣，也都争相用妖艳美丽的妆饰，乖巧喜
人的言辞博取哀帝的欢心。在这些受宠的大臣中以董贤为最甚，他穿
着雾一样轻薄的丝线制成的单衣，飘飘然如蝉翼一般透明。哀帝进入
寝宫休息，就让董贤换上轻便的、衣袖短小的衣服，不用穿束着奢华腰
带的长裙，因为这样可以让他方便随意。于是，宫里的人都效仿董贤，
剪断了衣袖。也有人说，那是汉哀帝割断自己的衣袖，因为他怕惊醒正
在午睡的董贤。

后汉

明帝阴贵人梦食瓜甚美①。帝使求诸方国②。时燉煌献
异瓜种③，恒山献巨桃核。瓜名"穹隆"，长三尺，而形屈曲，

味美如饴。父老云："昔道士从蓬莱山得此瓜，云是崆峒灵瓜，四劫一实④，西王母遗于此地，世代遐绝，其实颇在。"又说："巨桃霜下结花，隆暑方熟，亦云仙人所食。"帝使植于霜林园。园皆植寒果，积冰之节，百果方盛，俗谓之"相陵"，与霜林之声讹也。后曰："王母之桃，王公之瓜，可得而食，吾万岁矣，安可植乎？"后崩，内侍者见镜奁中有瓜、桃之核，视之涕零，疑非其类耳。

【注释】

①明帝（28—75）：名庄，东汉光武帝刘秀第四子，东汉第二位皇帝，在位十九年。阴贵人（5—64）：汉光武帝后，名丽华，初封为贵人，生明帝。

②方国：四方诸侯之国，四邻之国。《诗经·大雅·大明》："厥德不回，以受方国。"郑玄笺："方国，四方来附者。"

③燉煌：同"敦煌"。汉代郡名，今甘肃敦煌。《史记·匈奴列传》："自此之后，单于益西北，左方兵直云中，右方兵直酒泉、燉煌郡。"

④四劫：指四个极长的时期。这四个时期分别是成劫、住劫、坏劫、空劫，合称四劫。劫，佛教名词。"劫波"的略称。意为极久远的时节。古印度传说世界经历若干万年毁灭一次，重新再开始，这样一个周期叫作"一劫"。

【译文】

汉明帝的母亲阴贵人梦见吃瓜，瓜的味道非常甜美。于是明帝就派人到四方诸侯之国寻求这种甜美的瓜。这时敦煌进献了一种奇异的瓜种，恒山进献了一种巨大的桃核。敦煌进献的瓜名叫"穹隆"，这种瓜有三尺长，瓜形弯曲，味道甜美如糖饴。一位长者说："过去有一位道士在蓬莱山得到过这种瓜,说是崅峒山出产这种神异的甜瓜,好几万年才结一次果实,还说这种瓜种是西王母遗留在崅峒山的,经历了久远的时代,它的果实一直流传至今。"长者又说:"恒山进献的那种大桃在严霜之时开花结果,到盛夏时刚好成熟,也听说是神仙吃的食物。"明帝让人把甜瓜和巨桃的种子种在霜林园。园中原来种植的都是寒果,每当严冬结冰之时,各种水果刚好成熟,民间称之为"相陵",这是"相陵"与"霜林"二音相近的讹传。阴贵人说:"西王母的桃,东王公的瓜,我得到了,也吃过了,我可以活到一万岁了,但什么地方可以种植呢?"阴贵人去世后,宫中的侍从发现她的镜匣中有瓜籽和桃核,看到这些内侍不禁落泪,都怀疑这不是那种神瓜的籽和巨桃的核。

章帝永宁元年①,条支国来贡异瑞②。有鸟名鸷鹊③,形高七尺,解人语。其国太平,则鸷鹊群翔。昔汉武帝时,四夷宾服,有献驯鹊,若有喜乐事,则鼓翼翔鸣。按庄周云"雕陵之鹊"④,盖其类也。《淮南子》云:"鹊知人喜⑤。"今之所记,大小虽殊,远近为异,故略举焉。

【注释】

①章帝永宁元年:章帝(58—88),名炟,汉明帝第五子,东汉第三位皇帝,在位时间十三年,改元三次,即建初、元和、章和。按汉章帝在位期间无永宁年号,文中永宁当为王嘉误记。

②条支国:亦作"条枝国",西亚古国名,在今叙利亚及幼发拉底河以东之地。

③鸷(zhī)鹊:传说中的异鸟名。

④雕陵之鹊:《庄子·山木》:"庄周游于雕陵之樊,睹一异鹊自南方来者,翼广七尺,目大运寸,感周之颡而集于栗林。"

⑤鹊知人喜:《淮南子·泛论训》:"乾鹊知来而不知往。"高诱注曰:
"乾鹊,鹊也,人将有来事忧喜之征则鸣,此知来也。"后世以鹊噪
为喜兆。《开元天宝遗事》:"时人之家,闻鹊声皆以为喜兆,故谓
灵鹊报喜。"

【译文】

汉章帝元和元年(84),条枝国的使者进献了象征吉兆的珍奇之物。
其中有一只鸟名叫鸹鹊,身形高七尺,能听懂人语。使者说条枝国社会
安宁,因此鸹鹊群集而飞。过去汉武帝时,四邻归附,有一位外国使者
进献了一只驯化的鹊鸟,如果有快乐高兴的事情,鹊鸟就会振翅飞鸣。
庄周所说的"雕陵之鹊",大概就是这种鸟!《淮南子·泛论训》高诱注
也说:"鹊鸟预知人的喜事。"目前各种典籍记载,鹊鸟的身形大小不同,
年代远近也不同,因此这里只是大略列举。

安帝好微行①,于郊垧或露宿②,起帷宫,皆用锦罽文
绣③。至永初三年,国用不足,令吏民入钱者得为官④。有琅
琊王溥,即王吉之后⑤。吉先为昌邑中尉。溥奕世衰凌⑥,及
安帝时,家贫不得仕,乃挟竹简插笔,于洛阳市佣书。美于
形貌,又多文辞。来倩其书者⑦,丈夫赠其衣冠,妇人遗其珠
玉,一日之中,衣宝盈车而归。积粟于廪,九族宗亲,莫不仰
其衣食,洛阳称为善笔而得富。溥先时家贫,穿井得铁印,
铭曰:"佣力得富,钱至亿庾⑧。一土三田,军门主簿。"后以
一亿钱输官,得中垒校尉⑨。三田一土,"壘"字也⑩;中垒校
尉掌北军垒门,故曰军门主簿。积善降福,神明报焉。

【注释】

①安帝(94—125):汉章帝孙,名祜,在位十九年,东汉第六位皇帝,

在位改元五次,即永初、元初、永宁、建光、延光。

②郊垌(jiōng):泛指郊外。葛洪《抱朴子外篇·崇教》:"或建翠翳之青葱,或射勇禽于郊垌。"

③锦罽(jì):丝织品或毛织品。《后汉书·东夷传》:"不贵金宝锦罽,不知骑乘牛马。"

④令吏民入钱者得为官:据《后汉书·安帝纪》载,永初三年,"三公以国用不足,奏令吏人入钱谷,得为关内侯、虎贲羽林郎、五大夫、官府吏、缇骑、营士各有差"。

⑤王吉:字子阳,西汉昭帝时,为昌邑王中尉。后昌邑王因荒淫被废,王吉髡为城旦,宣帝时召为博士,谏大夫。

⑥奕世:累世,代代。《国语·周语上》:"奕世载德,不忝前人。"

⑦傃(jiù):雇佣。

⑧庾(yǔ):古代量器,容量二斗四升。一说十六斗为一庾。《左传·昭公二十六年》:"粟五千庾。"杜预注:"庾,十六斗,凡八千斛。"

⑨中垒校尉:官名。汉武帝置。中垒本中尉属官。中尉所掌为备京师盗贼之事,中垒所掌当同。

⑩三田一土,"壘"字也:"壘"为"垒"字繁体。

【译文】

汉安帝喜欢微服私访,有时在郊外露宿,他命人用帷幕搭建起行宫,行宫的四壁都用五彩斑斓的毛织品或丝织品。到永和三年,国家经费不足,安帝下诏让那些出钱补充国家经费的官吏平民得以升官或做官。琅琊有一个叫王溥的人,是王吉的后人。王吉早年曾做过昌邑王中尉。经过几代到王溥时,家道已经衰微了。到汉安帝时,王溥家境更加贫穷,没有钱买官。不得已王溥才夹着竹简拿着笔,到洛阳的集市上受雇为人抄书。王溥形貌好看,又有文才,来雇佣他抄书的人,男人常常会赠给他衣服和帽子,女人则送他珠宝美玉。有时一天之中,王溥就会衣物、珍宝满载而归。王溥家仓库的米也是越积越多,他的宗族亲友,没有不依赖王溥的衣食生活的。当时洛阳的人都说王溥是凭借擅长书写而得以致富的。王溥早年家境贫困,有一次他打井挖到了一块铁印,铁印上有铭文说:"受雇于人得以致富,钱财能达到亿万。一块土地三处田,官至军门主簿。"后来王溥把一亿钱送进官府,得到中垒校尉的职位。原来所谓的"三田一土"是"壘(垒)"字,中垒校尉掌管北军垒门,所以叫军门主簿。由此可见,多做善事上天就会降下福祉,神明也会报答他。

　　灵帝初平三年①,游于西园,起裸游馆千间,采绿苔而被阶,引渠水以绕砌,周流澄澈。乘船以游漾,使宫人乘之,选玉色轻体者②,以执篙楫,摇漾于渠中。其水清澄,以盛暑之时,使舟覆没,视宫人玉色。又奏《招商》之歌,以来凉气也。歌曰:"凉风起兮日照渠,青荷昼偃叶夜舒③,惟日不足乐有余。清丝流管歌玉凫④,千年万岁喜难逾。"渠中植莲,大如盖,长一丈,南国所献。其叶夜舒昼卷,一茎有四莲丛生,名曰"夜舒荷";亦云月出则舒也,故曰"望舒荷"。

【注释】

①灵帝(156—189):名宏,章帝玄孙,东汉第十一位皇帝,在位二十二年,改元四次,即建宁、熹平、光和、中平。"初平"系汉献帝年号,此处当为"中平"。

②玉色:形容美貌。

③偃:仰面倒下,倒伏。此处指卷曲。

④玉凫:凫鸭形的玉雕。此处比喻水中的裸女。

【译文】

汉灵帝中平三年(186),灵帝常在西园游玩,他在那里建造了一千间裸游馆,并采来青苔覆盖在台阶之上,又绕着台阶引来了渠水。裸游馆四周的流水清澈透明。汉灵帝乘船在水中荡漾,他让嫔妃、宫女坐在船上,选取其中的貌美苗条者撑篙摇桨,游荡在水渠之中。这里的渠水清澈见底,盛夏之时,汉灵帝命人将船倾覆沉没在水中,观看嫔妃、宫女们的美丽容颜。汉灵帝还命乐队演奏《招商》歌,以此引来清凉之气。歌词说:"凉风吹来,太阳照在渠水之上,青绿色的荷叶白天卷曲夜晚舒展,时光短暂,欢乐无限。拨动琴弦吹起箫管歌唱那水中的美女,这样的欢乐千年万年也难以超越。"水渠中种植了荷花,荷叶大如车盖,有一丈高,是南边的国家进献的。这种荷花的叶子夜晚舒展白天卷曲,一根茎上有四朵花聚集在一起开放,名叫"夜舒荷";也听说月亮出来荷叶才开始舒展,所以又叫"望舒荷"。

帝盛夏避暑于裸游馆,长夜饮宴①。帝嗟曰:"使万岁如此,则上仙也。"宫人年二七已上,三六以下,皆靓妆②,解其上衣,惟着内服,或共裸浴。西域所献茵墀香,煮以为汤,宫人以之浴浣毕,使以余汁入渠,名曰"流香渠"。又使内竖为驴鸣③。于馆北又作鸡鸣堂,多畜鸡,每醉迷于天晓,内侍竞作鸡鸣,以乱真声也。乃以炬烛投于殿前,帝乃惊悟。及董卓破京师,散其美人,焚其宫馆。至魏咸熙中④,先所投烛处,夕夕有光如星。后人以为神光,于此地立小屋,名曰"余光祠",以祈福。至魏明末,稍扫除矣⑤。

【注释】

①长夜:通宵,整夜。

②靓(jìng)妆：美丽的妆饰。

③内竖：指宦官。

④咸熙：魏元帝曹奂的年号，咸熙二年(265)曹魏灭亡。齐治平注曰："观本书卷七魏文帝迎薛灵芸节，亦有'咸熙元年'云云，盖子年误以咸熙为魏文帝年号，故本节末又有'至魏明末'之语也。"

⑤扫除：祭扫。《国语·齐语》："是以国家不日引，不月长，恐宗庙之不扫除，社稷之不血食。敢问为此若何？"

【译文】

　　盛夏之时汉灵帝在裸游馆避暑，他常常整夜与嫔妃们饮酒欢宴。汉灵帝曾感叹道："假如一辈子都能这样，就是天上神仙的生活了。"他命令十四岁以上、十八岁以下的宫人，一律浓妆艳抹，脱掉上衣，只穿内衣，有的甚至全裸，一起在渠水中沐浴。西域进献的一种茵墀香草，用它煮的水，香气袭人。嫔妃和宫女们用这种香草水洗澡、洗衣服后，把剩余的倒入渠中，因此水渠又叫"流香渠"。汉灵帝又命宦官学驴叫，还在裸游馆的北面建造了鸡鸣堂，里面养了很多鸡。每次天快亮灵帝因醉酒而迷糊不清的时候，宦官们就争先恐后地学鸡叫，使他们的叫声和鸡的叫声相混杂。有时宦官把点燃的蜡烛扔到大殿的前面，汉灵帝才能惊醒。直到董卓率兵攻破京城，才遣散了宫女，烧毁了宫殿和裸游馆。到三国魏元帝咸熙年间，先前宦官投扔蜡烛的地方，每天晚上还能看到像星星一样的亮光。后世的人们认为是神异的灵光，在这里建造了一间小屋，并起名叫"余光祠"，用以祈求福祉。到魏代末年，对余光祠的祭扫才逐渐减少。

　　录曰：明、章两主，丕承前业①，风被四海，威行八区②，殊边异服③，祥瑞辐凑④。安、灵二帝，同为败德。夫悦目快心，罕不沦乎情欲，自非远鉴兴亡，孰能移隔下俗。佣才缘心，缅乎嗜欲，塞谏任邪，没情于淫靡。至如列代亡主，莫不凭威猛以丧家国，肆奢丽以覆宗祀。询考先坟，往往而载，佥求历古⑤，所记非一。贩爵鬻官，乖分职之本⑥；露宿郊居，违省方之义⑦。成、安二帝，载世虽远，而乱政攸同。验之史牒，讯诸前记，迷情狗马，爱好龙鹤⑧，非明王之所闻示于后也。内穷淫酷，外尽禽荒⑨，取悦耳目，流贬万世。是以牝妖告祸，汉灵以巷伯倾宗⑩。酒池裸逐之丑，鸣鸡长夜之惑，事由商乙，远仿燕丹⑪，异代一时⑫，可为悲矣。

【注释】

①丕承：很好地继承。旧谓帝王承天受命，常曰"丕承"。《书·君奭》："惟文王德丕承无疆之恤。"

②威行：指道德行为。《史记·礼书》："治辨之极也，强固之本也，威行之道也，功名之总也。"张守节《史记正义》："以礼义导天下，天下伏而归之，故为威行之道也。"八区：八方，天下。《汉书·扬雄传下》："天下之士，雷动云合，鱼鳞杂袭，咸营于八区。"颜师古注："八区，八方也。"

③殊边异服：指异方边远之地。《周礼·夏官·职方氏》："乃辨九服之邦国，方千里曰王畿，其外方五百里曰侯服，又其外方五百里曰甸服。"

④辐凑：亦作"辐辏"，形容人或物聚集像车辐集中于车毂一样。《管子·任法》："群臣修通辐凑，以事其主，百姓辑睦听令，道法以从其事。"

⑤佥（qiān）：全，都。《书·尧典》："佥曰：'于，鲧哉！'"

⑥分职：各司其职，各授其职。《书·周官》："六卿分职，各率其属，以倡九牧，阜成兆民。"

⑦省方：巡视四方。《易·观·象》："先王以省方观民设教。"注：

"天子巡省四方,观视民俗而设其教也。"

⑧迷情狗马,爱好龙鹤:指沉迷于玩好之物。《史记·殷本纪》:"(殷纣王)益收狗马奇物,充仞宫室。"又,《史记·夏本纪》载,夏帝孔甲命刘累为之豢龙。《左传·闵公二年》载:"卫懿公好鹤,鹤有乘轩者。"

⑨内穷淫酷,外尽禽荒:指沉溺于女色、田猎而荒废政务。《书·五子之歌》:"内作色荒,外作禽荒。"

⑩汉灵以巷伯倾宗:齐治平注曰:"按灵帝宠任宦官,杀戮大臣,遂成东汉衰亡之局,是以巷伯而倾覆宗祀也。"《左传·襄公九年》:"令司宫、巷伯儆宫。"注:"巷伯,寺人,皆掌宫内之事。"

⑪事由商乙,远仿燕丹:此两句承前两句而来,是说汉灵帝的荒淫与商纣王相类,而其命内侍为鸡鸣则效仿燕太子丹。由,通"犹"。商乙,当作"商辛",即商纣王。《史记·殷本纪》:"帝纣……以酒为池,悬肉为林,使男女裸相逐其间,为长夜之饮。"燕丹,即燕太子丹。据《燕丹子》记载,燕丹从秦逃归,"夜到关,关门未开,丹为鸡鸣,众鸡皆鸣,遂得逃归"。

⑫一时:即一事。指相同的事情。

【译文】

萧绮录语说:汉明帝、汉章帝两位皇帝,很好地继承了先祖的基业,他们的业绩像风一样迅速地传遍全国,他们的美好德行也流布天下,异方边远之地的人们,纷纷入朝归附,祥瑞之事齐集,就像车辐集中于车毂一样。汉安、灵二帝,都是品德败坏的国君。自古以来,凡是追求赏心悦目的帝王,很少有不沉沦在女色之中的。他们自己不能把远古的兴亡之事当作警诫,又怎么能够影响广大的平民百姓呢?这些帝王才能平庸,见识浅薄,他们沉溺在食酒美色的生活中,堵塞谏言,任用奸佞小人,忘情于淫荡颓废的声色之中。至于各代的亡国之君,没有哪个不是靠着滥施自己手中的威权而使国家灭亡的;也没有哪个不是肆意追求奢华、贪图美色而使家国覆亡的。考查上古典籍,有很多这样的记载;遍寻历代史书,其中不只记载一件这样的事情。至于贩卖爵位、官职,则是背离了设官分职的根本;出宫微服私访露宿郊外,更是违背了巡视四方的本义。汉成帝、汉安帝两位皇帝,他们在位的时间虽然比较长,但政治秩序混乱却是相同的。考察史册,询察前人的记载,沉迷于声色犬马,喜好蓁龙养鹤,后世从来没有听说过哪一位英明的帝王做过这样的事情。只有那些在朝廷内部淫荡残暴、在朝廷之外猎兽擒鸟,荒废国政、纵情声色的君主,他们才会遗臭万年。因此,帝王迷恋妖艳的女子就会招来祸患,汉灵帝宠任宦官而使宗祀倾覆。至于他让宫人赤身裸体在酒池中追逐的淫荡丑态,让宦官学鸡叫而让真鸡迷惑的糜烂生活,都或类于商纣王,或远远地效仿燕太子丹。不同的时代出现相同的事情,可以说是太悲哀了。

　　献帝伏皇后①,聪惠仁明,有闻于《内则》②。及乘舆为李傕所败③,昼夜逃走,宫人奔窜,万无一生。至河,无舟楫,后乃负帝以济河,河流迅急,惟觉脚下如有乘践,则神物之助焉。兵戈逼岸,后乃以身拥遏于帝④。帝伤趾,后以绣拭血,刮玉钗以覆于疮,应手则愈。以泪湔帝衣及面⑤,洁静如浣。军人叹伏:虽乱犹有明智妇人。精诚之至,幽祇之所感矣。

【注释】

①伏皇后(? —209):名寿,琅琊东武(今山东诸城)人,西汉大司徒伏湛八世孙。初平元年从大驾西迁长安,兴平二年,立为皇后。

②内则:《礼记》篇名。内容为妇女在家庭内必须遵守的规范和准则。《礼记·内则》题注孔颖达疏:"郑玄目录云:'名曰《内则》者,以其记男女居室事父母舅姑之法。此于《别录》属子法。'以

闺门之内,轨仪可则,故曰内则。"

③乘舆:泛指皇帝用的器物。后用作皇帝的代称。《史记·封禅书》:"乘舆斥车马帷幄器物以充其家。"李傕:亦作"李催",董卓部将。据《后汉书·皇后纪》记载,董卓死后,李傕与郭汜等合兵围长安。"(献)帝寻而东归,李傕、郭汜等追败乘舆于曹阳,帝乃潜夜度(渡)河走,六宫皆步行出营。(伏)后手持缣数匹,董承使符节令孙徽以刃胁夺之,杀傍侍者,血溅后衣"。

④拥遏:阻塞,阻拦。《史记·龟策列传》:"桀纣之时,与天争功,拥遏鬼神,使不得通。"

⑤湔(jiān):洗。

【译文】

汉献帝的伏皇后,聪明而有智慧,又仁爱明察,还因为谨守《礼记·内则》篇中的规范与礼节而闻名。等到汉献帝被李傕击败,日夜奔逃,嫔妃宫女们也都狼狈逃窜,万人之中无一人存活。当汉献帝逃到黄河边时,河边没有渡船,伏皇后就背起汉献帝过河,河水湍急,伏皇后只觉得脚下好像踩踏到了什么,原来是神异之物在帮助他们。当李傕的军队追到河岸的时候,伏皇后就把汉献帝挡在自己身后。汉献帝的脚趾受伤了,伏皇后就用绣衣擦拭脚趾上的血,并刮下玉钗上的玉屑覆盖在伤口上,伤口马上就愈合了。伏皇后还用眼泪清洗汉献帝的脸和衣服,汉献帝的脸和衣服干净得就像刚用水洗过一样。随从的军人赞叹而且佩服地说,即使在这样混乱的环境中,还有如此懂事理、有远见的妇人。真的是精诚所至,神灵也被感动了。

录曰:夫丹石可磨,而不可夺其坚色;兰桂可折,而不可掩其贞芳。伏后履纯明之姿,怀忠亮之质,临危授命,壮夫未能加焉,知死不吝,冯媛之俦也①。求之千古,亦所罕闻。汉兴,至于哀、平、元、成,尚以宫室,崇苑囿,而西京始有弘侈②，东都继其繁奢，既违采椽不斫之制③，尤异灵沼遵俭之风④。考之皇图，求之志录，千家万户之书，台卫城隍之广⑤，自重门构宇以来，未有若斯之费溢也。孝哀广四时之房，灵帝修裸游之馆，妖惑为之则神怨，工巧为之则人虐⑥，夷国沦家，可为恸矣！及夫灵瑞、嘉禽、艳卉、殊木，生非其壤，诡色讹音，不禀正朔之地，无涉图书所记，或缘德业以来仪⑦，由时俗以具质，咸得而备详矣。历览群经，披求方册，未若斯之宏丽矣。

【注释】

①冯媛(? —前6)：指汉元帝冯婕妤。《汉书·外戚传》："孝元冯昭仪(冯媛)……始为长使，数月至美人，后五年就馆生男，拜为婕妤……建昭中，上幸虎圈斗兽，后宫皆坐。熊佚出圈，攀槛欲上殿……冯婕妤直前当熊而立，左右格杀熊。上问：'人情惊惧，何故前当熊？'婕妤对曰：'猛兽得人而止，妾恐熊至御坐，故以身当之。'"俦(chóu)：辈，同类。

②弘侈：大而多。《国语·楚语上》："且夫私欲弘侈，则德义鲜少；德义不行，则迩者骚离而远者距违。"

③采椽不斫：比喻生活简朴。采，柞木。《韩非子·五蠹》："尧之王天下也，茅茨不翦，采椽不斫。"

④灵沼遵俭：此句承上句而来，亦比喻生活节俭。《孟子·梁惠王上》："文王以民力为台为沼，而民欢乐之，谓其台曰'灵台'，谓其沼曰'灵沼'。"齐治平注曰："按《诗·大雅·灵台》有'经始勿亟'语，说者谓'文王心恐烦民'，又有'不日成之'语，则其俭可知。"

⑤千家万户之书，台卫城隍之广：指宫室的侈盛。齐治平注曰："按《史记·孝武帝纪》：'作建章宫，度为千门万户。'疑即用其语，句

中当有讹误。"

⑥妖惑为之则神怨,工巧为之则人虐:指封建帝王役使百姓建造宫室的暴虐、残酷。《史记·秦本纪》:"戎王使由余于秦……秦缪公示以宫室、积聚。由余曰:'使鬼为之,则劳神矣;使人为之,亦苦民矣。'"

⑦来仪:谓凤凰来舞而有容仪,古人以为瑞应。《书·益稷》:"箫韶九成,凤皇来仪。"孔颖达疏:"箫韶之乐作之九成,以致凤皇来而有容仪也。"

【译文】

萧绮录语说:丹砂和石头可以研磨,但却不能改变它坚固的本质和殷红的颜色;木兰、桂枝可以折断,但却不能遮盖它们清香的气味。伏皇后躬行了纯朴贤明的风度,胸怀忠诚坚贞的品质,在危难之际将生死置之度外,就是豪壮之士也比不过她,明知是死却毫不退缩,是冯媛一类的人。探察历史上的贞妇烈女,也很少听到像伏皇后这样的人。从汉朝建国,到哀帝、平帝、元帝、成帝各代,都注重建造宫室,兴建苑囿。西都长安已经有了大量豪华的宫室,东都洛阳却还在继续这种繁华奢侈。这种做法既违背了尧舜时期"柞木不砍"的节俭制度,也不同于周文王修建台池所遵循的俭朴风尚。考察皇家典籍,寻求民间记载,千门万户的重重宫殿,亭台城池的广阔分布,自从人类修门建屋以来,还没有谁像汉朝的几位皇帝这样铺张浪费。汉哀帝修建春、夏、秋、冬四季宫殿,汉灵帝修筑裸游馆。像哀帝、灵帝这样劳民伤财的豪奢,如果让鬼怪去修筑神灵也会怨恨,让能工巧匠去建造平民也会受到残害,国破家亡,确实让人感到悲哀啊!至于说那些灵异的事物或景象、美丽的禽鸟、艳丽的花卉、奇异的树木,它们不在自己的本土生长,颜色就会出现变化,名称也会被讹传,又不适应汉朝的气候变化,各种书籍也就没有有关它们的记载。然而它们中的一些却生长起来,凭借帝王的德行与功业产生了"凤凰来仪"般的祥瑞,还有一些适应了汉朝的节令风俗而具有了新的品质,所有这些都可以得到完备详尽的解释。遍览各种经书,翻阅各种典籍,没有像这些描写这样宏伟壮丽的了。

郭况,光武皇后之弟也①。累金数亿,家僮四百余人,以黄金为器,工冶之声,震于都鄙②。时人谓:"郭氏之室,不雨而雷。"言其铸锻之声盛也。庭中起高阁长庑③,置衡石于其上④,以称量珠玉也。阁下有藏金窟,列武士以卫之。错杂宝以饰台榭,悬明珠于四垂,昼视之如星,夜望之如月。里语曰:"洛阳多钱郭氏室,夜日昼星富无匹。"其宠者皆以玉器盛食,故东京谓郭家为"琼厨金穴"⑤。况小心畏慎,虽居富势,闭门优游,未曾干世事,为一时之智也。

【注释】

①光武皇后(? —52):姓郭,名圣通,真定槁(今河北正定)人,其父为阳安思侯郭昌,其母为真定恭王之女,生郭后及子况。

②都鄙:指京城和边邑。《左传·襄公三十年》:"子产使都鄙有章。"杜预注:"国都及边鄙。"又《国语·吴语》:"天夺吾食,都鄙荐饥。"韦昭注:"都,国也;鄙,边邑也。"

③庑:堂下周围的廊屋。《说文》:"庑,堂下周屋。"

④衡石:指古代称量用的器具。衡,指秤杆。

⑤琼厨金穴:比喻豪富奢侈的人家。金穴,《后汉书·皇后纪》:"况迁大鸿胪。帝数幸其第,会公卿诸侯亲家饮燕,赏赐金钱缣帛,丰盛莫比。京师号况家为'金穴'。"

【译文】

郭况,是东汉光武帝皇后的弟弟。郭况家里累积的黄金有几亿两,有奴仆四百多人。郭况用黄金铸造器具,工匠锻冶金器的声音,传遍了京城和边邑。当时人们都说："郭家的房舍，只打雷不下雨。"这是说他们家冶铸金器的声音很大。郭况在他家的庭院中修建了一座高大的阁楼，阁楼的两旁是长长的廊庑。阁楼的上面摆着一杆秤，用来称量珍珠和美玉。阁楼的下面有一个藏金窟，藏金窟的周围安排武士把守。郭况还镶嵌各种宝物用来装饰亭台楼榭，在屋檐的四角悬挂明亮的珍珠，这些珠宝白天看着像闪光的星星，夜晚远望好像皎洁的明月。民间有谚语说："洛阳多钱郭氏室，夜日昼星富无比。"郭况宠爱的人也都用玉器来盛装食物，所以东都洛阳的人都说郭家是"美玉的厨房，黄金的窟穴"。郭况为人处世小心谨慎，虽然他家里有钱有势，但却经常闭门谢客，过着悠闲自在的日子，从来没有干预朝政，可以说是这一时期的明智之人了。

　　录曰：夫后族之盛，专挟内主之威①，皆以党孽强盛，肆嚣于天下，妖幸侵政②，擅椒房之亲③。在昔魏冉④，富倾嬴国；汉世王凤，同拜五侯⑤。馆第僭于京都⑥，嫱姬丽于宫掖。瑰赂南金⑦，弥玩于王府；缇绣雕文⑧，被饰于土木。高廓洞门，极夏屋之盛⑨；文马朱轩，穷车服之靡。自古擅骄，未有如斯之例。虽三归移于管室⑩，八佾陈于季庭⑪，方之为劣矣。郭况内凭姻宠，外专声厉⑫，远采山丹之穴，积陶朱、程郑之产⑬，未足称其盛欤？曾不恃其戚里⑭，矜其财势，秉温恭之正，守道持盈⑮，而自竞慎，是可谓知几其神乎！

【注释】

①内主：指皇后。《北史·后妃传上》："昭仪规为内主，谮构百端，寻废后为庶人。"

②妖幸：指以姿色得幸于君的嫔妃美人。《后汉书·皇后纪序》：

"妖幸毁政之符,外姻乱邦之迹,前史载之详矣。"

③椒房:汉代指皇后、妃子所住的宫殿。因用花椒和泥涂壁得名,取温暖芬芳之义,后用作后、妃的代称。

④魏冉:战国秦昭王母宣太后弟。秦昭王立,魏冉四登相位,封穰侯。后被罢职。《史记·范雎蔡泽列传》:"秦王乃拜范雎为相。收穰侯之印,使归陶,因使县官给车牛以徙,千乘有余。到关,关阅其宝器,宝器珍怪多于王室。"又,《史记·魏穰侯列传》:"范雎言宣太后专制,穰侯擅权于诸侯……于是秦昭王悟,乃免相国……穰侯出关,辎车千乘有余。"

⑤汉世王凤,同拜五侯:王凤(? —前22)字孝卿,汉东平陵(今山东济南)人,汉元帝王皇后弟,汉成帝时官大司马大将军领尚书事。五侯,《汉书·元后传》:"河平二年,上悉封舅谭为平阿侯,商成都侯……五人同日封,故世谓之'五侯'。"

⑥僭(jiàn):超越本分。古时指地位在下的人冒用地位在上的人的名义或礼仪、器物。《诗经·商颂·殷武》:"不僭不滥,不敢怠遑。"

⑦瑰赂:宝物,宝贝。南金:南方出产的铜。后亦借指贵重之物。《诗经·鲁颂·泮水》:"元龟象齿,大赂南金。"毛传:"南谓荆扬也。"郑玄笺:"荆扬之州,贡金三品。"孔颖达疏:"金即铜也。"

⑧缇绣:赤缯与文绣。指高贵丝织品。《后汉书·宦官传序》:"狗马饰雕文,土木被缇绣。"

⑨夏屋:大屋。《楚辞·大招》:"夏屋广大,沙堂秀只。"王逸注:"言乃为魂造作高殿峻屋,其中广大。"

⑩三归:历来说法不一。或谓娶三姓之女。《论语·八佾》:"管氏有三归。"何晏《论语集解》引包咸曰:"三归者,娶三姓女也。妇人谓嫁曰归。"或谓三归之地。《晏子春秋·内篇杂下第六》:"者吾先君桓公,有管仲恤劳齐国,身老,赏之以三归,泽及子孙。"或

谓三台。《说苑·善说》:"管仲故筑三归之台,以自伤于民。"齐
治平认为《说苑·善说》的说法较为确切。管室:指管仲之室。

⑪八佾陈于季庭:《论语·八佾》:"孔子谓季氏,八佾舞于庭,是可
忍也,孰不可忍也!"朱熹集注:"季氏,鲁大夫季孙氏也。佾,舞
列也,天子八,诸侯六,大夫四,士二……季氏以大夫而僭用天子
之礼乐。"

⑫声厉:即名利。厉,当作"利"。

⑬陶朱:指范蠡。范蠡字少伯,春秋时期楚国宛地三户(今河南淅
川)人。春秋末年著名的政治家、军事家和经济学家,曾献策扶
助勾践复国,后隐去。《史记·货殖列传》称范蠡在"十九年之
中,三致千金……子孙修业而息之,遂至巨万。故言富者皆称陶
朱公"。程郑:祖籍本战国时关东(今河南、山东等地)人,秦始皇
统一全国后,强迫其祖先迁徙至蜀郡临邛(今四川邛崃)。据《史
记·货殖列传》载,程郑因冶炼铁矿而致富。

⑭戚里:帝王外戚聚居的地方。《史记·万石张叔列传》:"于是高
祖召其姊为美人,以奋为中涓,受书谒,徙其家长安中戚里。"司
马贞《史记索隐》引小颜云:"于上有姻戚者皆居之,故名其里为
戚里。"后借指外戚。

⑮持盈:保守成业。《国语·越语下》:"夫国家之事,有持盈,有定
倾,有节事。"韦昭注:"持,守也。盈,满也。"齐治平注曰:"按'守
道持盈',谓居富盛之势,能以道自守,不自骄满,以保持其地
位也。"

【译文】

萧绮录语说:后妃家族的豪盛,都是仰仗后妃的威势,依靠后妃党
羽及其宠幸之人的强盛,肆无忌惮地横行于天下。得幸于君的后妃纷
纷干预朝政,后妃的家人也凭借外戚的身份独断专行。战国时期的外
戚魏冉,财富超过了秦国;汉代的外戚王凤在一天之内,五个弟弟同时

封侯。他们的府第超越了皇家的宫殿,他们的姬妾比皇帝后宫的嫔妃还要漂亮。荆、扬二州的宝物,充满外戚的府第,供他们赏玩;赤缯、文绣以及雕着彩绘花纹的饰品,覆盖或装饰在建筑物之上。高大空阔的回廊,深邃的门道,最大限度地展现了高楼大屋的气派;毛色有文采的马匹,红漆的车子,用尽了车舆礼服的奢华。自古以来,那些独断专行骄横跋扈的人,也没有像这些外戚那样的先例。虽然说三归台建造在管仲家里,八佾之舞排列在季孙的庭堂,但如果把这些排场与魏冉、王凤的财富权势相比,也要差一些。郭况在朝廷之上靠着皇帝姐姐的宠爱,在朝廷之外一心追求名利,他到遥远的山丹开采矿石,积累的财富和范蠡、程郑一样多,这难道还不能说他富有吗?可是郭况从来没有靠着他外戚的身份,炫耀他的钱财和权势,而是秉承着温良恭俭的作风,遵守君子之道,把握进退之理,为人处世谨慎小心,这可以说他的智慧几乎接近神灵了!

　　刘向于成帝之末①,校书天禄阁②,专精覃思③。夜有老人,着黄衣,植青藜杖,登阁而进,见向暗中独坐诵书。老父乃吹杖端,烟然,因以见向,说开辟已前。向因受《洪范五行》之文④,恐辞说繁广忘之,乃裂裳及绅⑤,以记其言。至曙而去,向请问姓名。云:“我是太一之精⑥,天帝闻金卯之子有博学者⑦,下而观焉。”乃出怀中竹牒,有天文地图之书,“余略授子焉”。至向子歆,从向受其术,向亦不悟此人焉。

【注释】

①成帝之末:齐治平注曰:“按刘向历仕宣、元、成三朝,成帝即位之初,‘诏向领校中《五经》秘书’,见《汉书》本传。此言‘在成帝之末’及《广记》所引皆非。”

②天禄阁:指汉代皇家藏书的地方。《三辅黄图》卷六:"天禄阁,藏
　典籍之所……萧何造,以藏秘书,处贤才也。"

③覃(tán)思:深思。《书序》:"于是遂研精覃思,博考经籍,采摭群
　言,以立训传。"

④《洪范五行》:《汉书·刘向传》:"向见《尚书·洪范》,箕子为武王
　陈五行阴阳休咎之应,向乃集合上古以来历春秋、六国至秦、汉
　符瑞灾异之记,推迹行事,连传祸福,著其占验,比类相从,各有
　条目,凡十一篇,号曰《洪范五行传论》,奏之。"

⑤绅:古代士大夫束在腰间的大带。《说文》:"绅,大带也。"

⑥太一:亦作"太乙",星名。《星经》:"太一星在天一南半度,天帝
　神,主十六神。"

⑦金卯之子:指刘向。《汉书·王莽传中》:"夫'刘(劉)'之为字
　'卯、金、刀'也。"

【译文】

　　刘向于汉成帝初年,在天禄阁校点古籍,他每天专心致志,精益求精。一天晚上,有一位老人,身穿黄色的衣服,拄着青色藜杖,登上台阶走进了天禄阁。他看见刘向独自坐在昏暗的灯光下读书,就用嘴去吹藜杖的一端,灯光顿时明亮了。老人借着灯光和刘向见面后,就向刘向讲述开天辟地以前的事情。刘向因此才听到《洪范五行》的内容,他担心言辞繁复内容庞杂而忘记,于是就撕下衣裳、解下衣带来记录老人所说的内容。一直到天亮老人才离去,刘向请问老人的名字。老人说:"我是太乙星,天帝听说刘姓之子中有博学多识之人,就派我到下界来看看。"老人从怀里掏出一札竹简,竹简上面有关于天文地理方面的文字,说:"我简略地把这些内容传授给你。"直到刘向的儿子刘歆跟随父亲学习整理典籍的方法,刘向也没有领悟这位老人传授的知识。

贾逵年五岁①,明惠过人。其姊韩瑶之妇,嫁瑶无嗣而

归居焉,亦以贞明见称。闻邻中读书,旦夕抱逵隔篱而听之。逵静听不言,姊以为喜。至年十岁,乃暗诵《六经》。姊谓逵曰:"吾家贫困,未尝有教者入门,汝安知天下有《三坟》《五典》而诵无遗句耶?"逵曰:"忆昔姊抱逵于篱间听邻家读书,今万不遗一。"乃剥庭中桑皮以为牒,或题于扉屏,且诵且记。期年②,经文通遍。于闾里每有观者③,称云振古无伦④。门徒来学,不远万里,或襁负子孙⑤,舍于门侧,皆口授经文,赠献者积粟盈仓。或云:"贾逵非力耕所得,诵经舌倦,世所谓舌耕也。"

【注释】

①贾逵(30—101):字景伯,东汉著名经学家、天文学家,扶风平陵(今陕西咸阳西北)人。据《后汉书·贾逵传》载,其父徽曾师从刘歆、涂恽、谢曼卿受《左氏春秋》《古文尚书》及《毛诗》之学,著有《左氏条例》二十一篇。贾逵自幼跟随父亲学习经书,弱冠即能诵《左氏传》及《五经》本文。齐治平注曰:"本节谓逵姊抱之于篱间听邻家读书,事或有之;至谓全凭听记,没其家学,则与史传不合。"

②期(jī)年:一周年。

③闾里:里巷,平民聚居之处。文中指邻居。《庄子·至乐》:"吾使司命复生子形,为子骨肉肌肤,反子父母妻子闾里知识,子欲之乎?"

④振古:自古,往昔。《诗经·周颂·载芟》:"匪今斯今,振古如兹。"毛传:振,自也。朱熹《诗经集传》:"振,极也……盖自极古以来,已如此矣,犹言自古有年也。"

⑤襁(qiǎng)负:用布幅包裹小儿而负于背。

【译文】

　　贾逵五岁的时候，就已经聪明过人。他的姐姐是韩瑶的妻子，嫁给韩瑶之后一直没能生子而被休回家居住，也因为坚贞清白的节操而为人称赞。贾逵小时候，姐姐听到邻居家中有读书声，无论早晚都会抱着贾逵隔着篱笆去听。每当这个时候，贾逵总是静静地听，一句话也不说。姐姐很高兴。到贾逵十岁的时候，他竟然能背诵《六经》。姐姐问贾逵："我们家生活困难，从来没有教书先生来过咱们家，你是怎么知道天下有《三坟》《五典》，还能够背诵且一字不落呢？"贾逵说："回想过去姐姐抱着我在篱笆边上听邻居家的读书声，那时我都记在心里，今天背诵才会万不遗一。"于是，贾逵剥下庭院中的桑树皮做成书简，有时也题写在门扇和屏风上，一边背诵一边书写。一年之后，所有的经书他都背诵并抄写了一遍。当时邻居中经常有来看贾逵背诵抄书的人，都称赞贾逵的才学自古以来无人能比。想要拜贾逵为师学习的人，不远万里而来，他们有的甚至背着儿子、孙子，在贾逵家旁边住下来，贾逵都亲口给他们传授经文。人们赠送的粮食堆满了仓库。有人说："贾逵不是靠着努力耕作获得粮食，而是靠诵读经书让口舌劳累，这就是后世所谓'舌耕'的来历。"

　　何休木讷多智①，《三坟》《五典》，阴阳算术，河洛谶纬，及远年古谚，历代图籍，莫不咸诵也。门徒有问者，则为注记，而口不能说。作《左氏膏肓》《公羊废疾》《穀梁墨守》②，谓之"三阙"。言理幽微，非知机藏往③，不可通焉。及郑康成锋起而攻之④，求学者不远千里，赢粮而至⑤，如细流之赴巨海。京师谓康成为"经神"，何休为"学海"。

【注释】

①何休(129—182)：东汉著名的今文经学家，儒学大师。字邵公，任城樊(今山东兖州)人。为人质朴多智，精研六经，《后汉书·何休传》说他"《三坟》《五典》，阴阳算术，河洛谶纬，莫不成诵"。

②《左氏膏肓》《公羊废疾》《穀梁墨守》：据《后汉书·何休传》记载，何休曾作《难左氏义》四十一事以难二传，作《公羊墨守》《左氏膏肓》《穀梁废疾》。本节作《公羊废疾》《穀梁墨守》，皆误。

③知机：同"知几"。谓看出事物发生变化的隐微征兆。《易·系辞下》："知几其神乎。君子上交不谄，下交不渎，其知几乎？几者，动之微，吉之先见者也。"藏往：指记藏往事于心中。意在作为来日之借鉴。《易·系辞上》："神以知来，知以藏往。"

④郑康成：《后汉书·郑玄传》："郑玄字康成，北海高密人也……家贫，客耕东莱，学徒相随已数百千人……时任城何休好《公羊》学，遂著《公羊墨守》《左氏膏肓》《穀梁废疾》；玄乃发《墨守》，针《膏肓》，起《废疾》。休见而叹曰：'康成入吾室，操吾矛，以伐我乎！'"

⑤赢：担负。《庄子·胠箧》："赢粮而趣之。"

【译文】

何休这个人虽然不善于说话但头脑聪明，《三坟》《五典》、阴阳、术数、河图、洛书、谶纬之学以及古代的谚语，历代的文籍图书，没有他不会背诵的。他的门徒中有人请教问题时，他就用笔写出来，用嘴却不能表达。他曾著有《左氏膏肓》《公羊墨守》《穀梁废疾》，人们称这三部著作为"三阙"。是说这三部著作所阐发的义理深奥精微，不是那种能够看出事物发生变化的隐微征兆以及记藏往事于心中的学识渊博之人，是不可能读懂的。等到郑玄和他的门徒蜂起攻击何休的学问时，探求学问的人们不远千里，背着粮食来到他的门下，就好像小溪奔赴大海一样。京城的人称郑玄为"经学之神"，称何休为"学问之海"。

任末年十四时①,学无常师,负笈不远险阻②。每言:"人而不学,则何以成?"或依林木之下,编茅为庵③,削荆为笔,克树汁为墨。夜则映星望月,暗则缕麻蒿以自照。观书有合意者④,题其衣裳,以记其事。门徒悦其勤学,更以静衣易之⑤。非圣人之言不视。临终诫曰:"夫人好学,虽死若存;不学者虽存,谓之行尸走肉耳!"河洛秘奥,非正典籍所载,皆注记于柱壁及园林树木,慕好学者,来辄写之。时人谓任氏为"经苑"。

【注释】

①任末:字叔本,蜀郡繁(今四川成都新都区新繁镇)人,东汉学者。生卒年不详。《后汉书·儒林列传下》有传。

②负笈(jí):背着书箱。指游学外地。《后汉书·李固传》"常步行训师"句下李贤注引三国谢承《后汉书》曰:"固改易姓名,杖策驱驴,负笈追师三辅,学五经,积十余年。"

③庵:圆顶草屋。《释名·释宫室》:"草圆屋曰蒲,又谓之庵。"

④合意:表达思想。《国语·鲁语下》:"诗所以合意,歌所以咏诗也。"韦昭注:"合,成也。"

⑤静:清洁,干净。

【译文】

任末十四岁时,学习还没有固定的老师,他背着书箱游学,不怕路途遥远艰险难行。他常说:"人如果不学习,那凭什么成功呢?"他有时寄住在树林之中,编织茅草搭成圆顶屋,拿荆树枝削成笔,用树汁做墨。晚上他就在星星和月光的映照之下读书,如果光线太暗就绑起一束麻蒿,点着照亮。看书的时候如果有心得体会想要表达时,就写在自己的衣服上,来记下想要表达的内容。他的门徒非常钦佩老师的勤学精神,就拿干净的衣服换下有字的衣服。如果不是圣贤之人的文章,任末就不会看。他临终的时候告诫门徒说:"好学的人,就是死了也好像活着;不喜欢学习的人,即使活着也好像行尸走肉而已!"《河图》《洛书》中隐秘深奥的义理,正统典籍没有记载,任末把他的心得体会都写在房柱、屋壁以及园林的树木上,那些仰慕他的好学之人,来到这里就都抄写下来。当时的人们称任末是"经苑"。

曹曾①,鲁人也。本名平,慕曾参之行,改名为曾。家财巨亿,事亲尽礼,日用三牲之养②,一味不亏于是。不先亲而食新味也。为客于人家,得新味则含怀而归。不畜鸡犬,言喧嚣惊动于亲老。时亢旱,井池皆竭。母思甘清之水,曾跪而操瓶,则甘泉自涌,清美于常。学徒有贫者,皆给食。天下名书,上古以来,文篆讹落者,曾皆刊正,垂万余卷。及国难既夷③,收天下遗书于曾家,连车继轨,输于王府。诸弟子于门外立祠,谓曰曹师祠。及世乱,家家焚庐,曾虑先文湮没,乃积石为仓以藏书,故谓曹氏为"书仓"。

【注释】

①曹曾:字伯山,济阴(今山东菏泽)人,生卒年不详。东汉藏书家,位至谏议大夫。《后汉书·儒林列传上》有传。

②三牲:古指祭祀用的牛、羊、猪。后也有以猪、鸡、鱼为三牲的,称之为小三牲。

③国难既夷:指汉光武帝中兴,平定海内。《后汉书·儒林列传上》:"昔王莽、更始之际,天下散乱,礼乐分崩,典文残落。及光武中兴,爱好经术,未及下车,而先访儒雅,采求阙文,补缀漏逸。"夷,讨平。

【译文】

曹曾，是鲁地人。本名平，因为仰慕曾参的品行，所以改名为曾。曹曾家中有亿万财产，又能尽孝尽礼地侍奉双亲，他每天都用猪、牛、羊肉奉养父母，在这方面从来没有亏缺过。曹曾绝对不会先父母来尝他们没有吃过的新鲜食物。去别人家做客，上来父母没有吃过的东西他就会拿一些藏在怀里，带回来让父母吃。曹曾家里不养鸡狗，他说鸡鸣狗吠的声音会惊扰到父母。有一年天下大旱，井水和池塘的水都干枯了。曹曾的母亲想喝甘甜清凉的泉水，曹曾就拿着瓶子跪在地上，甘甜清凉的泉水竟然从地下冒了出来，并且比一般的泉水还要清凉好喝。他的门徒中凡是家庭贫困的，曹曾都会供给他们食用。天下的珍贵图书，从上古流传到现在，其中文字讹误、脱落的地方，曹曾都一一做了校正，经他校正的图书有一万多卷。到汉光武帝平定天下后，到曹曾家征收天下遗书，车马相接，一辆接着一辆地运送到了帝王的府库。曹曾的弟子们在曹家门外建造了一座祠堂，取名叫曹师祠。当时天下大乱，很多人家的房舍被焚毁，曹曾担心先哲的典籍散失不存，就聚积石头建造了一个仓库用来藏书，所以人们又称曹家为"书仓"。

录曰：观乎刘向显学于汉成时①，才包三古②，艺该九圣③，悬日月以来，其类少矣。逮乎后汉，贾、何、任、曹之学，并为圣神，通生民到今④，盖斯而已。若颜渊之殆庶几⑤；关美、张霸⑥，何足显大儒哉！至如五君之徒，孔门之外未有也，方之入室⑦，彼有惭焉。贾氏之姊，所谓知识妇人鉴乎圣也。

【注释】

①显学：著名的学说、学派。《韩非子·显学》："世之显学，儒墨也。

儒之所至,孔丘也;墨之所至,墨翟也。"

②三古:泛指古代。《汉书·艺文志》:"世历三古。"注:"伏羲上古,
文王中古,孔子下古。"又《礼记·礼运》疏:"伏羲为上古,神农为
中古,五帝为下古。"

③该:包容,包括。九圣:泛指古代圣贤之人。九为多数。一说九
圣指伏羲、神农、黄帝、尧、舜、禹、文王、周公、孔子。葛洪《抱朴
子内篇·释滞》:"九圣共成《易经》,足以弥纶阴阳。"又,《隋书·
经籍志》:"又别有三十篇,云自初起至于孔子,九圣之所增演,以
广其意。"

④生民:指人类。《孟子·公孙丑上》:"'伯夷、伊尹于孔子,若是一
乎?'曰:'否;自有生民以来,未有孔子也。'"

⑤颜渊之殆庶几:是说颜渊近乎贤才。颜渊,名回,字子渊,春秋末
期鲁国人,孔子最贤能的弟子。殆,几乎,差不多。庶几,差不
多,近似。《易·系辞下》:"子曰:'颜氏之子,其殆庶几乎!'"高
亨注:"庶几,近也,古成语,犹今语所谓'差不多',赞扬之辞。"文
中借指贤才。王充《论衡·别通》:"夫孔子之门,讲习五经。五
经皆习,庶几之才也。"

⑥关美:其人无考。张霸:字伯饶,蜀郡成都(今四川成都)人,七岁
通读《春秋》,后拜樊鯈为师,博通五经。《后汉书》卷三十六
有传。

⑦入室:比喻学问或技艺已达到高深的境界。《论语·先进》:"由
也升堂矣,未入于室也。"邢昺疏:"言子路之学识深浅,譬如自外
入内,得其门者。入室为深,颜渊是也;升堂次之,子路是也。"

【译文】

萧绮录语说:考察刘向在汉成帝时期的学说,可以看到他的知识融
汇了上古三代的典籍,他的才能涵盖了历代的先贤,自从日月普照大地
以来,就很少出现这样的人才。到东汉时期,贾逵、何休、任末、曹曾等

人的学问，都称得上是圣贤了。从人类产生之日到现在，大概就只有这几位大儒了。像颜回那样的人才近乎贤人，关美、张霸又怎么称得上是学问渊博的人呢！至于说这五位学者的弟子，除了孔子门下是没有了，但和那些孔子的入室弟子相比，他们还是会感到羞愧。贾逵的姐姐，就是所说的知书识礼的女子啊，她的言行以圣贤为鉴。

《拾遗记》卷七

【题解】

　　《拾遗记》卷七是对三国时期魏国几位帝王及这一时期几位历史人物传闻逸事的记述。涉及的帝王或诸侯王有魏文帝、魏明帝、任城王曹彰，历史人物有薛夏、田畴、曹洪。本卷对帝王逸事的描述，主要集中在魏文帝曹丕迎娶民女薛灵芸的传说故事上。王嘉通过对魏文帝所爱美人薛灵芸进宫过程的描述，细腻动人地刻画了由于貌美而强征入宫的民女薛灵芸的心路历程："灵芸闻别父母，歔欷累日，泪下沾衣。至升车就路之时，以玉唾壶承泪，壶则红色。既发常山，及至京师，壶中泪凝如血。""凝如血"的眼泪正是被凌辱、被迫害、任人宰割的农家少女的形象写照。而装饰精美的车子，驾车的尸屠国所献"日行三百里"的駢蹄之牛，燃烧在道路两侧的石叶之香，以及"尘宵"、基高三十丈的烛台、"以志里数"的铜表等无一不彰显着魏文帝迎娶薛灵芸的奢华和隆重。不愿离开父母的少女薛灵芸的血泪哭诉与魏文帝豪奢的迎娶场面形成了鲜明的对比，表现了王嘉对强选民女入宫的封建帝王的批判。而"青槐夹道多尘埃，龙楼凤阙望崔嵬。清风细雨杂香来，土上出金火照台"的行者之歌则是谶语，其中隐含的意思王嘉在文中也做了阐释："为铜表志里数于道侧，是土上出金之义。以烛置台下，则火在土下之义。汉火德王,魏土德王,火伏而土兴,土上出金,是魏灭而晋兴也。"

　　王嘉对魏明帝逸事的记述主要表现在他劳民伤财修建台榭方面。魏明帝修建凌云台,使"群臣皆负畚锸,天阴冻寒,死者相枕。洛、邺诸鼎,皆夜震自移。又闻宫中地下,有怨叹之声",群臣进谏,他不但不停止,还"广求瑰异,珍贻是聚,饬台榭累年而毕"。魏明帝修建的灵禽之园更是畜养了很多远方异国所献"异鸟殊兽"。在王嘉充满神异的记述中,隐晦地批判了魏明帝的不恤士民、贪图享乐。王嘉在记述魏明帝逸事的同时对很多奇景异物也有描述,如"高十二丈,状如柏树,其文彪发,似人雕镂"的连理文石,"状如著,一株百茎,昼则众条扶疏,夜则合为一茎"的合欢草,胥徒国所献"色如丹,大如燕,常在地中,应时而鸣,声能远彻"的沉明石鸡,昆明国进贡"形如雀而色黄""吐金屑如粟,铸之可以为器"的嗽金鸟以及夜晚"遍房而走",白天在府库之中的玉虎枕头等,无不充满神异的色彩,也体现了《拾遗记》兼杂史杂传与地理博物于一体的鲜明的文体特征。

　　历史上的任城王曹彰英勇善战,力大无比,他是魏文帝曹丕的弟弟,曹植的哥哥。魏文帝曹丕即位后,曹彰与其他诸侯王回到封地。皇初四年(223)进京朝见,曹彰暴病而死。对于曹彰的死,历来说法不一,《三国志·魏书》卷十九引《魏氏春秋》曰:"初,彰问玺绶,将有异志,故来朝不即得见。彰忿怒暴薨。"又《世说新语·尤悔》则曰:"魏文帝忌弟任城王骁壮,因在卞太后阁共围棋,并啖枣。文帝以毒置诸枣蒂中,自选可食者而进。王弗悟,遂杂进之。既中毒,太后索水救之,帝预敕左右毁瓶罐,太后徒跣趋井,无以汲,须臾遂卒。"本卷中王嘉记述的任城王曹彰也是力大无比,他能够"曳虎尾以绕臂",手顿象鼻使其不动,还能负万斤之钟而趋,完全与史实相符。与史实不同的是,在本卷中曹彰还是一位体恤士卒的良将:"昔乱军相伤杀者,皆无棺椁,王之仁惠,收其朽骨",从而使"人美王之德"。可以说王嘉笔下的任城王曹彰是一个文武双全,又具有仁爱之心的诸侯王。

　　《拾遗记》卷七也记述了这一时期几位历史人物的逸闻趣事。薛夏系三国时期魏国的博学多才之士，本卷记述了薛夏出生的神异以及薛夏成人后，如梦中所言，"名冠当时，为一代高士"的传说故事。魏晋时期，人鬼对话的传说故事在民间广泛流传，本卷中田畴的故事讲的就是田畴与刘虞鬼魂的对话，从"刘虞为公孙瓒所害"，"公孙瓒求子甚急，宜窜伏以避害"等的描述或对话中，真实地反映了魏晋动乱时期人人自危的社会现实。除此之外，王嘉对曹洪的记述，则主要描述他殷实的家业和赞扬他作为臣子的忠贞：曹洪"家盈产业，骏马成群"，后跟随武帝讨伐董卓，在武帝夜行失马的危急关头，曹洪把自己的坐骑"白鹄"让给了魏武帝。王嘉对白鹄走时"惟觉耳中风声，足似不践地……行数百里，瞬息而至"的描述则充满了神异色彩。

魏

　　文帝所爱美人①，姓薛名灵芸，常山人也②。父名邺，为酂乡亭长③，母陈氏，随邺舍于亭傍。居生穷贱，至夜，每聚邻妇夜绩，以麻蒿自照。灵芸年至十五，容貌绝世，邻中少年夜来窃窥，终不得见。咸熙元年④，谷习出守常山郡，闻亭长有美女而家甚贫。时文帝选良家子女，以入六宫。习以千金宝赂聘之，既得，乃以献文帝。灵芸闻别父母，歔欷累日⑤，泪下沾衣。至升车就路之时，以玉唾壶承泪⑥，壶则红色。既发常山，及至京师，壶中泪凝如血。

【注释】

　　①文帝(187—226)：魏文帝曹丕，字子桓，曹操长子，三国时期著名的政治家、文学家，曹魏政权的建立者。美人：嫔妃称号，起于秦

朝,止于明朝。

②常山:郡名,在今河北石家庄。

③亭长:秦、汉时十里设一亭,亭有亭长,掌治安警卫,兼管治理民事。

④咸熙元年:即公元264年。咸熙为魏元帝曹奂年号,魏文帝曹丕卒于公元226年,王嘉此句以咸熙为魏文帝年号,误矣。

⑤歔欷:亦作"嘘唏",哽咽,抽噎。《楚辞·离骚》:"曾歔欷余郁邑兮,哀朕时之不当。"

⑥唾壶:旧时一种小口巨腹的吐痰器具。《西京杂记》卷六:"魏襄王冢……床上有玉唾壶一枚、铜剑二枚。"

【译文】

魏文帝最宠爱的美人,姓薛,名叫灵芸,常山人。灵芸的父亲名叫薛邺,任酂乡亭长,母亲陈氏。灵芸和母亲跟随父亲薛邺住在乡亭的旁边。灵芸家生活贫困,社会地位低贱。到了夜晚,薛灵芸与母亲经常和邻家妇女凑在一起捻麻织布,她们点燃麻秆、蒿草照明。灵芸长到十五岁,容貌极其美丽,冠绝当世,邻居家的青年男子晚上常常来偷看她,但是始终没能见到。咸熙元年,谷习出任常山太守,他听说亭长薛邺家有个漂亮的女儿且家庭非常贫困。当时魏文帝正在挑选清白人家的女孩子入宫充当嫔妃。谷习就用千两黄金和许多珍宝作为聘礼选召灵芸。聘定之后,谷习就把灵芸进献给文帝。灵芸听说要和父母长期分别,连日哭泣,泪水打湿了衣裳。等到灵芸登车上路的时候,就用玉制的唾壶去接泪水,壶中的眼泪变成了红色。从常山出发,等到京城时,唾壶中的眼泪已经凝结得像血块一样。

帝以文车十乘迎之,车皆镂金为轮辋①,丹画其毂②,轭前有杂宝为龙凤③,衔百子铃,锵锵和鸣④,响于林野。驾青色駢蹄之牛,日行三百里。此牛尸屠国所献,足如马蹄也。

道侧烧石叶之香，此石重叠，状如云母，其光气辟恶厉之疾。此香腹题国所进也。灵芸未至京师数十里，膏烛之光，相续不灭，车徒咽路⑤，尘起蔽于星月，时人谓为"尘宵"。又筑土为台，基高三十丈，列烛于台下，名曰"烛台"，远望如列星之坠地。又于大道之傍，一里一铜表⑥，高五尺，以志里数。故行者歌曰："青槐夹道多尘埃，龙楼凤阙望崔嵬⑦。清风细雨杂香来，土上出金火照台。"

【注释】

①轮辋（wǎng）：车轮周围边缘的部分。

②毂（gǔ）：车轮的中心部分，有圆孔，可以插轴。

③轭（è）：驾车时搁在牛马颈上的曲木。

④锵锵：形容金石撞击发出的洪亮清越的声音。《诗经·大雅·烝民》："四牡彭彭，八鸾锵锵。"郑玄笺："锵锵，鸣声。"

⑤车徒：车马和仆从。《文选·李萧远〈运命论〉》："故遂絜其衣服，矜其车徒，冒其货贿，淫其声色，脉脉然自以为得矣。"刘良注："车徒，谓车马侍从也。"咽（yè）：填塞，充塞。刘向《新序·杂事五》："云霞充咽，则夺日月之明。"

⑥铜表：铜制的圭表。古代测量日影的仪器。《三辅黄图·台榭》："长安灵台上有相风铜乌，千里风至，此乌乃动。又有铜表，高八尺，长一丈三尺……题云太初四年造。"

⑦崔嵬：高耸的样子，高大的样子。《楚辞·九章·涉江》："带长铗之陆离兮，冠切云之崔嵬。"王逸注："崔嵬，高貌也。"

【译文】

魏文帝派出十辆装饰有精美花纹的车子来迎接薛灵芸。这些车子车轮边缘的部分都用雕镂的金属镶嵌而成，并用红色的颜料染涂了车轮的中心部分,搁在牛颈上的曲木还用各种珍宝制作成龙凤之形,这些龙凤的口中都叼着百子铃铛,车子行走的时候,铃铛就会相互碰撞发出洪亮清越的声音,回荡在山林和原野之中。驾车的是青色的骈蹄牛,每天能行走三百里。这种牛是尸屠国进贡的,牛蹄长得像马蹄一样。大路的两旁点燃着石叶香,这种石叶香层层重叠,形状如云母一般,燃烧的时候发出的火光和香气可以消除凶猛的疾病。这种石叶香是腹题国进献的。薛灵芸距离京师还有几十里路的时候,道路两旁烛光连续不断,车马仆从充满了道路,扬起的灰尘遮蔽了星光与月光,当时的人们称之为"尘宵"。魏文帝还修建了一座土台,土台高三十丈,在台下摆放烛火,取名叫"烛台",远远望去好像罗布天空的星星坠落到了地上。又在大路两旁,每一里树立一个铜制的圭表,圭表高五尺,用来标明里程。所以出行的人唱道:"青碧的槐树生长在道路两旁,车辆仆从扬起尘埃,远远望去帝王宫阙巍峨高耸。清风细雨夹杂着清香而来,铜柱树立在土地之上,烛光照亮了整个土台。"

此七字是妖辞也。为铜表志里数于道侧,是土上出金之义。以烛置台下,则火在土下之义。汉火德王,魏土德王,火伏而土兴,土上出金,是魏灭而晋兴也。灵芸未至京师十里,帝乘雕玉之辇,以望车徒之盛,嗟曰:"昔者言'朝为行云,暮为行雨'[1],今非云非雨,非朝非暮。"改灵芸之名曰"夜来",入宫后居宠爱。外国献火珠龙鸾之钗。帝曰:"明珠翡翠尚不能胜[2],况乎龙鸾之重!"乃止不进。夜来妙于针工,虽处于深帷之内,不用灯烛之光,裁制立成。非夜来缝制,帝则不服。宫中号为"针神"也。

【注释】

①朝为行云,暮为行雨:宋玉《高唐赋》载楚怀王游于高唐,梦见巫山神女曰:"妾在巫山之阳,高丘之阻,旦为朝云,暮为行雨,朝朝暮暮,阳台之下。"

②胜:能够承担或承受。

【译文】

这几句歌词的最后七个字是预示反常现象的说辞。在大路两旁树立标志里程的铜表,这是土上生出金的意思。把烛火摆在土台下面,这是火在土下的意思。汉代以火德称王,曹魏以土德称王,火低下去土就兴起,土上面又生出金,这是曹魏灭亡晋朝兴起的预兆。薛灵芸距离京师还有十里的时候,魏文帝乘坐用刻有花纹的玉石装饰的御车来迎接。文帝看到车马仆从的盛大阵势,感叹地说:"过去人们说'早晨变作流动的云彩,傍晚变作飘落的细雨',现在既没有流云,也没有细雨;既不在早晨,也不在傍晚。"于是就把灵芸的名字改作"夜来"。夜来入宫后,备受宠爱。后来,外国进贡了一副饰有火齐珠的龙鸾金钗。文帝见了说:"她连装饰有珍珠、翡翠的首饰戴着都嫌沉重,更何况是龙凤金钗呢!"就阻止没有让拿进来。夜来的针功非常精妙,即使在张设有多层帷幕的暗室之中,不用灯光、烛火照明,裁剪、缝制也能很快完成。不是夜来缝制的衣服,魏文帝就不穿。宫中的人号称她为"针神"。

录曰:五常之运①,迭相生死,起伏因循,显于言端。童谣信于春秋②,谶辞烦于汉末③,或著明先典,或托见图记。金详《河》《洛》,应运不同。唐尧以炎正禅虞,大汉以火德授魏,世历沿袭,得其宜矣。夫升名藉璧④,因事而来。既而柔曼之质见进,亦以裁缝之妙要宠,媚斯婉约,荣非世载,取或一朝,去彼疑贱,延此华轩⑤。

【注释】

①五常：指金、木、水、火、土五行。《礼记·乐记》："道五常之行，使之阳而不散，阴而不密。"郑玄注："五常，五行也。"

②童谣信于春秋：《左传·僖公五年》："八月甲午，晋侯围上阳。问于卜偃曰：'吾其济乎？'对曰：'克之。'公曰：'何时？'对曰：'童谣云：丙之晨，龙尾伏辰，均服振振，取虢之旂。鹑之贲贲，天策焞焞，火中成军，虢公其奔。其九月、十月之交乎？丙子旦，日在尾，月在策，鹑火中，必是时也。'冬十二月丙子朔，晋灭虢，虢公丑奔京师。"

③谶辞烦于汉末：齐治平注曰："《书·洪范》疏：'纬侯之书，不知谁作，通人讨核，谓起哀、平。'按纬侯即谶记之烦也。清徐养原有《纬侯不起于哀平辨》（见严杰《经义丛钞》），谓'自古有之'；然实盛于西汉之末，故刘师培云：'哀、平之间，谶学日炽，而王莽、公孙述之徒，亦称引符命，惑世诬民。'见所撰《国学发微》。"

④升名藉璧：齐治平注曰："此《录》自'升名藉璧'以下，义不连属；《录》末亦无收束，当有脱文。"

⑤华轩：饰有文采的曲栏。借指华美的殿堂。《文选·潘安仁〈为贾谧作赠陆机〉诗》："优游省闼，珥笔华轩。"吕向注："华轩，殿上曲栏也。"

【译文】

萧绮录语说：五行的变化，对于人来讲，就是生生死死的交替，对于朝代而言，就是兴盛与衰落的沿袭，并且这种变化都是在谶言中显现的。春秋时期，晋侯灭虢国的预兆就在童谣中显现；西汉末年，哀帝、平帝时期谶言的大量出现预示了国家的衰败。这些谶语有的著录在先人的典籍之中，有的依托在各种图谶当中。详细研究《河图》《洛书》中的谶言，发现这些谶语只是适应不同的时运罢了。唐尧以火德称王，后来他把帝位禅让给了具有土德的虞舜；汉代以火德称王，后来被具有土德的曹魏所接替。各朝各代就是这样依照五行更迭的规律向前发展的，每个朝代都在适宜的时候出现。那些名噪一时的文士、怀揣珍宝的显贵，凭借特定的历史事件而来。又有些女子也靠着婉媚的姿容被引进后宫，还有一些靠着精妙的裁剪缝制的技巧而得宠。她们尽力展示柔美的姿容，博得了世上少有的荣华富贵。有的甚至窃取了朝廷大权，远离了卑微的处境，以此延续这样的豪奢生活。

　　魏明帝起凌云台①，躬自掘土，群臣皆负畚锸②，天阴冻寒，死者相枕。洛、邺诸鼎，皆夜震自移。又闻宫中地下，有怨叹之声。高堂隆等上表谏曰③："王者宜静以养民，今嗟叹之声，形于人鬼，愿省薄奢费，以敦俭朴。"帝犹不止，广求瑰异，珍赂是聚，饬台榭累年而毕。谏者尤多，帝乃去烦归俭④，死者收而葬之。人神致感，众祥皆应。太山下有连理文石，高十二丈，状如柏树，其文彪发⑤，似人雕镂，自下及上皆合，而中开广六尺，望若真树也。父老云："当秦末，二石相去百余步，芜没无有蹊径。及魏帝之始，稍觉相近，如双阙⑥。"土石阴类，魏为土德，斯为灵征。苑囿及民家草树，皆生连理。有合欢草，状如蓍，一株百茎，昼则众条扶疏，夜则合为一茎，万不遗一，谓之"神草"。沛国有黄麟见于戊己之地⑦，皆土德之嘉瑞。乃修戊己之坛，黄星炳夜。又起昴毕之台⑧，祭祀此星，魏之分野，岁时修祀焉⑨。

【注释】

①魏明帝(204—239)：名叡，曹丕之子，三国时期曹魏的第二任皇帝，在位时间十三年。凌云台：《河南通志》："凌云台在府城宁阳

门外,魏文帝黄初二年筑,高三十三丈,登之可见孟津。"

②躬自掘土,群臣皆负畚锸(běn chā):《三国志·魏书·高堂隆传》:"(明)帝愈增崇宫殿,雕饰观阁,凿太行之石英,采谷城之文石,起景阳山于芳林之园,建昭阳殿于太极之北,铸作黄龙凤皇奇伟之兽,饰金墉、陵云台、陵霄阙。百役繁兴,作者万数,公卿以下至于学生,莫不展力,帝乃躬自掘土以率之。"畚锸,泛指挖运泥土的工具。畚,盛土器。锸,起土器。

③高堂隆:字升平,泰山平阳(今山东新泰)人,三国时期曹魏名臣。魏明帝曹叡即位后,高堂隆任陈留太守、散骑常侍,赐爵关内侯。青龙年间,明帝多造宫殿,高堂隆为此上疏切谏。

④帝乃去烦归俭:齐治平注曰:"按明帝大兴土木,谏者除高堂隆外,尚有高柔、辛毗、杨阜、张茂等。茂事见《明帝纪》注引《魏略》,余人各有传。又据史言,明帝对诸臣谏诤,特优容之而已,未尝悔改;此'去烦归俭'云云,乃饰词也。"

⑤彪发:鲜明焕发。

⑥双阙:借指宫门。

⑦沛国有黄麟见于戊己之地:齐治平注曰:"按此汉、魏易代之际,群臣傅会谶纬向曹操劝进之辞,详见《文帝纪》注,非明帝时事。"沛国,故治在今安徽濉溪。秦置为相县,东汉改为沛国,三国魏移治今江苏沛县。戊己:古以十干配五方,戊己属中央,于五行属土,因以"戊己"代称土。

⑧昴毕:昴宿与毕宿的并称。同属白虎七宿。古人以昴、毕为冀州的分野。《史记·天官书》:"奎、娄、胃,徐州。昴、毕,冀州。"

⑨修祀:祭祀。《汉书·郊祀志下》:"盖闻天子尊事天地,修祀山川,古今通礼也。"

【译文】

魏明帝修建凌云台时,他亲自挖土,群臣也都背着运土的工具挖运泥土,那个时候天气阴冷,累死冻死的人很多,尸体横七竖八地躺在地上。洛地和郏地的钟鼎都在夜晚不敲自鸣,不搬自移。同时在宫殿的地下,人们还听到有怨恨叹息的声音。于是高堂隆等大臣联名上表劝谏明帝说:"帝王应该无为而治,养育百姓。可是如今叹息的声音,竟然出于生人和怨鬼之口,希望您节省这方面的奢侈浪费,来劝导并勉励社会俭省朴素的风气。"明帝仍然不听劝告,还是四处搜求珍奇之物,聚集珍宝财物,修建亭台楼榭,几年之后才完工。后来劝谏的大臣越来越多,明帝才免除繁重的徭役,回归俭朴,并把那些死者的尸骨收敛起来埋葬了他们。这个时候,老百姓和神灵才受到感动,各种祥瑞的征兆也都应时而现。泰山下有两块石根相连的长有花纹的石头,高十二丈,形状像柏树,石头上面的花纹纹理鲜明,光彩四射,好像人工雕刻的一样。这两块石头从下面到上面都是连在一起的,只有中间部分相距六尺宽,远远望去如同真树。当地的老年人说:"在秦国末年,这两块石头相距一百多步,当时两块石头中间杂草丛生,没有小路。从曹魏建国开始,两块石头才逐渐靠近,好似皇宫的宫门。"土和石都属于阴性的物类,曹魏是土德,这两块石根相连的石头就是灵异的征兆。帝王的园林和普通百姓家的花草树木,也都有一些连根的植物。当时有一种合欢草,形状像蓍草,一根百茎,白天合欢草的众多草茎枝叶茂盛,疏密有致,到了晚上所有的草茎就会合抱成为一根茎,即使有一万条草茎也不会遗落一条,人们称之为"神草"。有一只麒麟出现在了沛国的土地之上,所有这些都是土德的祥瑞。于是,魏明帝修建了戊己坛,有一颗黄色的星星在夜间闪烁。接着又修建了昴毕台,用来祭祀这颗黄色的星星,这颗星正是魏的分野,魏明帝每年都按时在这里祭祀它。

　　任城王彰[①],武帝之子也。少而刚毅,学阴阳纬候之术,诵《六经》《洪范》之书数千言。武帝谋伐吴、蜀,问彰取便利行师之决。王善左右射,学击剑,百步中髭发。时乐浪献虎,文如锦斑,以铁为槛,枭殷之徒②,莫敢轻视。彰曳虎尾以绕臂,虎弭耳无声③。莫不服其神勇。时南越献白象子在帝前,彰手顿其鼻,象伏不动。文帝铸万斤钟,置崇华殿,欲徙之,力士百人不能动,彰乃负之而趋。四方闻其神勇,皆寝兵自固④。帝曰:"以王之雄武,吞并巴蜀,如鸥衔腐鼠耳⑤!"彰薨,如汉东平王葬礼⑥。及丧出,空中闻数百人泣声。送者皆言,昔乱军相伤杀者,皆无棺椁,王之仁惠,收其朽骨,死者欢于地下,精灵知感,故人美王之德。国史撰《任城王旧事》三卷,晋初藏于秘阁。

【注释】

①任城王彰(? —223):即曹彰。曹彰字子文,曹操与卞夫人所生第二子,曹丕之弟,黄初三年(222)被封为任城王。《三国志·魏书·曹彰传》称彰"少善射御,膂力过人,手格猛兽,不避险阻"。

②枭殷:指强悍威猛。

③弭耳:犹帖耳。形容动物搏杀前敛抑之貌。亦指驯服、安顺的样子。《六韬·发启》:"鸷鸟将击,卑飞敛翼;猛兽将搏,弭耳俯伏;圣人将动,必有愚色。"

④寝兵:息兵,停止战争。《管子·立政》:"寝兵之说胜,则险阻不守……兼爱之说胜,则士卒不战。"

⑤鸥衔腐鼠:比喻毫不费力。《庄子·秋水》有"鸥得腐鼠"之语。

⑥汉东平王:即刘苍(? —83),汉光武帝刘秀第八子,于建武十五年(39)受封为东平公,十七年(41)晋封为东平王。明帝、章帝皆尊宠之,死后葬礼甚隆。《三国志·魏书·曹彰传》载曹彰葬时,"赐銮辂龙旗,虎贲百人,如汉东平王故事。"

【译文】

任城王曹彰是魏武帝曹操的儿子。曹彰少年的时候就刚强坚毅，他学习阴阳之术及谶纬神学，能够背诵《六经》《洪范》等书达数千句。当年魏武帝曹操谋求讨伐吴国和蜀国，曾向曹彰询问并听取他方便有利的行军策略。任城王擅长两只手左右开弓射箭，还学习击剑，他可以在百步之内击中人的胡须和头发。当时乐浪国进献了一只老虎，虎身上的斑纹像锦缎一样美丽。人们用铁条做成笼子，把老虎装在里面，就是那些强悍威猛的勇士也不敢轻易靠前。然而曹彰却扯着老虎的尾巴缠绕在自己的臂膀上，老虎竟然俯首帖耳没有发出声音。人人都叹服他的神勇。当时南越国进献的一头小白象站立在武帝的面前，曹彰用手按住白象的鼻子，白象竟然伏到地上一动不动。魏文帝铸造了一口万斤重的大钟，搁置在崇华殿，后来想把它移走，一百个大力士也没能移动，曹彰却能背起大钟快步行走。四方诸侯听说曹彰如此勇猛，都引退军队，固守边疆。魏文帝对曹彰说："凭借你的雄健威武，我们想要吞并巴蜀之地，就像鸱鸮抓到死老鼠一样容易。"曹彰死后，他的葬礼如同汉东平王的葬礼一样隆重。等到出殡的时候，听到空中有数百人在哭泣。送葬的人都说，过去被乱军砍伤而死的人，都没有棺椁收敛，曹彰为人十分仁慈，就收敛埋葬了这些骸骨；死者在地下很欣慰，他们的魂灵也是知道感恩的，所以人们都称赞任城王曹彰的美德。魏国的史官也撰写了《任城王旧事》三卷，晋代初年，这部书还藏在秘阁之中。

建安三年，胥徒国献沉明石鸡①，色如丹，大如燕，常在地中，应时而鸣②，声能远彻。其国闻鸣，乃杀牲以祀之，当鸣处掘地，则得此鸡。若天下太平，翔飞颉颃③，以为嘉瑞，亦谓"宝鸡"。其国无鸡，听地中候晷刻④。道家云："昔仙人桐君采石⑤，入穴数里，得丹石鸡，舂碎为药，服之者令人有声气,后天而死。"昔汉武帝宝鼎元年⑥,西方贡珍怪,有虎魄燕,置之静室,自于室中鸣翔,盖此类也。《洛书》云:"皇图之宝⑦,土德之征,大魏之嘉瑞。"

【注释】

①胥徒国:传说中的古国名,不详。

②应时:顺应时势,适合时会。《荀子・天论》:"望时而待之,孰与应时而使之?"

③颉颃(xié háng):指鸟上下飞翔。《诗经・邶风・燕燕》:"燕燕于飞,颉之颃之。"又司马相如《琴歌》:"何缘交颈为鸳鸯,胡颉颃兮共翱翔。"

④晷刻:时刻,时间。《梁书・贺琛传》:"(琛)每见高祖,与语常移晷刻,故省中为之语曰:'上殿不下有贺雅。'"

⑤桐君:古仙人,传说为黄帝时医师。曾采药于浙江桐庐的东山,结庐桐树下。人问其姓名,则指桐树示意,遂被称为桐君。著有《药性》及《采药歌》。见《严州府志》。

⑥宝鼎:当作"元鼎"。宝鼎系三国时吴主孙皓的年号。

⑦皇图:封建王朝的版图。亦指封建王朝。

【译文】

建安三年(198),胥徒国进献了一只沉明石鸡。这只鸡的毛色像丹砂一样红,大小如燕子一般,经常生活在地下。这种鸡顺应时势才会打鸣,鸣叫声能传出很远。胥徒国的人只要听到鸡打鸣的声音,就杀猪宰羊祭祀它们。人们在听到鸡鸣的地方挖掘,就会找到这种鸡。如果天下太平,它们就会天上地下地盘旋飞翔,人们都认为这是吉祥的征兆,这种鸡也被称为"宝鸡"。胥徒国没有鸡,人们只能听地下鸡的打鸣声来报时。道教神仙家说:"过去仙人桐君入山采石,他钻进洞穴,走了几里路之后,得到了一只丹石鸡。桐君把这只石鸡捣碎做成药丸,服用这种药丸就会让人具有洪亮的声音和充沛的气息，并能够长生不死。"以前，汉武帝元鼎元年时，西域的国家进贡了很多珍贵奇异之物，其中有一只虎魄燕，如果把它放置在清静的房间，它就会自己在室内飞鸣，可能也是和沉明石鸡同类的动物。《洛书》说："朝廷的珍宝，土德的征兆，曹魏的祥瑞。"

　　明帝即位二年，起灵禽之园，远方国所献异鸟殊兽，皆畜此园也。昆明国贡嗽金鸟①。国人云："其地去燃洲九千里，出此鸟，形如雀而色黄，羽毛柔密，常翱翔海上，罗者得之，以为至祥。闻大魏之德，被于荒远，故越山航海，来献大国。"帝得此鸟，畜于灵禽之园，饴以真珠，饮以龟脑。鸟常吐金屑如粟，铸之可以为器。昔汉武帝时，有人献神雀，盖此类也。此鸟畏霜雪，乃起小屋处之，名曰"辟寒台"，皆用水精为户牖②，使内外通光。宫人争以鸟吐之金用饰钗佩，谓之"辟寒金"。故宫人相嘲曰："不服辟寒金，那得帝王心？"于是媚惑者③，乱争此宝金为身饰，及行卧皆怀挟以要宠幸也④。魏氏丧灭，池台鞠为煨烬⑤，嗽金之鸟，亦自翱翔矣。

【注释】

①昆明国：传说中的古国名，不详。

②户牖（yǒu）：门窗，门户。《老子》："凿户牖以为室，当其无，有室之用。"

③媚惑：指以美色迷惑人。

④要：通"邀"。约请，邀请。

⑤鞠：弯曲。此处指倒塌。煨烬（wēi jìn）：灰烬燃烧后的残余物。

【译文】

魏明帝即位的第二年(228)，修建了灵禽园。远方异国进献的珍禽异兽，都饲养在灵禽园中。其中有昆明国进贡的一只嗽金鸟。昆明国的使者说："我们国家距离燃洲九千里，那里出产这种鸟，鸟的形状如麻雀，毛色发黄，羽毛柔软而细密，经常翱翔在大海之上，捕鸟的人抓到它，都认为是非常吉祥的事。我们听说大魏的恩德遍布到了遥远的地方，所以翻山渡海来献嗽金鸟。"魏明帝得到这只鸟，就将它饲养在灵禽园，并用真珠作为食物，龟脑作为饮品，来饲养它。嗽金鸟常常吐出像小米一样大小的金粒，熔铸这些金粒可以制成各种器物。过去在汉武帝时期，有人进献过一只神雀，大概就是这一类鸟。嗽金鸟怕霜雪，于是明帝就命人修建了一间小屋让它住在里面，并给这间小屋起名为"辟寒台"。小屋都用水晶做门窗，以便小屋内外光线互通。嫔妃和宫女们都争着用这只鸟吐的金粒装饰金钗和玉佩，她们称这种金粒为"辟寒金"。因此宫人们相互嘲弄说："不佩带辟寒金，怎么能赢得帝王的欢心呢?"于是一些邀媚取宠的嫔妃和宫女，都纷纷争着用这种宝贵的金粒作为自己随身佩带的饰品，就是走路、睡觉的时候都要揣在怀里以讨取帝王的宠幸。魏国灭亡之后，池榭楼台都化为灰烬，嗽金鸟也就自己飞走了。

咸熙二年①，宫中夜有异兽，白色光洁，绕宫而行。阉宦见之②，以闻于帝。帝曰："宫闱幽密，若有异兽，皆非祥也。"使宦者伺之。果见一白虎子，遍房而走。候者以戈投之，即中左目。比往取视，惟见血在地，不复见虎。搜检宫内及诸池井，不见有物。次检宝库中，得一玉虎头枕，眼有伤，血痕尚湿。帝该古博闻③，云："汉诛梁冀④，得一玉虎头枕，云单池国所献⑤，检其颔下，有篆书字，云是帝辛之枕，尝与妲己同枕之⑥，是殷时遗宝也。"又按《五帝本纪》云⑦，帝辛殷代之末。至咸熙多历年所⑧，代代相传。凡珍宝久则生精灵，必神物凭之也。

【注释】

①咸熙二年：公元265年，亦为晋武帝泰始元年。咸熙是魏元帝曹奂的年号，咸熙元年的十二月晋即代魏，晋武帝司马炎封曹奂为陈留王。此处证史皆不合，误。

②阉宦：即宦官。《后汉书·宦者列传序》："和帝即祚幼弱，而窦宪兄弟专总权威，内外臣僚，莫由亲接，所与居者，唯阉宦而已。"

③该古博闻：指学识渊博。该，完备。

④梁冀（？—159）：字伯卓，安定乌氏（今甘肃平凉西北）人，东汉顺帝梁皇后兄，历任侍中、虎贲中郎将、越骑校尉、步兵校尉等，后封大将军。梁冀凶暴自恣，结党营私，专擅朝政二十多年。后桓帝与中常侍单超等密谋，派兵包围了梁冀的住宅，没收了大将军印绶，梁冀被迫自杀。

⑤单池国：传说中的古国名，不详。

⑥妲己：商朝最后一位国君商纣王的宠妃。有苏氏部落之女，世称"苏妲己"。

⑦《五帝本纪》：《史记·五帝本纪》中没有记载纣王之事，当为《史记·殷本纪》。

⑧多历年所：指经历的年数很多。《书·君奭》："率惟兹有陈，保乂有殷，故殷礼陟配天，多历年所。"年所，年数。

【译文】

咸熙二年（265），皇宫中夜间发现了一只奇异的动物，这只动物全身白色，光亮而洁净，围绕着宫室行走。宦官看到后，把这个情况禀告给了魏元帝。元帝说："深宫禁院里如果有奇异的动物，一定不是吉祥的事情。”于是他让宦官暗中守候，果然看到一只小白虎在各宫室间奔走。暗中守候的人用戈向白虎投掷，当时击中了白虎的左眼。等到走过去想要拿来看时，却只看见地上有血迹，没有再见到小白虎。人们搜遍了宫内及各处的水井池塘，也没有看到有动物。接着去翻检储藏珍宝的仓库，找到了一个玉制的虎形枕头，玉虎的眼睛有伤，上面的血迹还是湿的。魏元帝博古通今，他说："东汉梁冀被杀后，从他家找到了一个玉虎枕头，据说这个枕头是单池国进献的，查看玉虎的额下，有用篆书刻写的文字，说是商纣王的枕头，商纣王曾经与妲己一同枕过它。这是殷商时期留下来的宝物。"又根据《史记·殷本纪》记载，商纣王生活在商朝的末年。到魏明帝咸熙年间，经历的年数很多了，这件宝物就这样代代相传。凡是珍奇的宝物流传时间久了就会自生鬼怪，一定是神怪附体了。

　　魏禅晋之岁，北阙下有白光如鸟雀之状，时飞翔来去。有司闻奏帝所。罗之，得一白燕[①]，以为神物，于是以金为樊，置于宫中。旬日不知所在。论者云："金德之瑞。昔师旷时，有白燕来巢。"检《瑞应图》[②]，果如所论。白色叶于金德，师旷晋时人也，古今之义相符焉。

【注释】

①白燕：疑即白鹄。《初学记》卷十六引《瑞应图》曰："师旷鼓琴，通于神明，而白鹄翔集。"

②《瑞应图》：最早见载于《隋书·经籍志》五行家，载《瑞应图》三卷、《瑞应赞》二卷，无撰人。后有注云："梁有孙柔之《瑞应图记》《孙氏瑞应图赞》各三卷。亡。"齐治平注曰："按孙著为子年所不及见。叶德辉辑有《瑞应图记》一卷，在《观古堂所著书》中。"

【译文】

魏元帝曹奂让位给西晋司马氏那一年,皇宫北边的宫阙之下,有好像鸟雀形状的白色亮光,经常在那里飞来飞去。主管的官吏听说后向魏元帝禀报了此事。魏元帝派人捕获了它,发现是一只白色的燕子,当时大家都认为这是神异之物,于是用金丝做成鸟笼,把它放置在宫中。十天后鸟不知飞到哪里去了。人们议论说:"这是金德的吉兆。过去师旷时,就曾有一只白燕飞来筑巢。"翻阅《瑞应图》,果真如议论所言。白色契合金德,师旷是春秋时晋国人,古往今来五德终始说的意义是相合的。

薛夏①,天水人也,博学绝伦。母孕夏时,梦人遗之一箧衣云②:"夫人必产贤明之子也,为帝王之所崇。"母记所梦之日。及生夏,年及弱冠③,才辩过人。魏文帝与之讲论,终日不息,应对如流,无有疑滞④。帝曰:"昔公孙龙称为辩捷⑤,而迂诞诬妄;今子所说,非圣人之言不谈,子游、子夏之俦,不能过也。若仲尼在魏,复为入室焉。"帝手制书与夏,题云"入室生"。位至秘书丞。居生甚贫,帝解御衣以赐之,果符元所梦。名冠当时,为一代高士。

【注释】

①薛夏:三国时期魏国人,字宣声,生卒年不详。生平事迹见《三国志·魏书·王肃传》附《王朗传》后注引《魏略》。

②箧(qiè):小箱子。

③弱冠:古时以男子二十岁为成人,初加冠,因体犹未壮,故称弱冠。《礼记·曲礼上》:"二十曰弱,冠。"孔颖达疏:"二十成人,初加冠,体犹未壮,故曰弱也。"后遂称男子二十岁或二十几岁的年

龄为弱冠。

④疑滞:指疑难之处。《后汉书·儒林传下》:"建安中,河东人乐详
　条《左氏》疑滞数十事以问,(谢)该皆为通解之。"

⑤公孙龙:字子秉,战国时期赵国人,是名家离坚白派的代表人物。
　公孙龙能言善辩,曾做过平原君的门客。《汉书·艺文志》著录
　《公孙龙子》十四篇,今存六篇。

【译文】

　　薛夏是天水人,他博学多识,才华盖世。当初薛夏的母亲怀着薛夏
的时候,曾梦见一个人送给她一箱衣服,并对她说:"夫人您一定会生下
一位有才德有见识的儿子,他将会成为帝王所尊崇的人。"薛夏的母亲
记住了做梦的日子。等到薛夏出生,长到二十岁时,他的才智机辩就已
经超过一般人。魏文帝曾和薛夏谈论,一整天都没有休息,薛夏对所有
的问题都对答如流,没有任何疑难之处。魏文帝说:"过去公孙龙以能
言善辩、才思敏捷而著称,但他的言论有时也很迂阔荒诞,不着边际;今
天你的言论,不是圣贤之言就绝口不谈,就是子游、子夏一类的人才,也
不能超过你啊。如果孔子生活在魏国,那你就又是他的入室弟子。"魏
文帝亲自给薛夏写了一幅字,上面写着"入室生"。薛夏的官位做到了
秘书丞。他一生都很清贫,魏文帝曾脱下自己的衣服赐给薛夏,这件事
果然与他母亲最初的那个梦相符。薛夏在当时名冠天下,成为这一时
期志趣、品行高尚的人。

　　田畴①,北平人也。刘虞为公孙瓒所害②,畴追慕无已,
往虞墓设鸡酒之礼,恸哭之音,动于林野,翔鸟为之凄鸣,走
兽为之吟伏。畴卧于草间,忽有人通云:"刘幽州来,欲与田
子泰言平生之事。"畴神悟远识③,知是刘虞之魂。既近而
拜,畴泣不自支,因相与进鸡酒。畴醉,虞曰:"公孙瓒求子

甚急,宜窜伏以避害!"畴拜曰:"闻君臣之义,生则尽礼,今
见君之灵,愿得同归九地,死且不朽,安可逃乎!"虞曰:"子
万古之贞士也,深慎尔仪!"奄然不见,畴亦醉醒。

【注释】

①田畴(168—214):字子泰,右北平无终(今天津蓟州区)人,初为
　刘虞从事。初平四年(193)刘虞为公孙瓒所杀,田畴谒祭虞墓,
　哭泣而去。建安十二年(207)投靠曹操,后因征战有功,曹操曾
　数次封爵,均不受,建安十九年(214)去世,年四十六。《三国
　志·魏书》有传。

②刘虞(? —193):字伯安,东海郯(今山东郯城)人。曾任幽州刺
　史、甘陵国相、宗正、幽州牧等职,在地方政绩卓著,颇有名望。
　后因进兵攻击公孙瓒,兵败被执,惨遭杀害。《后汉书》有传。公
　孙瓒(? —199):字伯圭,辽西令支(今河北迁安)人。汉献帝时,
　因镇压黄巾军有功,封蓟侯。后与袁绍相争,兵败被困高楼,引
　火自焚。《后汉书》及《三国志·魏书》均有传。

③神悟:犹颖悟。指理解力高超出奇。神,比喻机灵颖悟,不寻常。
　刘义庆《世说新语·言语》:"谢仁祖年八岁,谢豫章将送客,尔时
　语已神悟,自参上流。"

【译文】

　　田畴是右北平人。当初刘虞被公孙瓒杀害,田畴对刘虞追念仰慕
不已,于是就到刘虞的墓前摆上鸡和酒祭念他,并放声痛哭,沉痛的哭
声在树林和山野间回荡,飞鸟为此而凄惶哀鸣,走兽也为此而伏地长
啸。田畴躺在刘虞墓前的草丛里,忽然听到有人通报说:"刘虞来了,他
想和田先生您谈谈一生的遭遇。"田畴聪明过人,见识高远,他知道这是
刘虞的魂灵。不久刘虞的魂灵就走近了,田畴跪拜,泣不成声,难以自
支。他们就坐了下来,相互劝酒吃肉。田畴喝醉了,刘虞说:"公孙瓒正

在搜捕你，形势很危急，你应隐藏起来以躲避追杀!"田畴跪拜说:"我听说君臣之间的大义,只要活着就要尽到为臣之礼。今天见到了您的魂灵,希望能够与您同归九泉,这样死去将会名存千古,怎么可以逃跑呢!"刘虞说:"你是自古以来少有的志节坚定、操守方正之士,应该慎重地保护你的生命!"话刚说完刘虞就不见了,田畴的酒也醒了。

　　曹洪①,武帝从弟,家盈产业,骏马成群。武帝讨董卓②,夜行失马,洪以其所乘马上帝。其马号曰"白鹄"。此马走时,惟觉耳中风声,足似不践地。至汴水,洪不能渡,帝引洪上马共济,行数百里,瞬息而至③。马足毛不湿。时人谓为乘风而行,亦一代神骏也。谚曰:"凭空虚跃,曹家白鹄。"

【注释】

①曹洪(?—232):字子廉。沛国谯(今安徽亳州)人。魏武帝曹操的从弟。曹洪家富而生性吝啬,《三国志·魏书》本传注引《魏略》载:"于是谯令平洪赀财与公家等,太祖曰:'我家赀那得如子廉耶!'"

②董卓(?—192):字仲颖,陇西临洮(今甘肃临洮)人。曾废少帝,立献帝,并挟持献帝从洛阳到长安。后被吕布、王允所杀。

③瞬息:形容极短的时间。瞬,一眨眼之间。息,呼吸。

【译文】

　　曹洪是魏武帝曹操的堂弟,曹洪家财万贯,骏马成群。当年曹操讨伐董卓时,夜里行军丢失了自己的马,曹洪就把他所乘的马送给武帝骑。他这匹马的名字叫"白鹄"。这匹马奔跑时,只觉得耳边风声作响,马蹄似乎没有沾地。行军到汴水边时,曹洪没有办法渡河,武帝就把曹洪拉上这匹马共骑,一起渡过汴水。几百里的行程,这匹马一眨眼的工夫就到了。过河后马腿上的毛都没湿。当时人们都说这匹马是借助风力而奔跑的,也可以称得上是一代神骏了。谚语也说:"凌空飞奔的,是曹家的白鹄。"

录曰:王者廓万宇以为邦家,因海岳以为城池,固是安民养德,垂拱而治焉①。去乎游历之费,导于敦教之道,无崇宫室,有薄林园。采橼不斫,大唐如斯昭俭②;卑宫菲食③,伯禹以之戒奢④。迄乎三代之王,失斯道矣。伤财弊力,以骄丽相夸,琼室之侈,璧台之富⑤,穷神工之奇妙,人力勤苦。至于春秋,王室凌废,城者作讴⑥,疲于勤劳。晋筑祈褫之宫⑦,为功动于民怨;宋兴泽门之役⑧,劳者以为深嗟。姑苏积费于前⑨,阿房奋竭于后⑩。自以业固河山,名超万世,覆灭宗祀⑪,由斯哀哀。

【注释】

①垂拱而治:多用作称颂帝王无为而治。垂拱,垂衣拱手,形容毫不费力。治,平安。《书·武成》:"惇信明义,崇德报功,垂拱而天下治。"

②大唐:程荣本作"陶唐"。

③卑宫菲食:指宫室简陋,饮食菲薄。多用以称美朝廷自奉节俭的功德。《论语·泰伯》:"禹,吾无间然矣!菲饮食而致孝乎鬼神,恶衣服而致美乎黻冕,卑宫室,而尽力乎沟洫。"

④伯禹:指夏禹。《书·舜典》:"伯禹作司空。"孔颖达疏引贾逵曰:"伯,爵也。禹代鲧为崇伯,入为天子司空,以其伯爵,故称伯禹。"

⑤琼室之侈,璧台之富:琼室,商纣王所造的玉室。《竹书纪年》卷上:"(殷帝辛)九年,王师伐有苏,获妲己以归。作琼室,立玉

门。"璧台,即瑶台,夏桀所造。《文选·张平子〈东京赋〉》:"必以肆奢为贤,则是黄帝合宫,有虞总期,固不如夏桀之瑶台,殷辛之琼室也。"后世以"瑶台琼室"泛指奢华的帝宫。

⑥城者作讴:《左传·宣公二年》:"宋城,华元为植,巡功。城者讴曰……"

⑦祈禩(sī)之宫:当作"虒祁之宫"。《左传·昭公八年》:"于是晋侯方筑虒祁之宫。叔向曰:'……是宫也成,诸侯必叛,君必有咎,夫子知之矣。'"

⑧泽门:《左传·襄公十七年》:"宋皇国父为大宰,为平公筑台,妨于农收……筑者讴曰:'泽门之皙,实兴我役。'"注:"泽门,宋东城南门也。"

⑨姑苏:即姑苏台,春秋时期吴国君主阖庐所建。台址在今江苏苏州西南姑苏山上。《史记·吴太伯世家》裴骃《史记集解》引《越绝书》曰:"阖庐起姑苏台,三年聚材,五年乃成,高见三百里。"

⑩阿房:即阿房宫,秦始皇所建,其旧址在今陕西西安长安区西北。《史记·秦始皇本纪》:"(始皇)乃营作朝宫渭南上林苑中。先作前殿阿房,东西五百步,南北五十丈,上可以坐万人,下可以建五丈旗。周驰为阁道,自殿下直抵南山。表南山之颠以为阙。为复道,自阿房渡渭,属之咸阳,以象天极阁道绝汉抵营室也。"齐治平注曰:"按阿房宫未成,时人就其已建成之前殿名之。当时发隐宫(受宫刑者)、徒刑者七十余万人,分建阿房宫及骊山墓。其后始皇死,葬骊山墓。二世复继续修建阿房宫。"

⑪宗祀:对祖宗的祭祀。

【译文】

萧绮录语说:君主开拓四方疆域建立国家,靠着大海高山建造城池,本来这就是安抚百姓、修养道德,以达到无为而治的根本。去除巡游的费用,引导人民注重礼教,不要崇尚宏丽的宫室,只要一小片林园。

连一棵柞树也不能砍,唐尧就像这样开明节俭;住简陋的房子,吃粗淡的饮食,夏禹就是以此来戒备奢侈之风的。到夏、商、周三代的国君,就丢掉了这种简朴的美德。他们耗费国家财物,损害民力,拿骄奢淫逸的生活互相夸耀;他们宫室的华丽穷尽了鬼斧神工般的高超技艺,劳动人民的勤劳辛苦。到春秋时代,王室衰微,修筑城池的劳工常常写歌而唱以诉民怨,他们在勤苦的劳役中疲惫不堪。晋侯修筑虒祁宫,因为长时间的劳役使得老百姓怨声载道;宋皇国父为平公兴建泽门的劳役,使得劳工为此深思忧叹。前有劳民伤财的姑苏台,后有百姓为筋疲力尽的阿房宫。他们自认为这样就可以使帝业永存,江山牢固,名传万代,不料却皇祚覆灭。正是由于这个原因而悲伤不已。

窃观明帝,践中区之沃盛①,威灵所慑,比强列代,祯祥神宝,史不绝书②,殊方珍贡,府无虚月,鼎据三方,称雄四海。而圣教微于尧、禹,历代劣于姬、汉,东鲠闽、吴③,西病邛蜀,师旅岁兴,财力日费,不能遵养黎元④,远瞻前朴,宫室穷丽,池榭肆其宏广,终取夷灭,数其然哉!任城渊谋神勇⑤,智周祥艺⑥,虽来舟、蓬蒙剑射之好⑦,不能加也。田畴事死如生,守以直节,精诚之至,通于神明。曹洪忠烈为心,爱亲忧国。此穆满之骏⑧,方之"白鹄",可谓齐足者也⑨。

【注释】

①中区:指中原地区。

②史不绝书:史书上不断有记载。《左传·襄公二十九年》:"鲁之于晋也,职贡不乏,玩好时至,公卿大夫相继于朝,史不绝书。"书,指记载。

③鲠:阻塞,堵塞。

④遵养：谓顺应时势或环境而积蓄力量。黎元：指百姓。

⑤任城：即曹彰。渊谋：深远的谋略。

⑥祥艺：同"详艺"。指精通各种技艺。《左传·成公十六年》："德、刑、详、义、礼、信。"疏："详者祥也，古字同耳。"齐治平注曰："又祥艺，或指其'学阴阳纬侯之术'。"

⑦来舟：当作"来丹"，《列子·汤问》记载来丹用宝剑为父报仇。蓬蒙：亦作"逄蒙"，古之善射者。《孟子·离娄下》："逄蒙学射于羿，尽羿之道，思天下惟羿为愈己，于是杀羿。"

⑧穆满：指周穆王。周穆王名满。

⑨齐足：指并驾齐驱。《汉书·扬雄传上》："骋骅骝以曲艰兮，驴骡连蹇而齐足。"颜师古注："言使骏马驰骛于屈曲艰阻之中，则与驴骡齐足也。"

【译文】

我看魏明帝脚踏中原的千里沃野，声威震慑四方，超过了历代的帝王。他在位时出现的吉祥征兆、神奇宝物，史书上不断有记载；远方异域的珍贵的贡品，府库里没有空缺的时候，由此造成了三国三足鼎立的局势，称雄于天下。然而，这一时期儒家的礼教远不如唐尧、大禹的时代，魏国几代的社会风气也远不如周朝、两汉，更何况东边被闽、吴所阻挡，西边被邛地的蜀国所困扰，战争连年不断，国家财力日渐消耗。明帝不能顺应时势改善老百姓的生活，效仿前代帝王的简朴作风。他一味追求宫殿的富丽堂皇，建造的池塘、台榭也极尽宏大奢华，终于自取灭亡，可能命中注定就是这样！任城王曹彰深谋远虑，勇猛异常，智虑周全，武功精强，即使是来丹、逄蒙那样具有高超的击剑、射箭本领的人，也不能超过他。田畴对待死去的朋友如同活着的时候一样，恪守正直的节操，他的至诚之心，竟然感动了神灵。曹洪胸怀忠烈，他爱护亲人，忧虑国事。只有那周穆王的神骏，与他的"白鹄"相比，才可以说是能并驾齐驱。

《拾遗记》卷八

《拾遗记》卷八记述了三国时期吴国和蜀国的几位后妃以及这一时期几位历史人物的传闻逸事,涉及的后妃吴国的有孙坚母、吴主赵夫人、吴主潘夫人、孙和邓夫人,蜀国的有先主甘夫人。历史人物有吴国的张承、吕蒙,蜀国的麋竺、周群等。本卷对后妃逸事的记述主要表现她们的心灵手巧、容颜绝美或聪慧贤德。吴主孙权赵夫人的受宠是因为她心灵手巧。赵夫人善画,巧妙无双,她不但能于指间以彩丝织云霞龙蛇之锦,也能刺绣,"作列国方帛之上,写以五岳河海城邑行阵之形",还能抃发织为罗縠,并裁为幔,"使下绡帷而清风自入,视外无有蔽碍,列侍者飘然自凉",是当之无愧的"机绝""针绝"和"丝绝"。而潘夫人之所以能得宠于孙权则是因为她的美貌,她"容态少俦",为江东绝色,就是因父坐法而被输入织室时,仍被同幽者看作是神女,敬而远之。吴主孙权被她的美貌所吸引,"命雕轮就织室,纳于后宫"。然而不论是心灵手巧的赵夫人还是容颜绝世的潘夫人,最终都不能幸免被遗弃的命运:赵夫人因有贪宠求媚者,"言夫人幻耀于人主,因而致退黜";潘夫人的被弃逐也是因为"至于末年,渐相谮毁,稍见离退"。

相比较而言,蜀主刘备的甘夫人则以贤德而受宠爱:当先主刘备取玉人置后侧,夕则拥后而玩玉人时,她的"今吴、魏未灭,安以妖玩经怀"的忠告使先主幡然悔悟,并撤走了玉人。夫人明大体、顾大局的贤德品性可见一斑,难怪当时人都称赞她为"神智夫人"。可以看到,王嘉笔下的这些后妃,不论是心灵手巧的一类,容颜绝美的一类,还是聪慧贤德的一类,"她们全都是超逸绝尘的仙子,是红尘浮世的奇迹。那些贪婪荒淫的君主,和她们相比,只不过是一些蠢蠢碌碌、薄情寡义的浊物而已"(邵宁宁、王晶波《说苑奇葩》第 49 页,甘肃教育出版社 1999 年版)。除此之外,本卷也记述了孙坚母妊坚时的神异:"梦肠出绕腰,有一童女负之绕吴阊门外,又授以芳茅一茎。童女语曰:'此善祥也,必生才雄之子,今赐母以土,王于翼、轸之地,鼎足于天下。'"而这一感生传说的出现,则是帝王之兴,必有神迹自表的反映,体现的是君权神授的思想。

　　《拾遗记》卷八对这一时期吴国历史人物张承、吕蒙以及蜀国历史人物糜竺、周群异闻逸事的记述都充满了神异的色彩。王嘉对张承的记述主要表现在张承之母孙氏怀承时白蛇入舟、白鹤入云的神异,而筮者"蛇、鹤延年之物;从室入云,自下升高之象也……当使子孙位超臣极、擅名江表"的筮语则是后来张承位至丞相、奋威将军,年逾九十的预言,显然是圣贤之人的感生传说,也是王嘉谶纬思想的体现。吕蒙是三国时期东吴的大将,《三国志·吴书》本传载"蒙少不修书传,每陈大事,常口占为笺疏"。而据《三国志》卷五十四引《江表传》的记载:"初,权谓蒙及蒋钦曰:'卿今并当涂掌事,宜学问以自开益。'蒙曰:'在军中常苦多务,恐不容复读书。'权曰:'孤岂欲卿治经为博士邪? 但当令涉猎见往事耳。卿言多务,孰若孤……如卿二人,意性朗悟,学必得之,宁当不为乎? 宜急读《孙子》《六韬》《左传》《国语》及三史……'蒙始就学,笃志不倦,其所览见,旧儒不胜。"《拾遗记》卷八就记述了吕蒙博览群籍、发奋读书的传说。由"尝在孙策座上酣醉,忽卧,于梦中诵《周易》一部,俄而惊起",以及"向梦见伏牺、周公、文王,与我论世祚兴亡之事,日月贞明之道,莫不穷精极妙,未该玄旨,故空诵其文耳"等的记述可见,吕蒙的勤奋好学在后来的民间传说中被赋予神异的色彩,也体现了广大民众对吕蒙勤学苦读的肯定和赞扬。

对于蜀国外戚糜竺,王嘉则主要记述他安葬一位无名裸背妇女的尸骸,以及妇女前来报恩的传说故事。其中讲述了糜竺的豪富:"用陶朱计术,日益亿万之利,货拟王家,有宝库千间。"也写到了大火烧起时的神异:"火盛之时,见数十青衣童子来扑火,有青气如云,覆于火上,即灭。"而文中"多聚鹳鸟之类,以禳火灾"的记述也可以看出佛教思想对王嘉的影响。早在三国时期东吴僧人翻译的佛经《旧杂譬喻经》中就记载有鹦鹉灭火的故事。与《拾遗记》同时期的志怪小说《宣验记》也有"野火焚山,林中有一雉,入水渍羽,飞故灭火,往来疲乏,不以为苦"的记载。因此,有学者认为,"这些故事虽形象各异,但以身沾水灭火是相同的。它们约在晋、宋间同时出现,其发源可能都在吴康僧会译《旧杂譬喻经》'鹦鹉灭火'故事,而辗转流传,遂生变异。"(杜贵晨《传统文化与古典小说》第75页,河北教育出版社2001年版。)白猿化人的传说早在两汉时期的典籍就有记载,《吴越春秋·勾践阴谋外传》曰:"处女将北见于王,道逢一翁,自称袁公,问于处女:'吾闻子善剑,愿一见之。'女曰:'妾不敢有所隐,惟公试之。'于是袁公即杖箖箊竹,竹枝上颉桥末堕地。女即捷末,袁公则飞上树变为白猿。"本卷中周群于岷山采药所见白猿化为老翁的传说,应该是这一传说的衍生与演变。而其中老翁授书的情节以及他对自己年岁的回答则充满了神异色彩,是王嘉神仙道教思想的反映。

吴

孙坚母妊坚之时[①],梦肠出绕腰,有一童女负之绕吴阊门外,又授以芳茅一茎。童女语曰:"此善祥也,必生才雄之

子。今赐母以土，王于翼、轸之地②，鼎足于天下③。百年中
应于异宝授于人也④。"语毕而觉，日起筮之。筮者曰："所梦
童女负母绕阊门，是太白之精，感化来梦。"夫帝王之兴，必
有神迹自表，白气者，金色。及吴灭而践晋祚⑤，梦之征焉。

【注释】

①孙坚(155—191)：字文台，吴郡富春(今浙江富阳)人，三国时期
　　吴国的奠基人，孙策、孙权的父亲。

②翼、轸之地：指三国时期吴地。翼、轸，二星名。古代以星域划
　　地。张守节《史记正义论例》："楚地翼、轸之分野。今之南郡、江
　　夏、零陵、桂阳、武陵、长沙及汉中、汝南郡，后陈、鲁属焉。"

③鼎足：鼎有三条腿，比喻三方面对峙的局势。《史记·淮阴侯列
　　传》："参分天下，鼎足而居。"

④应于异宝授于人：当为"应以异宝授于人"，指吴亡于晋之事。齐
　　治平注曰："按吴自孙权称帝至孙皓被灭，凡五十九年；孙坚死时
　　三十七岁，追尊为武烈皇帝；自坚生至吴亡，通计之约百年。"

⑤践晋祚：当为"晋践祚"。践祚，即登上皇位。

【译文】

　　孙坚母亲怀着孙坚的时候，梦见自己的肠子流出来并缠绕在腰间，
有一个小女孩背着她绕到了吴地的阊门之外，还交给她一株芳香的茅
草。小女孩对孙坚母亲说："这是非常吉祥的征兆，将来您一定会生下
一位具有雄才大略的儿子。现在我赐给您一把土，他将会在吴地称王，
三分天下而立。然而一百年之后应该把手中的珍宝交给别人。"小女孩
说完孙坚的母亲就惊醒了，天亮之后她就去占卜。占卜的人说："梦见
小女孩背着你绕到阊门，那个小女孩是太白星，受到感化来给您托梦。"
帝王的兴起，一定有灵异的现象出现，白气，是金色。等到吴国灭亡，晋
朝建国，这个梦才全部得到印证。

录曰：按《吴书》云："孙坚母怀坚之时，梦肠出绕阊门①。"与王之说为异。夫西方金位，以叶晋德，兴亡之兆，后而效焉。盖表吴亡而授晋也。夫六梦八征②，著明《周易》③，授兰怀日④，事类而非。及吴氏之兴年，嘉禾之号⑤，芳茅之征信矣。至晋太康元年⑥，孙皓送六金玺云⑦："时无玉工，故以金为印玺。"夫孙氏擅割江东，包卷百越，吞席汉阳，威惕中夏，富强之业，三雄比盛。时有未宾而兵戈岁起，每梗心于邛蜀，愤慨于燕魏，四方未夷，有事征伐，因之以师旅，遵之以俭素，去其游侈之费，塞兹雕靡之涂⑧，不欲使四方民劳，非无玉工也。固能轻彼池山，贱斯棘实⑨，汉鄙盈车之屑⑩，燕弃璞于衡庑⑪，沉河底谷⑫，义昭攸古⑬，务崇俭约，岂非高欤！及乎吴亡时，以六代金玺归晋⑭，坚母之梦验矣。

【注释】

①"按《吾书》"几句：《三国志·吴书·孙坚传》注引《吴书》曰："坚世仕吴……及母怀妊坚，梦肠出绕吴昌门，寤而惧之，以告邻母。邻母曰：'安知非吉征也。'坚生，容貌不凡，性阔达，好奇节。"

②六梦：古代把梦分为六类，根据日月星辰来占卜吉凶。《周礼·春官·占梦》："以日月星辰占六梦之吉凶：一曰正梦，二曰噩梦，三曰思梦，四曰寤梦，五曰喜梦，六曰惧梦。"八征：指生活中所接触的八个方面。《列子·周穆王》："觉有八征，梦有六候。奚谓八征？一曰故，二曰为，三曰得，四曰丧，五曰哀，六曰乐，七曰生，八曰死。此者八征，形所接也。"

③著明《周易》：此萧绮误记，今《周易》无"六梦八征"的记载。

④授兰：《左传·宣公三年》："初，郑文公有贱妾曰燕姞，梦天使与己兰，曰：'余为伯鯈。余，而祖也，以是为而子。以兰有国香，人

服媚之如是。'既而……生穆公,名之曰兰。"怀曰:《汉武故事》云:"汉景皇帝王皇后内太子官,得幸,有娠,梦日入其怀。帝又梦高祖谓己曰:'王夫人生子,可名为彘。'及生男,因名焉。是为武帝。"

⑤嘉禾:吴主孙权的第三个年号,即公元231年到公元238年。

⑥太康:晋武帝司马炎年号。孙皓于太康元年(280)降晋。

⑦孙皓(242—283):字元宗,吴郡富春(今浙江杭州)人,孙权之孙,废太子孙和之子,三国时期吴国的最后一位皇帝,公元264—280年在位。

⑧雕靡:奢靡浪费。

⑨棘实:当为"棘宝",形近而误。指垂棘的宝物。棘,垂棘,地名。

⑩汉鄙盈车之屑:齐治平注曰:"未详。杨慎《丹铅录》自序引葛稚川语,有'或谓余曰:"吾恐玉屑盈车,不如全璧"'云云,亦不详所出。"屑,指玉屑。《史记·孝武本纪》司马贞《史记索隐》引《三辅故事》曰:"建章宫承露盘高三十丈,大七围,以铜为之,上有仙人掌承露,和玉屑饮之。"

⑪燕弃璞于衡庑:齐治平注曰:"未详。《尹文子》:'魏田父有耕于野者,得玉径尺,不知其玉也……归,置于庑下,其玉明照一室,大怖,遽而弃之于远野。'不知是否此事。"

⑫沉河底谷:比喻不崇尚富贵,不谋求财物。班固《东都赋》"捐金于山,沉珠于渊"句下李善注引《庄子》曰:"捐金于山,藏珠于渊。"齐治平注曰:"按底,通抵,弃掷也,亦即捐义。"

⑬攸古:远古。攸,通"悠"。

⑭六代:齐治平注曰:"按吴自孙坚、孙策、孙权、孙亮、孙休至孙皓,通计六代。然吴自孙权始称帝,又前文言'孙皓送六金玺',此处'代'字疑衍。"

【译文】

萧绮录语说:按《三国志·吴书》说:"孙坚的母亲怀着孙坚的时候,梦见自己的肠子流出来缠绕在阊门上。"这个说法与王嘉的记载不同。西方是金位,契合以金德称王的晋朝。吴国兴盛灭亡的征兆,后来都应验了。或许这个梦是表现吴国灭亡而让位给晋朝的。自古以来就有六梦八征的说法,这些内容明确地写在《周易》之中。至于郑文公妾燕姞梦见天使授之以兰而生穆公,汉景皇帝王皇后梦日入怀而生汉武帝,梦的征兆属于同一类但却不是一回事。等到孙吴兴起,到孙权嘉禾年间,孙坚母亲梦中有关芳草的征兆是应验的。到晋武帝太康元年,吴主孙皓送来六块金印,并说:"当时吴国没有雕刻玉石的工匠,因此用黄金制成了印玺。"想当初孙氏割据江东,席卷百越,并吞汉阳,威慑中原,成就了国富兵强的基业,形成了三国鼎盛的局面。然而,当时还有一些没有归顺的诸侯连年发动战争,吴主也经常对邛蜀的阻挡感到烦闷,对燕魏的挑衅感到愤愤不平,四方未平,有战事就得出兵讨伐,因此而动用军队。孙吴的统治者只好遵从俭省朴素的传统,去除各种恣意游乐的费用,堵住那些奢侈浪费的通道,不想让本国的老百姓辛劳,并不是真的没有雕刻玉石的工匠。孙吴本来就轻视那些池榭高台,瞧不起这些垂棘出产的宝物,如同汉王轻视那满车的玉屑,燕王在廊屋扔掉璞玉一样,都是摈弃荣华富贵的人,他们的道义光照千古,他们致力于推崇俭省节约的风气,难道不高尚吗? 直到吴国灭亡时,孙皓把六个金制玉玺交给晋朝,孙坚母亲的梦才得到完全的应验。

吴主赵夫人①,丞相达之妹②。善画,巧妙无双,能于指间以彩丝织云霞龙蛇之锦,大则盈尺,小则方寸,宫中谓之"机绝"。孙权常叹魏、蜀未夷,军旅之隙,思得善画者使图山川地势军阵之像。达乃进其妹。权使写九州方岳之势③。

夫人曰："丹青之色，甚易歇灭，不可久宝；妾能刺绣，作列国方帛之上，写以五岳河海城邑行阵之形。"既成，乃进于吴主，时人谓之"针绝"。虽棘刺木猴④，云梯飞鸢⑤，无过此丽也。

【注释】

①吴主：指孙权（182—252）。孙权，字仲谋，吴郡富春（今浙江杭州）人，三国时期孙吴的建立者，公元229—252年在位。

②达：指赵达。河南（今河南洛阳）人，生卒年不详。三国时期吴国的方士，精通推算之术。据《三国志·吴书·赵达传》记载，"孙权行师征伐，每令达有所推步，皆如其言。权问其法，达终不语，由此见薄，禄位不至"。由此，赵达并未位至丞相，孙权的嫔妃中也无赵氏夫人，当为传闻所致。

③方岳：指下文所言"五岳"。五岳居五方，故称方岳。

④木猴：当作"母猴"。《韩非子·外储说》："燕王征巧术人，卫人请以棘刺之端为母猴。"

⑤云梯：《墨子·公输》："公输盘为楚造云梯之械成，将以攻宋。"鸢（yuān）：同"鸢"。《韩非子·外储说》："墨子为木鸢，三年而成，蜚一日而败。"

【译文】

吴主孙权的赵夫人，是丞相赵达的妹妹。她擅长画画，她的画巧夺天工，举世无双，她能在手指间用彩色的丝线织成有云霞、龙蛇图案的锦缎，这种锦缎大幅的有一尺宽，小幅的仅有一寸见方，宫中人都称赵夫人为"机绝"。当初，孙权经常忧叹魏、蜀两国尚未平定，在征战的闲暇时间，他总想找一个善于画画的人，让他画出山岳、地势、军阵的图形。赵达就推荐了他的妹妹赵夫人。孙权让赵夫人绘制出全国山岳的形势，赵夫人说："丹青的颜色，很容易消失，不能长久收藏；我会刺绣，能把各国的地图织在方形的丝帛上，并可以绘织出五岳、河海、城邑、军阵的图形。"这个丝帛织成的地图完成后，赵夫人就把它交给了吴主孙权，当时的人们都称她为"针绝"。即使是卫人在棘刺之端雕刻的母猴，公输盘为楚国攻打宋国造的云梯，墨子制造的飞鸢，也都没有这块丝帛织成的地图美丽。

　　权居昭阳宫，倦暑，乃褰紫绡之帷①，夫人曰："此不足贵也。"权使夫人指其意思焉。答曰："妾欲穷虑尽思，能使下绡帷而清风自入，视外无有蔽碍，列侍者飘然自凉，若驭风而行也。"权称善。夫人乃抃发②，以神胶续之。神胶出郁夷国③，接弓弩之断弦，百断百续也。乃织为罗縠④，累月而成，裁为幔，内外视之，飘飘如烟气轻动，而房内自凉。时权常在军旅，每以此幔自随，以为征幕⑤。舒之则广纵一丈，卷之则可纳于枕中，时人谓之"丝绝"。故吴有"三绝"，四海无俦其妙。后有贪宠求媚者，言夫人幻耀于人主，因而致退黜。虽见疑坠，犹存录其巧工。吴亡，不知所在。

【注释】

①褰（qiān）：撩起，揭起（衣服、帐子等）。《诗经·郑风·褰裳》："子惠思我，褰裳涉溱。"

②抃（xī）：古通"析"。分开，散开。

③郁夷国：传说中的古国名，不详。郁夷，《书·尧典》《禹贡》作"嵎夷"。《史记·五帝本纪》："分命羲仲，居郁夷，曰旸谷。"张守节《史记正义》曰："《禹贡》青州云：'嵎夷既略。'案：嵎夷，青州也。"

④罗縠（hú）：一种疏细的丝织品。赵晔《吴越春秋·勾践阴谋外传》："饰以罗縠，教以容步。"

⑤征幕:行军时所用的帐幕。

【译文】

孙权住在昭阳宫,夏天天气炎热,他就揭起生丝织成的紫色帷帐,赵夫人说:"这个紫绡帷帐不值得珍惜。"孙权让赵夫人讲明这句话的意思。赵夫人回答说:"我正在绞尽脑汁想制作一个即使放下帷幕也能让清风自入的帐幔,从帷幕里面看外面没有任何遮挡和阻碍,在帷帐中侍立的人也会感到清风飘然而至,帐中自然凉爽,就好像乘风飞行一样。"孙权连声称好。赵夫人于是就把头发析开,用神奇的胶水粘接在一起。这种神奇的胶水出产于郁夷国,可以粘接弓弩的断弦,百断百接。夫人用析开的头发织成一种疏细的丝织品,好几个月才织成。夫人用这种丝织品裁制成帐幔,不论从里面看,还是从外面看,都飘飘然如同烟气轻轻浮动,帐中自然清凉。当时孙权常在军旅之中,经常随身带着这个帐幔,作为行军帐幕。这个帐幔展开长宽都是一丈,卷起来就可以装在枕头里面,当时的人都称赵夫人为"丝绝"。所以说吴国有"三绝",天下没有能和这"三绝"相比美的。后来,一些争宠求媚的人,说赵夫人在人主面前炫耀自己,因而被黜退。即使赵夫人被怀疑被败坏,但宫中仍然存留着她精巧的丝织品。吴国灭亡之后,这些织物不知道流落到什么地方了。

　　吴主潘夫人①,父坐法②,夫人输入织室③,容态少俦④,为江东绝色。同幽者百余人,谓夫人为神女,敬而远之⑤。有司闻于吴主,使图其容貌。夫人忧戚不食,减瘦改形。工人写其真状以进,吴主见而喜悦,以虎魄如意抚按即折⑥,嗟曰:"此神女也,愁貌尚能惑人,况在欢乐!"乃命雕轮就织室⑦,纳于后宫,果以姿色见宠。每以夫人游昭宣之台,志意幸惬⑧,既尽酣醉,唾于玉壶中,使侍婢泻于台下,得火齐指环,即挂石榴枝上,因其处起台,名曰环榴台。时有谏者云:"今吴、蜀争雄,'还刘'之名,将为妖矣!"权乃翻其名曰榴环台。又与夫人游钓台,得大鱼。王大喜,夫人曰:"昔闻泣鱼⑨,今乃为喜,有喜必忧,以为深戒!"至于末年,渐相谮毁,稍见离退。时人谓"夫人知几其神"⑩。吴主于是罢宴,夫人果见弃逐⑪。钓台基今尚存焉。

【注释】

①潘夫人(? —252):名娥,会稽句章(今浙江宁波)人,吴主孙权的皇后,吴少帝孙亮之母。《三国志·吴书·妃嫔传》:"父为吏,坐法死。夫人与姊俱输织室,权见而异之,召充后宫。"

②坐法:因犯法而获罪。《史记·田叔列传》:"后数岁,叔坐法失官。"

③织室:官中掌管丝帛礼服等织造的机构。《汉书·惠帝纪》:"秋七月乙亥,未央宫凌室灾;丙子,织室灾。"颜师古注:"主织作缯帛之处。"

④少俦:即很少有能够与之相比的。

⑤敬而远之:指尊敬但有所顾虑而不愿接近。《论语·雍也》:"务民之义,敬鬼神而远之,可谓知矣。"

⑥抚按:《太平御览》卷三八一引此文"抚按"作"抚案"。抚案,即拍案。

⑦雕轮:雕花彩饰的车,华美的车。

⑧志意:思想,精神。《荀子·修身》:"志意修则骄富贵,道义重则轻王公。"幸惬:犹言迎合,投其所好。《太平广记》卷三五六引《博异志·马燧》曰:"护戎讳数字而甚切,君当在意。若犯之,无逃其死也,然若幸惬之,则所益与诸人不同。慎勿暗投也。"

⑨泣鱼:《战国策·魏策》:"魏王与龙阳君共船而钓,龙阳君得十余鱼而涕下。王曰:'有所不安乎?如是,何不相告也?'……对曰:'臣之始得鱼也,臣甚喜,后得又益大,今臣直欲弃臣前之所得矣。今以臣凶恶,而得为王拂枕席。今臣爵至人君,走人于庭,辟人于途。四海之内,美人亦甚多矣,闻臣之得幸于王也,必褰裳而趋王。臣亦犹曩臣之前所得鱼也,臣亦将弃矣,臣安能无涕出乎?'"

⑩知几:谓有预见,能看出事物发生变化的隐微征兆。《易·系辞下》:"知几其神乎。君子上交不谄,下交不渎,其知几乎?几者,动之微,吉之先见者也。"

⑪夫人果见弃逐:据《三国志·吴书·妃嫔传》记载,潘夫人因生孙亮而被立为后;又谓潘夫人"性险妒容媚,自始至卒,谮害袁夫人等甚众"。后因积怨被宫人缢死。

【译文】

　　吴主孙权的潘夫人,她的父亲因犯法而获罪,夫人也因此被送进宫中掌管丝帛礼服等织造的地方。她容貌姿态美丽高雅,很少有比得上她的,是江东的绝色美人。和潘夫人关押在一起的有一百多人,大家都说潘夫人是仙女,尊敬她但又都不敢接近她。官吏把潘夫人的美貌告诉了孙权,孙权让画工画下潘夫人的容貌。潘夫人因为忧愁悲伤吃不下饭,身体消瘦了,容貌也改变了。画工把她的真实容貌画出来进献给吴主,吴主看了潘夫人的画像非常高兴,激动地用琥珀如意敲打案几,如意顷刻之间就折断了。吴主感叹道:"这个女子真的是仙女,面带愁容还能姿色动人,更何况她心情高兴的时候呢!"于是命人驾着雕琢精美的车来到织房,把潘夫人迎进了后宫,她果然因为天姿国色受到孙权的宠爱。孙权经常和潘夫人到昭宣台游玩,两个人情投意合。有一次酒宴过后,潘夫人大醉,吐到了玉壶里,侍婢到台下去倒玉壶,在玉壶里发现了一个火齐指环。孙权就把它挂在石榴树枝上,并在石榴树旁建了一座亭台，起名叫"环榴台"。当时有位大臣进谏说："现在吴、蜀两国争胜，'还刘'的谐名，恐怕会成为不祥之兆！"孙权就把这两个字翻转过来命名为"榴环台"。又有一次，孙权和潘夫人到钓台游玩，钓到了一条大鱼。孙权非常高兴，潘夫人说："以前我听说过龙阳君得鱼而泣的故事，今天您钓得大鱼非常高兴。人常说有高兴的时候就有忧伤的时候，这是我引以为戒的事情！"到潘夫人晚年，她逐渐被谗间毁谤，孙权也慢慢地疏远了她。当时人都说"潘夫人料事如神"。孙权从此不再与潘夫人游宴，潘夫人后来果然被驱逐出宫。孙权和潘夫人游乐时的钓台的台基现在还留存在那里。

　　录曰：赵、潘二夫人，妍明伎艺，婉娈通神①，抑亦汉游洛妃之俦②，荆巫云雨之类③；而能避妖幸之璧，睹进退之机。夫盈则有亏，道有崇替④，居盛必衰，理固明矣。语乎荣悴⑤，譬诸草木，华落张弛，势之必然。巧言萋斐⑥，前王之所信惑。是以申、褒见列于前周⑦，班、赵载详于往汉⑧。异代同闻，可为叹也！

【注释】

①婉娈：美貌。《诗经·齐风·甫田》："婉兮娈兮，总角丱兮。"郑玄笺："婉娈，少好貌。"

②汉游：指汉水女神。《诗经·周南·汉广》："汉有游女，不可求思。"洛妃：指洛水女神。曹植《洛神赋》："河洛之神，名曰宓妃。"

③荆巫云雨：指楚地的巫山神女。宋玉《高唐赋序》述楚王游高唐，梦会巫山神女，有"妾在巫山之阳，高丘之阻，旦为朝云，暮为行雨"之语。

④崇替：兴废，盛衰。《国语·楚语下》："吾闻君子唯独居思念前世

之崇替,与哀殡丧,于是有叹,其余则否。"韦昭注:"崇,终也;替,废也。"

⑤荣悴:指荣枯。后多比喻人世的盛衰。

⑥菶斐(fěi):形容花纹错杂的样子。《诗经·小雅·巷伯》:"菶兮斐兮,成是贝锦。彼谮人者,亦已大甚。"后以"菶斐"比喻谗人罗织罪名,有如织锦之巧。《北齐书·幼主记》:"忠信不闻,菶斐必入。"

⑦申、褒:指申后、褒姒。据《史记·周本纪》记载,周幽王宠幸褒姒,因而废弃申后。

⑧班、赵:指班婕妤、赵飞燕。据《汉书·外戚传》载,班婕妤才智出众,聪慧明辨,雅善诗歌,初为汉成帝所宠幸,后赵飞燕得宠,贵倾后宫,班婕妤遭诬陷自危,乃退居长信宫。

【译文】

萧绮录语说:赵、潘两位夫人,技艺精巧,貌美如仙,可能是与汉水女神、洛水宓妃以及楚地巫山神女相类的女仙。她们能够躲开妖媚取宠之人,也能看清进退取舍的时机。月亮有圆满之时,也有亏缺之日;世道也有兴废盛衰,长时间的兴盛之后一定会是衰败,这个道理本来很明白。说到繁荣和衰败,就比如花草树木,花开花落,树木枯荣,都是必然的趋势。那些巧言令色之人罗织的罪状,前代就有不少君主相信而被迷惑。因此周幽王宠信褒姒而废弃了申后,汉成帝宠幸赵飞燕而斥退了班婕妤。时代不同,听到的故事却是相同的,实在让人感叹!

黄龙元年①,始都武昌。时越巂之南②,献背明鸟,形如鹤,止不向明,巢常对北,多肉少毛,声音百变,闻钟磬笙竽之声,则奋翅摇头。时人以为吉祥。是岁迁都建业③,殊方多贡珍奇。吴人语讹,呼背明为背亡鸟④。国中以为大妖,不及百年,当有丧乱背叛灭亡之事,散逸奔逃,墟无烟火。果如斯言。后此鸟不知所在。

【注释】

①黄龙元年:公元 229 年,吴主孙权的第二个年号。

②越巂(xī):郡名。西汉元鼎六年(前 111)置,置所在邛都(今四川西昌东南)。

③建业:原为秦、汉秣陵县地,三国吴黄龙元年(229)孙权移都秣陵,改名建业(今江苏南京)。

④呼背明为背亡鸟:齐治平注曰:"按'明'古音读如'茫',与'亡'相近,故呼'背明'为'背亡'也。"

【译文】

黄龙元年(229),孙权刚刚建都武昌。这时越巂郡的南部,有人进献了一只背明鸟。这只鸟的形状像鹤,它静止不动的时候从不向着亮光,巢穴的方向也总是对着北方。这种鸟身上肉很多毛却很少,它鸣叫的声音变化多端,只要听到钟、磬、笙、竽等乐器的声音,就会鼓动翅膀并不停地摇头。当时人们都认为背明鸟是吉祥之物。这一年,孙权迁都到建业,远方各地进贡了很多奇珍异宝。当时吴地老百姓的口语发生了讹变,称呼背明鸟为背亡鸟。首都建业的人都认为这种称呼非常不祥,不到一百年,吴国将发生丧乱、背叛、亡国的事情,人民将会流离失所,四处逃亡,村庄里将看不到烟火。后来果然都和这些预言一样。后来这只鸟不知飞到什么地方去了。

张承之母孙氏①,怀承之时,乘轻舟游于江浦之际,忽有白蛇长三尺,腾入舟中。母祝曰:"若为吉祥,勿毒噬我②!"萦而将还,置诸房内,一宿视之,不复见蛇,嗟而惜之。邻中相谓曰:"昨见张家有一白鹤耸翮入云③。"以告承母,母使筮之。筮者曰:"此吉祥也。蛇、鹤延年之物;从室入云,自下升高之象也。昔吴王阖闾葬其妹④,殉以美女、珍宝、异剑,穷江南之富。未及十年,雕云覆于溪谷,美女游于冢上,白鹄翔于林中,白虎啸于山侧,皆昔时之精灵,今出于世,当使子孙位超臣极,擅名江表。若生子,可以名曰白鹄。"及承生,位至丞相、辅吴将军⑤,年逾九十⑥,蛇、鹄之祥也。

【注释】

①张承(178—244):字仲嗣,彭城(今江苏徐州)人,三国时孙吴大臣,张昭之子。

②毒噬(shì):指毒虫咬噬。《文选·左太冲〈魏都赋〉》:"蔡莽螫刺,昆虫毒噬。"李周翰注:"噬,咬也……昆虫、毒虫皆咬人也。"

③耸翮(hé):振翅。指飞翔。

④吴王阖闾葬其妹:"葬其妹"当为"葬其女"之讹,王嘉误也。据《吴越春秋》卷二载,吴王阖闾痛女滕玉自杀,"葬于国西阊门外,凿池积土,文石为椁,题凑为中,金鼎、玉杯、银樽、珠襦之宝,皆以送女。乃舞白鹤于吴市中,令万民随而观之,还使男女与鹤俱入羡门,因发机以掩之"。又以宝剑磐郢为殉。

⑤位至丞相、辅吴将军:《三国志·吴书·张昭传》记载,张昭、张承父子均未位至丞相,辅吴将军乃张昭官爵,张承则为奋威将军。

⑥年逾九十:《三国志·吴书·张昭传》记载,张承年六十七卒,其父张昭年八十一卒,均未年及九十。

【译文】

　　张承的母亲孙氏,怀着张承的时候,曾经坐船到江边游玩,忽然有一条三尺长的白蛇跳起来钻进了船中。张承的母亲祈祷说:"如果是吉祥之物，就不要咬我！"她把蛇盘绕在一起，带回家放在房间里，过了一夜再去看，没有再看见蛇，她感叹的同时也心生怜惜。邻居们互相议论说："昨天看见张家有一只白鹤振翅飞入云中。"人们把这件事告诉了张承的母亲，张承的母亲就让人占卜。占卜的人说："这是吉祥的事情。蛇和鹤都是延年益寿的动物；从房间里飞入云中，那是从下位升到高位的象征。过去，吴王阖闾埋葬他女儿的时候，用美女、珍宝、奇特的宝剑随葬，几乎将江南的财物搜罗殆尽。不到十年，彩色的云覆盖在峡谷溪水之上，美女在坟墓间游玩，天鹅在树林之中翱翔，白虎在高山之旁长啸，所有这些都是往日的精灵，而今出现在人世间，应该能够让子孙后代位居人臣之首，并将在长江以南的地区享有名声。如果您生了儿子，可以给他起名叫白鹤。"等到张承出生长大，位至丞相、辅吴将军，并活了九十多岁，这都是那条蛇、那只鹤带来的祥瑞。

　　录曰：国之将亡，其兆先见。《传》曰："明神见之，观其德也①。"及归命面缚来降②，斯为效矣。蛇、鹄者，虫禽之最灵，张氏以为嘉瑞。《吴越春秋》、百家杂说云，吴王阖闾，崇饰厚葬，生埋美人，多藏宝物。数百年后，灵鹄翔于林壑，神虎啸于山丘，湛卢之剑③，飞入于楚。收魂聚怪④，富丽以极，而诡异失中，不如速朽。昔宋桓、盛姬⑤，前史讥其骄惑，嬴博杨孙⑥，君子贵其合礼。观夫远古，指详中代，求诸事迹，俭泰相悬⑦。至如末世，渐相夸矫，生滋淫渑，死则同殉，委积珍宝，埃尘灭身，乖于同穴⑧，可谓叹欤！

【注释】

①明神见之，观其德也："见之"当作"降之"。《左传·庄公三十二年》载，内史过对惠王曰："国之将兴，明神降之，监其德也；将亡，

神又降之,观其恶也。"明神,神灵。古谓日、月、山川之神。《周礼·秋官·司盟》:"北面诏明神。"

②归命:吴主孙皓投降晋朝,晋封他为归命侯。面缚:《左传·僖公六年》:"许男面缚衔璧。"注:"缚手于后,唯见其面。"齐治平注曰:"古代亡国之君投降时,其仪如此。亦有面缚舆榇,以示当死者。"

③湛卢:古代宝剑名。相传为春秋时期欧冶子所铸。《越绝书·外传·记宝剑》:"欧冶子乃因天之精神,悉其伎巧,造为大刑三、小刑二:一曰湛卢,二曰纯钧,三曰胜邪,四曰鱼肠,五曰巨阙。"《越绝书·外传·记宝剑》亦曰:"阖庐无道,子女死,杀生以送之。湛卢之剑,去之如水,行秦过楚,楚王卧而寤,得吴王湛卢之剑。"

④收魂聚怪:指吴王阖庐以众多美女和大量奇珍异宝为其女殉葬之事。

⑤宋桓:指宋司马桓魋。《礼记·檀弓下》记述桓魋自为石椁,三年不成。盛姬:周穆王宠妃。《穆天子传》记载,盛姬随周穆王巡行天下,中途得病而亡,周穆王为她办了非常奢华的葬礼。

⑥嬴博:嬴、博均指春秋时期齐国的城邑。《礼记·檀弓》:"延陵季子适齐,于其反也,其长子死,葬于嬴、博之间……孔子曰:'延陵季子之于礼也,其合矣乎!'"杨孙:即杨王孙,汉武帝时人。《汉书·杨王孙传》:"(杨王孙)及病且终,先令其子,曰:'吾欲裸葬,以反吾真,必亡易吾意。'……其子欲默而不从,重废父命,欲从(之),心又不忍,乃往见王孙友人祁侯……王孙报曰:'……今费财厚葬,留归禹至,死者不知,生者不得,是谓重惑。于戏!吾不为也。'祁侯曰:'善。'遂裸葬。"

⑦俭泰:节俭和奢侈。

⑧同穴:指夫妻同墓而葬。《诗经·王风·大车》:"榖则异室,死则同穴。"齐治平注曰:"详此处文义。盖谓当薄葬于圹穴,若奢侈

厚葬,则乖违此义;且厚葬者常遭发掘,故上文言'委积珍宝'而'埃尘灭身',结句又深以为叹也。"

【译文】

萧绮录语说:国家将要灭亡时,各种征兆就会预先出现。《左传·庄公二十三年》说:"日、月、山川之神能看到一切,并观察君主的德行。"等到双手反绑,归服乞降时,这些预兆就都应验了。蛇和天鹅,是虫、鸟之中最为灵异的动物,张家人把它们的出现看作是祥瑞的征兆。《吴越春秋》和百家杂说都记载说,吴王阖闾崇尚厚葬,活埋美女,随葬大量珍宝异物。然而,几百年以后,灵异的天鹅飞翔在山林深谷;神奇的老虎在高山土丘长啸;名剑湛卢,也从阖闾的身边飞到了楚王的卧榻前。阖闾活埋美女、聚敛大量的奇珍异宝作为随葬品,墓穴可谓富丽之极。他的这种做法既让人迷惑又不合礼仪,还不如让尸骨迅速腐朽。过去,春秋时期宋人桓魋和周穆王宠妃盛姬的奢华葬礼,前代的史籍都嘲讽这种骄奢昏惑的做法;春秋时期齐国的延陵季子和西汉时期杨王孙的薄葬,德才兼备的人都给予很高的评价,认为这种做法合乎礼仪。远观上古,详察中世,考求各种前世的重要史事,俭朴和奢华两种做法相去甚远。到了近代,人们相互夸耀的风气有增无减,他们活着的时候沉溺于酒色,死后与大量财物同葬,这些珍宝堆积在墓中,尸体则销蚀在尘埃之中,这种同葬是违背礼仪的,可以说是可悲可叹啊!

吕蒙入吴①,吴主劝其学业,蒙乃博览群籍,以《易》为宗。尝在孙策座上酣醉②,忽卧,于梦中诵《周易》一部,俄而惊起。众人皆问之。蒙曰:"向梦见伏牺、周公、文王,与我论世祚兴亡之事③,日月贞明之道④,莫不穷精极妙;未该玄旨,故空诵其文耳。"众座皆云:"吕蒙呓语通《周易》⑤。"

【注释】

①吕蒙(178—219)：字子明，汝南富陂（今安徽阜南）人，少年依附邓当，随孙策为将，累封别部司马。孙权统事后，渐受重用，官至南郡太守，封孱陵侯。《三国志·吴书》有传。

②孙策：当为"孙权"。《三国志·吴书·吕蒙传》注引《江表传》曰："（孙）权谓蒙及蒋钦曰：'卿今并当涂掌事，宜学问以自开益。'……蒙始就学，笃志不倦，其所览见，旧儒不胜。"

③世祚：指国运。《后汉书·卢植传》："又比世祚不竟，仍外求嗣，可谓危矣。"

④日月贞明之道：《易·系辞下》："天地之道，贞观者也；日月之道，贞明者也。"

⑤呓语：梦话。

【译文】

　　吕蒙来到吴国，吴主孙权勉励他专心学业，吕蒙就广泛阅读各种书籍，并以《易经》为主。吕蒙曾经在孙权设宴的宴席上喝得大醉，一下子就睡倒了，在梦中他背出了《周易》的所有内容，一会儿又突然惊醒坐了起来。大家都问他怎么回事。吕蒙说："刚才我梦见了伏牺、周公、文王，他们和我讨论有关国运兴衰的事情，以及日月常明的规律，没有一句不是极其完美，极其精妙；然而我没有完全理解其中深奥的义理，所以就只能空洞地背诵原文了。"在座的人都说："吕蒙在梦话中读懂了《周易》。"

　　录曰：夫精诚之至，叶于幽冥①，与日月均其明，与四时齐其契，故能德会三古②，道合神微。若郑君之感先圣③，周盘之梦东里④，迹同事异，光被遐策⑤，索隐钩深⑥，妙于玄旨⑦。孔门群说，未若吕生之学焉。

【注释】

①叶:同"协"。和洽。幽冥:玄远,微妙。《淮南子·说山训》:"视之无形,听之无声,谓之幽冥。幽明者,所以喻道,而非道也。"

②三古:上古、中古、下古的合称。三古的时限说法不一。《汉书·艺文志》:"《易》道深矣,人更三圣,世历三古。"颜师古注引孟康曰:《易·系辞》曰:'《易》之兴,其于中古乎?然则伏羲为上古,文王为中古,孔子为下古。'"《礼记·礼运》"始诸饮食"句下孔颖达疏:"伏羲为上古,神农为中古,五帝为下古。"

③郑君之感先圣:郑君即郑玄,先圣则指孔子。《后汉书·郑玄传》:"梦孔子告之曰:'起!起!今年岁在辰,来年岁在巳。'既寤,以谶合之,知命当终。"

④周盘之梦东里:"盘"当为"磬",周磬即周磬石,东汉安帝时人。《后汉书·周磬传》曰:"因令其二子曰:'吾日者梦见先师东里先生,与我讲于阴堂之奥。'既而长叹:'岂吾齿之尽乎!'……其月望日,无病忽终。"

⑤遗策:指史册。

⑥索隐钩深:指探求隐微奥妙的道理。《易·系辞上》:"探赜索隐,钩深致远。"

⑦玄旨:深奥的义理。

【译文】

萧绮录语说:一个人的内心只要精诚专一,就可以与玄远幽微的义理相和,也可以与日月同辉,与春、夏、秋、冬四季相合。因此他的德行就能够与上、中、下三古的先贤会通,他的思想也会聚合那些神奇微妙的义理。就好像郑玄梦见先圣孔子,周磬石梦见先师东里,都是相同的行为,不同的事理。他们的光辉事迹遍布史册,可以用来探索其中隐含的道理,通晓那些深奥的义理。就是孔门的各种学说,也不如吕蒙的学问之深。

孙和悦邓夫人^①，常置膝上。和于月下舞水精如意^②，误伤夫人颊，血流污裤，娇姹弥苦^③。自舐其疮，命太医合药。医曰："得白獭髓，杂玉与琥珀屑，当灭此痕。"即购致百金，能得白獭髓者，厚赏之。有富春渔人云："此物知人欲取，则逃入石穴。伺其祭鱼之时^④，獭有斗死者，穴中应有枯骨，虽无髓，其骨可合玉春为粉^⑤，喷于疮上，其痕则灭。"和乃命合此膏，琥珀太多，及差而有赤点如朱，逼而视之，更益其妍。诸嬖人欲要宠，皆以丹脂点颊而后进幸。妖惑相动^⑥，遂成淫俗。

【注释】

①孙和（224—253）：字子孝，吴主孙权第三子，曾立为太子，后因南鲁党争事件被鲁王孙霸和全公主诬陷失势被废，改封南阳王。邓夫人：据《三国志·吴书·妃嫔传》及孙和本传，孙和并无邓姓夫人。

②水精：指水晶。无色透明的结晶石英，是一种贵重的矿石。《汉书·西域传·大秦》："（大秦）宫室皆以水精为柱，食器亦然。"

③娇姹：亦作"娇妊"，娇媚，艳丽。

④祭鱼：亦作"獭祭"。獭常捕鱼陈列水边，如同陈列供品祭祀，故谓之。《礼记·月令》："（孟春之月），鱼上冰，獭祭鱼，鸿雁来。"又，《礼记·王制》："獭取鲤于水裔，四方陈之，进而弗食，世谓之祭鱼。"

⑤合玉春为粉：即獭髓与玉屑所合之物。古人用此消除疮痕。《汉书·王莽传上》："后莽疾，休侯之，莽缘恩意，进其玉具宝剑，欲以为好。休不肯受，莽因曰：'诚见君面有瘢，美玉可以灭瘢。'"

⑥妖惑：惑人的媚态。袁宏《后汉纪·质帝纪》："孙寿甚美而善为

妖惑。"相动：相率行动。《后汉书·郑太传》："今山东合谋，州郡连结，人庶相动，非不强盛。"

【译文】

孙和十分喜欢邓夫人，经常让她坐在自己的膝盖上。有一次，孙和在月光之下舞动水晶如意，不小心打伤了邓夫人的面颊，顿时鲜血流下来弄脏了她的衣裤。邓夫人娇媚艳丽，表情十分痛苦。孙和亲自用舌头舔干净邓夫人的疮口，又命令太医配制药粉。太医说："如果能找到白色水獭的骨髓，配上玉屑和琥珀屑制成药粉，就可以消除脸上的这个疮痕。"于是孙和用一百两黄金求购水獭的骨髓，并传话说能购得白色水獭骨髓的人，以重金赏赐。富春有一位打鱼的人说："这种动物知道人们要抓它，就逃到石洞中去了。只能等它出洞捕鱼的时候抓捕它。水獭在决斗中也有斗死的，它们的洞穴中应该有水獭的枯骨，即使枯骨里没有骨髓，水獭的骨头也可以捣碎和玉屑合成玉粉。这种药粉喷洒在疮痕上，瘢痕就可以消除。"孙和就命令太医配制这种药粉，因为琥珀太多，等到疮痕消除后留下了像朱砂一样的红色瘢点。这个红色小点如果走进细看，衬得邓夫人越发的美艳动人。自此后，宫中嫔妃想要求得宠爱，都用红色的胭脂在自己的脸颊点上斑点，然后再去侍寝。这种惑人的媚态由于嫔妃们的相互效仿，在当时成为淫邪的社会风俗。

孙亮作琉璃屏风①，甚薄而莹澈②，每于月下清夜舒之。常与爱姬四人③，皆振古绝色：一名朝姝，二名丽居，三名洛珍，四名洁华。使四人坐屏风内，而外望之，如无隔，惟香气不通于外。为四人合四气香，殊方异国所出，凡经践蹑宴息之处④，香气沾衣，历年弥盛，百浣不歇，因名曰"百濯香"。或以人名香，故有朝姝香，丽居香，洛珍香，洁华香。亮每游，此四人皆同舆席，来侍皆以香名前后为次，不得乱之。

所居室名为"思香媚寝"。

【注释】

①孙亮(243—258)：子子明，三国时期吴国的第二位皇帝，孙权少子。孙亮十岁登基为帝，十五岁亲政，一年之后被权臣孙綝所废，后自杀，终年十八岁。

②莹澈：莹洁透明。

③常与爱姬四人：此句《稗海本》作"常宠四姬"，《太平广记》卷二七二作"尝爱宠四姬"。据上下文意，此处当以"尝爱宠四姬"为是。

④践蹑：踩踏，行走。

【译文】

孙亮命人制作了一个琉璃屏风，琉璃很薄，莹洁而透明，他经常在清幽寂静的月夜打开琉璃屏风。孙亮曾经非常宠爱四个美人，她们都是自古以来绝顶美貌的女子：第一个叫朝姝，第二个叫丽居，第三个叫洛珍，第四个叫洁华。孙亮让她们四个坐在屏风里，从屏风里面向外望去，好像没有任何阻隔，只是芳香的气味不能飘到外边来。孙亮命人给四位爱姬配制了四种气味的香料，这些香料都产自远方异域，佩带这些香料之后，凡是四人行走、宴饮、歇息之处，香料的香气都能沾到衣服上，几年之后香气更加浓郁，就是洗过一百次香气也不会消散，因此人们称这种香料叫"百濯香"。有时人们也用四位美人的名字给香料命名，因此就有朝姝香、丽居香、洛珍香、洁华香之称。孙亮每次出游，这四位美人都和孙亮一起出行，白天共乘一车，晚上同睡一席，来侍候孙亮都以四种香料的名称安排先后，不能打乱次序。四位美人所住的宫室名叫"思香媚寝"。

蜀

先主甘后①，沛人也，生于微贱。里中相者云②："此女后贵,位极宫掖③。"及后长而体貌特异,至十八,玉质柔肌,态媚容冶。先主召入绡帐中,于户外望者如月下聚雪。河南献玉人,高三尺,乃取玉人置后侧,昼则讲说军谋,夕则拥后而玩玉人。常称玉之所贵,德比君子④,况为人形,而不可玩乎?后与玉人洁白齐润,观者殆相乱惑。嬖宠者非惟嫉于甘后⑤,亦妒于玉人也。后常欲琢毁坏之,乃诚先主曰:"昔子罕不以玉为宝,《春秋》美之⑥;今吴、魏未灭,安以妖玩经怀。凡淫惑生疑,勿复进焉!"先主乃撤玉人,嬖者皆退。当斯之时,君子议以甘后为神智妇人焉。

【注释】

①先主:指刘备(161—223)。甘后:三国时期刘备之妾,后主刘禅之母,后封为皇后,生卒年不详。据《三国志·蜀书·二主妃子传》载,甘后随先主刘备于荆州,生后主刘禅。值曹操大军至,追先主至当阳长坂,先主弃甘后及后主,赖赵云保护,得免于难。齐治平注曰:"按时刘备方颠沛,甘后又早卒,绝无本节所记之事。"

②里中:指同里的人。《史记·张耳陈馀列传》:"秦诏书购求两人,两人亦反用门者以令里中。"

③宫掖:指皇宫。掖,掖庭,宫中的旁舍,嫔妃居住的地方。

④德比君子:《礼记·聘义》:"夫昔者君子比德于玉焉……《诗》云:'言念君子,温其如玉。'故君子贵之也。"

⑤嬖宠:受宠爱,宠爱。《管子·君臣上》:"妇人嬖宠假于男之知以援外权。"

⑥昔子罕不以玉为宝,《春秋》美之:《左传·襄公十五年》:"宋人或得玉,献诸子罕。子罕弗受。"子罕,名乐喜,字子罕,春秋时期宋

国人。宋平公时任司城,位列六卿。

【译文】

　　先主刘备的甘皇后是沛地人,出生在社会地位低下的平民之家。甘皇后小时候,同里有个善于相面的人说:"这个小姑娘长大后地位尊贵,将会成为皇宫贵妇。"等到甘皇后长大,她的身体形貌就和常人不同,到十八岁时,她肌肤白皙柔嫩,容貌美艳,仪态端庄。先主选召她入宫,让她住在轻纱帐里,从屋外向里望去,甘皇后皮肤白皙如月光下的积雪。河南进献了一个玉人,身高三尺,刘备就把玉人放在甘皇后身边。白天他与群臣讨论谋划军事,晚上就拥着甘皇后玩赏玉人。常说美玉的尊贵之处,就在于人们拿它等同于君子的德行,更何况雕成人形的玉人,难道不可以玩赏吗?甘皇后和玉人都洁白光润,看见的人甚至被甘皇后和玉人迷惑,分不清楚哪个是玉人,哪个是甘皇后。那些邀媚求宠的嫔妃不但嫉妒甘皇后,甚至也嫉妒玉人。甘皇后常想毁掉玉人,于是她告诫先主说:"过去春秋时期的子罕不把美玉当作宝物,《春秋左氏传》赞他的这种行为;现在吴、魏两国还没有消灭,怎么能把这种怪异的玩好抱在怀里?凡是荒淫惑乱的行为都会让人心生怀疑,不要再继续这样的行为了!"刘备就撤走了玉人,那些邀媚求宠的嫔妃也都安居后宫了。这个时候,一些有见识有德行的人都说甘皇后是一位聪明有智慧的妇人。

　　糜竺用陶朱计术[1],日益亿万之利,货拟王家,有宝库千间。竺性能赈生恤死[2],家内马厩屋仄有古冢[3],中有伏尸,夜闻涕泣声。竺乃寻其泣声之处,忽见一妇人袒背而来,诉云:"昔汉末妾为赤眉所害,叩棺见剥,今袒在地,羞昼见人,垂二百年。今就将军乞深埋,并弊衣以掩形体。"竺许之,即命之为棺椁,以青布为衣衫,置于冢中,设祭既毕。历一年,行于路曲，忽见前妇人，所着衣皆是青布，语竺曰："君财宝可支一世，合遭火厄，今以青芦杖一枚长九尺，报君棺椁衣服之惠。"竺挟杖而归。所住邻中常见竺家有青气如龙蛇之形。或有人谓竺曰："将非怪也?"竺乃疑此异，问其家僮。云："时见青芦杖自出门间，疑其神，不敢言也。"竺为性多忌，信厌术之事④，有言中忤⑤，即加刑戮，故家僮不敢言。

【注释】

①糜竺(? —220)：字子仲，东海朐(今江苏连云港)人，东汉末年刘备帐下重臣。《三国志·蜀书·糜竺传》："(糜竺)祖世货殖，僮客万人，赀产巨亿。"计术："计然之术"的略语。指理财致富之术。

②赈生恤死：即救济贫困孤寡，同情并殡殓死者。

③屋厂：即屋侧。厂，旁边，侧面。

④厌术：即厌胜之术，指通过诅咒或祈祷以达到压服他人或凶灾的一种法术。

⑤中忤：犹言冒犯违忤。

【译文】

糜竺用陶朱公范蠡的理财致富之术，每天收入亿万红利，家中的财物堪比帝王之家，用来储藏财物的仓库就有一千间。糜竺素来喜欢救济贫困孤寡，同情并殡殓死者。他家马厩的一侧下面有一座古墓，墓中有一具尸骨。一天晚上，糜竺听到有哭泣声，他就朝着发出哭泣声的地方找寻，忽然看见一个女人露着脊背向他倒着走来，这个女人向糜竺哭诉说："过去在汉代末年我被赤眉军杀害，还被他们敲开棺材剥去衣服，如今我在阴间裸着身子，白天羞于见人，至今已将近二百年了。今天来到将军面前就是乞求您将我深葬，并给我一件破旧的衣服来遮掩我的身体。"糜竺答应了她,马上命人给她制作了棺椁,并用青布做成衣衫,放到墓中深埋,并设置祭台祭祀了她才算完毕。过了一年,有一天糜竺在崎岖的路上行走,忽然看见以前那个女人,她穿的衣服都是青布做的。这个女人对糜竺说:"您的财物够支取一辈子,但将来应该会遭火灾。现在我把这根九尺长的青芦杖给您,来报答您送我棺椁、衣服的恩德。"糜竺携带青芦杖回到了家。自此以后,糜竺家周围的邻居就常常看见糜竺家的上方漂浮着一股青气,好像龙蛇的形状。又有人对糜竺说:"这难道不是很奇怪吗?"糜竺这才怀疑这件怪事,就去询问家里的仆人。仆人说:"我们经常看到青芦杖自己从房间出来,怀疑它是灵异之物,所以没敢禀告您。"糜竺生性多忌讳,又相信厌胜之术,如果说的话违反了他的心思,就会非打即杀,所以家里的仆人都不敢说话。

　　竺货财如山,不可算计,内以方诸盆瓶①,设大珠如卵,散满于庭,谓之"宝庭",而外人不得窥。数日,忽青衣童子数十人来云:"糜竺家当有火厄,万不遗一,赖君能恤敛枯骨,天道不辜君德,故来禳却此火,当使财物不尽;自今以后,亦宜防卫!"竺乃掘沟渠周绕其库。旬日,火从库内起,烧其珠玉十分之一,皆是阳燧旱燥自能烧物②。火盛之时,见数十青衣童子来扑火,有青气如云,覆于火上,即灭。童子又云:"多聚鹬鸟之类,以禳火灾;鹬能聚水于巢上也。"家人乃收鸡鹬数千头养于池渠中③,以厌火。竺叹曰:"人生财运有限,不得盈溢,惧为身之患害。"时三国交锋,军用万倍,乃输其宝物车服,以助先主:黄金一亿斤,锦绣毡罽积如丘垄,骏马万匹。及蜀破后,无复所有,饮恨而终。

【注释】

①方诸：古代在月下承露取水的器具。《周礼·秋官·司烜氏》："以鉴取明水于月。"郑玄注："鉴，镜属，取水者，世谓之方诸。"又《淮南子·览冥训》："夫阳燧取火于日，方诸取露于月。"

②阳燧：古代用铜制作的镜子形状的利用太阳取火的器具。《淮南子·天文训》："故阳燧见日则燃而为火，方诸见月则津而为水。"高诱注："阳燧，金也，取金杯无缘者，熟摩令热，日中时以当日下，以艾承之，则燃得火也。"齐治平注曰："按金杯无缘，则其形如凹面铜镜，用以取火，与今用凹面镜就焦点取火相同。"

③鸡䴔(jiāo jīng)：即池鹭。一种水鸟，常在水中捕食鱼介等物。

【译文】

糜竺货财堆积如山，数量之多，无法计算。他用盛水的器具装着像鸟蛋大小的宝珠，遍布在庭院之中，并把庭院称作"宝庭"，外面的人是看不到的。过了几天，忽然来了几十个身穿青衣的小孩子，他们说："糜竺家将有火灾，本来一万件财物也不会剩下一件，但仰赖糜竺能够体恤孤魂，收敛枯骨，上天不会辜负他的德行，因此让我们来去除这次的火灾，让财物不至于烧光；从今以后，也应当加强防御！"糜竺就命人围绕库房开掘出一道沟渠。十天之后，大火从库房燃起，烧掉了他全部珠玉的十分之一，这都是取火镜因干旱燥热引燃了库房中的物品。火烧得正旺的时候，人们看见几十个穿着青衣的小孩子来救火，又有一股像云一样的青气，覆盖在大火之上，火顿时被扑灭了。这些小孩子还说："要多养一些鹳鸟一类的水鸟，用来去除火灾；因为鹳鸟能在巢里储水。"于是，糜竺的家人就收集了数千只的鸡䴔养在池塘渠水之中，用来镇服火灾。糜竺感叹道："人的一生财物命运都有个限度，不能太充裕，我担心这些财物会成为我的祸害。"当时三国战事正处在白热化的阶段，军需用品的用量是原来的一万倍，糜竺就把自家的财物装上马车，送到战场帮助先主刘备，其中有：黄金一亿斤，锦绣、毛毡堆得像小山一样，还有一万匹好马。到蜀国被攻破之后，糜竺再也没有什么财产了，他含恨而死。

　　周群妙闲算术谶说①，游岷山采药，见一白猿，从绝峰而下，对群而立。群抽所佩书刀投猿②，猿化为一老翁，握中有玉版长八寸③，以授群。群问曰："公是何年生？"答曰："已衰迈也，忘其年月，犹忆轩辕之时，始学历数④，风后、容成⑤，皆黄帝之史，就余授历数。至颛顼时，考定日月星辰之运，尤多差异。及春秋时，有子韦、子野、禆灶之徒⑥，权略虽验，未得其门。迩来世代兴亡，不复可记，因以相袭。至大汉时，有洛下闳⑦，颇得其旨。"群服其言，更精勤算术。乃考校年历之运，验于图纬，知蜀应灭。及明年，归命奔吴。皆云："周群详阴阳之精妙也。"蜀人谓之"后圣"。白猿之异，有似越人所记⑧，而事皆迂诞，似是而非。

【注释】

①周群：字仲直，巴西阆中（今四川阆中）人，生卒年不详。少时随父周舒占验天算之术。《三国志·蜀书》有传。

②书刀：在竹简木牍上刻字或削改的刀。古称削，汉人称书刀。《释名·释兵》："书刀，给书简札有所刊削之刀也。"

③玉版：亦作"玉板"，古代用以刻字的玉片。亦泛指珍贵的典籍。

④历数：指观测天象以推算年时节候的方法。《汉书·律历志下》："历数之起上矣。"

⑤容成：又称为容成公，相传为黄帝大臣，发明历法。《世本》："容成造历。"

⑥子韦：春秋时期宋国人，宋景公时任"司星官"，主观察天象。子

野：春秋时期晋国乐师师旷的字。师旷目盲，善弹琴，辨音能力极强。裨灶：春秋时期郑国大夫，善占星。裨灶能把阴阳五行与星象、灾异结合起来，预测人事的吉凶祸福。

⑦洛下闳：《史记》《汉书》均作"落下闳"。《史记·历书》司马贞《史记索隐》引《益部耆旧传》："闳字长公，明晓天文，隐于落下。武帝征待诏太史，于地中转浑天，改颛顼历作太初历，拜侍中，不受。"落下，即巴郡阆中地名。

⑧越人所记：《吴越春秋·勾践阴谋外传》有越女与袁公比剑事，云袁公旋飞上树，变为白猿。

【译文】

周群精通占验天算之术等的谶纬之学，有一次，他到岷山采药游玩，看见一只白猿，它从山的最高峰飞奔而下，面对周群站起身来。周群抽出随身所带的书刀扔向白猿，白猿竟然变成一位老翁，他手里拿着长八寸的刻字的玉片送给了周群。周群问老翁："先生您是哪一年出生的？"老翁回答说："我已经是年老体衰之人，忘记了自己的出生年月。我还记得轩辕时，我开始学习天文历法，那时风后、容成公都是黄帝的史官，他们也曾向我传授天文历法的知识。到颛顼时代，人们开始考核审定日、月、星、辰的运行规律，出现了很多不同的观点。到春秋时期，又有子韦、子野、裨灶一类人，他们对当时政治权谋的预见虽然多有应验，但在天文历法方面还是门外汉。近世以来朝代兴亡更替，没有什么可以再记述的，天文历法都是承前代而来。到大汉时，有一位叫落下闳的隐士，深得天文历法之学的要旨。"周群十分佩服老翁的话，从此以后，他更加专心勤勉学习推算之术。他重新考订校对历法的变化，并在图谶和纬书中得到验证，也预知了蜀国的灭亡。到第二年，周群就离开蜀国来到了吴国。人们都说："周群精通阴阳五行之术的精微奥妙。"蜀地的人们称他为"后圣"。关于白猿的神异故事，和《吴越春秋·勾践阴谋外传》中记载的越女与袁公比剑，袁公化为白猿的事相近，然而这两个故事都迂阔荒诞，不合事理，似是而非。

　　录曰：孙和、孙亮、刘备，并惑于淫宠之玩，忘于军旅之略，犹比强大魏，克伐无功，可为嗟矣！周群之学，通于神明，白猿之祥，有类越人问剑之言，其事迂诞，若是而非也。夫阴阳递生，五行迭用，由水火相生①，亦以相灭。《淮南子》云"方诸向月津为水"，以厌火灾乎。糜氏富于珍奇，削方诸为鸟兽之状，犹土龙以祈雨也②。鸡鹋之音，与方诸相乱，盖声之讹矣。羽毛之类，非可御烈火，于义则为乖，于事则违类，先《坟》旧《典》，说以其详焉③。

【注释】

①由水火相生：《汉书·艺文志·诸子略》："譬犹水火相灭亦相生也。"由，通"犹"。

②土龙：用土制成的龙。古代用以祈雨。《淮南子·说林训》："譬若旱岁之土龙，疾疫之刍狗，是时为帝者也。"注："土龙以求雨，刍狗以求福，时见贵也。"

③说以其详：当作"说已甚详"。以，通"已"；"其"当作"甚"，形近而误。

【译文】

　　萧绮录语说：孙和、孙亮、刘备三人身为帝王，都沉沦在荒淫宠溺的生活之中，忘记了作战的谋略，还妄想要和强大的魏国抗衡，攻伐自然不会有成果，实在让人可悲可叹！周群的学问，通达于神灵；白猿故事的祥瑞，类似于《吴越春秋·勾践阴谋外传》中记载的越女与袁公比剑的事情，这些事都迂阔荒诞，似是而非。说到阴阳的交替产生，五行的迭相为用，就好像水和火既相辅相生，又相克相灭。《淮南子》说"方诸放在月下，就可以收集水珠"，用来压服火灾。糜竺富有奇珍异宝，他曾把方诸削成鸟兽的形状，就好像在地上堆成土龙来求雨一样。"鹝鹒"二字的读音，与"方诸"的发音互相混杂，这大概是读音的错误。长着羽毛的鸟类，是不能用来抵御烈火的，这在情理上说不通，在事实上也是违背鸟类的特征的。古代的典籍《三坟》《五典》，已经说得很详细了。

《拾遗记》卷九

【题解】

《拾遗记》卷九是对两晋异闻逸事的记述。王嘉本人生活在东晋十六国时期,因此本卷的很多记述在看似荒诞虚无的故事中表达了王嘉对这一时期时局的看法,正如邵宁宁、王晶波所言:"王嘉属于隐居的一类,他不是那种时时想着致君尧舜的儒学之士……但也并非没有自己的现实政治选择。他先隐于陇右,后隐于关中,从一个相对僻静之所进入政治军事中心地区,恐怕与他对前秦政权的期许不无关系。"(邵宁宁、王晶波《说苑奇葩》第30页,甘肃教育出版社1999年版)在本卷中,王嘉的政治好恶主要是通过两个方面表现出来的:首先是对魏晋时期文人名士生存状态的映射。众所周知,饮酒之风在魏晋时期非常盛行,特别是以"竹林七贤"为代表的魏晋名士,酒几乎是他们生活的全部。而这种风气盛行的背后则有着非常深刻的社会原因。魏晋时期是政治迫害最严重的时期,"曹操可以诛孔融、杨修,甚至荀彧,司马氏也是一样;嵇康、吕安就是例子。处在这种局势下,不只积极不可能,单纯地消极也不可能,因为很可能引起政治上的危害。那么最好的办法是自己来布置一层烟幕,一层保护色的烟幕。于是终日酣畅,不问世事了;于是出言玄远,口不臧否人物了"(王瑶《中古文学史论》第183页,商务印书馆 2011 年版)。《晋书·阮籍传》就说："籍本有济世志,属魏晋之际,天下多故,名士少有全者,籍由是不与世事,遂酗饮为常。"由此可见,饮酒是这一时期逃避对现实的不满和全身远祸的最佳选择。正因为如此,有关名士和酒的传说故事在魏晋时期的小说中多有记述。王嘉在《拾遗记》卷九所述张华酿造的"宁得醇酒消肠,不与日月齐光"的"消肠酒"就是对魏晋时期这一社会风气的映射。

　　其次,《拾遗记》卷九的一些故事也表现了王嘉对王公贵族奢侈挥霍、荒淫无度生活的批判。石虎是后赵石勒的侄子,他性情残暴,骄奢贪婪,石勒死后,他更是杀了石勒的儿子自立称王。石虎在位期间更是游猎无度,政治黑暗,他大肆掠夺珠宝、美女,甚至还一度盗掘先代帝王的陵墓。王嘉《拾遗记》卷九就记述了后赵石虎在太极殿前修建高楼的奢华以及他让宫人宠嬖者解媒服宴戏,弥于日夜的淫乐生活,"芳尘""粘雨台""燋龙温池""温香渠"等一个个富有诗意的名称,无一不流露出石虎的豪奢和荒淫。王嘉对王公贵族的批判,还表现在他们对女性的玩弄和遗弃方面。石崇的爱婢翔风曾经深得石崇的喜爱,她十五岁即特以姿态见美,并能妙别玉声,巧观金色,石崇曾指天发誓,让翔风在自己百年之后殉葬:"吾百年之后,当指白日,以汝为殉。"然而翔风年仅三十时,石崇即退翔风为房老,使主群少,而翔风也只能作五言诗以自怨:"春华谁不美,卒伤秋落时。突烟还自低,鄙退岂所期!桂芳徒自蠹,失爱在娥眉。坐见芳时歇,憔悴空自嗤!"从翔风的经历以及她的自怨诗可以看到封建社会女性对自己命运的不能把握,表现了王嘉对她们的同情和对王公贵族荒淫生活的批判。除此之外,王嘉的政治倾向也通过他的谶纬思想表现出来。据《晋书·王嘉传》记载:"(王嘉)好为譬喻,状如戏调,言未然之理,辞如谶记,当时鲜能晓悟之,过了皆验。"《拾遗记》中就有很多表现王嘉谶纬思想的记述。本卷中晋武帝司马炎为抚军将军时,府内后堂砌下忽然生出的"茎黄叶绿,若揔金抽翠"的三株草,所应的就是"金德之瑞",王嘉认为"魏土而德王",而"土上出金"

象征的就是西晋王朝的即将兴起。后来三株草化为三树,枝叶似杨树则是"三杨"即杨骏、杨珧、杨济擅权的谶语。

《拾遗记》卷九也有很多对异物及远国异民的记述。芳蔬园中"类有三种"的芸薇菜,羽山之民所献的"投于火石之上,虽滞污渍涅,皆如新浣"的火浣布,常山郡所献"状如鸡,毛色似凤"的伤魂鸟,浮支国所献"色红,叶如荷"的望舒草以及祖梁国所献的"色如黄金,若萤火之聚,大如鸡卵"的蔓金苔等都是对异物的描述。本卷所记述的远国异民主要有羽山之民、解形之民、因墀国、频斯国、浮支国、祖梁国等。如前所述,作为道教方士的王嘉,他在《拾遗记》中对奇景异物、远国异民的记述,无不充满浓郁的道教色彩,不再详述。

总的来说,《拾遗记》卷九对两晋时期奇闻逸事的描述反映了作为道教方士的王嘉对时局的映射和对统治阶级奢侈荒淫生活的批判,也表现出他对不能掌握自己命运的广大女性的深切同情。而对异物及远国异民的描述则在继承《山海经》以来的地理博物志怪特色的同时带有浓厚的神仙道教色彩。

晋时事

武帝为抚军时①,府内后堂砌下忽生草三株,茎黄叶绿,若揔金抽翠②,花条苒弱,状似金荳③。时人未知是何祥草,故隐蔽不听外人窥视。有一羌人,姓姚名馥,字世芬,充厩养马,妙解阴阳之术,云:"此草以应金德之瑞。"馥年九十八,姚襄则其祖也④。馥好读书,嗜酒,每醉时好言帝王兴亡之事。善戏笑,滑稽无穷⑤,常叹云:"九河之水不足以渍曲蘖⑥,八薮之木不足以作薪蒸⑦,七泽之麋不足以充庖俎⑧。凡人禀天地之精灵,不知饮酒者,动肉含气耳⑨,何必木偶于心识乎?"好啜浊糟,常言渴于醇酒。群辈常弄狎之⑩,呼为"渴羌"。及晋武践位,忽见馥立于阶下,帝奇其倜傥⑪,擢为朝歌邑宰⑫。

【注释】

① 武帝(236—290):即晋武帝司马炎。曹魏末年曾为抚军大将军。

② 揔金抽翠:是指从聚束的黄金中长出绿叶。揔,《集韵》:"揔,聚束也,皆也,或从手。"

③ 金蓥(dēng):草名。《本草》作"苦蓥",又名苦芋。

④ 姚襄(331—357):字景国,后秦景元帝姚弋仲第五子,姚苌之兄。齐治平注曰:"若姚襄为姚馥之祖,则苌亦其祖,子年为苌所杀,不应预知其孙之事。"

⑤ 滑稽:谓能言善辩,言辞流利。后指语言、动作或事态令人发笑。《史记·滑稽列传》:"淳于髡者,齐之赘婿也。长不满七尺,滑稽多辩。"司马贞《史记索隐》:"按:滑,乱也;稽,同也。言辨捷之人言非若是,说是若非,言能乱异同也。"

⑥ 九河:夏禹时黄河的九条支流。《书·禹贡》:"九河既道。"孔安国传:"九河:徒骇一,太史二,马颊三,覆釜四,胡苏五,简六,洁七,钩盘八,鬲津九。出《尔雅》。"曲蘖(niè):即酒曲。《书·说命下》:"若作酒醴,尔惟曲蘖。"孔传:"酒醴须曲蘖以成。"蘖,指用来造酒的生芽的米、麦等。

⑦ 八薮:我国古代的八个泽薮。《汉书·严助传》:"以四海为境,九州为家,八薮为囿。"颜师古注:"八薮,谓鲁有大野,晋有大陆,秦有杨污,宋有孟诸,楚有云梦,吴越之间有具区,齐有海隅,郑有圃田。"薪蒸:指薪柴。《周礼·天官·甸师》:"帅其徒以薪蒸役外内饔之事。"孙诒让《周礼正义》:"薪蒸,即薪柴也。"

⑧ 七泽:相传为古代楚国的七处沼泽。司马相如《子虚赋》:"臣闻

楚有七泽,尝见其一,未睹其余也。臣之所见,盖特其小小者耳,
名曰云梦。"后以"七泽"泛称楚地诸湖泊。

⑨动肉含气:指"行尸走肉"。

⑩弄狎:狎戏,狎弄。

⑪倜傥(tì tǎng):豪爽洒脱而不受世俗礼法拘束。

⑫朝歌:原名沫乡,后改为沫邑,古地名,在今河南淇县。商王盘庚
时期迁都沫邑,商纣王时改沫邑为朝歌。

【译文】

晋武帝司马炎在三国魏作抚军大将军时,他府内堂屋的台阶下突
然长出了三株草,这几株草的茎是黄色的,叶子是绿色的,就好像聚束
的金丝中长出了绿色的叶子,花枝柔弱,形状像金菱草。当时人们都不
知道这是哪种祥瑞的草,所以司马炎就把这三株草遮盖起来,不让外人
偷看。他府上有一位羌族人,姓姚名馥,字世芬,在马厩养马。这个人
精通阴阳之术,他看到这三株草后对司马炎说:"这三株草是应合金德
的祥瑞之兆。"姚馥当年九十八岁,姚襄是他的先祖。他喜欢读书,嗜酒
如命,每次喝醉时总喜欢谈论各代帝王的兴亡之事。姚馥喜欢与人玩
笑,他能言善辩,出口成章,还经常感叹道:"黄河九条支流的水不够用
来浸泡酒曲,八个泽薮的树木不够用来作薪柴,七处沼泽的麋鹿不够用
来作下酒菜。所有的人都是禀受天地之气的神灵,不知道喝酒的人,只
不过是行尸走肉罢了,为什么要作有意识的木偶呢?"姚馥还喜欢喝那
种不清澈的带有酒糟的酒,他常说看到香醇的酒就非常口渴。和他在
一起养马的人都喜欢戏弄他,喊他"渴羌"。等到司马炎登基作了皇帝,
有一天他忽然看见姚馥站在台阶下面,晋武帝对姚馥豪爽洒脱而不受
世俗礼法拘束的个性很好奇,就提拔他作朝歌的县令。

　　馥辞曰:"老羌异域之人,远隔山川,得游中华,已为殊
幸,请辞朝歌之县,长充养马之役,时赐美酒,以乐余年。"帝

曰：“朝歌纣之故都，地有美酒，故使老羌不复呼渴。”馥于阶下高声而对曰：“马圉老羌①，渐染皇化②，溥天夷貊③，皆为王臣，今若欢酒池之乐，更为殷纣之民乎？”帝抚玉几大悦，即迁酒泉太守。地有清泉，其味若酒。馥乘醉而拜受之，遂为善政，民为立生祠。后以府地赐张华④，犹有草在，故茂先《金蓉赋》云：“擢九茎于汉庭，美三株于兹馆。贵表祥乎金德，比名类乎相乱。”至惠帝元熙元年⑤，三株草化为三树，枝叶似杨树，高五尺，以应“三杨”擅权之事。时有杨骏、杨瑶、杨济三弟兄⑥，号曰“三杨”。马圉醉羌所说之验。

【注释】

①马圉(yǔ)：养马的人。

②渐染：因接触久了而逐渐受到影响。《楚辞·东方朔〈七谏〉》：“日渐染而不自知兮，秋毫微哉而变容。”王逸注：“稍积为渐，污变为染。”皇化：皇帝的德政和教化。《南史·何尚之传》：“屡诛大臣，有亏皇化。”

③溥(pǔ)天：遍天下。《诗经·小雅·北山》：“溥天之下，莫非王土。”夷貊(mò)：古代对东方和北方少数民族的称呼。亦泛指各少数民族。《史记·日者列传》：“盗贼发不能禁，夷貊不服不能摄。”

④张华(232—300)：字茂先，范阳方城(今河北固安)人，学识渊博，晋武帝时为中书令，后加散骑常侍。太康元年(280)吴国灭亡，张华因伐吴有功被封为广武县侯，后为赵王司马伦所害，著有《博物志》。《晋书》有传。

⑤惠帝元熙元年：晋惠帝无元熙年号，文中“元熙”当为“永熙”，永熙元年即公元290年。

⑥杨骏：字长文，弘农华阴（今陕西华阴）人，西晋权臣、外戚，晋武
帝杨皇后之父，与其弟杨珧、杨济并称为"三杨"，后为晋惠帝皇
后贾南风所杀。《晋书》有传。文中"瑶"当为"珧"。

【译文】

　　姚馥推辞说："老羌我是他乡之人，和这里远隔千山万水。我能遍
游中原，已经是非常荣幸了。请求您允许我辞掉朝歌县令，永远在马厩
当差，并经常赐给我美酒，让我欢度晚年吧！"晋武帝说："朝歌是殷纣王
时的都城，那里的地下有美酒，你就不会再喊口渴了。"姚馥站在台阶下
高声回答说："养马人老羌，已经浸染了皇帝的德政和教化，普天之下的
少数民族，都成了您的臣子，现在如果去享受朝歌的酒池之乐，岂不是
又成了殷纣王的臣民？"晋武帝听了拍玉几大笑，随即任姚馥为酒泉太
守。酒泉地下有清泉，泉水醇香如酒。姚馥借着酒醉谢恩并接受了这
个任命。姚馥到任后在酒泉施行仁政，当地的老百姓为他建造了一座
生祠。后来晋武帝把自己住过的将军府赐给了张华，当时三株草还在，
因此张华《金蓥赋》说："金蓥草的九个黄色枝干长在汉朝的宫廷，在抚
军将军府里的三株更加美丽。更可贵的是它显现着金德的祥瑞，它依
附在有名望的人家作乱。"到晋惠帝永熙元年，这三株草化成了三棵树，
树的枝叶像杨树，树高五尺。这个变化应验了"三杨"专权的事。当时
有杨骏、杨珧、杨济三兄弟，号称"三杨"。养马的那个醉羌所说的话都
应验了。

　　录曰：不得中行，狂狷可也①。淳于、优孟之俦②，因俳说
以进谏③。至如姚馥，才性容貌，不与华同，片言窃讽，媚足
规范。及其俳谐诡谲④，推辞指诚，因物而刺，言之者无罪，
抑亦东方曼倩之俦欤⑤！夫心胃之逸朽⑥，故有腐肠烂肠之
嗜⑦，是以"五味令人口爽"，老氏以为深诫。未若甘兹桂石，

美斯松草⑧,含吐烟霞,咀食沆瀣⑨,迅千龄于一朝,方尘劫于俄顷⑩,胡可淫此酖乐,忘彼久视者乎?夫物有事异而名同者,自非穷神达理,莫能遥照;岂可假于诐辞⑪,专求于邪说。天命有兆⑫,历运攸归⑬,何可妄信于谣讹,指怪于纤草?将溺所闻,信诸厥术,可为嗟乎!

【注释】

①不得中行,狂狷可也:《论语·子路》:"不得中行而与之,必也狂狷乎?狂者进取,狷者有所不为也。"何晏《论语集解》引包咸曰:"中行,行能得其中者,言不得中行,则欲得狂狷者。"中行,行为合乎中庸之道。狂狷,积极进取而又洁身自好。

②淳于:即淳于髡。战国时期齐国人,身长不满七尺,滑稽多辩。据《史记·滑稽列传》记载,齐威王当政初期,"好为淫乐长夜之饮,沉湎不治,委政卿大夫。百官荒乱,诸侯并侵,国且危亡,在于旦暮,左右莫敢谏。"淳于髡以谐隐之语劝谏,威王乃止。优孟:春秋时期楚国的乐人,身长八尺,机智善辩,擅长表演,常寓讽谏于谈笑之间。庄王马死,欲葬以大夫之礼,优孟讽其贱人而贵马,庄王乃止。孙叔敖为楚相,卒,其子甚穷,优孟着孙叔敖衣冠,效其言谈举止,岁余毕肖。乃见庄王作歌以感动之,庄王遂召孙叔敖子,封之寝丘四百户,以奉其祀。《史记·滑稽列传》有传。

③俳(pái)说:戏笑嘲谑的言辞。刘勰《文心雕龙·谐隐》:"魏文因俳说以著笑书。"

④俳谐:诙谐。诡谲:离奇古怪。《晋书·王坦之传》:"若夫庄生者……其言诡谲,其义恢诞。"

⑤东方曼倩:即东方朔(前154—前93),字曼倩,长于文辞,性格诙

谐，言词敏捷，滑稽多智，汉武帝时累官侍中，亦常以滑稽之谈寓
讽谏之意。《史记·滑稽列传》有传。

⑥逸朽：齐治平注曰："疑当为'速朽'。"

⑦腐肠烂肠：指肠胃溃烂。文中指酗酒的害处。《文选·嵇叔夜
〈养生论〉》："醴醪鬻其肠胃，香芳腐其骨髓。"

⑧甘兹桂石，美斯松草：指服食桂、石、松、草的好处。文中"甘兹"
与"美斯"相称。桂、石、松、草，指养生修仙者服食之物。

⑨沆瀣(hàng xiè)：夜间的水气、露水。《楚辞·远游》："餐六气而
饮沆瀣兮，漱正阳而含朝霞。"王逸注："《凌阳子明经》言：'春食
朝霞……冬饮沆瀣。沆瀣者，北方夜半气也。'"又《文选·嵇叔
夜〈琴赋〉》："餐沆瀣兮带朝霞。"张铣注："沆瀣，清露也。"

⑩迅千龄于一朝，方尘劫于俄顷：千龄，犹千岁、千年。极言时间久
长。《晋书·礼志上》："方今天地更始，万物权舆，荡近世之流
弊，创千龄之英范。"尘劫，佛教称一世为一劫，无量无边劫为尘
劫。后亦泛指尘世的劫难。《楞严经》卷一："纵经尘劫，终不
能得。"

⑪诐(bì)辞：偏邪不正的言论。《孟子·公孙丑上》："诐辞知其所
蔽，淫辞知其所陷，邪辞知其所离，遁辞知其所穷。"

⑫天命：古代认为君权神授，统治者自称受命于天，谓之天命。《左
传·宣公三年》："周德虽衰，天命未改，鼎之轻重，未可问也。"

⑬历运：天象运行所显示的一个朝代的气数、命运。古代认为朝代
的兴衰更迭与天象运行相应。《晋书·王鉴传》："明公遭历运之
厄，当阳九之会。"

【译文】

萧绮录语说：虽说不能够坚守中庸之道，但只要有进取之心且能洁
身自好就可以。淳于髡、优孟这些人，他们凭借戏笑嘲谑的言辞向帝王
进谏。至于姚馥，他的才能、禀性、相貌都和中原人不一样，但却能在片

言只语中隐含讽谏,在逢迎取悦中恪守规范。以至于他运用诙谐多变的语言,推究文辞,阐明古训,借物讽谏,说这些话的人是不会获罪的,他不过也是属于东方朔一类的人才罢了!肠胃溃烂变坏了,是因为有"腐肠烂肠"的饮酒嗜好,因此说"丰盛的食物让人胃口受伤",老子把这句话当作是深刻的警诫。因为它不像桂、石那样味道甘甜,也不像松、草那样味道纯美,人们呼吸着山间的烟雾和云霞,饮用着夜间的清露,把千年看作一个早晨,把生生世世当作瞬息之间,怎么能够沉湎在饮酒游乐之中,而忘记了那些延年益寿的道理呢?世上本来就有很多名称相同而实质不同的事物,如果不能穷究事物的神妙而通达事理,那么就不能预知未来,又怎么能够凭借偏邪不正的言辞,一味寻求那些旁门左道呢?天命本来就有预兆,一个朝代的气数也有用尽的时候,怎么可以胡乱地相信那些谣言谬传,而指责错怪这些纤弱的小草呢?如果被道听途说所迷惑,而相信那些妖妄之术,那就真让人悲叹了!

咸宁四年①,立芳蔬园于金墉城东②,多种异菜。有菜名曰"芸薇",类有三种,紫色者最繁,味辛,其根烂熳③,春夏叶密,秋蕊冬馥,其实若珠,五色,随时而盛,一名"芸芝"。其色紫者为上蔬,其味辛;色黄者为中蔬,其味甘;色青者为下蔬,其味咸。常以三蔬充御膳。其叶可以藉饮食④,以供宗庙祭祀,亦止人渴饥。宫人采带其茎叶,香气历日不歇。

【注释】

①咸宁四年:指公元278年。咸宁,晋武帝年号,公元275至280年。

②金墉城:三国曹魏时所筑,旧址在今河南洛阳东。

③烂熳(màn):亦作"烂漫",形容色泽绚丽。

④藉:垫,衬。

【译文】

晋武帝咸宁四年(278),在金墉城的东面建了一个芳蔬园,园中种了很多奇异的蔬菜。其中有一种蔬菜名叫"芸薇",这种菜有三个品种,紫色的那种茎叶最繁茂,味道有些辣;它的根须色泽绚丽;春夏之时枝叶茂密,秋天含苞待放,冬天花香满园;它的果实像珍珠,有五种颜色。随着季节时令的变化,紫色的芸薇生长得越来越繁盛,人们给这个品种起了一个名字叫"芸芝"。紫色的芸薇是上等蔬菜,味道是辣的;黄色的芸薇是中等蔬菜,味道是甜的;青色的芸薇是下等蔬菜,味道是咸的。宫中经常用这三种蔬菜给帝王作饮食。芸薇的叶子可以用来垫衬食物,供宗庙祭祀时使用,还可以用来止渴止饿。宫女和嫔妃还采摘芸薇的茎叶随身佩带,香气几天都不消散。

录曰:《大雅》云:"言采其薇[1]。"此之类也。《草木疏》云[2]:"其实如豆。"昔孤竹二子避世[3],不食周粟,于首阳山采薇而食,疑似卉;或云神类非一,弥相惑乱。可以疗饥,其色必紫,百家杂说,音旨相符。论其形品,详斯香色,虽移植芳圃,芬美莫俦。故熏兰有质,物性无改,产乖本地,逾见芬烈,譬诸姜桂[4],岂因地而辛矣!当此一代,是谓仙蔬,实为神异。

【注释】

①言采其薇:《诗经·召南·草虫》:"陟彼南山,言采其薇。"传:"薇菜也。"文中作"大雅",误。

②《草木疏》:即陆机《毛诗草木鸟兽虫鱼疏》。陆机《草木疏》释"薇"云:"山菜也,茎叶皆似小豆,蔓生,其味亦如小豆。藿可作羹。亦可生食。"

③孤竹二子：即伯夷、叔齐。《史记·伯夷列传》："伯夷、叔齐，孤竹君二子也……武王已平殷乱，天下宗周，而伯夷、叔齐耻之，义不食周粟，隐于首阳山，采薇而食之。"

④姜桂：即生姜和肉桂。《韩诗外传》卷七："宋玉因其友见楚襄王，襄王待之无以异，乃让其友。友曰：'夫姜桂因地而生，不因地而辛。'"

【译文】

萧绮录语说：《诗经·召南·草虫》说："采摘薇菜。"说的就是芸薇这种菜。陆机《毛诗草木鸟兽虫鱼疏》也说："芸薇的果实像豆子。"过去孤竹君的两个儿子伯夷、叔齐避开喧嚣的尘世，不吃周朝的粮食，在首阳山上采食薇菜度日。有人怀疑这种薇菜像草，也有人说灵异的物类都不止一种，这些说法让人迷惑混乱。可以解除饥饿的薇菜，它的颜色一定是紫色的，各家说法不同，但言辞和旨意彼此一致。研究芸薇的形状、品类，详细了解芸薇的香气和颜色，即使把它移植到芳蔬园以外的花圃，它的香气、美丽也是无与伦比的。所以说芬芳的兰花有它独特的禀性，这种本性是无法改变的，就是生长在异地，那芳香的气味也会更加浓烈，比如生姜和肉桂，难道会因为种植地的不同而改变它们的辣味吗？在这个时代，芸薇被称为是具有仙气的蔬菜，实在是太神奇了。

张华为九酝酒，以三薇渍曲蘖，蘖出西羌，曲出北胡。胡中有指星麦，四月火星出①，麦熟而获之。蘖用水渍麦三夕而萌芽，平旦鸡鸣而用之，俗人呼为"鸡鸣麦"。以之酿酒，醇美，久含令人齿动；若大醉，不叫笑摇荡，令人肝肠消烂，俗人谓为"消肠酒"。或云醇酒可为长宵之乐。两说声同而事异也。闾里歌曰："宁得醇酒消肠，不与日月齐光。"言耽此美酒，以悦一时，何用保守灵而取长久。至怀帝末②，民间园圃皆生蒿棘，狐兔游聚。至元熙元年③，太史令高堂忠奏荧惑犯紫微④，若不早避，当无洛阳。及诏内外四方及京邑诸宫观林卫之内，及民间园圃，皆植紫薇，以为厌胜。至刘、石、姚、苻之末⑤，此蒿棘不除自绝也。

【注释】

①火星：古称荧惑，太阳系九大行星之一，绕太阳一周的时间是六百八十七天。以距离太阳由近及远的次序计是第四颗星。由于它呈现红色，荧荧如火，亮度常有变化，故名。

②怀帝：即晋怀帝(284—313)，名炽，字丰度，晋武帝司马炎第二十五子，西晋第三位皇帝，公元 307 至 313 年在位。

③元熙元年：当为"永嘉元年"。晋怀帝在位六年，年号永嘉。

④高堂忠：当为"高堂冲"。《晋书·天文志下》："(永嘉)三年正月庚子，荧惑犯紫微……是时太史令高堂冲奏，乘舆宜迁幸，不然必无洛阳。"紫微：即紫微垣。星官名，三垣之一。《晋书·天文志上》："紫宫垣十五星，其西蕃七，东蕃八，在北斗北。一曰紫微，大帝之座也，天子之常居也，主命主度也。"

⑤刘、石、姚、苻：指刘渊、石勒、姚弋仲、苻洪。此四人皆为少数民族，其中刘渊为匈奴族，石勒为羯族，姚弋仲为羌族，苻洪为氐族。据《晋书·载记》，晋自武帝司马炎卒后，诸王争权，国内大乱，各少数民族遂乘机分据中原，相继僭立，争战不休。

【译文】

张华制作了一种"九酝酒"，这种酒是用三种薇菜与酒曲、出芽的米、麦等浸泡在一起制成的。出芽的麦子出自西羌，酒曲出自北胡。胡地有一种指星麦，每到四月火星出现时，麦子就成熟可以收获了。指星麦在水里浸泡三天就出芽了，到天亮鸡叫的时候就可以用它酿酒，当地人称这种麦为"鸡鸣麦"。用这种麦酿的酒味道醇美，含在嘴里时间长了就能使人牙齿松动；如果喝得大醉，又不让叫喊、狂笑、走动的话，人的肝肠就会腐烂，当地人称这种酒为"消肠酒"。也有人说这种美酒可以作长夜欢饮。虽然两种说法说的是同一种酒，但事情的结果却完全不同。里巷歌谣说："宁可得到美酒使肝肠腐烂，也不想和日月一样长久光明。"这是说沉溺在这种美酒中，以求一时的欢快，何必保护心性而求得生命的长久呢？到晋怀帝末年，民间百姓的菜园、果园都长满了蒿草和荆棘，狐狸和野兔在其中游荡聚集。到永嘉元年，太史公高堂冲启奏晋怀帝火星侵犯紫微垣，如果不及早避开，洛阳将会失陷。于是怀帝就下诏让宫廷内外、京城各宫、道观、防护林以及民间的菜园、果园全都种植紫色的薇菜，来镇服邪气。到刘渊、石勒、姚弋仲、符洪等人发动叛乱的后期，菜园、果园中的蒿草和荆棘没有铲除竟然自己绝灭了。

太康元年①，白云起于灞水②，三日而灭。有司奏云："天下应太平。"帝问其故，曰："昔舜时黄云兴于郊野，夏代白云蔽于都邑，殷代玄云覆于林薮，斯皆应世之休征③，殊乡绝域应有贡其方物也④。"果有羽山之民献火浣布万匹⑤。其国人称："羽山之上，有文石，生火，烟色以随四时而见，名为'净火'。有不洁之衣，投于火石之上，虽滞污渍涅，皆如新浣。"当虞舜时，其国献黄布；汉末献赤布，梁冀制为衣⑥，谓之"丹衣"。史家云："单衣今缝掖也⑦。"字异声同，未知孰是。

【注释】

①太康元年：即公元280年。太康，晋武帝司马炎第三个年号，公元280至289年。

②灞水：古名滋水。源出今陕西蓝田东，秦穆公更名为霸水，以彰霸功，唐以后始称灞水。李白《灞陵行送别》："送君灞陵亭，灞水

流浩浩。"

③休征:吉祥的征兆。《书·洪范》:"曰休征。"孔传:"叙美行之验。"

④方物:本地的产物,土产。《书·旅獒》:"无有远迩,毕献方物。"蔡沉集传:"方物,方土所生之物。"

⑤羽山:古山名。据胡渭《禹贡锥指》,山址今说法不一:一说在今江苏赣榆西南;一说在山东蓬莱东南。今多从前说。火浣布:指以火浣洗之布。《列子·汤问》:"火浣之布,浣之必投于火。"

⑥梁冀:东汉时外戚、权臣,其妹为汉顺帝皇后。《三国志·魏书·三少帝纪》注引《傅子》曰:"汉桓帝时,大将军梁冀以火浣布为单衣,常大会宾客,冀阳争酒,失杯而污之,伪怒,解衣曰:'烧之。'布得火,炜晔赫然,如烧凡布,垢尽火灭,粲然洁白,若用灰水焉。"

⑦缝掖:亦作"逢掖",大单衣,古代儒者所服。《礼记·儒行》:"孔子曰:'丘少居鲁,衣逢掖之衣。'"郑玄注曰:"逢犹大也。大掖之衣,大袂禅衣也。"

【译文】

晋武帝太康元年(280),在灞水上升起了一片白云,三天之后白云才消散。官吏禀奏道:"白云升起表明天下清明太平。"晋武帝询问其中的缘由,官吏说:"过去虞舜时,黄云在城郊旷野升起;夏朝时,在都城上空白云遮住了太阳;殷商时,黑云覆盖在山林水泽之中,这些都是顺应时运的吉祥征兆,他乡远国应当会有进贡的特产。"果然不久羽山人就进献了一万匹火浣布。羽山人说:"羽山上有一种带有花纹的石头,可以自燃,这种石头自燃产生的烟雾的颜色随着四季的变化而呈现不同的色彩,人们把这种火起名为'净火'。凡是不干净的衣服,只要扔到火石的上面,即使沾满污垢、油渍,都会像刚刚洗过一样。"在虞舜时期,这个国家曾进献黄色的火浣布;汉朝末年又进献红色的火浣布,梁冀曾用这种布制作成衣服,并称之为"丹衣"。历史学家说:"'单衣'就是当今儒者所穿的宽袖单衣。"字形不同而读音相同,不知道谁说的对。

录曰:帝王之兴,叶休祥之应①,天无隐祥,地无蓄宝,是以因神物以表运,见星云以观德。按《周官》有冯相氏②,以观祥录之数。晋以金德,故白云起于灞水。《山海经》及《异物志》云③:"燃洲之兽,生于火中,以毛织为布,虽有垢腻,投火则洁净也。"两说不同,故偕录焉。

【注释】

①休祥:吉祥。《书·泰誓中》:"朕梦协朕卜,袭于休祥,戎商必克。"孔传:"言我梦与卜俱合于美善。"

②冯相氏:周朝的官名,掌管天文。《周礼·春官·序》:"冯相氏,中士二人,下士四人,府二人,史四人,徒八人。"郑玄注:"冯,乘也;相,视也。世登高台,以视天文之次序。"

③《山海经》及《异物志》:此是萧绮对火浣布不同记载的引述。然今《山海经》并无"火浣布"的记载,《十洲记》《神异经》《搜神记》等均有对火浣布的记载。《三国志·魏书·三少帝纪》注引《异物志》曰:"斯调国有火州,在南海中。其上有野火,春夏自生,秋冬自死。有木生于其中而不消也,枝皮更活,秋冬火死则皆枯瘁。其俗常冬采其皮以为布,色小青黑;若尘垢污之,便投火中,则更鲜明也。"

【译文】

萧绮录语说:各代帝王的兴盛,都应和着吉祥的征兆。上天不会隐藏祥瑞,大地也不会储藏宝物,因此凭借神灵、怪异之物来显示朝代的命运,通过星云的变化来观察帝王的德行。据说《周官》一书中的冯相氏之职,就是来观察天象记录祥瑞征兆的。晋朝以金德称王,所以才会有白云在灞水升起的祥瑞征兆。《山海经》和《异物志》中说:"燃洲有一种动物,生长在大火之中,用它的毛编织成布,即使上面沾满污垢、油腻,只要扔到火里,就会变得非常干净。"这种说法与王嘉的记述不同,因此一并抄录于此。

　　因墀国献五足兽①,状如师子②;玉钱千缗③,其形如环,环重十两,上有"天寿永吉"之字。问其使者五足兽是何变化,对曰:"东方有解形之民,使头飞于南海,左手飞于东山,右手飞于西泽,自脐以下,两足孤立。至暮,头还肩上,两手遇疾风飘于海外,落玄洲之上④,化为五足兽,则一指为一足也。其人既失两手,使傍人割里肉以为两臂,宛然如旧也。"因墀国在西域之北,送使者以铁为车轮,十年方至晋。及还,轮皆绝锐,莫知其远近也。

【注释】

①因墀国:传说中的古国名,不详。

②师子:即狮子。

③缗(mín):古代穿铜钱用的绳子或钓鱼绳。文中"缗"作量词,用于成串的铜钱,每串一千文。

④玄洲:神话中的十洲之一。《海内十洲记》:"玄洲在北海之中,戌亥之地,方七千二百里,去南岸三十六万里,上有太玄都,仙柏真公所治……饶金芝玉草。"

【译文】

　　因墀国进献了一种五足兽,形状像狮子;同时进献了一千串玉制钱币,玉钱的形状像圆形而中间有孔的玉器,一枚钱币重十两,上面刻着

"天寿永吉"四个字。晋武帝问因墀国的使者五足兽是什么变化来的，使者回答说："东方有一种能够将四肢分解的人，他们常让头飞到南海，左手臂飞到东山，右手臂飞到西泽。从肚脐以下就剩下两条腿立在那里。到了晚上，脑袋又飞回肩上。有时两只手臂遇到猛烈的风就飘到海外，落在玄洲之上，变作五足兽，每个手指变成一只脚。这种人失去两个手臂之后，就会让旁边的人割下身上的肉做成两个手臂，就像原先的手臂一样。"因墀国在西域的北面，运送五足兽的使者来的时候乘坐的是用铁作车轮的车子，他们历经十年才到达晋国。等到使者回到因墀国时，铁制的车轮都被磨得极其锋利，没有人知道因墀国到底有多远。

　　太始元年①，魏帝为陈留王之岁②，有频斯国人来朝③，以五色玉为衣，如今之铠。其使不食中国滋味，自赍金壶④，壶中有浆，凝如脂，尝一滴则寿千岁。其国有大枫木成林，高六七十里，善算者以里计之，雷电常出树之半。其枝交荫于上，蔽不见日月之光。其下平净扫洒，雨雾不能入焉。树东有大石室，可容万人坐。壁上刻为三皇之像：天皇十三头，地皇十一头，人皇九头，皆龙身。亦有膏烛之处。缉石为床⑤，床上有膝痕深三寸。床前有竹简长尺二寸，书大篆之文，皆言开辟以来事⑥，人莫能识。或言是伏羲画卦之时有此书，或言是仓颉造书之处。

【注释】

　　①太始元年：公元 265 年。太始，当为"泰始"，晋武帝司马炎第一个年号，公元 265 至 274 年。

　　②魏帝：指魏元帝曹奂(246—302)，司马炎于公元 265 年篡位，当

年曹奂被废为陈留王。

③频斯：齐治平注曰："频斯，疑即波斯。"

④赍（jī）：怀抱着，带着。

⑤缉石：即把石块拼在一起。缉，把麻析成缕连接起来。

⑥以来：表示从过去某时直到现在。或特指某一时间的一段时期。
《左传》昭公十三年："志业于好，讲礼于等，示威于众，昭明于神，
自古以来，未之或失也。"

【译文】

晋武帝泰始元年（265），即魏元帝曹奂被废为陈留王的那一年，有
一个频斯国的人来朝拜。他穿着用五种颜色的玉片制成的衣服，就好
像现在的铠甲。频斯国的使者不吃中原的美食，他自带金壶，壶中装有
浓厚的液体，凝结如油脂，只要品尝一滴就可以活一千岁。频斯国有成
片的大枫木树林，每棵树高六七十里，精通算术的人用里数计算枫树的
高度，打雷闪电常常在枫树的中间出现。枫树的树枝在上面交错遮住
了光线，树下阴暗，看不见日月之光。枫树下平坦干净，如同洒扫过一
般，雨雾也不能钻入。枫树林的东面有一座大石室，室内可以容纳一万
人。石室的墙壁上雕刻着三皇的雕像：天皇长着十三个头，地皇长着十
一个头，人皇长着九个头，他们都长着龙身。室内也有放灯烛的地方。
把石头拼接起来制作成床，床上有一处膝盖跪过的三寸深的凹痕。床
前放着一尺二寸长的竹简，竹简上的文字用大篆书写，说的都是开天辟
地时期的事情，没有人能够识别。有人说伏羲画八卦的时候就有这部
书，也有人说这里是仓颉造字的地方。

　　傍有丹石井，非人之所凿，下及漏泉，水常沸涌，诸仙欲
饮之时，以长绠引汲也①。其国人皆多力，不食五谷，日中无
影，饮桂浆云雾。羽毛为衣，发大如缕，坚韧如筋，伸之几至
一丈，置之自缩如蠡。续人发以为绳，汲丹井之水，久久方

得升合之水。水中有白蛙，两翅，常来去井上，仙者食之。至周，王子晋临井而窥②，有青雀衔玉杓以授子晋③，子晋取而食之，乃有云起雪飞。子晋以衣袖挥云，则云雪自止。白蛙化为双白鸠入云，望之遂灭。皆频斯国之所记，盖其人年不可测也。使图其国山川地势瑰异之属，以示张华。华云："此神异之国，难可验信。"以车马珍服送之出关。

【注释】

①绠（gěng）：汲水用的绳子。《说文》："绠，汲井绠也。"

②王子晋：即姬晋，东周时期周灵王的长子，博学多识，喜音律，善吹箫，好作凤鸣。游于伊水和洛水之间，道士浮丘公引上嵩山，修炼二十年。后在缑氏山巅，乘白鹤仙去。见刘向《列仙传》。

③玉杓（sháo）：玉制的勺子。

【译文】

石室的旁边有一口红色的石井。这口井不是人工开凿的，井底直通漏泉，井水总是翻腾喷涌。各位仙人想要喝水的时候，就用长长的绳子从井里打水。频斯国的人都很有力气，他们不吃五谷杂粮，正午时站在太阳下却没有影子，喝的是桂浆云雾。他们用羽毛编制成衣服；他们头发很多且细如丝缕，发质坚固有韧性，像皮筋一样，把头发拉直几乎有一丈长，松开之后头发就会像树虫一样自动蜷缩起来。把头发连接在一起编成绳子，就可以汲取丹井中的水，很久才能得到一升或一合水。丹井中有一种白蛙，长着两只翅膀，经常在丹井之上飞来飞去。仙人以白蛙作为食物。到周朝，仙人王子晋站在井边俯视井下，有一只青雀衔着一个玉制的勺子交给子晋，王子晋拿勺子喝井水，就看见乌云涌起，雪花飞落。子晋用衣袖挥动乌云，乌云和飞雪立刻消散停止。白蛙变作两只白鸠飞入云天，子晋看着它逐渐消失不见。所有这些都是有关频斯国的记述，大概频斯国人的年龄也不能估量。晋武帝让频斯国人画出他们国家的山川、地势以及珍奇之物，拿给张华看。张华说："这是一个神奇的国家，很难验证这些事物的真实性。"晋武帝用马车和珍贵的衣物作为馈赠送频斯国人出关。

　　张华字茂先，挺生聪慧之德①，好观秘异图纬之部，捃采天下遗逸②，自书契之始，考验神怪，及世间闾里所说，造《博物志》四百卷，奏于武帝。帝诏诘问："卿才综万代，博识无伦，远冠羲皇，近次夫子。然记事采言，亦多浮妄，宜更删翦，无以冗长成文③！昔仲尼删《诗》《书》，不及鬼神幽昧之事，以言怪力乱神④；今卿《博物志》，惊所未闻，异所未见，将恐惑乱于后生，繁芜于耳目，可更芟截浮疑⑤，分为十卷。"即于御前赐青铁砚，此铁是于阗国所出⑥，献而铸为砚也；赐麟角笔，以麟角为笔管，此辽西国所献⑦；侧理纸万番⑧，此南越所献⑨。后人言"陟里"，与"侧理"相乱，南人以海苔为纸，其理纵横邪侧，因以为名。帝常以《博物志》十卷置于函中，暇日览焉。

【注释】

①挺生：挺拔生长。亦谓杰出。《后汉书·西域传论》："灵圣之所降集，贤懿之所挺生。"又刘孝标《辩命论》："闻孔墨之挺生，谓英睿擅奇响。"

②捃（jùn）采：采集。

③冗长：（文章或讲话中）无关紧要的话过多，拉得很长。

④怪力乱神：指关于怪异、勇力、悖乱、鬼神之事。《论语·述而》："子不语怪、力、乱、神。"

⑤浮疑：虚妄不实。

⑥于阗(tián)国：古代西域王国，信仰佛教，在今新疆和田一带。

⑦辽西国：传说中的古国名，不详。

⑧侧理：纸名。即苔纸。《正字通》："海藻本名陟釐，南越以海苔为纸，其理倒侧，故名侧理纸。"番：古代计算纸张的单位。

⑨南越：先秦时南方越人的一支。秦平南越，于其地置桂林、南海、象三郡，建立南越国。

【译文】

张华字茂先，为人聪明而有智慧，喜欢阅读神异的图册和谶纬之书。他采集天下遗漏散失之言，从产生文字开始，考查验证神怪故事，到民间闾里的传说，写成《博物志》四百卷，呈送晋武帝阅览。晋武帝读后下诏责问张华道："你具有总聚万世的才华，见识广博，无与匹比，远在羲皇之上，近在孔子之下。然而《博物志》四百卷记述的故事、采集的言论，还有许多空虚妄诞之处，应当进一步删略削减，不要拿无关紧要的话凑成文章！过去孔子删减《诗》《书》，不谈鬼神幽冥之事，不语怪异、勇力、悖乱、鬼神；而今你的《博物志》，惊奇于闻所未闻之事，诧异于见所未见之事，我担心后世之人将会受到迷惑，内容繁多芜杂累人耳目，可以删除截去虚妄不实之事，将全书分成十卷。"晋武帝当即在御座前赐给张华一块青铁砚台。青铁是于阗国出产的，于阗国进献了青铁，晋武帝命人铸成了砚台；晋武帝还赐给张华一支用麒麟角作笔管的笔，这支笔是辽西国进献的；又赐给张华一万番侧理纸，这种纸是南越国进献的。后人说"陟里"，与"侧理"二字读音相混，南方人用海苔制作纸，这种纸的纹理纵横邪倒，因此称之为侧理纸。晋武帝经常把《博物志》十卷放在匣中，在空闲的时间翻阅浏览。

惠帝元熙二年①，改为永平元年，常山郡献伤魂鸟②，状如鸡，毛色似凤。帝恶其名，弃而不纳，复爱其毛羽。当时博物者云:"黄帝杀蚩尤③,有貙、虎误噬一妇人④,七日气不绝,黄帝哀之,葬以重棺石椁。有鸟翔其冢上,其声自呼为伤魂,则此妇人之灵也。"后人不得其令终者,此鸟来集其国园林之中。至汉哀、平之末,王莽多杀伐贤良,其鸟亟来哀鸣⑤。时人疾此鸟名⑥,使常山郡国弹射驱之。至晋初,干戈始戢⑦,四海攸归,山野间时见此鸟。憎其名,改"伤魂"为"相弘"。及封孙皓为归命侯,相弘之义,叶于此矣。永平之末,死伤多故,门嗟巷哭,常山有献,遂放逐之。

【注释】

①元熙二年:当为"永熙二年"。晋惠帝于永熙二年改元为永平元年,即公元291年。

②常山郡:在今河北石家庄。

③黄帝杀蚩尤:《山海经·大荒北经》:"蚩尤作兵伐黄帝,黄帝乃令应龙攻之冀州之野。应龙畜水,蚩尤请风伯雨师,纵大风雨。黄帝乃下天女曰魃,雨止,遂杀蚩尤。"

④貙、虎:《列子·黄帝》:"黄帝与炎帝战于阪泉之野,帅熊、罴、狼、豹、貙、虎为前驱。"

⑤亟(qì):屡次。

⑥疾:厌恶,憎恨。《管子·小问》:"夫牧民不知其疾,则民疾。"注:"疾,谓憎嫌之也。"

⑦戢(jí):收敛,收藏。《诗经·周颂·时迈》:"载戢干戈,载櫜弓矢。"

【译文】

晋惠帝永熙二年(291),改年号为永平元年。当时常山郡进献了一只伤魂鸟,形状像鸡,羽毛的颜色似凤凰。惠帝讨厌这只鸟的名字,就丢弃了它没有接受，但他又很喜欢这种鸟的羽毛。当时有一位博学多识的人说："黄帝斩杀蚩尤的时候，作为黄帝前驱的䝙、虎误咬伤了一位妇人，这位妇人七天没有断气，黄帝可怜她，死后就用双重棺材外加石椁埋葬了她。从此以后，有一种鸟总在妇女的坟墓上方飞翔，它的鸣叫声好像在叫着'伤魂'二字，它就是这个妇女的魂灵变化而来的。"后世之人凡有不能善终的，这种鸟就会飞来聚集到他的家园之中。到汉哀帝、汉平帝末年，王莽大肆杀伐有德行、有才能的大臣，这种鸟又多次在都城上空哀鸣。当时人门憎恶这种鸟的名字，就让常山郡的人用弹弓射杀驱逐它们。到了西晋初年，兵器归库，天下一统，在山野间还不时能看到这种鸟。人们讨厌这种鸟的名字，改"伤魂"为"相弘"。等到晋武帝封孙皓为归命侯的时候，"相弘"的意思正契合这个事件。永平末年，国家动乱，百姓伤亡太多，大街小巷都有哀叹哭泣之声，这时常山郡进献了伤魂鸟，于是晋惠帝就放飞并驱赶了这只鸟。

　　太始十年①，有浮支国献望舒草②，其色红，叶如荷，近望则如卷荷③，远望则如舒荷，团团似盖。亦云，月出则荷舒，月没则叶卷。植于宫中，因穿池广百步，名曰望舒荷池。愍帝之末④，移入胡，胡人将种还胡中。至今绝矣，池亦填塞。

【注释】

①太始十年：当为"泰始十年"，即公元 274 年。

②浮支国：传说中的古国名，不详。

③卷荷：含苞待放的荷花。

④愍帝：即晋愍帝司马邺（300—317），西晋最后一位皇帝，公元 313年至 316 年在位。

【译文】

晋武帝泰始十年(274),浮支国进献了望舒草。这种草的颜色是红色的,叶子形状像荷叶,近看就好像含苞待放的荷花,远看就好像舒展的荷叶,圆圆的荷叶如车盖一般。也有人说,月亮出来荷叶就舒展开来,月亮隐没荷叶就蜷缩起来。晋武帝命人将望舒草种在宫中,为此还开凿了一百步宽的池塘,池塘的名字叫望舒荷池。晋愍帝末年,望舒草被移植到胡地,那是胡人把望舒草的种子带回了胡地。到今天,望舒草已经绝种了,望舒荷池也填平了。

祖梁国献蔓金苔^①,色如黄金,若萤火之聚,大如鸡卵。投于水中,蔓延于波澜之上^②,光出照日,皆如火生水上也。乃于宫中穿池,广百步,时观此苔,以乐宫人。宫人有幸者,以金苔赐之,置漆盘中,照耀满室,名曰"夜明苔";着衣襟则如火光。帝虑外人得之,有惑百姓,诏使除苔塞池。及皇家丧乱,犹有此物,皆入胡中。

【注释】

①祖梁国:传说中的古国名,不详。

②蔓延:如蔓草滋生,连绵不断。引申为延伸,扩展。《诗经·郑风·野有蔓草》:"野有蔓草,零露溥兮。"孔颖达疏:"毛以为郊外野中,有蔓延之草。"

【译文】

祖梁国进献了一种蔓金苔,苔色如黄金一般,好像萤火虫聚集在一起;有鸡蛋那么大。把蔓金苔扔到水中,它就会如蔓草滋生在水波之上。蔓金苔的金光在太阳光的映照之下,就好像一团火燃烧在水面上。于是晋惠帝命人在宫中开凿了一个池塘,池塘宽一百步,惠帝经常到池边观看这种金苔，以便让宫人游乐。凡是被惠帝宠幸的嫔妃，都拿蔓金苔赏赐给她。把蔓金苔放置在漆盘之中，金苔发出的光就会照亮整间屋子，人们又称之为"夜明苔"；把金苔戴在衣襟上，衣襟之上就好像有一团火光。惠帝担心如果宫外的人得到这种蔓金苔，就会去迷惑百姓，于是下诏命令清除蔓金苔，填平池塘。到西晋末年皇室内乱之时，还有这种蔓金苔，后来都被带到胡地去了。

　　石季伦爱婢名翔风①，魏末于胡中得之。年始十岁，使房内养之。至十五，无有比其容貌，特以姿态见美。妙别玉声，巧观金色。石氏之富，方比王家，骄侈当世，珍宝奇异，视如瓦砾，积如粪土，皆殊方异国所得，莫有辨识其出处者。乃使翔风别其声色，悉知其处。言西方北方，玉声沉重而性温润，佩服者益人性灵；东方南方，玉声轻洁而性清凉，佩服者利人精神。石氏侍人，美艳者数千人，翔风最以文辞擅爱。石崇尝语之曰："吾百年之后，当指白日，以汝为殉。"答曰："生爱死离，不如无爱，妾得为殉，身其何朽！"于是弥见宠爱。崇常择美容姿相类者十人，装饰衣服大小一等②，使忽视不相分别，常侍于侧。

【注释】

①石季伦：即石崇（249—300），字季伦，渤海南皮（今河北南皮东）人。石崇任荆州刺史时，劫夺客商，又使客航海，取得大量财物，以致巨富。后升任卫尉，修建金谷园，与外戚王恺、羊琇等争为豪奢，后被赵王司马伦所杀。《晋书》有传。

②大小一等：即大小完全相同。一等，一样，相同。

【译文】

石崇的爱婢名叫翔风,三国魏末年石崇在胡地得到了她。当时翔风刚十岁,石崇就让内室的女眷抚养她。翔风长到十五岁时,她的美貌无与伦比,特别是她的神情举止被人称美。翔风擅长识别玉石之声,精于察看黄金的颜色。石崇的财富,可与帝王之家匹比。他在当时骄纵奢侈,家中的奇珍异宝,被看作是砖头瓦片,如粪土一般堆积,所有这些都是劫夺远方异域之人而来,没有人能辨识这些奇珍异宝的产地。于是,石崇让翔风从这些珍宝的声音和颜色方面加以辨别,翔风竟然全都知道这些珍宝的产地。她说西方和北方的宝玉,玉石的声音低沉厚重而又品性温和柔润,佩带这种美玉可以滋养人的精神和性情;东方和南方的宝玉,玉石的声音清扬纯洁而又品性清凉,佩带这种美玉有利于增强人的意识和思维。石崇家的婢女,美丽而光彩照人的有数千人,而翔风则以擅长文辞最受宠爱。石崇曾对她说:“我去世后,一定指着太阳发誓,让你殉葬。”翔风回答说:“活着的时候相爱死后分离,还不如不爱,我能为您殉葬,身体怎么会腐烂呢!”从此石崇更加宠爱翔风。石崇经常挑选容貌、姿色相似的十个美女,让她们的佩饰、衣服大小完全相同,使人不注意看就无法分别,常站在石崇的身边侍候他。

　　使翔风调玉以付工人,为倒龙之佩,萦金为凤冠之钗,言刻玉为倒龙之势,铸金钗象凤皇之冠。结袖绕楹而舞[①],昼夜相接,谓之“恒舞”。欲有所召,不呼姓名,悉听佩声,视钗色,玉声轻者居前,金色艳者居后,以为行次而进也。使数十人各含异香,行而语笑,则口气从风而飏[②]。又屑沉水之香[③],如尘末,布象床上,使所爱者践之,无迹者赐以真珠百琲[④],有迹者节其饮食,令身轻弱。故闺中相戏曰:“尔非细骨轻躯,那得百琲真珠?”及翔风年三十,妙年者争嫉之,或者云"胡女不可为群",竞相排毁。石崇受谮润之言⑤,即退翔风为房老⑥,使主群少,乃怀怨而作五言诗曰:"春华谁不美,卒伤秋落时。烦烟还自低,鄙退岂所期! 桂芳徒自蠹,失爱在娥眉。坐见芳时歇,憔悴空自嗤!"石氏房中并歌此为乐曲,至晋末乃止。

【注释】

①楹(yíng):厅堂前部的柱子。《说文》:"楹,柱也。"

②飏(yáng):飞扬,飘扬。《说文》:"飏,风所飞扬也。"扬雄《甘泉赋》:"曳红采之流离兮,飏翠气之宛延。"

③沉水之香:即沉香。《太平御览》卷九八二引《南州异物志》曰:"沉木香出日南。欲取,当先斫坏树,着地积久,外皮朽烂,其心至坚者置水则沉,名沉香。"

④琲(bèi):《说文新附》:"琲,珠五百枚也。"又《通雅》卷四十:"珠五百枚为一琲……一说珠十贯。"《文选·左太冲〈吴都赋〉》:"珠琲阑干。"刘逵注:"琲,贯也。珠十贯为一琲。"

⑤谮(zèn)润:指日积月累的谗言。《论语·颜渊》:"浸润之谮。"郑玄注:"谮人之言,如水之浸润,渐以成之。"

⑥房老:亦称"房长",指年老而色衰的婢妾。王志坚辑《表异录》卷三:"婢妾年久而衰退者谓之房长,亦曰房老。"

【译文】

石崇让翔风挑选玉石交给工匠,做成倒龙佩,并缠绕金丝做成凤冠钗。是说雕刻玉石制作成龙头向下姿态的玉佩,熔铸黄金制作像凤冠形状的金钗。石崇让美女衣袖相互连接,绕着厅堂前的柱子跳舞,白天黑夜从不停止,人们称之为"恒舞"。石崇想要召见谁,从不叫美女的名字,全靠听她们身上玉佩发出的声音,看她们所佩戴金钗的颜色。玉声轻柔的在队前,金钗美艳的在队后,她们全都以这样的次序行动。石崇还让数十名美人口中各含异香,一边行走一边说笑,口中的香气就顺风飘散。石崇又让人将沉香碾成碎屑,像尘土一样,铺在用象牙装饰的床上,让他宠爱的美人上床踩踏。那些没有留下足迹的美人就赏赐给一百斛的真珠,留下足迹的就得节制饮食,从而使身体纤弱。因此这些美人经常在闺房中开玩笑说:"你没有消瘦轻盈的身体,怎么能得到一百斛的真珠?"到翔风三十岁时,那些妙龄美女与她争风吃醋,有的甚至说"胡地的女人是不能和她在一起的",于是大家都争着排斥诋毁她。石崇长时间受这种谗言的影响,就让翔风退到偏房去做房长,管理那些年少的姑娘。于是翔风满怀幽怨写了一首五言诗,诗中说:"青春年华之时谁不漂亮,秋叶飘落之时徒留悲伤。炊烟直上而后又散落,被斥退难道是我所期望的结局!芳香的桂花白白地被虫蛀蚀,在美人的谗毁之下我失去所爱。坐看芳华随着时间凋零,我面色憔悴徒劳地嗤笑自己!"石崇房中的美人都歌唱用这首诗谱写的歌曲,到晋朝末年才停止。

　　石虎于太极殿前起楼①,高四十丈,结珠为帘,垂五色玉佩,风至铿锵②,和鸣清雅③。盛夏之时,登高楼以望四极,奏金石丝竹之乐④,以日继夜。于楼下开马埒射场⑤,周回四百步,皆文石丹沙及彩画于埒旁。聚金玉钱贝之宝,以赏百戏之人⑥。四厢置锦幔⑦,屋柱皆隐起为龙凤百兽之形,雕斫众宝,以饰楹柱,夜往往有光明。集诸羌互于楼上⑧。时亢旱⑨,舂杂宝异香为屑,使数百人于楼上吹散之,名曰"芳尘"。台上有铜龙,腹容数百斛酒,使胡人于楼上嗽酒,风至望之如露,名曰"粘雨台",用以洒尘。

【注释】

①石虎(295—349)：字季龙，羯族人，十六国时期后赵第三位皇帝，石勒之侄。公元 333 年，石勒驾崩，其子石弘继位。335 年，石虎废杀石弘，自立为王。太极殿：当作"太武殿"。《晋书·石季伦载记》："于襄国起太武殿，于邺造东西宫，至是皆就。"

②铿锵：形容金玉或乐器等声洪亮。《汉书·张禹传》："优人管弦铿锵极乐，昏夜乃罢。"

③和鸣：互相应和而鸣。《诗经·周颂·有瞽》："喤喤厥声，肃雍和鸣，先祖是听。"

④金石丝竹：泛指各种乐器。也指各种音乐。《庄子·骈拇》："多于聪者，乱五声，淫六律，金石丝竹黄钟大吕之声非乎？而师旷是已。"金石，指钟磬类乐器。丝竹，指琴箫类乐器。

⑤马埒(liè)：古代习射的驰道。两边有界限，使马不至于跑出道外。《晋书·王济传》："济买地为马埒，编钱满之，时人谓为'金沟'。"

⑥百戏：古代乐舞杂技的总称。《后汉书·安帝纪》："乙酉，罢鱼龙曼延百戏。"

⑦四厢：四周。贾思勰《齐民要术·种瓜》："其瓜蔓本底，皆令土下四厢高。微雨时，得停水。"

⑧互：齐治平注曰："'互'疑'氏'之讹。"

⑨亢旱：大旱。《后汉书·杨赐传》："夫女谒行则谗夫昌，谗夫昌则苟苴通，故殷汤以之自戒，终济亢旱之灾。"

【译文】

石虎在太武殿前修建了一座高楼，楼高四十丈，编缀珍珠做成风帘，下面垂挂着五种颜色的玉佩。每当轻风吹来，玉佩铿锵作响，互相应和而鸣，和鸣之声清雅悦耳。盛夏之时，登上高楼眺望四野，演奏各种音乐，日夜不停。又在楼下开辟出习射的驰道，周围有四百步长，驰道的两边都用纹石、丹砂和各种彩色的图案装饰。还聚集黄金、美玉、钱贝等珍宝,用来赏赐表演歌舞杂技的艺人。高楼的四周都挂着锦制的帐幔,楼中的屋柱都隐藏在龙、凤以及百兽的雕像之中,同时还雕琢各种宝物,用来装饰厅堂前的柱子,到了晚上更是金碧辉煌。石虎还召集很多氐羌人到楼上。当时天大旱,石虎让他们把各种珍宝和不同的香料混在一起碾成碎末,并让数百人在楼上吹散这些碎末,并起名叫"芳尘"。楼台上有一条铜制的龙,龙腹中可容纳几百斛酒,石虎让胡人在楼上向下喷酒,微风吹来远远望去如雨雾一般,人们把楼台叫作"粘雨台",喷酒的目的是为了消尘。

　　楼上戏笑之声,音震空中。又为四时浴室,用锗石珷玞为堤岸①,或以琥珀为瓶杓。夏则引渠水以为池,池中皆以纱縠为囊②,盛百杂香③,渍于水中。严冰之时,作铜屈龙数千枚,各重数十斤,烧如火色,投于水中,则池水恒温,名曰"燋龙温池"。引凤文锦步障萦蔽浴所④,共宫人宠嬖者解媟服宴戏⑤,弥于日夜,名曰"清嬉浴室"。浴罢,泄水于宫外。水流之所,名"温香渠"。渠外之人,争来汲取,得升合以归⑥,其家人莫不怡悦。至石氏破灭,燋龙犹在邺城,池今夷塞矣。

【注释】

①锗(tōu)石:指天然的黄铜矿或自然铜。《太平御览》卷八一三引钟会《刍荛论》:"夫莠生似禾,锗石像金。"珷玞(wǔ fū):亦作"碔砆",指似玉的美石。

②纱縠(hú):精细、轻薄丝织品的通称。《汉书·江充传》:"充衣纱縠禅衣,曲裾后垂交输。"颜师古注:"纱縠,纺丝而织之也。轻者

为纱,绉者为縠。"

③百杂香:用各种香料混合制成的香。

④锦步障:遮蔽风尘或视线的锦制屏幕。《世说新语·汰侈》:"君夫作紫丝布步障碧绫里四十里,石崇作锦步障五十里以敌之。"

⑤媟(xiè)服:指内衣。媟,过于亲昵而不庄重。《方言》卷十三:"媟,狎也。"郭璞注:"相亲狎也。"宴戏:犹"宴嬉"。即宴饮戏乐。

⑥升合:一升一合,比喻数量很少。《三国志·蜀书·杨洪传》"洪迎门下书佐何祗"句下,裴松之注曰:"使人投算,祗听其读而心计之,不差升合,其精如此。"

【译文】

高楼上嬉笑的声音,在空中回荡。又建造了一年四季都可以洗浴的浴池,用天然的黄铜和美石做浴池的堤,有人还用琥珀做成水瓶和勺子。夏天就引来渠水灌满浴池,池水中满是用精细、轻薄的丝织品做成的香囊,香囊中装着各种香料,浸泡在池水中。严冬池水结冰时,石虎让人制造了几千个铜质曲龙,每个铜曲龙重几十斤,把铜曲龙放在火上烧得通红,再投到浴池中,这样池水就可以保持恒温,人们称这个浴池为"燋龙温池"。还在池边拉上凤纹锦做成的帐幕遮挡浴池,宫女和受宠爱的嫔妃们都脱掉内衣在这里宴饮戏乐,常常夜以继日,通宵达旦。人们称这个浴池为"清嬉浴室"。洗浴之后,就把池水排泄到宫外。池水流过的地方,名叫"温香渠"。渠两旁的人们,争相到渠边来打水,即使得到很少的水回家,家里人也会很高兴。到后赵石氏败亡之后,铜曲龙还留存在邺城,那个浴池如今已经填为平地了。

录曰:居室见妒,故亦奸巧之恒情①,因娇涴嬖,而菲锦之辞人②。至于惑听邪诡,岂能隔于求媚;凭欢藉幸,缘私媱而相容。是以先宠未退,盛衰之萌兆矣;一朝爱退,皎日之誓忽焉。清奏薄言③,怨刺之辞乃作。石崇叨擅时资,财业倾世,遂乃歌拟房中④,乐称"恒舞"⑤,季庭管室⑥,岂独古之贬乎!石虎席卷西京,崇丽妖虐,外僭和鸾文物之仪⑦,内修三英、九华之号⑧,灵祥远贡,光耀旧都,珠玑丹紫,饰备于土木。自古以来,四夷侵掠,骄奢僭暴,擅位偷安,富有之业,莫此比焉。

【注释】

①故:通"固"。本来。

②菲锦:亦作"斐锦",指色彩错杂的锦文。比喻谗人的诽谤。《诗经·小雅·巷伯》:"萋兮斐兮,成是贝锦。"郑玄笺:"喻谗人集作己过以成于罪,犹女工之集采色以成锦文。"

③薄言:发语词。《诗经·周南·芣苢》:"采采芣苢,薄言采之。"又《诗经·邶风·柏舟》:"薄言往诉,逢彼之怒。"齐治平注曰:"朱熹《集传》以《柏舟》为'妇人不得于其夫'之诗。又《世说新语·文学》载康成诗婢事,与翔风身分相合,疑萧绮用之。"

④房中:即房中乐。周代始创的一种乐歌,由后妃讽诵,故称。《仪礼·燕礼》:"若与四方之宾燕……有《房中之乐》。"郑玄注:"弦歌《周南》《召南》之诗,而不用钟磬之节也。谓之《房中》者,后、夫人之所讽诵,以事其君子。"

⑤恒舞:《书·伊训》:"敢有恒舞于宫,酣歌于室,时谓巫风。"

⑥季庭:即季氏八佾舞于庭之事。《论语·八佾》:"孔子谓季氏:'八佾舞于庭,是可忍也,孰不可忍也?'"管室:即管仲有三归之事。《论语·八佾》:"或曰:'管仲俭乎?'曰:'管氏有三归,官事不摄,焉得俭?'"又《史记·管晏列传》:"管仲富拟于公室,有三归、反坫,齐人不以为侈。"

⑦僭(jiàn):超越本分。和鸾:古代帝王车驾之上铜铃的名称。《礼

记·玉藻》:"故君子在车则闻鸾、和之声。"

⑧三英、九华:皆为石虎所建宫殿名。三英不详。九华即九华殿,故址在今河南临漳西。《清一统志》:"后赵石虎建,以三三为位,故谓之九华。"

【译文】

萧绮录语说:众多女子同居一室同侍一夫,有人就会被嫉妒,这本来也是奸诈之人的常情。她们凭借妖艳的容貌,使人主沉迷宠爱,自然容易听信她们的诽谤之辞。至于迷惑人视听的邪恶谄谀之人,又怎么能够阻断他们向人主讨好!他们借着人主高兴之时求得宠幸,靠着私下的亲昵举动而被收入房中。因此即使一开始就被宠幸而没有被斥退,但先宠后黜的预兆已经萌生;一旦情爱消失,那些太阳之下的誓言就消失得无影无踪了。吹奏弃妇之诗的清曲,幽怨、讽刺的文辞也就产生了。石崇贪婪占据当世资财,财产家业举世罕见,于是就模拟《房中之乐》谱写歌曲,舞乐则以"恒舞"见称。古代季氏八佾舞于庭、管仲有三归,后人以为都是越礼之事,难道只有古人的行为可以贬斥吗?石虎席卷西京之地,他喜欢妖艳的美女且性格残暴,外出时甚至超越本分使用帝王的车驾仪仗,还在宫中修建三英殿和九华殿。灵异的珍宝,远国的进贡之物,在长安城中闪着耀眼的光;红色和紫色的珠宝,装饰在宫室之上。自古以来,这些暴虐之人侵掠四方民族,他们骄横奢侈,越礼篡位,苟且偷安。他们豪富的家业,没有谁可以与之相比。

《拾遗记》卷十

【题解】

《拾遗记》卷十是对昆仑、蓬莱、方丈、瀛洲、员峤、岱舆、昆吾、洞庭八大名山奇景异物以及相关神话传说的记述。王嘉对八大名山奇景异物的记述大多是以方位的转移为依托的,而在以方位为依托描述各山的奇景异物时,方位的顺序也有所不同。昆仑山中对风云雨师阙、丹密云、螭潭、珍林的记述,岱舆山中对员渊、平沙、焉玉山、玉梁的描述是以东、南、西、北的顺序进行的;而员峤山中对云石、星池、移池国、浣肠之国的记述,蓬莱山中对郁夷国、含明国等的记述则是以东、西、南、北的顺序进行的,这与《山海经》中以方位为依托的记述一脉相承,虽然《山海经》中的记述大都以南、西、北、东、中的顺序进行,但所有这些记述顺序都反映了不同时期不同地域的古人对方位顺序的约定俗成。

《拾遗记》卷十对八大名山的记述主要集中在奇景、异物两个方面。昆仑山的风云雨师阙、丹密云、螭潭、珍林,方丈山的龙场、照石,瀛洲的渊洞、员峤山的云石、星池,岱舆山的员渊、平沙、焉玉山、玉梁等都是对奇景的描述;昆仑山的朱露、长着四翼的神龟、"一株满车"的禾穟、龙螭,蓬莱山的细石、"腹内无肠"的鸿鹅、"形似雁"的鸳鸯、浮筠之簳,方丈山的龙膏、恒春之树、濡奸草,瀛洲"鼻端有角"的鱼、影木树、"状如麒麟"的嗅石兽、员峤山上的大鹊、冰蚕、芸蓬草、岱舆山的莽煌草、"大如蜂"的荧火、五色蝙蝠、嗽月兽、"花叶俱香"的遥香草，昆吾山的"八剑"、专食铜铁的奇兽等都是对异物的描述。除此之外，《拾遗记》卷十还有对远方异国的描述。蓬莱山西面的郁夷国、东面的含明国，员峤山南面的移池国、北面的浣肠国等就是对远方异国的描述。这些描述看似荒诞无稽，但也有一些异物的描述反映了特定历史时期广大民众的愿望，如岱舆山中"其子如薏中实，甘香，食之累月不饥渴"的遥香草，昆仑山"一株满车"的禾穗、风吹衣净的祛尘之风等都表现了古代劳动人民渴望丰衣足食美好生活的善良愿望。然而作为道教的方士，王嘉对奇景、异物、远国异民的描述都带有浓郁的神仙道教色彩，如昆仑山上"以玉井水洗食之，骨轻柔能腾虚"的奈、"群仙种耨"的芝田蕙圃，蓬莱山上"仙者服之"的细石、"饮者千岁"的冰水和沸水、"万岁一交则生雏"的鸳鸯，方丈山上昭王与西王母游居的通霞台、仙人进贡的恒春树，员峤山上"八足六眼"的神龟、"寿万岁"的移池国人、"常行于水上，逍遥于绝岳之巅"的浣肠国人，岱舆山上"仙人常采食"的遥香草等都是如此。

　　除对奇景异物的记述之外，《拾遗记》卷十还有对传说故事的记述。干将、莫邪的传说，战国时期就已流传，《荀子·性恶篇》《庄子·达生》《战国策·赵策》等都有记载，这一时期的干将、莫邪都是宝剑的名字，不分雌雄，还没有和铸剑的工匠干将、莫邪夫妇联系在一起。到两汉魏晋时期，刘向《列士传》第一次将剑名干将和工匠干将结合在了一起，刘向之后，《吴越春秋》《吴地记》及《搜神记》等书中都有记载，虽然说法各异，但都是在刘向《列士传》基础上的敷演，而"昆吾山"中的记述则是干将、莫邪传说的又一异闻：

　　　　昔吴国武库之中，兵刃铁器，俱被食尽，而封署依然。王令检其库穴，猎得双兔，一白一黄，杀之，开其腹，而有铁胆肾，方知兵刃之铁为兔所食。王乃召其剑工，令铸其胆肾以为剑，一雌一雄，号"干将"者雄，号"镆铘"者雌。

爱国诗人屈原的传说也在两汉魏晋时期广为流传,《荆楚岁时记》中还将每年农历五月初五的龙舟大赛以及吃粽子等的习俗跟纪念屈原联系起来,而"洞庭山"中王嘉笔下的屈原则在"赴清泠之水"而死之后,成了"神游于天河"的水仙,这表现了广大民众对屈原的仰慕和同情,也反映了王嘉对神仙道教思想的宣扬。"洞庭山"中还记述了采药石之人误入仙境的传说,这个传说多为学者所关注,王晶波、邵宁宁认为"洞庭山"描绘采药石之人误入仙洞的故事,"虽然尚未写到人神相恋,但文中所述采药人'虽怀慕恋,且思其子息'的话,已为后出故事的发展留下了引线"(王晶波、邵宁宁《说苑奇苑》第 61 页,甘肃教育出版社 1999 年版)。李剑国则说,"洞庭山"中采药石之人入仙洞遇仙的故事应该是《搜神后记》袁相根硕、《幽明录》刘晨阮肇等同类故事的先声(李剑国《唐前志怪小说史》(修订本)第 349 页,天津教育出版社 2005 年版)。

总的来说,与前九卷相比,《拾遗记》第十卷结构迥然不同,属于典型的地理博物体的结构,与《山海经》《神异经》《十洲记》等地理博物体志怪一脉相承。

昆仑山

昆仑山有昆陵之地①,其高出日月之上。山有九层,每层相去万里。有云色,从下望之,如城阙之象。四面有风,群仙常驾龙乘鹤,游戏其间。四面风者,言东南西北一时俱起也。又有祛尘之风,若衣服尘污者,风至吹之,衣则净如浣濯。甘露蒙蒙似雾,著草木则滴沥如珠②。亦有朱露,望之色如丹,著木石赭然,如朱雪洒焉;以瑶器承之③,如粕④。昆仑山者,西方曰须弥山⑤,对七星之下⑥,出碧海之中。上有九层,第六层有五色玉树,荫翳五百里⑦,夜至水上,其光如烛。第三层有禾穟，一株满车。有瓜如桂，有奈冬生如碧色，以玉井水洗食之，骨轻柔能腾虚也。

【注释】

①昆陵：即昆仑山。古代传说为神仙所居之地。《太平广记》卷五十六引《集仙录·西王母》："洎九圣七真，凡得道授书者，皆朝王母于昆陵之阙焉。"

②滴沥：圆润明丽的样子。

③瑶器：玉制的器皿。梁元帝《谢赐功德净馔一头启》："瑶器自满，金鼎流味。"

④粘：通"饴"。指用麦芽制成的糖。

⑤须弥山：梵文 sumeru 的译音，须弥有"妙高""妙光"之义。佛经谓南赡部洲等四大洲之中心有须弥山，处大海之中，上高三百三十六万里，顶上为帝释天所居，半腹为四天王所居。

⑥七星：即北斗七星。因七颗星均位于北方，并聚成斗形，故名北斗七星。《晋书·天文志上》："北斗七星在太微北，七政之枢机，阴阳之元本也……又魁第一星曰天枢，二曰琁，三曰玑，四曰权，五曰玉衡，六曰开阳，七曰摇光；一至四为魁，五至七为杓。"

⑦荫翳(yì)：枝叶繁茂。《文选·左太冲〈魏都赋〉》："薑芋充茂，桃李荫翳。"刘良注："荫翳，繁盛貌。"

【译文】

昆仑山上有一大片神仙居住的地方，名叫昆陵。昆陵的高度在日月之上。昆仑山有九层，每层相距一万里，周围飘动着五色云气，从下面向上望去，好像一座宫阙。山的四面常有清风吹过，山上的群仙经常驾着龙驭骑着仙鹤，在山间游玩嬉戏。所谓四面来风，是说清风从东南西北四个方向同时吹来。还有一种祛尘风，如果衣服被尘垢污染，祛尘风吹来，衣服就会干净得像洗过一样。有一种甘露飘散在空中，好像蒙蒙雨雾,露水落在草木上圆润明丽得像珍珠一样。也有一种朱露,远远望去,露水的颜色红如丹砂,这种露水落到树木山石之上,树木山石就会变成红色,好像红色的雪粒洒在上面;如果用玉制的器皿盛装朱露,就好像装着麦芽制成的糖浆。昆仑山,西方人也称作须弥山,正对北斗七星之下,屹立在碧波大海之中。昆仑山有九层,第六层生长着一棵五色玉树,这棵树枝叶繁茂遮蔽了方圆五百里,晚上在大海之上,五色玉树发出的光亮就像灯烛一样。第三层有一种谷子的谷穗,一株就可以装满一整车。有一种瓜,瓜蔓长得像桂树一样;还有一种奈果在冬天生长,颜色碧绿,用玉井中的水洗后食用,身体就会变得轻而柔和,能腾空飞入太虚之中。

　　第五层有神龟,长一尺九寸,有四翼,万岁则升木而居,亦能言。第九层山形渐小狭,下有芝田蕙圃,皆数百顷,群仙种耨焉[①]。傍有瑶台十二,各广千步,皆五色玉为台基。最下层有流精霄阙[②],直上四十丈。东有风云雨师阙。南有丹密云,望之如丹色,丹云四垂周密。西有螭潭,多龙螭[③],皆白色,千岁一蜕其五脏。此潭左侧有五色石,皆云是白螭肠化成此石。有琅玕璘琳之玉[④],煎可以为脂。北有珍林别出,折枝相扣,音声和韵。九河分流。南有赤陂红波,千劫一竭,千劫水乃更生也。

【注释】

①耨(nòu):除草。

②流精霄:《太平御览》卷一七九引此文作"流精"。传说中的楼阙名。《文选·陆佐公〈石阙铭〉》:"北荒明月,西极流精。"李善注引东方朔《十洲记》:"昆仑山有三角,其角一正东有墉城,有流精

　　之阙,西王母所治也。"

③螭(chī):古代传说中一种没有角的龙。

④琅玕(láng gān):中国神话传说中的仙树,其实似珠。《山海经·
　　海内西经》:"服常树,其上有三头人,伺琅玕树。"璆(qiú)琳:泛指
　　美玉。《尔雅·释地》:"西北之美者,有昆仑虚之璆琳、琅玕焉。"
　　郭璞注:"璆琳,美玉名。"

【译文】

　　第五层有神龟,身长一尺九寸,有两对翅膀,活过一万岁就可以爬
到树上居住,还能说话。第九层山形逐渐变小变窄,山下有灵芝田、蕙
兰圃,占地都有几百公顷,都是众神仙在耕种除草。旁边有十二座瑶
台,每座瑶台宽一千步,都用五彩玉石作台基。最底下一层有座名叫
"流精"的楼阙,矗立在地上有四十丈高。东边有风、云、雨师的宫阙。
南边有一片丹密云,远远望去红如丹砂,丹云从四面垂下来,严密无缝。
西边有螭潭,潭中有很多龙和螭,都是白色的,龙和螭每隔一千年就蜕
换一次五脏。螭潭的左侧有五色石,都说这些石头是白螭的肠子变化
成的。还有琅玕树、璆琳玉,在火上煎烤可以生成油脂。北边有一片与
众不同的珍贵林木,折下两根树枝互相敲击,发出的声音和于韵律。有
九条河分流在林间。南边有一条红色的河流从红色的山坡奔流而下,
每千万年枯竭一次,千万年后水又会重新出现。

蓬莱山

　　蓬莱山亦名防丘,亦名云来,高二万里,广七万里。水
浅,有细石如金玉,得之不加陶冶①,自然光净,仙者服之。
东有郁夷国②,时有金雾。诸仙说此上常浮转低昂,有如山
上架楼,室常向明以开户牖,及雾灭歇,户皆向北。其西有

含明之国③，缀鸟毛以为衣，承露而饮，终天登高取水，亦以金、银、仓环、水精、火藻为阶④。有冰水、沸水，饮者千岁。有大螺名裸步⑤，负其壳露行，冷则复入其壳；生卵着石则软，取之则坚，明王出世，则浮于海际焉。有葭，红色，可编为席，温柔如麂毳焉⑥。

【注释】

①陶冶：指烧制陶器和冶炼金属。《荀子·王制》："故泽人足乎木，山人足乎鱼，农夫不斫削、不陶冶而足械用，工贾不耕田而足菽粟。"

②郁夷：《书·尧典》《禹贡》作"嵎夷"。《史记·五帝本纪》："分命羲仲，居郁夷，曰旸谷。敬道日出，便程东作。"张守节《史记正义》："《禹贡》青州云：'嵎夷既略。'案：嵎夷，青州也。尧命羲仲理东方青州嵎夷之地，日所出处，名曰阳明之谷。"

③含明之国：即含明国。传说中的古国名，无考。

④仓环：程荣本作"苍环"，指青色玉环。水精：即水晶。无色透明的结晶石英，是一种贵重的矿石。火藻：未详。齐治平注曰："古代常绣火焰及水藻之形于衣服以为章饰，疑此处以之饰阶。"

⑤裸步：露体而行。

⑥麂(jì)：用毛做成的毡子一类的东西。毳(cuì)：鸟兽的细毛。

【译文】

蓬莱山也叫防丘山，也名云来山，高二万里，宽七万里。蓬莱山周围的海水清浅，水中有像金玉一样的小石子。得到这种小石子，就是不加磨制，也会发出天然的光泽，仙人们经常服食它。蓬莱山的东面有郁夷国，这里时常会出现金黄色的雾气。许多仙人都说郁夷国上空的云雾常常飘浮旋转，时高时低，就好像在山上建造高楼，居室的门窗总是向着太阳而开，等到雾气消失，居室的门又都朝着北方。蓬莱山的西面有个含明国，人们编缀鸟的羽毛做成衣裳，承接露水来饮用，整天登上高处接取露水，还用金、银、青色的玉环、水晶，以及火焰、海藻的图案装饰台阶。那里还有冰水和沸水，喝了这种水的人可以活到一千岁。还有一种大螺名叫裸步，背着它的壳露体而行，冷了就又钻回壳中；大螺生的卵附着在石头上就是软的，用手去拿就会变硬。只要英明的君主出现，大螺就会在海边浮游。有一种芦苇，是红色的，可以编成席子，温暖柔软如同细毛做成的毡。

　　有鸟名鸿鹅，色似鸿，形如秃鹙①，腹内无肠，羽翮附骨而生，无皮肉也。雄雌相眄则生产②。南有鸟，名鸳鸯，形似雁，徘徊云间，栖息高岫③，足不践地，生于石穴中，万岁一交则生雏，千岁衔毛学飞，以千万为群，推其毛长者高矗万里。圣君之世，来入国郊。有浮筠之簳④，叶青茎紫，子大如珠，有青鸾集其上。下有沙砺，细如粉，柔风至，叶条翻起，拂细沙如云雾。仙者来观而戏焉，风吹竹叶，声如钟磬之音。

【注释】

①秃鹙(qiū)：亦作"秃秋"。崔豹《古今注·鸟兽》："扶老，秃秋也。状如鹤而大，大者头高八尺，善与人斗，好啖蛇。"《诗经·小雅·白华》："有鹙在梁，有鹤在林。"毛传："鹙，秃鹙也。"郑玄笺："鹙之性贪恶。"

②相眄(miǎn)：相视。《庄子·天运》："夫白鹢之相视，眸子不运而风化。"王先谦《庄子集解》："风读如'马牛其风'之风，谓雌雄相诱也。化者，感而成孕。"

③岫(xiù)：山穴。

④浮筠(yún)：玉的彩色。《礼记·聘义》："孚尹旁达，信也。"郑玄注："孚，读为浮，尹，读如竹箭之筠。浮筠，谓玉彩色也。"榦(gàn)：小竹。

【译文】

有一种鸟名叫鸿鹅，羽毛的颜色似大雁，形状像秃鹜，肚子里没有肠子，羽毛依附骨头生长，也没有皮肉。这种鸟雄鸟和雌鸟互相对视一下就能产卵。蓬莱山的南面有一种鸟名叫鸳鸯，形状像大雁，往返回旋在云层之间，栖息在高山上的洞穴之中。这种鸟爪不踩地，出生在石洞之中，每隔一万年交配一次，然后产卵，孵化小鸟。小鸟一千年之后才能叼着羽毛练习飞行。鸳鸯以千万只为一个群体，它们推选其中羽毛最长的领头飞上万里高空。每逢圣贤的明君统治的时代，鸳鸯就会飞到国都的郊外。还有一种彩色似玉的小竹，竹叶青色，竹竿紫色，竹实大如珍珠，有一种名叫青鸾的鸟聚集在竹枝上。竹子下面的地上有沙子和碎石，细得像粉末一样，微风吹来，竹枝竹叶一起翻滚起伏，风吹起的细沙如云雾一般。仙人们到这里观看嬉戏，风吹动竹叶发出的声音如钟磬之声。

方丈山

方丈之山，一名峦雉。东有龙场，地方千里，玉瑶为林，云色皆紫。有龙，皮骨如山阜，散百顷，遇其蜕骨之时，如生龙。或云："龙常斗此处，膏血如水流①。膏色黑者，著草木及诸物如淳漆也。膏色紫光②，著地凝坚③，可为宝器。"燕昭王二年，海人乘霞舟④，以雕壶盛数斗膏，以献昭王。王坐通云之台，亦曰通霞台，以龙膏为灯，光耀百里，烟色丹紫，国人望之，咸言瑞光，世人遥拜之⑤。灯以火浣布为缠⑥。山西有照石,去石十里,视人物之影如镜焉。碎石片片,皆能照人,而质方一丈,则重一两。昭王春此石为泥,泥通霞之台,与西王母常游居此台上。常有众鸾凤鼓舞,如琴瑟和鸣,神光照耀,如日月之出。

【注释】

①水流:语义不通。《太平广记》卷二二九作"流水"。

②膏色紫光:当为"膏色紫者"。齐治平注曰:"'光'原误作'先',从《稗海》本及毛校改。又以上文'膏色黑者'例之,或'先''光'均为'者'字之误。"

③凝坚:犹凝固。《黄帝内经素问·五常政大论》:"其用沃衍,其化凝坚。"

④霞舟:即装饰华美的船。

⑤世人:《太平御览》卷一七八无"世人"二字,当删。

⑥灯以火浣布为缠:《太平御览》卷八七○"缠"下有"炷"字,又下有"光满于宫内"一句。由此,"缠炷"意当为"灯芯"。

【译文】

方丈山一名峦雉山。山的东面有龙场,方圆千里,这里美玉成林,上空飘浮着紫色的云彩。龙场中有龙,龙皮龙骨好像山丘一样,散落在龙场百顷方圆之中,遇到龙蜕骨的时候,那蜕落的龙皮、龙骨就好像活生生的龙卧在地上。有人说:"龙常常在龙场中搏斗,这时龙脂、龙血就像水一样在地上流淌。黑色的龙脂沾在草木和其他物品上面就像涂了一层厚厚的油漆。紫色的龙脂落到地上就会凝固,可以用它做成珍贵的器物。"燕昭王二年,海外异族之人乘坐装饰华美的船,用雕饰精美的壶装了几斗龙脂,把它献给了燕昭王。燕昭王坐在通云台上,通云台也叫作通霞台。燕昭王命人用龙脂作灯油,灯光照耀百里,产生的烟色是紫红的,燕国人远远望见灯光,都说是祥瑞之光,大家都向着灯光俯身遥拜。龙脂灯用火浣布作为灯芯。方丈山的西面有一块照石,即使距离石头十里,照石也能像镜子一样照见人和物的影像。照石的碎片,也都能照人。并且一丈见方的照石石料,就只有一两的重量。昭王命人把这种石头捣碎成石泥,涂抹在通霞台上,燕昭王与西王母经常在通霞台上游玩、居住。通霞台上经常有许多鸾鸟、凤凰击鼓起舞,就好像琴瑟合奏的乐曲,神异的灵光照耀在通霞台上,如同太阳和月亮升起一样。

台左右种恒春之树,叶如莲花,芬芳如桂,花随四时之色。昭王之末,仙人贡焉,列国咸贺。王曰:"寡人得恒春矣,何忧太清不至①。"恒春一名"沉生",如今之沉香也。有草名濡奸②,叶色如绀③,茎色如漆,细软可索,海人织以为席荐,卷之不盈一手,舒之则列坐方国之宾。莎萝为经。莎萝草细大如发,一茎百寻,柔软香滑,群仙以为龙、鹄之辔。有池方百里,水浅可涉,泥色若金而味辛,以泥为器,可作舟矣。百炼可为金,色青,照鬼魅犹如石镜,魑魅不能藏形矣④。

【注释】

①太清:道教三清之一。道教谓元始天尊所化法身道德天尊所居之地,其境在玉清、上清之上,唯成仙方能入此,故亦泛指仙境。葛洪《抱朴子·杂应》:"上升四十里,名为太清,太清之中,其气甚刚,能胜人也。"

②奸(jiān):毛校"奸"作"薪"。齐治平注曰:"按'薪'即'薰'字,香草也。《山海经·中山经》:'吴林之山,其中多薰草。'郝懿行笺疏:《众经音义》引《声类》云:"薰,兰也。"又引《字书》云:"薰与

蕳同，蕳即兰也。"是蓀乃香草。'"

③绀（gàn）：《说文》："绀，帛深青扬赤色也。"

④魑魅（chī mèi）：古代传说中躲在深山密林里害人的妖怪。《文选·张平子〈东京赋〉》："捎魑魅，斫獝狂。"薛综注："魑魅，山泽之神。"

【译文】

通霞台的左边和右边都种着恒春树，这种树叶子像莲花，香味如桂花，恒春树的花随着四季的变化而改变颜色。恒春树是燕昭王末年仙人进贡的神物，为此各国都派使者前来朝贺。燕昭王说："我已经得到了恒春树，还愁不能到达太清仙境吗？"恒春一名"沉生"，好像今天的沉香。有一种草名叫濡奸，叶子的颜色深青带红，草茎的颜色如漆，纤细柔软可以缠绕，海外异域之人编织这种草作成席垫。如果把席垫卷起来还不满一把，舒展开来则可以让各国的宾客落座。席垫的竖条用莎萝草连缀。莎萝草细长如发，每根草茎长八百尺，既软和又芳香细滑，群仙都用这种草做龙、鹄的缰绳。那里还有一个百里见方的池塘，池中水很浅，可以从水中走过，池中的淤泥颜色如金，味道很辣，用这种泥可以做成器皿，也可以制作小船。这种泥经过多次锤炼就可以变成金子，颜色是青色的，能够像石镜一样照见鬼怪，妖魔鬼怪是无处藏身的。

瀛洲

瀛洲一名魂洲，亦曰环洲。东有渊洞，有鱼长千丈，色斑，鼻端有角，时鼓舞群戏。远望水间有五色云，就视，乃此鱼喷水为云，如庆云之丽①，无以加也。有树名影木，日中视之如列星，万岁一实，实如瓜，青皮黑瓤，食之骨轻。上如华盖②，群仙以避风雨。有金峦之观，饰以众环，直上干云。中有青瑶几，覆以云纨之素，刻碧玉为倒龙之状，悬火精为日，刻黑玉为乌③，以水精为月，青瑶为蟾兔④。于地下为机楲⑤，以测昏明，不亏弦望⑥。时时有香风泠然而至，张袖受之，则历年不歇。有兽名嗅石，其状如麒麟，不食生卉，不饮浊水，嗅石则知有金玉，吹石则开，金沙宝璞⑦，粲然而可用⑧。有草名芸苗，状如菖蒲⑨，食叶则醉，饵根则醒。有鸟如凤，身绀翼丹，名曰"藏珠"，每鸣翔而吐珠累斛⑩。仙人常以其珠饰仙裳，盖轻而耀于日月也。

【注释】

①庆云：五色云。古人以为喜庆、吉祥之气。《列子·汤问》："庆云浮，甘露降。"

②华盖：古代帝王所乘车上伞形的遮蔽物。《汉书·王莽传下》："莽乃造华盖九重，高八丈一尺，金瑵羽葆。"

③乌：即日乌。亦称三足乌，又称阳乌、金乌，古人认为三足乌乃太阳精魄所化。《淮南子·精神训》："日中有踆乌。"踆犹蹲也，谓三足乌。

④蟾兔：即蟾蜍和玉兔。相传月中有蟾蜍和玉兔。《后汉书·天文志》注引张衡《灵宪》云："月者，阴精之宗，积而成兽，象兔……羿请无死之药于西王母，姮娥窃之以奔月……是为蟾蜍。"蟾蜍即蟾蜍。

⑤机楲(lì)：指机关。

⑥弦望：指农历每月初七、八、廿二、三和十五（有时是十六、七）。《鹖冠子·天则》："弦望晦朔，终始相巡。"陆佃解："月盈亏而成弦望。"又王充《论衡·四讳》："月之晦也，日月合宿，纪为一月。犹八日，月中分谓之弦；十五日，日月相望谓之望；三十日，日月

合宿谓之晦。晦与弦、望一实也。"

⑦宝璞：指宝玉。

⑧粲然：鲜明发光的样子。《荀子·非相》："欲观圣王之迹，则于其粲然者矣，后王是也。"杨倞注："粲然，明白之貌。"

⑨菖蒲：多年生草本植物，生在水边，叶子形状像剑，根状茎粗壮，可作香料，也可入药。

⑩斛：旧量器，方形，口小底大，容量本为十斗，后改为五斗。

【译文】

瀛洲又名魂洲，也称环洲。瀛洲的东面有一个极深的洞穴，洞穴中的水里有千丈长的大鱼，鱼身色彩斑斓，鼻头上有角，经常成群地舞动嬉戏。远远望去水面上有一片五色彩云，靠近看时才发现是这种鱼喷出的水柱变成了雨雾，这种水气像五色祥云一样美丽，没有什么美好的景象可以与之相比。瀛洲上有一种树名叫影木，在太阳下看就好像罗布天空定时出现的恒星。这种树一万年才结一次果实，果实像瓜，瓜皮青色，瓜瓤黑色，吃了这种瓜的人身体就会变得轻盈。影木上面的枝叶如同帝王车上的伞盖，仙人们到树下来躲避风雨。瀛洲上还有一个金峦观，金峦观上装饰着许多圆形而中间有孔的玉器，观顶直上九天云霄。金峦观中有青玉茶几，茶几上覆盖着织有云形图案的白色细绢，还有用碧玉雕刻成的倒龙，屋顶上悬着火精做的太阳，火精中有用黑玉雕成的三足乌，还有用水晶做的月亮，水晶中有用青玉做成的蟾蜍和玉兔。又在地下构制机关，用来观测白天和夜晚，能准确地观察月亮的变化。这里还时常有带着香气的凉风吹来，张开衣袖去接凉风，衣袖上的香气很多年都不会消失。瀛洲上有一种名叫嗅石的野兽，它的形状像麒麟，不吃鲜草，不喝浑浊的水。嗅石兽知道什么地方有金玉，当它发现金玉时，用嘴一吹，石头就开了，黄金与沙子、宝玉，就清清楚楚地分开可以食用了。还有一种草叫芸草，形状像菖蒲，吃它的叶子能醉人，吃它的根则能让人清醒。还有一种鸟像凤凰，鸟身是天青色的，鸟的翅膀则是红色的,名叫"藏珠",这种鸟每次鸣叫飞翔都会吐出几斛珍珠。仙人常常用这种珍珠装饰衣服,可能由于它很轻又能在太阳下发光吧!

员峤山

员峤山,一名环丘。上有方湖,周回千里。多大鹊,高一丈,衔不周之粟。粟穗高三丈,粒皎如玉。鹊衔粟飞于中国[1],故世俗间往往有之。其粟,食之历月不饥。故《吕氏春秋》云:"粟之美者,有不周之粟焉[2]。"东有云石,广五百里,驳骆如锦[3],扣之片片,则翁然云出。有木名猗桑,煎椹以为蜜。有冰蚕长七寸,黑色,有角有鳞,以霜雪覆之,然后作茧,长一尺,其色五彩,织为文锦,入水不濡,以之投火,经宿不燎。唐尧之世,海人献之,尧以为黼黻[4]。西有星池千里,池中有神龟,八足六眼,背负七星、日、月、八方之图,腹有五岳、四渎之象[5]。

【注释】

①中国:上古时代,华夏族建国于黄河流域一带,以为居天下之中,故称中国,而把周围其他地区称为四方。后泛指中原地区。《诗经·小雅·六月序》:"《小雅》尽废,则四夷交侵,中国微矣。"

②不周之粟:《吕氏春秋·本味》:"饭之美者,玄山之禾,不周之粟。"不周,即不周山。古代神话传说中的山名。《山海经·大荒西经》:"西北海之外,大荒之隅,有山而不合,名曰不周。"

③驳骆:亦作"驳荦",文采错杂的样子。《汉书·司马相如传》:"赤瑕驳荦。"注引郭璞曰:"驳荦,采点也。"

④黼黻(fǔ fú):古代礼服上所绣的华美花纹。《书·益稷》传:"黼若

斧形；黻为两巳相背。"又《晏子春秋》卷二："公衣黼黻之衣，素绣
之裳，一衣而王采具焉。"

⑤四渎：指长江、黄河、淮河、济水的合称。《尔雅·释水》："江、河、
淮、济为四渎。四渎者，发源注海者也。"

【译文】

员峤山，又名环丘山。员峤山上有一片方形的湖泊，环绕湖水一周
要一千里。那里有许多大鹊，身高一丈，经常衔回不周山出产的谷子。
这种谷子的谷穗有三丈长，谷粒白亮如玉。因大鹊衔着谷子飞到中原
地区，所以现在民间常常还能看到这种谷子。吃了这种谷子几个月也
不会饿。因此《吕氏春秋》上说："谷子中最美味的，是不周山出产的谷
子。"员峤山的东面有一块云石，石宽五百里，石头上纹彩错杂像锦绣一
样。只要轻轻叩击云石，就会从石缝里涌出大片云彩。员峤山有一种
树名叫狷桑，烤煎树上的桑葚可以做成蜜糖。还有一种冰蚕长七寸，浑
身黑色，有角有鳞，天气冷的时候，冰蚕就用霜雪盖住自己，然后吐丝结
茧，茧长一尺。冰蚕吐出的丝五颜六色，可以织出有文采的锦缎，把这
种锦缎投进水中，不会湿；把它投到火中，烧一夜都烧不着。唐尧时代，
海外异族之人进献了这种锦绣，尧用它做成具有精美花纹的礼服。员
峤山的西面有方圆千里的星池，池中有一只神龟，长着八条足六只眼。
神龟的背上刻着七星、日、月、八方的图案，肚子上刻着五岳、四河的
图形。

时出石上①，望之煌煌如列星矣。有草名芸蓬，色白如
雪，一枝二丈，夜视有白光，可以为杖。南有移池国②，人长
三尺，寿万岁，以茅为衣服，皆长裾大袖，因风以升烟霞，若
鸟用羽毛也。人皆双瞳，修眉长耳，餐九天之正气，死而复
生，于亿劫之内，见五岳再成尘。扶桑万岁一枯，其人视之

如旦暮也。北有浣肠之国^③，甜水绕之，味甜如蜜，而水强流迅急，千钧投之^④，久久乃没。其国人常行于水上，逍遥于绝岳之岭，度天下广狭，绕八柱为一息^⑤，经四轴而暂寝，拾尘吐雾，以算历劫之数^⑥，而成阜丘，亦不尽也。

【注释】

①时出石上：《太平御览》卷八七一作"时出烂石上"，且此句下有"于冥昧当雨之时，而光色弥明。此石常浮于水边，方数百里，其色多红。烧之，有烟数百里，升天则成香云；香云遍润，则成香雨"几句。又《太平御览》卷八有"烂石色红似肺，烧之有香烟闻数百里，烟气升天，则成香云，香云遍润，则成香雨"几句。均为此节佚文，当据补。齐治平注曰："按烂谓光色灿烂。"

②移池国：传说中的古国名，无考。

③浣肠之国：即浣肠国。传说中的古国名，无考。

④千钧：即三万斤。常用来形容器物之重或力量之大。三十斤为一钧。《商君书·错法》："乌获举千钧之重，而不能以多力易人。"

⑤八柱：古代神话传说地有八柱，用以承天。《楚辞·天问》："八柱何当？东南何亏？"王逸注："言天有八山为柱。"洪兴祖补注："《河图》言，昆仑者，地之中也，地下有八柱，柱广十万里，有三千六百轴，互相牵制，名山大川，孔穴相通。"

⑥历劫：佛教语。经历宇宙的成毁谓历劫。后统称经历各种灾难。沈约《为文惠太子礼佛愿疏》："历劫多幸，夙世善缘。"

【译文】

池中的石头经常发出灿烂的光彩，远远望去，明亮闪烁如天上的星斗。员峤山上还有一种草名叫芸蓬，颜色白如雪，每一株有两丈长，晚上看的时候会发出白色的光亮，可以用来做手杖。员峤山的南面有移池国,那里的人有三尺高,寿命长达万年,他们用茅草编织衣服,衣服都是大襟长,袖口宽,能够凭借风力飞到云霞上面去,就好像鸟凭借羽毛飞行一样。移池国的人每只眼睛有两个瞳子,长着修长的眉毛和长长的耳朵,吃的是九天之上的纯阴或纯阳之气,死了还能复活,在亿万年之内,能够看到五岳的生成和毁灭。扶桑树一万年落一次叶,但移池国的人却把这一万年看作朝夕之间。员峤山的北面有浣肠国,甘甜的河水环绕在浣肠国的四周,河水的味道甘甜如蜜,水流汹涌湍急,千钧之物投到水中,很久才会沉没。浣肠国的人常在水面上行走,也会自由自在地遨游在陡峭的山顶之上。他们测量天下的宽广和狭窄,每绕行八根天柱就休息一次,经过四个地轴才短暂小憩。他们历经艰辛,腾云吐雾,来计算开天辟地以来的各种气数,他们挖出的土石堆成了山,也没有完成全部的工作。

岱舆山

岱舆山,一名浮析,东有员渊千里,常沸腾,以金石投之,则烂如土矣。孟冬水涸,中有黄烟从地出,起数丈,烟色万变。山人掘之,入地数尺,得燋石如炭灭①,有碎火,以蒸烛投之②,则然而青色,深掘则火转盛。有草名莽煌,叶圆如荷,去之十步,炙人衣则燋,刈之为席,方冬弥温,以枝相摩,则火出矣。南有平沙千里,色如金,若粉屑,靡靡常流③,鸟兽行则没足。风吹沙起若雾,亦名金雾,亦曰金尘。沙著树粲然,如黄金涂矣。和之以泥,涂仙宫,则晃昱明粲也④。西有舄玉山,其石五色而轻,或似履舄之状,光泽可爱,有类人工。其黑色者为胜,众仙所用焉。北有玉梁千丈,驾玄流之上,紫苔覆漫,味甘而柔滑,食者千岁不饥。

【注释】

①燋(jiāo)：通"焦"。物体经过火烧或高热烘烤后变得枯黄或成炭样。

②蒸烛：古指用麻苧、竹木等制成的火炬。《三国志·魏书·荀彧荀攸等传论》"荀攸、贾诩，庶乎算无遗策，经达权变，其良、平之亚欤"句下裴松之注："攸、诩之为人，其犹夜光之与蒸烛乎！其照虽均，质则异焉。"

③靡靡：迟缓的样子。《诗经·王风·黍离》："行迈靡靡，中心摇摇。"毛传："靡靡，犹迟迟也。"

④晃昱：亦作"晃煜"，明亮，辉煌。昱，光明。

【译文】

岱舆山又名浮析山，山的东面有方圆千里的员渊，员渊中的水常年沸腾，把金属和石块投进水里，金属和石块就会熔化成泥。初冬，员渊中的水干涸，员渊的底部就有黄色的烟雾从地下涌出，升腾起数丈，烟的颜色也随之千变万化。山里的人常到员渊的底部挖掘，只要挖到地下几尺深，就会得到烧焦的石头，像烧过的木炭一样。里面有火星，如果把用麻苧、竹木等制成的火炬投下去，就会看到燃烧产生的蓝色火焰，如果再往深处挖，火势就会越来越大。有一种草名叫荠煌，圆圆的叶子如同荷叶，距离这种草十步远，就能把人的衣服烧焦；割下荠煌草编成席子，等到冬天席子就会越发暖和。用两根荠煌草相互摩擦，就会生出火来。岱舆山的南面有千里平沙，沙子的颜色好像黄金，细如粉末。这里的沙子缓缓地向前流动，鸟兽走在沙滩上，足、爪就会被沙子淹没。风吹过沙滩，沙子就会被吹起，如同大雾一般，也叫作金雾，也称为金尘。沙子落到树上，树也变得金光闪耀，好像涂了一层黄金。把金沙和泥土混合在一起加水搅拌，用来涂抹仙人的宫殿，仙宫就会变得金碧辉煌，明亮耀眼。岱舆山的西面有乌玉山，山里的石头有五种颜色，很轻，有的石头好像鞋的形状，表面光洁令人喜爱，如同人工雕制一般。

那里黑色的石头是最美的，是群仙所用之物。岱舆山的北面有千丈长的玉桥，凌驾在黑水之上，紫色的苔藓生长蔓延在整个桥面，这种苔藓味道甘甜，柔软光滑，吃了它的人一千年也不会饥饿。

　　玉梁之侧，有斑斓自然云霞龙凤之状①。梁去玄流千余丈，云气生其下。傍有丹桂、紫桂、白桂，皆直上千寻，可为舟航②，谓之"文桂之舟"。亦有沙棠、豫章之木，长千寻，细枝为舟，犹长十丈。有七色芝生梁下，其色青，光辉耀，谓之"苍芝"。荧火大如蜂③，声如雀，八翅六足。梁有五色蝙蝠，黄者无肠，倒飞，腹向天；白者脑重，头垂自挂；黑者如乌，至千岁形变如小燕；青者毫毛长二寸，色如翠；赤者止于石穴，穴上入天，视日出入恒在其上。有兽名㩦月，形似豹，饮金泉之液，食银石之髓。此兽夜喷白气，其光如月，可照数十亩。轩辕之世获焉。有遥香草，其花如丹，光耀入月④，叶细长而白，如忘忧之草，其花叶俱香，扇馥数里，故名遥香草。其子如薏中实⑤，甘香，食之累月不饥渴，体如草之香，久食延龄万岁。仙人常采食之。

【注释】

①斑斓：色彩错杂灿烂的样子。

②舟航：船只。《淮南子·主术训》："大者以为舟航柱梁，小者以为楫楔。"

③荧火：《稗海》本、陈荣本"荧火"均作"萤火"。《尔雅·释虫》："萤火，即炤。"郭璞注："夜飞，腹下有火。"齐治平注曰："则荧火即萤火也，单呼萤，俗呼萤火虫。"

④入月：毛校作"入目"。

⑤薏：薏苡的简称。草本植物，茎直立，颖果卵形，可入药。

【译文】

玉桥的两侧，有色彩灿烂的彩云以及龙、凤的图案。玉桥距离黑水河面有一千多丈，云雾在桥下滋生。两岸有丹桂、紫桂、白桂，每棵树都直上云霄，高达八千尺。这些树可以制造船只，人们把这种树木制作的船称为"文桂之舟"。还有沙棠、豫章等树种，也都有八千尺高，这些树细的枝干都可以制造长十丈的船。玉桥下生长着七种颜色的灵芝，那种青色的灵芝光彩耀眼，被称作"苍芝"。那里的萤火虫像蜜蜂一般大，鸣叫声像雀，长着四对翅膀，六只脚。玉桥上还有五种颜色的蝙蝠，黄色的那种没有肠子，这种蝙蝠倒着飞行，肚子朝天；白色的蝙蝠头很重，它头朝下倒挂在桥下；黑色的蝙蝠像乌鸦，活到一千岁的时候形体就会变得像小燕那么大；青色的蝙蝠身上绒毛有二寸长，颜色如翠玉；红色的蝙蝠在石洞中居住，石洞高入云天，每天看太阳的起落总是在石洞之上。有一种野兽名叫噭月，形体像豹子，喝的是金泉的水，吃的是银石的精华。这种野兽每到晚上就会口喷白雾，白雾发出的亮光如月光，可以照亮几十亩的地面。据说轩辕时捕获过这种野兽。还有一种草名叫遥香草，这种草的花色红如丹砂，耀人眼目；叶子细长，是白色的，像忘忧草。这种草的花和叶子都带有香味，几里之内香气袭人，因此名叫遥香草。遥香草的草籽像薏苡的果实，香甜可口，吃了它几个月都不饿不渴，身体也会散发出遥香草的香味，长期食用可以延年益寿。仙人经常采食这种草。

昆吾山

昆吾山①，其下多赤金，色如火。昔黄帝伐蚩尤，陈兵于此地，掘深百丈，犹未及泉，惟见火光如星。地中多丹，炼石为铜,铜色青而利。泉色赤。山草木皆劲利②,土亦刚而精。至越王勾践,使工人以白马白牛祠昆吾之神,采金铸之,以成八剑之精:一名掩日,以之指日,则光昼暗。金阴也,阴盛则阳灭。二名断水,以之划水,开即不合。三名转魄,以之指月,蟾兔为之倒转。四名悬翦,飞鸟游过触其刃,如斩截焉。五名惊鲵,以之泛海,鲸鲵为之深入。六曰灭魂,挟之夜行,不逢魑魅。七名却邪,有妖魅者,见之则伏。八名真刚,以切玉断金,如削土木矣。以应八方之气铸之也。

【注释】

①昆吾山:上古山名。《山海经·中山经》:"又西二百里,曰昆吾之山,其上多赤铜。"又《十洲记》:"流洲在西海中,地方三千里,去东岸十万里。上多山川积石,名为昆吾,冶其石成铁,作剑光明洞照,如水精状,割玉物如割泥。亦饶仙家。"

②劲利:坚固锐利。《尹文子·大道下》:"农桑以时,仓廪充实,兵甲劲利,封疆修理,强国也。"

【译文】

　　昆吾山中有许多红色的铜矿石,矿石的颜色红如火。过去黄帝讨伐蚩尤,曾在这里部署兵力。在昆吾山下挖掘深一百丈的坑,还没有到达地下水,只见坑底火光闪烁,好像天上的星星。昆吾山中有很多红色的矿石,冶炼这种矿石就可以炼出铜,铜的颜色是青色的,非常坚利。昆吾山中的泉水也是红色的。山里的花草树木十分坚固锐利,山上的土也硬而锐利。越王勾践在位时,曾命工人用白马白牛作为祭品去祭祀昆吾山神,并开采矿石,冶炼熔铸,铸成了八把精良的宝剑:第一把宝剑名叫掩日,用这把剑指向太阳,太阳就会在白天变得昏暗无光。铜是主阴的,阴气盛了,阳气自然就要隐没。第二把宝剑名叫断水,用这把剑砍水，水就会断开，且不再合流。第三把宝剑名叫转魄，用这把宝剑指向月亮，月亮就会因此而倒转。第四把宝剑名叫悬翦，飞鸟飞过，只要碰触到这把剑的剑刃，就会被斩截为两段。第五把宝剑名叫惊鲵，带着这把剑泛游海上，鲸鱼就会因此潜藏海底。第六把宝剑名叫灭魂，带着这把宝剑在夜间行走，不会遇到鬼怪。第七把宝剑名叫却邪，妖魔鬼怪见了这把宝剑就会俯首帖耳。第八把宝剑名叫真刚，用这把宝剑切玉石，断金属，就像削土砍木一般。这八把宝剑是应合了八方的灵气熔铸而成的。

　　其山有兽，大如兔，毛色如金，食土下之丹石，深穴地以为窟；亦食铜铁，胆肾皆如铁。其雌者色白如银。昔吴国武库之中，兵刃铁器，俱被食尽，而封署依然①。王令检其库穴，猎得双兔，一白一黄，杀之，开其腹，而有铁胆肾，方知兵刃之铁为兔所食。王乃召其剑工，令铸其胆肾以为剑，一雌一雄，号"干将"者雄，号"镆铘"者雌②。其剑可以切玉断犀，王深宝之，遂霸其国。后以石匣埋藏。及晋之中兴，夜有紫气冲斗牛。张华使雷焕为丰城县令③，掘而得之。华与焕各宝其一。拭以华阴之土，光耀射人。后华遇害，失剑所在。焕子佩其一剑，过延平津④，剑鸣飞入水。及入水寻之，但见双龙缠屈于潭下，目光如电，遂不敢前取矣。

【注释】

①封署：封条印记。

②一雌一雄，号"干将"者雄，号"镆铘"者雌："镆铘"，亦作"莫邪"。雌雄剑"干将""莫邪"的传说，古代典籍的记述多有不同。《吴越春秋·阖闾内传》："干将者，吴人也……莫邪，干将之妻也。干

将作剑……干将妻乃断发剪爪,投于炉中……金铁乃濡,遂以成
剑。阳曰干将,阴曰莫邪。"《吴地记》则说吴王阖闾使干将铸剑,
其妻窜入炉中,铁汁乃出,遂成二剑,雄号干将,雌号莫邪。

③雷焕:晋人,生卒年不详,字孔章,博物士也,曾为丰城县令。据
《晋书·张华传》记载,丰城县令雷焕"掘狱屋基"得双剑,遣使送
一剑与张华,留一剑自佩。"华以南昌土不如华阴土,报焕书曰:
'详观剑文,乃干将也,莫邪何复不至?'"后张华被害,失剑所在。
焕传其剑与子雷华。雷华"持剑行经延平津,剑忽于腰间跃出堕
水。使人没水取之,不见剑。但见两龙各长数丈,蟠萦有文章,
没者惧而反。"

④延平津:在今福建南平东,其地在晋时属延平县,故名延平津。
又因雷华在此处失剑,延平津又名剑津、龙津、剑溪等。

【译文】

昆吾山上有一种野兽,大小如兔子一般,毛色金黄,吃的是地下的
红色矿石,巢穴筑在很深的地下。这种野兽有时也吃铜铁,它的胆和肾
都像铁一样坚硬。雌兽的毛色洁白如银。过去,吴国储藏兵器的仓库
中,兵刃铁器全部被吃光,但武库门上的封条印记还在上面。吴王命人
检查武库中的洞穴,捕获了一对兔子,一只是白色的,一只是黄色的。
杀了兔子剖开它们的肚子,发现兔子的胆和肾都是铁的,这才知道兵器
刀剑上的铁都被兔子吃了。吴王于是召来铸剑的工匠,命令他用兔子
的胆和肾铸剑,最后铸成了一雄一雌二剑,名为"干将"的是雄剑,名为
"镆铘"的是雌剑。这两把剑可以用来切断玉石,割断犀牛角。吴王非
常喜欢这两把剑,把它们当作宝贝,终于使吴国称霸天下。后来吴王用
石匣装上雌、雄二剑埋藏到了地下。到晋代中兴,晚上人们常看见有紫
色的云气直冲北斗、牵牛二星。张华派雷焕任丰城县令,雷焕在丰城掘
得了雌、雄二剑。张华和雷焕各保存了一剑。用华阴土拭擦宝剑,宝剑
更加光彩照人。后来张华遇害,他保存的那把剑不知道流落到了什么

地方。后来雷焕的儿子佩带另外一把剑经过延平津,剑忽然长鸣着飞入水中。等到下水去寻找宝剑,只看见两条龙盘曲在深潭之下,龙的眼睛发出的光亮如同闪电,就不敢近前去寻找丢失的宝剑。

洞庭山

洞庭山浮于水上,其下有金堂数百间,玉女居之①。四时闻金石丝竹之声,彻于山顶。楚怀王之时②,举群才赋诗于水湄,故云潇湘洞庭之乐,听者令人难老③,虽《咸池》《九韶》④,不得比焉。每四仲之节⑤,王常绕山以游宴,各举四仲之气以为乐章。仲春律中夹钟⑥,乃作轻风流水之诗,宴于山南;律中蕤宾⑦,乃作皓露秋霜之曲。后怀王好进奸雄,群贤逃越。屈原以忠见斥,隐于沅湘,披蓁茹草,混同禽兽,不交世务,采柏实以合桂膏,用养心神;被王逼逐,乃赴清泠之水。楚人思慕,谓之水仙。其神游于天河,精灵时降湘浦。楚人为之立祠,汉末犹在。

【注释】

①玉女:《类说》卷五作"龙女",《太平广记》卷二〇三、《太平御览》卷二二均作"帝女"。齐治平注曰:"按《山海经·中山经》:'洞庭之山……帝之二女居之。'似以作'帝女'为是。"

②楚怀王:名槐,楚威王之子,楚顷襄王之父,战国时期楚国的国君,公元前328到前299年在位。

③难老:犹长寿,多用作祝寿之辞。《诗经·鲁颂·泮水》:"既饮旨酒,永锡难老。"

④《咸池》：黄帝所作乐名。《九韶》：亦作"《箫韶》"。虞舜时乐名。《书·益稷》："《箫韶》九成，凤凰来仪。"《楚辞·远游》："张《咸池》奏《承云》兮，二女御《九韶》歌。"又《淮南子·齐俗训》："《咸池》《承云》《九韶》《六英》，人之所乐也。"

⑤四仲：即四季中每季第二个月的合称：仲春（二月）、仲夏（五月）、仲秋（八月）、仲冬（十一月）。《史记·封禅书》："五月尝驹，及四仲之月，祠若月祠陈宝节来一祠。"

⑥夹钟：古乐十二律中有六个阴律、六个阳律。夹钟为阴律第五。夹钟位于卯，在二月。《礼记·月令》："（仲春之月）其音角，律中夹钟。"郑玄注："夹钟者，夷则之所生，三分益一，律长七寸二千一百八十七分寸之千七十五。"

⑦蕤宾：古乐十二律六个阳律中的第四律。蕤宾位于午，在五月。《礼记·月令》："（仲夏之月）其音徵，律中蕤宾。"郑玄注："蕤宾者，应钟之所生，三分益一，律长六寸八十一分寸之二十六，仲夏气至，则蕤宾之律应。"齐治平注曰："按前言'各举四仲之气以为乐章'，今但言仲春、仲夏，未及仲秋、仲冬，且'皓露秋霜之曲'，亦非仲夏所当奏。必有脱文。"

【译文】

洞庭山漂浮在太湖之上，山下有几百间金饰的堂屋，神女居住在那里。一年四季都能听到钟、磬、琴、管的演奏声响彻在洞庭山顶。楚怀王时，曾推举有才能的人们到水边吟诗作赋，因此人们说湘水、洞庭水上的乐曲，听到的人都能长寿，即使是《咸池》《九韶》一类的音乐，都不能和湘水、洞庭水上的乐曲相比。每到四季的仲月，楚怀王经常环绕洞庭山游赏宴饮，并以四季仲月的节气为题，赋诗作乐。仲春二月合于阴律的夹钟，于是楚怀王命人创作清风流水之诗，并在山南举行宴会；仲夏五月合于阳律的蕤宾，仲秋八月则命人作白露秋霜之曲。后来楚怀王逐渐喜欢接近弄权欺世、窃取高位的小人，那些德才兼备的大臣被迫逃离朝廷。屈原因为忠心劝谏而被斥退，只好隐居在沅、湘二水之间，身披蓑衣，吃着野菜，与飞禽走兽为伍，不与世事交往。他采集柏树的果实合以桂花做成药膏，用来滋养心神；后来屈原被楚王逼迫放逐，于是投身清泠的江水而死。楚国人民思慕屈原，尊称他为水仙。屈原的神灵在天河之上游逛，有时也降临到湘水边上。楚国人为他修建了祠堂，这个祠堂到汉代末年还在。

　　其山又有灵洞，入中常如有烛于前。中有异香芬馥，泉石明朗。采药石之人入中，如行十里，迥然天清霞耀①，花芳柳暗，丹楼琼宇，宫观异常。乃见众女，霓裳冰颜，艳质与世人殊别。来邀采药之人，饮以琼浆金液②，延入璇室③，奏以箫管丝桐。饯令还家，赠之丹醴之诀④。虽怀慕恋，且思其子息，却还洞穴，还若灯烛导前，便绝饥渴，而达旧乡。已见邑里人户，各非故乡邻，唯寻得九代孙。问之，云："远祖入洞庭山采药不还，今经三百年也。"其人说于邻里，亦失所之。

【注释】

①迥然：形容差别很大。

②琼浆金液：古代传说中用美玉制成的浆液，喝了可以成仙。琼浆，美酒。琼，美玉。

③璇室：玉饰的宫室。传说中仙人的居所。

④丹醴：仙酒。

【译文】

　　洞庭山中还有一个灵洞，走进洞里总觉得好像有烛光在前面。洞中散发着奇异浓郁的香味，泉水、石头清晰可见。有一次一位采药石的人进入灵洞,向前行走了十里左右,出现了迥然不同的景象:那里天气晴朗,霞光普照,花草芳香,柳树叶茂浓荫,红楼玉栋,宫殿道观与尘世完全不同。采药人看见许多年轻貌美的仙女,穿着有七色彩云图案的衣裳,一个个冰肌玉肤,容颜娇美,与尘世女子迥然不同。她们来邀请采药之人,请采药人喝美酒,并延请他走进玉饰的宫室,用箫、管、琴、瑟等乐器为采药人演奏乐曲。酒宴之后,众仙女为采药人饯行,送他返回家乡,临别还赠送他仙酒。采药人虽然内心思慕留恋,但还是思念自己的儿女,于是他按着原路回到洞穴,仍然和来的时候一样,洞中好像有灯光在前面引导,也不觉得饥饿口渴,终于到达家乡。他发现见到的乡里人家,已经全都不是原来的邻居,他只找到了自己的第九代孙。采药人询问他发生了什么事情,他说:"我的远祖到洞庭山采药,一直没有回来,至今已经三百年了。"采药人向乡里人解释了自己的经历,后来谁也不知道他去了什么地方。

录曰:按《禹贡》山海,正史说名山大泽,或不列书图,著于编杂之部①。或有乍无,或同乍异,故使览者回惑而疑焉。至如《列子》所说,员峤、岱舆,瑰奇是聚②,先《坟》莫记。蓬莱、瀛洲、方丈,各有别名;昆吾神异,张骞亦云焉③。睹华戎不同寒暑律人獝禽至其异气④,云水草木,怪丽殊形,考之载籍,同其生类。非夫贵远体大,则笑其虚诞。俟诸宏博,验斯灵异焉。

【注释】

①编杂:疑当作"杂编",指杂家、杂史类书籍。

②瑰奇是聚:即《列子·汤问》所载仙山的瑰丽奇异。《列子·汤问》:"其中有五山焉:一曰岱舆,二曰员峤,三曰方壶,四曰瀛洲,

　五曰蓬莱。其山高下周旋三万里，其顶平处九千里。山之中间相去七万里，以为邻居焉。其上台观皆金玉，其上禽兽皆纯缟。珠玕之树皆丛生，华实皆有滋味，食之皆不老不死。"

③张骞亦云焉：《汉书·张骞传》没有关于昆吾山神异的记载。《隋书·经籍志》史部地理类著录《张骞出关志》一卷，已佚，有关昆吾山神异的记述可能在其中。

④睹华戎不同寒暑律人獦（gé）禽至其异气：此句语意不通，当有讹误。獦，上古传说中的一种兽，形体像狼，叫声像猪，食人。

【译文】

　萧绮录语说：按《尚书·禹贡》记载山川湖海，正史谈说名山大泽，有的没有编排文字图表，只在杂家、杂史中有所记述。有的好像存在但却无处寻觅，有的好像内容相同但实际不同，因此使阅读者迷惑不解，疑窦丛生。至于像《列子·汤问》所记载的员峤山、岱舆山，都是大量瑰丽奇异之事聚集的地方，上古时期的《坟典》却没有记述。蓬莱山、瀛洲、方丈山，都各有另外的名字；昆吾山的神异，《张骞出关志》也有记述。考察中原和四方少数民族之地，寒暑不同，制约着人类和飞禽走兽的活动，从而产生不同的灵异之气，飞云流水，花草树木，也都奇异绚丽，形状各异。然而考查古代典籍，原来同属一类。并不是与当世相隔久远就珍贵、就重要，这种荒诞无稽的记载太可笑了。只能等待那些知识广博之人，来验证这些神奇之事了。

附录 《拾遗记》佚文

  萧绮在《拾遗记序》中说:"《拾遗记》者,凡十九卷,二百二十篇,皆为残缺。"可见,从王嘉《拾遗记》成书到南朝梁短短几十年间,由于战乱及其他原因,《拾遗记》已经散佚,残缺不全了。后经萧绮"搜检残遗,合为一部,凡一十卷,序而录焉"(萧绮《拾遗记序》),就是我们现在见到的十卷本《拾遗记》。齐治平校注《拾遗记》(中华书局 1981 年版)辑录《拾遗记》佚文十三条,并注曰:"凡本书佚文,散见于《广记》《御览》等类书,而可确指其为本书某卷某节之文者,均已录入各节校语中。此处所录,皆不能确指,无可附丽耳。其或类书误引,非出本书者,则略加辨正,以免淆混。"今将齐治平辑录佚文及其按语一并抄录如下。

1、沈庆之,元嘉中,始梦牵卤(薄)部入厕中,虽欣清道,而甚恶之。或为之解曰:"君必贵,然未也。卤部者,富贵之容;厕中,所谓后帝也。君富贵不在今主矣。"后果中焉。(《太平广记》卷二六七)

  齐治平按:沈庆之,武康人,字弘先,宋文帝元嘉中累功为建威将军。其事在后,非子年所及见,此条绝非本书文。

2、袁愍孙,世祖出为海陵守,梦日堕身上,寻而追还,与机密。(《太平广记》卷二六七)

  齐治平按:《宋书》卷八十九,袁粲初名愍孙,字景倩,顺帝时历官中书监,司徒侍中。其事在子年身后,非本书文。

　　齐治平又按:《隋书·经籍志》杂史类有谢绰《宋拾遗》十卷,《唐志》作《宋拾遗录》,以上二条,当在其中。

3、武帝为七宝床、杂宝按(案)、屏风、杂宝帐,设于桂宫,时人谓之"四宝宫"。(《太平广记》卷四〇三)

　　齐治平按:此条见《西京杂记》,疑《广记》误引,非本书文。

4、申弥国去都万里,有燧明国,不识四时昼夜,其人不死,厌世则升天。国有火树,名燧木。屈盘万识(?),云雾出于中间,折枝相钻,则火出矣。后世圣人,变腥臊之味,游日月之外,以食救万物,乃至南垂('陲'本字),目此树表有鸟若鸮,以口啄木,粲然火出。圣人成(?)焉,因取小枝以钻火,号燧人氏,在庖羲之前,则火食起乎兹矣。(《太平御览》卷八六九)

　　齐治平按:南宋罗泌撰《路史》,其子苹为之注。《路史·前纪五》注引《拾遗记》云:"燧明之国,不识昼夜,土有燧木。后世圣人游于日月之外,以食救物,至于南垂,观此燧木,有鸟类鸮,啄其枝则火出,取以钻火,号燧人氏,在包羲氏之前,盖火山国也。"又引王子年云:"去都万里,有申弥国,近燧明之国,地与西王母接(按罗氏父子以西王母为国名,详《路史·余论》),以故燕昭王游于西王母燧林之下,说燧皇钻火之事。"按:"近燧明之国"以下,盖罗苹语。

5、容山下有水,多丹鳖鱼,皆能飞跃。(《太平御览》卷九三二)

6、西国菜名颇稜,因僧携子入中国,讹为波稜。(《类说》卷五)

7、东海有岛名龙驹川,穆王养八骏处,有草名龙刍。(《类

说》卷五）

8、广廷国霜色绀碧。（《类说》卷五，《绀珠集》卷八）

9、后宫曰璿宫。（《类说》卷五，《绀珠集》卷八）

10、后魏人都芳造风扇，候二十四气，每一气至，一扇举焉。（《绀珠集》卷八）

11、东海有岛曰龙驹川，穆天子养八骏处。岛中有草名龙刍，马食之，日行千里。语曰："一秣龙刍化龙驹。"（《绀珠集》卷八）

12、异国人入贡，乘毛之车甚快。（《绀珠集》卷八）

13、西城菜，名僧携其子入中国，讹为波稜。（《绀珠集》卷八）

　　齐治平按：右数条俱见《绀珠集》。按此书凡十三卷，不著编辑者名氏，或称宋朱胜非辑录百家小说而成。体例与曾慥《类说》相近，所引书一百三十七种，多为古本，足资考订。其中引《拾遗记》者，已分别录入校语中。此"风扇"条言"后魏人都芳"，决其非《拾遗记》文；"龙刍""颇稜"等条，亦见《类说》，详略互有出入，盖皆征事数典，随手摘录，以备临文之用，故小异也。此两书所引，皆零星短语，录备参考而已。

中华经典名著
全本全注全译丛书
（已出书目）

周易	晏子春秋
尚书	穆天子传
诗经	战国策
周礼	史记
仪礼	吴越春秋
礼记	越绝书
左传	华阳国志
韩诗外传	水经注
春秋公羊传	洛阳伽蓝记
春秋穀梁传	大唐西域记
孝经·忠经	史通
论语·大学·中庸	贞观政要
尔雅	营造法式
孟子	东京梦华录
春秋繁露	唐才子传
说文解字	大明律
释名	廉吏传
国语	徐霞客游记

读通鉴论	素书
宋论	新书
文史通义	淮南子
老子	九章算术（附海岛算经）
道德经	新序
帛书老子	说苑
鹖冠子	列仙传
黄帝四经·关尹子·尸子	盐铁论
孙子兵法	法言
墨子	方言
管子	白虎通义
孔子家语	论衡
曾子·子思子·孔丛子	潜夫论
吴子·司马法	政论·昌言
商君书	风俗通义
慎子·太白阴经	申鉴·中论
列子	太平经
鬼谷子	伤寒论
庄子	周易参同契
公孙龙子（外三种）	人物志
荀子	博物志
六韬	抱朴子内篇
吕氏春秋	抱朴子外篇
韩非子	西京杂记
山海经	神仙传
黄帝内经	搜神记

拾遗记

世说新语

弘明集

齐民要术

刘子

颜氏家训

中说

群书治要

帝范·臣轨·庭训格言

坛经

大慈恩寺三藏法师传

长短经

蒙求·童蒙须知

茶经·续茶经

玄怪录·续玄怪录

酉阳杂俎

历代名画记

唐摭言

化书·无能子

梦溪笔谈

东坡志林

唐语林

北山酒经（外二种）

折狱龟鉴

容斋随笔

近思录

洗冤集录

传习录

焚书

菜根谭

增广贤文

呻吟语

了凡四训

龙文鞭影

长物志

智囊全集

天工开物

溪山琴况·琴声十六法

温疫论

明夷待访录·破邪论

陶庵梦忆

西湖梦寻

虞初新志

幼学琼林

笠翁对韵

声律启蒙

老老恒言

随园食单

阅微草堂笔记

格言联璧

曾国藩家书

曾国藩家训